D0941922

МАРШ ТУРЕЦКОГО

МАРШ ТУРЕЦКОГО

Фридрих
НЕЗНАНСКИЙ

Девочка для шпиона

МОСКВА
АСТ
ИЗДАТЕЛЬСКИЙ ДОМ «ДРОФА»
АГЕНТСТВО «ЛИРУС»
1995

ББК 84(2Рос-Рус)6
Н44
УДК 882

Серия основана в 1995 году

Художник *М. Закиров*

Эта книга от начала и до конца придумана автором. Конечно, в ней использованы и некоторые подлинные материалы как из собственной практики автора, так и из практики других российских следователей. Однако события, места действия и персонажи, безусловно, вымышлены. Совпадения имен и названий с именами и названиями реально существующих лиц и мест могут быть только случайными.

Н 8820000000

ISBN 5-88196-422-5 (АСТ)
ISBN 5-7107-0536-5 (Дрофа)
ISBN 5-87675-098-0 (Лирус)

Он поработал уже на восточном фронте
Теперь на западном жди перемен.

Л. Лосев

Измена не может увенчаться успехом.
Или ее никто не посмеет назвать изменой.

Д. Харрингтон

ТЕЧЕНИЕ ЖИЗНИ

1

Древние колдуны недаром, наверное, считали сумерки той частью суток, в которую реальный и потусторонний миры встречаются и даже взаимодействуют между собой. На горе неискушенным людям...

Автомобиль «вольво», приземистая шведская красотка матово-стального цвета, приближался к столице со скоростью тяжеловатой и подуставшей гигантской пули. В салоне сидели четверо — двое мужчин и две молодые женщины. В соответствии с сезоном мужчины были одеты в импортные куртки-парки, дамы — в элегантные короткие шубки из натурального меха. Впечатление было такое, будто все четверо очень спешат на какую-то вечеринку, они уже разбились на пары. Водитель одной рукой придерживал баранку, второй легонько шарил по бедру сидящей рядом девушки. На заднем сиденье высокая статная девица и таких же статей мужчина, сдвинув головы, шептались о чем-то интимном. Скорее всего, они поступали так не потому, что им было неудобно перед друзьями, — они получали удовольствие от этой любовной игры.

После дневной оттепели подмораживало, вода застывала на асфальте, и под колесами мягко и монотонно похрустывало Синие полупрозрачные сумерки в сочетании с желтковой желтизной дорожных фонарей делали видимость на дороге неотчетливой и коварной. Казалось бы, и разметку на асфальте, и проносящиеся мимо боковых окон строения с деревьями — все это несомненно опытный водитель видел. Но когда из-за придорожного куста на скользкий асфальт, неуверенно ковыляя, выползло мелкое непонятное животное, мужчина за рулем не успел среагировать. Да и существо с непропорционально большой головой неуверенно и непростительно медленно отреагировало на приближающуюся смертельную опасность. Водитель нажал на тормоза, но колеса еще какое-то время скользили по тонкой корке льда, пока не наскочили на живое тело, издавшее несомненно предсмертный, какой-то глуховатый, утробный звук.

Мужчина, сидевший за рулем, чертыхнулся, остановил машину, помедлил, затем все-таки вышел на просвистываемое сырым и холодным ветром шоссе, сделал несколько шагов назад, наклонился над бугрившимся на асфальте телом, сплюнул, вернулся и сел за руль.

Пассажиры были слегка встревожены происшествием. Девушка, сидевшая рядом с водителем, спросила своего кавалера дрогнувшим голосом:

— Что там, Юра?

— А!.. Что там может быть?! Идиотизм русской деревенской жизни! Какие-то обалдуи насадили кошке на голову стеклянную банку, вот она и ползала глухая и почти слепая в этой банке, пока у нас под колесами не оказалась...

— Ужас какой!.. — негромко воскликнула его спутница.

— Да ладно, все равно бы с голоду подохла!

Так своеобразно утешив подругу, Юрий включил передачу и мягко тронулся, постепенно набирая скорость, «вольво» помчалась в сторону Минского шоссе.

Тем не менее мелкая неприятность, случившаяся только что, свела на нет хорошее настроение всей компании. Водитель Юра теперь держался за баранку обеими руками и напряженно смотрел вперед. Его подружка меланхолично рассматривала сгущающуюся за окном темноту. Парочка на заднем сиденье уже не терлась висками, перешептываясь и хихикая. Рослый мужчина сидел прямо, как английский аристократ за обедом. Его пассия, девушка, судя по всему, впечатлительная, привалилась головой к правой стенке салона. Она никак не могла отделаться от навязчивой картины, которую и увидела-то мельком: конвульсивно выпрямленные, торчащие к небу лапы раздавленной кошки...

Как ни любил скорость сидевший за рулем «вольво» моложавый красавец, однако в черте города нажим на педаль акселератора пришлось ослабить. Это раньше он мог прилепить к лобовому стеклу спецпропуск и мчаться со свистом. Теперь же для каждого задрипанного гаишника главный авторитет — его собственный карман. Можно было бы вообще-то выбросить на крышу автомобиля синий проблесковый маячок, какими оснащаются транспортные средства милиции, контрразведки и «скорой помощи», но сегодня был не тот случай, когда можно лихачить.

К тому же скорость пришлось сбавить и по другой причине: свет фар «вольво» выхватил из темноты и словно тянул к себе вишневую «Ладу», замершую почти посередине проезжей части. Метрах в пяти позади нее отбрасывал красные блики переносной знак аварийной остановки. Возле машины находились двое мужчин в почти одинаковых темных длинных кожаных куртках и вязаных шапочках.

Даже для того чтобы их просто объехать, нужно было не торопиться и быть крайне осторожным, очень уж неудобно для проезжающих мимо развернуло посреди дороги замызганный автомобиль.

Пока один из мужчин понуро стоял возле машины, другой метался по проезжей части, взывая то ли к товарищу, то ли к проезжающим, то ли к Господу. Из кулака его торчало несколько бледно-зеленых купюр.

Судя по тому что водитель «вольво» довольно равнодушно скользнул взглядом по деньгам, долларами его трудно было удивить. Но между разделительной полосой и левым задним колесом «Лады» было не больше двух метров. К тому же в этом промежутке метался проситель с от природы темным лицом. Вдобавок густая щетина, доползшая от подбородка по щекам аж до висков, выдавала человека восточного, а точнее даже будет сказать, кавказского.

Время было не то, чтобы любезничать с посланцами гор, но небритый чуть ли не ложился на капот, встряхивая смятыми купюрами. Медленно-медленно, чтоб не задеть его, проезжая мимо, Юра спросил:

— Чего надо?

— Бэнзын! — улыбаясь крикнул кавказец.— Савсем нымножка нада! Деньги скока хочишь!..

Юра покачал головой, не могу, мол, и собрался было плавно нажать на газ.

В этот момент кавказец заорал своему напарнику диким голосом:

— Он сзади!..

А сам то ли отпрыгнул в сторону, то ли «вольво» оттолкнула его гладким боком, но исчез небритый из поля зрения. Когда водитель Юра понял почему — было поздно. Впрочем, занятый маневрированием возле назойливого кавказца, он и не мог видеть, что второй тем временем взял в руки автомат и, прижимая откидной приклад к плечу, встал на одно колено.

Через мгновение после того, как небритый кавказец гортанно крикнул, раздалась сухая автоматная очередь. Стрелявший прогнал бешеную строчку пуль из конца в конец вдоль заднего стекла.

Три вещи произошли одновременно.

Матерясь, водитель «вольво» вдавил педаль акселератора в пол. Но колеса несколько мгновений крутились на месте, пока от трения не растаяла корка льда.

Девушка, сидевшая впереди, завизжала и сползла по сиденью вниз, пряча голову за спинку кресла.

Вторая девушка почувствовала, как мелкие осколки неслышно лопнувшего автомобильного стекла осыпаются ей на волосы, и инстинктивно пригнулась.

В этой суматохе никто не заметил, что мужчина, сидевший на заднем сиденье, схватился за голову и стал медленно сползать вниз и, словно прощаясь, клониться к своей девушке.

Проехав вперед еще несколько десятков метров, водитель «вольво» крикнул своим пассажирам:

— Пригнитесь!

А сам выхватил из-под сиденья короткоствольный автомат, открыл дверцу, кулем вывалился из машины, сразу же перекатился и выпустил длинную очередь по нападавшим.

Те больше не стреляли, их, видно, ошарашил огневой отпор. Помогая друг другу, они забрались в свою «Ладу» и укатили в темноту.

Водитель «вольво», довольный, вернулся к машине, по-киношному положив тупорылый короткий автомат на плечо.

— Вы видели?! — возбужденно говорил он. — Совсем оборзели козлы чернож...

2

Девушка на заднем сиденье стряхивала с волос мелкие осколки стекла. Когда ее спутник безжизненно ткнулся головой ей в плечо, пышноволосая брюнетка испуганно воскликнула:

— Юра! Джонни убило!..

— Ты что?!..

Юрий подбежал к задней дверце, распахнул ее, наполовину влез в салон и грязно выругался, заметив на белоснежном мохнатом покрытии сиденья темные пятна крови. Он взял себя в руки, потрогал иностранца за шею, подержал его запястье, даже приложил ухо к груди. После этих манипуляций обрадованно воскликнул:

— Жив еще! Так, девки, выметайтесь по-быстрому, ловите такси! И кто бы что ни спрашивал, вы с нами не ехали! Ясно?

— Э, довези хоть до вокзала, там легче тачку зарядить! — возразила девушка с заднего сиденья.

— Вон, я сказал! — рявкнул неожиданно свирепо Юрий.

Девушки, бормоча в адрес Юрия нехорошие слова, освободили машину.

Пули пробили не только заднее, но и лобовое стекло. Поэтому по салону гулял колючий морозный сквозняк. Только сейчас Юрий обратил внимание, что продолжает работать магнитола, выдавая через небольшие колонки шлягер Маши Распутиной «Отпустите меня в Гималаи».

— Вот, черт, влип! — пробормотал Юрий. — Хоть и впрямь на Тибете прячься... Ладно, прорвемся!

Он включил передачу и рванул было с места, явно превышая скорость. Но долго так ехать не смог: студеный ветер бил ему в лицо, вышибая из глаз обильные потоки слез.

Юрий порылся в бардачке, нашел старые, забытые с лета солнцезащитные очки, нацепил их и кое-как добрался до больницы.

Потом, когда не приходящего в сознание Джонни на каталке увезли в операционную, он устало диктовал сестре из приемного покоя анкетные данные для истории болезни. Он успел сказать, что пострадавшего зовут Джон Кервуд, сорок шесть лет, гражданин Соединенных Штатов Америки...

В это время из операционной вышел дежурный хирург в слегка забрызганном кровью халате салатового цвета и сообщил уставившемуся на него с немым вопросом Юрию, что пациент скончался.

На лице Юрия мелькнула тенью досадливая гримаса. Однако врач успел ее заметить, принял досаду на свой счет и несколько обиженно добавил:

— Что же вы хотели, когда две пули в затылок? Там и одной более чем достаточно.

— Да, — несколько рассеянно кивнул Юрий, — я понимаю. Скажите, от вас можно позвонить?

— Ради Бога!

Стройный, статный красавец, провожаемый взглядом молоденькой медсестры, подошел к столу и, повернувшись к присутствующим спиной, чтобы те не могли случайно увидеть цифры, набрал номер.

— Алло? Мне нужен Эдуард Геннадиевич. Андриевский спрашивает. Да, срочно... Это Юра! Все пропало! Нас на Минском обстреляли чурки какие-то! Я-то жив-здоров, вы же слышите. А Джону капут! Нет, на трассе он еще жив был, я в больницу привез, ну и тут все... Я знаю, что они обязаны сообщить о всех... Но он ведь живой был! Куда?.. Зачем вы так? Хорошо, еду.

Человек по имени Юрий, по фамилии Андриевский раздраженно бросил телефонную трубку на рычаги и, ни слова не говоря, быстро вышел на улицу.

— Куда же он? — вскинулась было медсестра. — Ему же надо милицию ждать!

Хирург покачал головой:

— Боюсь, что вы ошибаетесь, Светочка. Он как раз думает наоборот. Милицейский протокол для него лишняя обуза. Но в отличие от Владимира Ульянова-Ленина этот парень никудышный конспиратор. Мы-то знаем про него достаточно, хотя нам это, в сущности, ни к чему...

Старинные напольные часы в нише пробили девять вечера.

А. Б. ТУРЕЦКИЙ

1

— Шагом марш!

Невольно вздрагиваю и приподнимаю от диванной подушки голову. Нет, к счастью, команда на этот раз относится не ко мне. Она касается моей дочери трех лет от роду, которой давно пора совершить вечерние водные процедуры и топать в кровать. Но она строптива, хотя родители, кажется, никогда таковыми не были. Поэтому все отбои и подъемы этого мелкого круглолицего существа превращаются в схватки местного значения.

— Смотри, как сладко спит папа! Если ты будешь вовремя ложиться спать, вырастешь такой же большой и сильной!

Бедная девочка! Как она будет в свое время разочарована, когда узнает, что отец у нее имеет средний в общемто рост и довольно заурядную физическую подготовку. А уж о зарплате и говорить неудобно. Хотя, пожалуй, ничтожность моего жалованья в сравнении со своими потребностями она почувствует намного раньше.

Дочь тем временем навязывает матери дискуссию:

— Ага! Папа же на диване спит! Давай я тоже на диване будут спать или под столом, как собачка в будке!

После этой тирады воцаряется недоброе молчание.

Я догадываюсь, что Ирина Ивановна втайне надеется, что ее муж Александр Турецкий покинет сладкий плен дивана и докажет, что он строгий и справедливый отец для своих чад.

Я люблю жену и дочь, кроме того, пока не установлено, чьи гены повлияли в большей степени на характер этого несносного младенца, поэтому ответственность делим пополам. Я встаю с дивана, сграбастываю счастливо визжащего ребенка в охапку тащу его в ванную комнату, где мы вместе учимся чистить зубы, разбрызгивая воду и клочья пасты по всем углам тесной комнатенки.

Затем действие переносится в спальню, где неугомонный малыш играет даже со своей тенью на стене, чтобы только не спать. Ее отец пытается рассказывать по памяти сказку о Колобке, но поминутно проваливается в сладкую дрему и в лучшем случае бормочет какую-то ахинею, в худшем начинает негромко похрапывать.

Тут же раздается возмущенный вопль:

– Па-апа! Не спи, рассказывай!

Отец подхватывается и начинает в который раз с одного и того же места:

— ...волк и говорит: Колобок, Колобок, я тебя съем! Не съешь, отвечает Колобок, я от бабушки ушел, я от дедушки ушел, а от тебя, гражданин прокурор, и подавно уйду... И ушел ведь, зараза, бурак красномордый! Сейчас где-нибудь на «малине» смеется над «важняком»[1] Турецким. Ничего, как говорится, хорошо смеется тот, кто смеется последним...

Я испуганно открываю глаза и пытаюсь сообразить, говорил я это все вслух или только думал. Гляжу поверх подушки на кроватку дочери — она давно спит, сдавшись на милость усталости.

---

[1] Следователь по особо важным делам (*жарг.*).

Пора, наверное, и мне спать. Сегодня пришлось встать в полшестого утра, чтоб успеть занять очередь в тюрьму. Вот ведь дожили! В свое время Хрущев Таганскую тюрьму сломал — предвкушал коммунизм, когда надобность в этих заведениях отпадет. А вместо коммунизма наступило время, когда следователь в тюрьму не может попасть. Надо встать пораньше, чтоб очередь в кабинет для допроса занять. Опоздаешь, ждать придется часов пять. Мне сегодня ждать никак нельзя было — старуха Свидерская «колоться» начала, рассказывать то есть всю правду о совершенном преступлении.

Я, в общем, к частной собственности отн пусь с душой, если можно так выразиться. Но наши люди из-за нее иногда такие вещи вытворяют!.. Жили-были две сестры, выросли, повыходили замуж, а мать-старушка доживала век свой в небольшой но приличной квартирке в центре. Квартирку с помощью дочек приватизировала. Потом в свой срок померла. Мысль у сестер была совсем даже неплохая: сдавать освободившееся помещение жильцам за доллары и делить выручку пополам. Однако нашлась какая-то фирма с английским названием и нижегородским говором работников. Фирма предложила нынешним хозяевам продать квартиру, но за очень хорошие деньги — пятьсот долларов за квадратный метр. После этого между семьями сестер будто черная кошка пробежала. И если Ковалевы только хмурились и уходили от конкретного разговора, то Свидерские желали действовать. Сначала они прощупывали возможность отсудить в пользу Свидерских всю мамину квартиру. Только суды — дело долгое и хлопотное, а фирма ждать не хочет и не может. Тогда у Свидерских возникает дьявольский план. Они приглашают Ковалевых в гости, чтобы, как было сказано, решить вопрос с толком и по возможности полюбовно. За скромным застольем мужа и жену Ковалевых вдруг сморил неодолимый сон. Когда оба уснули, Свидерские их задушили бельевым шнуром. А вопрос, куда девать трупы, решили с жутковатой простотой. Хозяин в ванной при помощи топорика, пилы и ножа расчленял тела, отделял мясо от костей и носил в тазике женщинам на кухню. Те пропускали мясо через две мя сорубки, а фарш спускали в унитаз. Кучу костей Свидерский на следующий день отвез в мешке на городскую свалку Сколько грязи пришлось перелопатить, пока убийц к стене приперли! Сегодня я устроил им очную ставку, и Ольга Свидерская сказала свекрови, что ее старый болтливый язык в ту же ночь надо было тоже в фарш перемолоть. Вот так...

С некоторым трепетом я начал разбирать постель. Неужели еще пять минут — и наступит сладкий сон?

Мягко и негромко протилинькал телефон в прихожей Я замер с подушкой в руках. Ирина подошла к телефону из кухни поговорила недолго и, не вешая трубку, мягко ступая, пошла к спальне. Медленно и печально, словно прощаясь с ней навсегда, я бросил подушку обратно на кровать.

Жена приоткрыла дверь и шепотом позвала.

Турецкий марш к телефону.

Я вышел вслед за ней в коридорчик, затем в прихожую, приложил трубку к уху и проворчал:

— Слушаю.

В трубке раздалось приглушенное и несколько смущенное покашливание, которое могло принадлежать только одному человеку, заместителю генерального прокурора Константину Дмитриевичу Меркулову, моему учителю и другу. Трудно сказать, был его аристократизм врожденным или выработанным, но мы называли его князем еще тогда, когда Костя работал следователем по особо важным делам Мосгорпрокуратуры[1]

— Саша? Извини, ради Бога, что беспокою. Будь моя воля, послал бы дежурного следователя, да и дело с концом...

— А что случилось-то?

— Застреленный у нас. Иностранец...

— Так теперь этого добра навалом!

Вяло пытаюсь отбояриться от необходимости переться на ночь глядя на место происшествия, хотя прекрас-

---

[1] См. роман Ф. Незнанского «Ярмарка в Сокольниках» (Незнанский Ф Марш Турецкого: Ярмарка в Сокольниках. М.: Дрофа, 1994).

но понимаю: если бы случай был заурядным, Костя ни когда бы не поднял меня с постели. На то молодняк есть, сильный, энергичный и мечтающий о карьере.

— осольство американское очень интересуется, Са- ша, — скучным голосом измотанного человека пояснил Меркулов.

— Американец, значит? — уточняю я.

— Ну да. Причем не окорочка от Буша привез, а по- литику делать приехал.

— За то, может, и поплатился?

— А это тебе, Саша, выяснять. Я уж стар, я уж сед...

— ...бедна сакля твоя! — почти машинально подхва тил я.

— В этом, гражданин начальник, вы правы как никог да. Езжай, Сашок, в больницу, в нашу любимую. Тело там. Чтоб тебе не скучно было, я от МУРа Грязнова при- гласил.

— И на том спасибо...

Пока я собирался, пока приехала за мной по просьбе Меркулова милицейская машина, тело убитого амери- канца уже переправили в морг на Большой Пироговской. Там оно должно было ждать, когда привычно скорбные служители Харона привезут ему цинковое дорожное при- станище, вполне возможно даже не обернутое звездно- полосатым флагом.

Печально, конечно, но время делало и продолжает де- лать из меня циника. Иногда мне удается сдержать себя и свой сарказм изливать в узком кругу. Но удается до ждаться подходящей минуты не всегда. Вот когда ляп нешь, увидишь вытаращенные глаза подследственного или, того хуже, начальства. Ругаешь себя, но поздно — слово не воробей...

Слава Грязнов потерял добрую треть своей рыжей шевелюры за те десять с лишним лет, которые мы знаем друг друга. То, что осталось, поблекло, местами смени- лось грязновато-белыми прядями седины. Однако по службе он был все тот же старший оперуполномоченный уголовного розыска, старый облезлый сыскарь. И пого- ны у него были все те же — майорские.

Слава жмет мне руку и тут же словом доказывает, что по части цинизма и теплой дружеской шутки он мне вряд ли уступит:

— Однако реакция у вас, господин советник, на американцев — как у валютной путанки!

— Э, парень! — вяло отмахиваюсь я. — Мне сегодня Костя Петров приснился! Что в сравнении с этим твои скабрезности?

Слава сгоняет с лица улыбку, мягко хлопает меня широкой ладонью по плечу:

— Не расстраивайся! Поймаю я тебе его!..

— Ты поймаешь, — соглашаюсь, — а другие опять упустят.

— Не думай об этом! Ты свое дело сделал, раскрутил его. Лучше послушай, что нам сегодня судьба подкинула, сразу Костю забудешь. Так вот, гражданин США Джон Кервуд, работник госдепартамента Штатов, убит двумя пулями калибра 5,45 в затылок...

— Из автомата, значит.

— Так точно.

— И где его угораздило под пули подставиться?

— Вот это как раз неизвестно пока.

— А то, что из госдепартамента мужик, знаешь?

— Не перебивай, Турецкий! Ты же всегда умел выслушать товарища! — взмолился Слава.

Согласно киваю.

— Раненого американца привез в больницу неизвестный мужчина. Дежурный хирург и медицинская сестра показали, что приехал неизвестный нам пока мужчина на стальной или серебристой иномарке. Хирург в автомобилях петрит слабовато, сказал, что вроде «вольво», но не уверен. Зато сказал, что заднего стекла в машине не было. Уверенно сказал, потому что щербатые осколки видел. Этот мужик был очень взволнован, что, конечно, естественно. Но фамилию, возраст и гражданство потерпевшего назвал уверенно. Значит, были знакомы. Себя водитель машины не назвал, милицию для дачи пояснений ждать не стал, уехал. Правда, перед этим позвонил куда-то. О чем шел разговор, доктор в деталях не помнит, услышал все-таки, что звонил мужчина какому-то Эдуарду Геннадиевичу, а себя называл Юрой то ли Андреевским, то ли Андриевским... И знаешь, что самое интересное? Сначала мы получили звонок из больницы, а через полчаса в дежурную часть позвонил сам начальник московской милиции и поставил всех на уши, потому что ему позвонили из американского посольства и попросили принять меры к розыску работника госдепартамента мистера Кервуда, который два дня назад должен был вернуться из Баку, куда он летал с миротворческой миссией. Господа из посольства были встревожены, так как, по имеющимся у них сведениям, Кервуд мог подвергнуться нападению.

— Как в воду, получается, глядели.

— Да!

Слава Грязнов пребывал в радостном возбуждении охотника. Я отнюдь не разделял его энтузиазма, скорее наоборот. Предчувствовал, что попахать придется от души, что результат этой пахоты пока непредсказуем, что с учетом личности убитого дело будут контролировать все кому не лень, вплоть до господина Жириновского. А это всегда неприятно — стоят над душой, дышат в затылок и вместо помощи одно только понукание. Но я не мешал Славе распалять его азарт, потому что понимал: на это чрезвычайное происшествие он смотрит как на очередной шанс поправить свои служебные дела. Только подозревал я, что напрасны его надежды. Рассчитывать на благодарность сильных мира сего мы уже устали. А прямое начальство не столько за работу головой и руками ценит, сколько за мастерство во владении языком. По части вылизывания, конечно... Впрочем, чем черт не шутит, вдруг Слава убийцу или убийц поймает, а благодарные американцы походатайствуют перед генералом. Если бы это случилось, я первый поднял бы за Славу бокал чего-нибудь изъятого и приобщенного к делу.

— Что предполагаешь делать? — спросил я Грязнова, когда мы посетили морг, где я посмотрел на убитого американца. Голый и мертвый, он, пожалуй, ничем не отличался от наших покойников. Правда, в отличие от большинства наших правительственных чиновников мистер Кервуд при жизни следил за фигурой, мускулист был, как морской пехотинец.

Слава по своей давней привычке потянулся было рукой поскрести макушку, потом как-то слишком резко опустил руку, поймал мой удивленный взгляд, смутился, но объяснил:

— Понимаешь, сдвиг, наверное, начался: иногда ловлю себя на мысли, что боюсь до волос дотрагиваться — вдруг полезут клочьями...

— Это возрастное... — начинаю я, чтобы поддеть друга, коль он так подставился, но широкий, чуть не вывихнувший челюсть зевок прерывает меня на полуфразе.

После чего желание шутить отпадает, я вспоминаю, что, во-первых, дельце мне подкинули не подарок, во-вторых, я отец семейства средних лет, а все порядочные семьянины в это время сидят дома в тапочках и смотрят какую-нибудь «Санта-Барбару».

— Ладно, давай о деле, Вячеслав, — предлагаю я.

— Сейчас позвоню в дежурку, узнаю, не было ли каких сообщений о перестрелках в сегодняшний тихий вечер. Дело на улице было, судя по всему.

Он ушел в комнатенку к дежурному санитару, где был телефон, а я уселся на жестком больничном топчане, привалился к холодной стене, в половину высоты выкрашенной в темно-зеленый цвет, и попытался задремать. Получалось плохо, небольшой, но въедливый холод проникал под недостаточно плотную ткань пальто. Раньше я предпочитал куртки, но, когда перешел в «важняки», Костя Меркулов уговорил купить пальто: мол, следователь по особо важным делам в куртке не смотрится, даже если это сверхнатуральная «аляска». Он знал, что говорил. С тех пор как я перешел на костюмы и пальто, все сослуживцы стали звать меня Александром Борисовичем. Кроме тех, конечно, кому я этого делать не разрешил бы (Меркулов, Грязнов, Моисеев да Романова).

Вернулся Слава:

— Поедемте, господин хороший.

— Куда?

— На Минском шоссе стреляли. Часа два назад, из автомата.

Вскоре мы были на месте происшествия.

Обычный участок широкой автомагистрали. За обочиной — жилые дома. Из жителей, к счастью, никто не пострадал, хотя одна шальная пуля влетела на кухню одинокого пенсионера, но ни ему, ни его утвари большого урона не нанесла.

Асфальтобетонное покрытие проезжей части, одетое тонкой коркой льда, было блестящим и скользким. В некоторых местах ледок похрустывал и ломался под ногами.

Слава ползал по дороге чуть ли не на четвереньках, я тоже помогал, но вознагражден за труды был он

— Саша, иди-ка сюда, — позвал он меня. — Как думаешь, это лед?

Он высыпал мне в ладонь несколько прозрачных остреньких кусочков, которые совсем не хотели таять в моей руке. И не потому, что она сильно озябла, — это были осколки стекла.

— Думаешь, оно?

— Надеюсь. Надо криминалиста вызывать, а?

— Надо.

С этой находки, как говорится, поперло. Недалеко от стекла обнаружили несколько стреляных гильз. Слава подобрал все, которые нашел при свете придорожного фонаря.

— Насколько я понимаю, гильзы от «калашникова»

— Согласен.

— Только вот лежали они не там, где надо, — озабоченно произнес Грязнов.

— А где надо? — ежась на пронизывающем ветру, спросил я.

— Ну смотри — хирург уверенно сказал, что в машине, на которой привезли американца, было разбито заднее стекло. Значит, однозначно стреляли сзади, может вдогонку. Где у нас стекло осыпалось?

Слава для пущей убедительности топнул ногой по скользкому асфальтобетону и чуть не упал, поскользнувшись.

— Вот здесь оно осыпалось! И машина стояла вдоль

полосы движения, как и положено. Почему тогда гильзы сбоку?

Я уныло пожал плечами:

— Ну не знаю... Может, этот, как его, Андриевский, отстреливался?

Слава посмотрел на меня уважительно:

— Наверное, не зря вас на службе держат, Ляксандр Борисыч! Пойдем-ка...

Он потащил меня за собой. Разделив полосу движения примерно пополам, мы, согнувшись в три погибели, медленно и неуклюже передвигались, всматриваясь в грязный асфальт.

На этот раз повезло мне. Хотя улики я обнаружил случайно — наступил мягкой подошвой зимнего итальянского мокасина на что-то легко покатившееся под тяжестью ступни. Наклонился и поднял тускло блеснувший в свете фонаря желтоватый цилиндрик. Из его черного чрева кисловато попахивало жженым порохом.

Подошел Грязнов, спросил:

— Гильза небось?

— Гильзы, — уточнил я.

После чего мы оба, как по команде, опустились на корточки, чтобы осмотреть это место до миллиметра. Я подобрал еще несколько гильз, затем Слава меня окликнул:

— Подойди-ка, только осторожно, не наступи.

— Что нашел?

Когда я подошел почти вплотную, он ткнул пальцем в асфальт перед собой:

— Смотри. Видишь?

Как следует всмотревшись, заметил, что на корке льда, покрывающего дорогу серо-седой пленкой, темнеет пятно с неровными, размытыми краями.

Мы со Славой посмотрели друг на друга, он вздохнул и осторожно ногтем поскреб подмерзшую поверхность пятна и растер грязь между пальцами и даже понюхал.

— Не бензин, Александр Борисович, и не то, что вы подумали!

Я хмыкнул:

— Не навязывай мне свою профессиональную испорченность, Слава! Кровь?

Он кивнул.

— Значит, криминалистов надо напрягать.

— Они уже едут, — оглянувшись, сказал Слава.

Через несколько минут участок шоссе, на котором был смертельно ранен американец, напоминал съемочную площадку киношников, выехавших на натурные съемки. Но мы со Славой не принимали участия в деловитой суете специалистов научно-технического отдела. Мы отправились на Петровку греться и изучать результаты опроса жителей близлежащих к месту перестрелки домов.

2

Честно говоря, в последние годы приходится все меньше и меньше рассчитывать на помощь очевидцев и тем более свидетелей. Запуганный народ предпочитает занимать позицию трех классических китайских обезьянок: не вижу, не слышу, не говорю. В случае, который свалился на нас со Славой за два часа до полуночи, на обилие очевидцев рассчитывать не приходилось. Если учесть, что стрельба на дороге происходила между двадцатью и двадцать одним часом, мы имеем пик глухого времени, когда основная масса обывателей ужинает и смотрит по телевизору, как работают террористы в других странах. И даже если они слышали стрельбу за окном, вряд ли бросились на улицу полюбопытствовать, что происходит. Москва к выстрелам привыкла.

Таким образом, мы имели показания трех человек. Сообщение пенсионера, к которому шальная пуля залетела в кухню, особой ценности не представляло. Старик даже выстрелов не слышал, а посему, помянув разбитые свинцовой дурочкой чайник и две чашки, предал анафеме работников правоохранительных органов от министра юстиции до участкового за то, что заслуженным людям от жулья житья не стало.

Валентина Сергеевна Веселова, тоже пенсионерка, но

не заслуженная, бывшая пьяница, теперь тихая алкоголичка, возвращалась от коммерческого ларька, где выкушала бутылку пива, как раз в то время, когда на дороге начали стрелять. Ничего нового, чего мы не обнаружили сами по следам, она не сказала.

Зато третий очевидец оказался поистине находкой. Василий Макарович Федоров, человек предпенсионного возраста, из той категории любознательных и начитанных трудяг, которых когда-то называли рабочими-интеллигентами. Он поведал, что телевизор не смотрит, газет не читает, только слушает радио «Свобода». Ужинает рано, часов в семь, а потом подолгу гуляет с собакой. Сегодня вечером он не стал изменять своему правилу, к тому же занимался с собакой дрессурой на площадке, что как раз возле шоссе. Сначала со стороны центра приехала «Лада», остановилась посреди дороги. Из нее вышли двое, один остался возле машины, второй шастал по дороге, как будто высматривал кого-то. Автомобиль они поставили почти поперек трассы, поэтому все, кто проезжал мимо, вынуждены были сбрасывать скорость и объезжать препятствие. Некоторые возмущались, но не активно. Минут через сорок после того, как посреди дороги остановилась «Лада», на шоссе появилась иномарка стального или серебристого цвета. Как и другие машины до этого, иномарка притормозила, но, несмотря на увещевания пассажира из «Лады», не остановилась. После чего этот пассажир что-то крикнул своему напарнику, и тот выпустил по удаляющейся иномарке очередь из автомата. Посыпались стекла, серебристая красавица остановилась, из нее ударила автоматная очередь в ответ. После этого нападавшие залезли в свою тачку и уехали. Через несколько минут тронулась с места и вторая автомашина, но прежде из нее вышли две девушки, весьма, по словам Василия Макаровича, испуганные и раздраженные. Они были молоды, красивы, богато одеты, но свидетелю показалось, что они обе из категории девиц легкого поведения, хоть, возможно, и высокого полета. Девицы спросили у Федорова, где можно побыстрее взять такси, и пошли себе дальше.

Никаких особых примет Федоров припомнить не

смог, более-менее точно описал одежду да припомнил, что одна девушка называла другую Катькой.

Некоторое время мы сидели и молчали, затем Слава глубокомысленно изрек:

— Наконец Грязнову удача улыбнулась: до сих пор дело имел только с девками с трех вокзалов, а тут интересных краль придется искать!

— Между делом Юрия Андриевского мне найди!

Слава тяжеловато поднялся из-за стола, подошел к сейфу, достал из его металлического чрева початую бутылку водки и тарелку с солеными, пряно пахнущими огурчиками. Эту добрую, хотя и неуставную, традицию он перенял от бывшей своей начальницы Александры Ивановны Романовой, которая в свое время возглавляла второй отдел Московского уголовного розыска.

Она да еще прокурор-криминалист Семен Семенович Моисеев много лет были верными друзьями и помощниками мне и Косте Меркулову. Теперь они обрели статус пенсионеров-грибников и помочь могли разве что советом. Однако, черт возьми, иногда и совета ждешь как манны небесной. Послушно выпив поднесенные Славой сто граммов, я похрустел долькой упругого малосольного огурца и, вздохнув, сказал:

— Жаль, поздно уже, а то забурились бы сейчас к Семенычу!..

— Н-да, — согласился Слава, но добавил: — Только теперь его лучше заранее предупреждать о визите.

— Почему?

— Ты же знаешь, он тихой сапой за время службы у себя на хате неплохую лабораторию соорудил. А теперь время от времени заказы берет на экспертизу, так сказать, от физических и юридических лиц за умеренную плату.

— Стесняется, что ли?

— Да нет, просто клиенты бывают всякие...

— Это в каком смысле?

— Понимаешь, многих устраивает, что он живет сейчас один и вроде как обижен на своих начальников за то, что на пенсию поперли. А если начнут на глаза заказчикам попадаться пьяные сыщики и «важняки»? Семен может приработок потерять.

— Понятно.

Грязнов молча налил еще по одной порции зверского зелья, мы выпили.

— Ну что, — говорю, — Слава, по домам? Утро вечера мудренее?

— Ты иди, Саша, конечно.

— А тебе чего здесь сидеть? Среди ночи тебе никто Андриевского не найдет, если он по нашему ведомству не проходил.

— Ваша правда, гражданин начальник! — улыбнулся Слава. — Давайте согласуем наши дальнейшие действия. В первую очередь берем в разработку Андриевского — кто, где, откуда и все прочее. Надо, кстати, узнать в посольстве, была у этого Кервуда машина или нет. Если тачка Андриевского, легче искать. Девочку Катю найти труднее, но тоже не иголка в стоге сена. Как думаешь, может, стоит объявку сделать по радио-телевидению: просим обращаться тех, кого второго декабря в такое-то время пытались остановить двое неизвестных на Минском шоссе возле Кунцева.

— Ну, во всяком случае, хуже не будет, — соглашаюсь я, потом добавляю: — Хлебнем горя, если это не случайность, не ошибка в объекте, а заказное убийство, да еще, не дай Бог, политическое!..

Грязнов хочет возразить, но я перебиваю, не даю ему сказать:

— Знаю, что думаешь — слишком топорная работа для ликвидации фигуры такого масштаба. Согласен с этим. Но что-то меня гложет, Слава, предчувствие наверное. Ведь, с другой стороны, если Кервуд работник госдепартамента, почему не в посольской машине, без охраны? Кервуд... Фамилия будто знакомая?

— Писатель такой был канадский, кажется. Про зверей и индейцев писал. Пошли в дежурную часть, найдем тебе машину, а я посмотрю, какие тачки в угоне числятся, ну и, кто знает, может, эти террористы еще где-нибудь наследили.

Да, если в наших кабинетах после полуночи чаще всего тихо и пусто, то в дежурке городского управления внутренних дел жизнь бурлила вовсю. Краснолицые от ветра или водки милиционеры приходили, уходили, приволакивали нарушителей правопорядка, рассовывали их в камеры предварительного задержания, на кого-то составляли протоколы. У свежего человека, новичка, обилие харь и рож, которые избили, ограбили, обокрали или убили по дурости ближних своих, может вызвать легкий шок и депрессию. А мы со Славой уже привыкли, или, может, острота восприятия с годами притупилась. Только иногда в редкую минуту сладкого безделья приходят в голову мысли о том, что народ не иначе как эпидемией самоистребления охвачен.

Пока Слава беседовал с ответственным дежурным и изучал сводки по городу за последние сутки, я сидел рядом с дежурным следователем прокуратуры, своим младшим коллегой Олегом Величко. Молодой парень, но башковитый и въедливый, а самое главное — расторопный. Так как дело предстояло хлопотное, мне нужен был хороший помощник.

— Знаешь, что американца застрелили вечером?

— Да, Александр Борисович, — кивнул он. — Только я на место происшествия не попал, как раз на другое чепе группа выезжала: машину директора банка «Рондо» взорвали.

— Жертвы есть?

— Нету, хотя «мерседес» в клочья!

— Везет нынче мирным гражданам, — совершенно искренне радуясь, обронил я. — Слушай, Олег, американца скорее всего на меня повесят. Пойдешь ко мне в бригаду?

— Конечно! — обрадовался парень, глаза загорелись. — Что надо делать, Александр Борисович?

— Пока ничего. Отдежуришь, отоспишься, тогда нагружу — стонать будешь.

Вернулся Слава, смотрит загадочно. Подыгрываю ему, не жду, когда заговорит первый, спрашиваю:

— Накопал что-нибудь?

— Так, самую малость. Серебристых «вольв» в ближайшие сорок восемь часов никто не угонял. Я и подальше в даты посмотрел — нету. А красная, вернее вишневая, «Лада» имеется. Сегодня в обед угнана из двора дома номер четыре на Бережковской набережной. Гражданин Погосян Эдуард Самвелович, работник овощной базы, приехал на обед. После того как отобедал, «Лады» во дворе уже не было.

— Спорю на две пива, что скоро эту тачку найдут где-нибудь в пригороде!

— Спорить отказываюсь, — отвечает мне Слава. — Предлагаю на паритетных началах выпить за то, что мы найдем ее несожженной!

Пока мы при несмелом соучастии Олега соображали со Славой, что́ выпьем за то, чтоб машина преступников досталась нам целой, в комнату заглянул помощник дежурного по ГУВД майор Парамонов:

— Олег? Давай на выезд!

— Что случилось, Сергей? — спросил у него Грязнов.

— Да кунцевский замнач райотдела телефонограмму прислал какую-то паническую. Граждане ему просигналили, что во дворе дома по Ярцевской лежит кто-то в форме и не шевелится. Передвижная милицейская группа заехала туда. Посмотрели — не наш, военный. Неживой, хотя еще теплый, внешних признаков насильственной смерти не обнаружено...

— Ну и что тут такого? — удивился Грязнов. — Это им по подследственности в самый раз. Скончался мужик скоропостижно!..

— Все так, — согласился Парамонов. — Только полковник знаешь откуда?

— Из секретариата министра обороны?

— Нет, лучше! Из ГРУ!

— Из чего? — спросил, уже одевшись для поездки, следователь Величко.

— Из Главного разведывательного управления Генштаба, чтоб ты знал! А возле тела портфель с бумагами валяется.

— Ярцевская, это где? — сам не знаю почему, спросил я.

— В Кунцеве, — ответил Грязнов и посмотрел на меня удивленно. — Из Кунцева же телефонограмма!

— Господин майор, — говорю я Парамонову, — если у вас найдется местечко в машине, прихватите и нас, пожалуйста.

В нашей милиции офицеры по большей части обращаются друг к другу по старинке — «товарищ». Поэтому Парамонов слегка шалеет от моих слов и кивает: езжайте, мол, в чем проблема.

В микроавтобусе, однако, было тесновато — девять человек плюс собака. Слава Грязнов вполголоса спросил у меня:

— Что ты надумал? Чего мы туда премся?

— Я, старик, в молодости был атеистом, а теперь стал в предчувствия верить. Сколько я себя помню, у нас крупные офицеры разведки во дворах не валялись, тем более с документами в портфеле. Это раз. А во-вторых, что меня еще мучает, так это что мы снова едем в Кунцево.

— Ты прослеживаешь какую-нибудь связь?..

— Вряд ли. Боюсь, что покойник, как и Штирлиц, не имел порочащих его связей...

Пусть Слава Грязнов и мой лучший друг, конечно после Кости Меркулова, но даже ему я не хотел говорить об истинной причине моего любопытства. Может быть, потому, что этот внезапный импульс можно посчитать приступом старческой сентиментальности. Хотя мне нет и сорока, иногда приходит ощущение, что под оболочкой некогда хорошо тренированного тела находится старая и дряхлая душа.

3

Девять лет назад судьба свела меня с некоторыми деятелями военной разведки. Это были крутые ребята. С их подачи погиб военный прокурор Иван Бунин[1] Погиб

---

[1] См. роман Ф. Незнанского «Операция «Фауст» (Незнанский Ф. Марш Турецкого: Ярмарка в Сокольниках).

вместо меня, потому что мне, следователю Турецкому, предназначалась их адская машинка. И хотя тогда мы с Меркуловым и Грязновым выиграли у них партию в смертельные шахматы, мне не пришлось видеть, как гебешники их брали и «мочили» без суда и следствия. Наверное, во времена смены веры и эпохи во мне пробудились какие-то языческие атавизмы сознания — хотелось посмотреть на мертвое тело полковника ГРУ, вот хоть ты убей!

Заместитель начальника райотдела милиции был воспитан во времена, когда слова «разведчик» и «чекист» произносились с благоговением. Поэтому оцепление места обнаружения трупа организовал тщательно, что, наверное, было не так уж необходимо в два часа ночи. В это время во дворе не было даже обычных для таких ситуаций зевак, только свои ребята.

Полковника Скворцова Василия Дмитриевича обнаружили возле электрощитовой будки трое молодых людей, возвращавшихся с вечеринки. Они, будучи слегка навеселе, решили, что господин военный сильно пьян, попробовали трясти его, чтобы разбудить, тогда и заметили, что он мертв. По их словам, он лежал ничком, лицом к земле, под ним находился дорогой кожаный портфель с двумя блестящими замочками. Теперь полковник Скворцов лежал на спине, запрокинув голову, так что его крепкий волевой подбородок смотрел почти вертикально в темное, беззвездное небо. Рот был приоткрыт, заострившееся и, казалось, отвердевшее лицо было совсем синим в голубоватом свете уличного фонаря.

Пронюхав, что с группой из МУРа приехал следователь из Прокуратуры России, то есть я, замнач райотдела развил бурную деятельность, призывая своих подчиненных работать тщательно и в то же время быстро. Кто-то выдвинул версию: мол, полковник, специально упал на портфель, чтобы его не нашли и не украли. Пришлось как бы про себя, но достаточно громко обронить, что сие предположение граничит с маразмом. Тем более что и судмедэксперт после первичного осмотра сделал заключение, что очень похоже на смерть от обширного инфаркта.

— Какого черта он тут лазил? — вопрошал, ни к кому конкретно не обращаясь, майор из райотдела. — Тут же ничего ихнего нет!

— Может, и есть, да мы с вами не знаем, — предполагаю я. — А может, он домой со службы шел...

Майор только с виду был прост, как классический участковый. Услышав мое последнее предположение, он покачал головой:

Живет он не здесь. Мы личность устанавливали, документы смотрели, которые нашли при нем. Из документов, правда, одна офицерская книжка, но при ней блокнотик маленький, аккуратный, для того чтоб телефоны и адреса записывать...

— Он что, и свой туда записал для памяти? — спросил нетерпеливо Грязнов.

— Нет. Там на первой страничке, как теперь модно, анкетные данные владельца записаны — ФИО, так сказать, адрес и даже группа крови.

— Н-да, — бормочу, — непонятно. К счастью или же наоборот, у нас своих дел хватает, так что выяснять обстоятельства смерти полковника Скворцова предоставим военной прокуратуре.

Майор с готовностью кивнул, но держался возле меня и как будто мялся, не решаясь спросить или попросить о чем-то.

— Товарищ Турецкий?

Я смотрю на Олега Величко, который с усердием стажера изучает безжизненное тело на стылой земле, и рассеянно отвечаю майору:

— Слушаю вас.

— Александр Борисыч, может, вы портфель заберете? Вам сподручнее будет по назначению передать. Может, там что-нибудь такое!.. Ну его! С нас и нашей наркоты хватит.

Я прекрасно его понимаю. Вспотевший, краснолицый, попивающий, наверное, служака, он прекрасно знает, что достиг потолка в своей карьере, подполковником ему не стать. А значит, и стремление одно — перекантоваться по-тихому пару лет до пенсии. Не дай Бог, с портфелем что случится, просто потеряется, а в нем государственная тайна! Не видать тогда майору хорошей пенсии.

— Хорошо, давайте.

И вот в моей руке легкий и солидный портфель из хорошей кожи. Не очень тяжелый.

Неугомонный Грязнов шепчет:

— Бумажки оттуда выкинь, а вещичку себе оприходуй. Классным «важняком» с ней смотришься!

Отвечаю в тон:

— Ага, тебя послушаешь, так погоришь на мизере!

Мы подходим к машинам, где в свете фар районный оперуполномоченный РОВД опрашивает трех парней, которые обнаружили тело. У ребят уже прошел хмель, они отвечают на вопросы скупо и, скорее всего, жалеют о том, что не ушли по домам после того, как позвонили в милицию, а остались ждать. Опер записал их фамилии и адреса, обстоятельства, при которых они нашли офицера, потом спросил:

— Вы его знаете?

— Нет, — вразнобой, но дружно отвечают пареньки.

— Тэ-эк, понятно...

Оперуполномоченный то ли устал, то ли ему скучно опрашивать свидетелей того, как человек просто умер в чужом дворе.

Воспользовавшись паузой, во время которой опер пребывал в задумчивости, я тоже задаю ребятам вопрос:

— Насколько я понимаю, вы все живете в этом дворе?

— Ну да.

— И этого человека вы видите здесь впервые?

Высокий, на полголовы возвышающийся надо мной, акселерат сказал, немного помявшись:

— Да нет, видели и раньше...

— Часто?

— Раза три.

— При каких обстоятельствах?

— Ну мы в беседке сидим иногда, базарим, курим. А он через двор проходит по дорожке, как раз мимо нас

— В какое время это было?

— Вечером, после семи...

— А чем он вам запомнился?

— Мы один раз его решили на жлобство проверить. Он как раз мимо проходил. Я и говорю: мол, господин полковник, закурить не найдется? Народ часто шугается...

Неудивительно, мельком подумал я: все в черной коже, волосы дыбом, цепи на груди висят такие, что ими и убить можно...

— ...боятся, в общем. А он ничего, подошел, говорит: какой я вам, пацаны, господин, а курить, говорит, вредно. Но пачку сигарет отвалил.

— Какие сигареты?

— «Винстон».

— К кому он приходил, не знаете?

— Не. Он только через двор проходил, и все...

Когда я оставил парней в покое, ко мне подошел Слава:

— Ты домой-то собираешься ехать?!

— Конечно!

— Так поехали! Ребята подбросят. Что ты к ним с вопросами своими пристал?

— Привычка дурная, — виновато сказал я.

Портфель Скворцова мы спрятали в сейфе у Грязнова, не хотелось из деликатности заставлять водителя делать лишний крюк, ему еще полночи по городу мотаться.

Дома все давно уже спали. Признаться, давно пора было и мне. Но, видно, первый порог усталости прошел, а второго ждать минут сорок. От водки или от напряжения побаливает голова. А может, она болит к перемене погоды. С тех пор как в Афганистане доблестные бойцы спецназа проверили на прочность мой черепок, он стал в дополнение ко всем прочим выполнять функции живого барометра.

Посидел я на кухне, констатировал, что мыслей в голове нет, не предвидится, да и на хрен они мне в этот час, откровенно говоря. Посмотрел на десятикилограммовую гантелю, что тихо ржавела возле мойки, вздохнул и отправился спать. Утро вечера мудренее.

4

Голова моя с вечера болела, как я и предполагал, не только от водки. Утро выдалось солнечным и не сильно морозным. Правда, мудренее вечера оно не стало, хотя надежда такая ночью была.

Я не выспался и, наверное, не будь над головой яркого солнечного света, пришел бы на службу не в лучшем расположении духа. А так бодренько добрался до кабинета, уселся за стол, стал готовить к передаче в суд дело Свидерских.

Позвонил Меркулов, спросил, какие идеи у меня по поводу убийства американца.

На это я ответил с пафосом Нонны Мордюковой из фильма «Бриллиантовая рука»:

— Уважающие себя американцы с кем попало в машину не садятся!

— Уже установили, с кем он ехал? — оживился Костя.

— Увы, гражданин начальник! Потому и говорю — с кем попало. Но этот господин Никто ловко стреляет из автомата, сумел ранить одного из нападавших. Сейчас оперативники рыщут по больницам. Может, и пустышку тянут, однако процесс идет, из уважения к друзьям с другого полушария весь МУР на ушах стоит!

— Нечего балагурить! — довольно добродушно перебил меня Костя. — Стружку с нас будут снимать за это дело. Только сначала с тебя, потом с меня!

— Мы знаем, Костя, фамилию этого человека и то, что в его машине пулями разбито заднее стекло. Так что сегодня мы будем знать про него и все остальное.

— Постарайтесь. Я тут кое-кому позвонил из контрразведки. Они всех иностранцев, приезжающих сюда, прощупывают. И знаешь, им не очень понравился чинный господин из госдепа. Они немножко наблюдали за ним, и у них сложилось впечатление, что мистер Кервуд несколько раз уходил от наблюдения вполне профессионально. А неделю назад вообще исчез из поля зрения. И больше они его живым не видели.

— Не хочешь ли ты сказать, что он шпион?

— Нет, не обязательно. Это так, к сведению.

— Костя!

— Что?

— У меня такое ощущение, что ты, сам того не желая, подложил мне порядочную свинью с этим американцем!

— Это не ощущение, Саша,— засмеялся он,— это опыт.

Хорошо с Меркуловым с утра поговорить. Вроде ничего утешительного или особо приятного не сказал, а работать веселее стало.

Ближе к обеду появился Слава Грязнов. Длинное кожаное пальто, предмет тихой зависти молодых муровцев, внизу было заляпано серой грязью. Уже одно это свидетельствовало, что Грязнов чем-то расстроен. Впечатление усиливалось при взгляде на Славино лицо: оно могло бы вдохновить поэта на создание длинного опуса, состоящего из одних матерных выражений.

— Тебя, конечно, Шура Романова ничему не научила? — спросил он, усаживаясь на облезлый кожаный диванчик.

— Ты о чем?

— Ну в сейфе у тебя ничего, кроме тараканов, нет?

— Думаешь, я знаю?

— Посмотри, тебе тоже может пригодиться.

Я открыл сейф, не особенно надеясь, что там может быть спиртное, и очень удивился, обнаружив бутылку коньяка.

— Доставай! — оживился Грязнов.

— Меня, как твоего товарища, не может не настораживать твое все возрастающее пристрастие к спиртному! — с пафосом сказал я.

Но бутылку достал, поставил рядом небольшие металлические стаканчики из сувенирного дорожного набора. Нашарил в столе полпачки печенья.

— Слава, может, не будем?

— Мне надо! — несколько капризно заявил тот.

— Подожди, я даже не знаю, откуда она взялась, эта бутылка, вдруг это вещдок?

— Ты разве занимался кражей на ликеро-водочном?

— Да нет вроде...

— После рассмотрения дела в суде вещдоки, подобные этому, подлежат уничтожению в установленном п рядке.

И Слава тут же начал большими, но ловкими пальца ми открывать бутылку.

Я пытался вспомнить, откуда, от кого мог попасть ко мне сей нежданный подарок. Вспомнить не мог, а сомнения высказывал вслух:

— Может, это взятка? Вот сейчас разольем, а они как набегут, как покажут специальную отметку на бутылке — и суши сухари, коррумпированный следователь прокуратуры Турецкий.

— Тогда тем более торопись! Уничтожай компромат!

После того как выпили, я грустно констатировал:

— Сопьемся мы с тобой здесь, Слава...

— Дадут они тебе спиться! — непонятно кого имея в виду, возразил Слава.

Я согласно кивнул и спросил:

— С чем пришел?

— Есть у меня для вас две новости, одна плохая, вторая еще хуже. С какой начнем?

— Э, тогда все равно.

— Андриевский Юрий Владимирович, шестидесятого года рождения, живет на проспекте Андропова, имеет автомобиль «вольво». Вчера поздно вечером вернулся из командировки. Сегодня с утра поехал на автомобильный рынок, что на Солнечной. Возможно, на поиски стекол.

— Ну так, отлично! Прямо с рынка бери его, и пусть рассказывает!

— Не так все просто.

— Почему?

— Он в хорошем месте работает. В Научном центре исследований в Ясеневе.

— Служба внешней разведки? — уточнил я, чувствуя, как заныло сердце от нехороших предчувствий.

Да, с восемьдесят второго года, с первых дней работы в прокуратуре, судьба не раз сводила меня с ребятами из секретных служб. С ними хорошо сотрудничать, но и противники из них будь здоров!

— Других подходящих Андриевских нет? — со слабой надеждой спросил я.

— Нет

— Ну что ж, Ясенево не Ясенево, а они должны дать объяснение по всем интересующим прокуратуру вопросам.

— Если это их внутренние разборки, ничего они нам не скажут!

— Для того у нас ты есть, Слава, чтобы получить нужные сведения даже против их желания. К тому же мне кажется, что, если бы это были, как ты говоришь, разборки, Андриевский не повез бы Кервуда в обычную больницу, где сразу сообщают в милицию о всех раненных ножом или пулей.

— Я-то постараюсь, не впервой. Если, конечно, раньше не полечу с должности.

— Что за пессимизм?!

— Это не пессимизм. Это подводка ко второй новости Плеснешь еще каплю?

Налил ему стаканчик и себе на донышко.

— Теперь держись за стул, Шурик. В промежуток времени от двух часов ночи до десяти утра из сейфа в моем кабинете кто-то спер портфель полковника Скворцова!

Несколько минут я ошеломленно молчал, потом долил из бутылки в свой стаканчик и выпил залпом.

— С самого утра я напрягал всех и себя, просеивали всех московских Андриевских, нашли этого Зорге, ну я, перед тем как к тебе идти, заскочил в кабинет, в сейф полез...

— За бутылкой? — осуждающе уточнил я.

— За ней, грешен. Открыл, сначала не врубился, вроде все мое на месте, а чего-то не хватает Потом вспомнил — едрит твою за лапу! Портфельчика нет! Что, думаю, делать? Шухер поднимать, не дожидаясь, пока те поднимут, или погодить?

— Постой, давай разберемся. Кто мог залезть в твой сейф? Понимаешь, не хотел, таких по Москве навалом не хотел, а мог?

— Легальным образом никто. Если от кабинета запасной ключ есть у дежурного, то от сейфа только у меня Это же каким квалифицированным медвежатником надо быть, чтоб аккуратно вскрыть ящик в муровском кабинете?!

— Ты точно знаешь, больше ничего не пропало?

— Вроде нет.

— Поехали проверим еще раз!

5

Это было, конечно, грандиозное чрезвычайное происшествие, о котором, к счастью, никто, кроме нас двоих, пока не знал. Я еще не представлял себе, как можно помочь Славе выкрутиться из этой истории. Если военная разведка из-за портфеля поднимет шум, вполне возможно, что полетит и моя голова, но сейчас я больше переживал за Грязнова, потому что хоть и с его подачи, а именно я подвел его под монастырь. По правде сказать, нас обоих подставил майор Загоруйко из Кунцевского райотдела, старый перестраховщик. Как в воду глядел! Я был уверен почти на сто процентов, что это проделки начальника МУРа Савченко. Это был самый большой враг Славы Грязнова в родной конторе. В свое время Слава уличил его в трусости, которая привела к гибели двух оперативников. Замаскированная трусость не является должностным преступлением, поэтому Савченко выкрутился, свалил с оперативной работы, лизоблюдством и стукачеством выбился в командиры и сейчас на дух не мог переносить Грязнова, открыто назвавшего вещи своими именами. Это он всячески тормозил Славино продвижение по служебной лестнице. Он бы с удовольствием сожрал Грязнова совсем, но побаивался нас с Меркуловым да Александру Ивановну Романову. Та и раньше рубила правду-матку, сдобрив ее матерком, а теперь и подавно. Она приходит желанным гостем на всякие торжества, которые отмечает МУР, поэтому Витя Савченко убегает домой сразу после торжественной части, потому что потом Шура Романова даст ему жизни.

Именно Савченко я подозревал в том, что он каким-то образом смог открыть сейф Грязнова и покопаться в нем. Если бы знать точно, что это он, можно было бы прижать крысу. А если не он?

Крепкие, красные ладони Славы подрагивали, когда он открывал замок темно-зеленого железного ящика.

Я торчал за его широченными плечами, пытаясь заглянуть внутрь сейфа одновременно с ним, но мне никак не удавалось.

Слава открыл сейф, сунулся в проем чуть ли не плечами и замер.

В нетерпении я дернул его за широкий твердый хлястик пальто:

— Ну что там?!

Грязнов произвел долгий и мощный вздох, от которого зашелестели бумаги в папках, хранящихся в сейфе, и глухо — в чрево сейфа — сказал·

— Саша, если тебе не трудно, позвони на Столбовую, пусть пришлют хорошую бригаду для самых буйных!

Я решил, что он ерничает, чтобы спрятать отчаяние, ткнул его кулаком в спину и заорал:

— Подвинься!

Он послушно посторонился, и моим глазам предстал живописный бардак Славиного сейфа, и в нем среди папок, пакетов и непременной бутылки водки стоял злополучный портфель

Я схватил его, осмотрел замочки — целы и закрыты Прижимая портфель к груди, я в изнеможении опустился на стул

— Я знаю, ты думаешь, что у меня был приступ белой горячки, — убитым голосом произнес Слава.

— Я знаю, что тебе надо пойти к дежурному и узнать, был ли кто посторонний в здании в течение последних полутора часов!

— Точно!

Слава вскочил с места и направился к двери

— Сейф закрой!

— Извини, — виновато сказал Слава, вернулся, запер его на ключ и вышел.

А я вертел портфель в руках, щупал, с огромной радостью убеждаясь, что он цел и невредим. Я даже понюхал его, ожидая почувствовать характерный запах натуральной кожи. Этот специфический аромат имел место, но я унюхал еще кое-что. Изнутри портфеля тянуло совершенно незнакомым запахом сладковатой гари. Сам запах да еще мелкая пыль, влетевшая в ноздри, когда принюхивался, вызвали у меня громкое троекратное чихание.

Нет, что бы там ни было, надо поскорее сбывать его с рук, пока с ним еще что-нибудь не произошло.

Вернулся Слава.

— Посторонних, кроме вызванных повестками, не было. Меня спрашивал какой-то чин из Министерства внутренних дел.

— Ну-ка, кто такой?

— А кто его знает? Пришел, удостоверение показал, спросил, на месте я или нет. Дежурный не в курсе, говорит, посмотрите. Тот прошел, минут через десять возвращается, нету, говорит...

— Ну?

— Пришел вроде с портфелем или с «дипломатом». Ты же знаешь, дежурный на своих внимания не обращает.

— Слава, сходи покажи ему портфель!

Грязнов посмотрел на меня, молча взял одиозную вещь и вышел.

Вернулся минуты через три:

— Говорит, что очень похож.

— Ну вот! Есть информация к размышлению.

— Да иди ты! Какое такое размышление? У меня голова кругом идет!

— В таком случае сдаем портфель по назначению и больше не пудрим себе мозги!

— Тебе хорошо говорить! А мне что теперь делать? Если в мой сейф может залезть всякий кому не лень, я не имею права хранить там документы!

— Хорошо посмотрел, у тебя ничего не пропало?

— Все на месте!

— Вот и хорошо! Я уверен на сто процентов, что разгерметизация твоего отсека произошла из-за скворцовского портфеля.

— Мне от этого не легче! У меня появляется щекотка

в некоторых местах, как только я подумаю, что есть человекообразные существа, которые вскрывают мой сейф как бутылку пива!

— У меня есть идея, — говорю я. — Давай попросим Моисеева посмотреть твой сейф?

— Давай! — обрадовался Грязнов. — Иначе мне трудно будет отделаться от ощущения, что я идиот!

Я позвонил Семену Семеновичу. Он как раз был дома и, к счастью, не занят. Сказал, что придет через двадцать минут. За то время, которое он затратил на сборы и дорогу, мы со Славой получили самые последние данные из НТО и от оперативников. Кровь, обнаруженная на асфальте возле горсти стреляных гильз, была второй группы, в то время как покойный мистер Кервуд имел первую группу. Это давало основания предполагать, что пролил кровь один из нападавших. Сегодня днем на стоянке мотеля «Можайский» обнаружен автомобиль «ВАЗ 2109» «Лада» вишневого цвета с пулевыми повреждениями передней левой фары. На правом заднем сиденье обнаружены следы крови второй группы. Автомобиль принадлежит гражданину Погосяну. Числится в розыске как угнанный со вчерашнего дня.

В МУРе парни ушлые, не надо предупреждать. Машину криминалисты до винтика разберут, чтоб найти хоть что-нибудь стоящее. Наше дело — пока ждать.

Я еще успел разыскать секретные телефоны и позвонить в Главное разведывательное управление. В таких заведениях с посторонними всегда разговаривает дежурный. Какой-то прапорщик с синими погонами — он понятия не имел о том, что в этой серьезной конторе есть полковники, способные умереть от инфаркта. Дежурный долго переспрашивал меня, не путаю ли я. Потом, не вешая трубку, проконсультировался с кем-то серьезным, после чего дежурным голосом поблагодарил меня за бережное отношение к государственному имуществу и уточнил, где доблестные господа смогут забрать так непрофессионально потерянные документы. Договорились, что в три часа пополудни я буду ждать представителей ГРУ у себя в кабинете.

6

Пришел Семен Семенович Моисеев, бывший прокурор-криминалист Мосгорпрокуратуры. В цивильной одежде, с какой-то невообразимой сумкой в руках, которую с успехом можно было назвать словом «торба», он был похож на не очень удачливого завсегдатая вещевого рынка в Конькове. Однако это был старый профессионал и добрый человек. В его торбе нашлось место не только причиндалам криминалиста, но и бутылочке, и поллитровой банке с маринованным перцем, и кусочку ветчины.

— Судя по тому, что мне рассказал Слава, ему остаются считанные минуты до перехода на казенно-столовое содержание, — сказал Семен Семенович, — вот я и решил напоследок его побаловать. А вы, Саша, подельником будете?

— Буду, Семен Семеныч, — киваю я, — чем быстрее вы нальете, тем быстрее в подельники пойду.

— Ладно. Вы пока себя обслужите, а я на трезвый глаз замочек посмотрю.

Аккуратно и споро работая хитрыми миниатюрными инструментами, Моисеев наполовину разобрал замок сейфа, посмотрел, собрал обратно, с признательностью принял из рук Грязнова рюмашку и выдал заключение:

— Твой сейф, Слава, открывали с помощью очень качественной многофункциональной отмычки, которую трудно изготовить кустарным способом. Не знаю, успокоит это тебя или, наоборот, озадачит, но такого инструмента в уголовном мире при мне не было. Я где-то читал, что на Западе пытались придумать универсальную отмычку. О том, что ее уже придумали и внедрили в производство, не слышал, но, если мне не изменяет профессиональное чутье — а оно мне таки не изменяет, — твой сейф, Слава, оцарапан именно таким инструментом.

— Уж не хотите ли вы сказать, Семен Семеныч, что здесь хозяйничали цереушники? — не скрывая досады, спросил я.

— Упаси Бог, Саша! — воскликнул Моисеев. — Я только хочу сказать, что наша наука в тесном союзе с искусством щипача может творить чудеса. Я пенсионер, и все мои рассуждения и выводы при необходимости можно смело выдать за старческий маразм, но у ваших друзей с Лубянки такой инструмент может быть.

— Час от часу не легче! — проворчал Грязнов, неуверенно трогая пальцами горлышко бутылки.

Я решительно забрал у него из-под носа вожделенный сосуд:

— Будешь так часто прикладываться — исключу из бригады! Станешь тогда по указке Савченко чердачных воришек гонять!

— Да ладно! — слегка обиделся Грязнов. — Ты меня перед Семенычем так уж не лажай!

Моисеев, опасаясь, что мы начнем выяснять отношения, перевел разговор в другую плоскость:

— Саша, это тот самый портфельчик, что вы чуть не потеряли?

— Да.

— Можно взглянуть?

— Смотрите, все равно через два часа хозяева заберут.

Семен Семенович осторожно взял портфель, оглядел со всех сторон и, что меня позабавило, тоже понюхал, как и я.

— Чем пахнет? Чекистами? — насмешливо спросил Слава.

— Замочек красивый, но несложный, хотите открою, — предложил Моисеев.

Слава нерешительно взглянул на меня.

— Оно конечно, — говорю, — чем меньше знаешь, тем спокойнее спишь. Но мы из-за него натерпелись, так что имеем право знать, за что страдали.

Грязнов встал, подошел к двери и запер ее изнутри, а заодно и прокомментировал свои действия коротко, но исчерпывающе:

— От греха подальше.

Семен Семеныч вытащил из сумки некую штучку вроде спицы с рогами, нацепил на нос очки, и через пару минут замочки, звонко щелкнув, открылись. После чего Моисеев, как заправский преступник, натянул на руки тонкие резиновые перчатки, раскрыл портфель и заглянул в него. Потом позволил заглянуть туда же мне и

Грязнову. В одном из отделений портфеля лежал на дне слой серой, похожей на пепел трухи. В другом покоилась бутылка, по всей видимости с коньяком. На бутылке была наклеена этикетка, но ее лицевая сторона не то смазана, не то стерта старательными руками о шершавую бетонную стену. И — специфический запах.

Моисеев, так же не торопясь, снова закрыл замочки портфеля, протянул его мне и сказал:

— Саша, прежде чем вернуть эту вещь по назначению, позвоните Косте Меркулову и попросите, чтобы он вас подстраховал в этой ситуации. Есть такой препарат под названием, если не ошибаюсь, РБ-3. Он служит для экстренного и надежного уничтожения важных бумаг и документов. Боюсь, что портфельчик похищали с той целью, чтоб закачать в него этот растворитель.

— Тебе, Семен, хорошо бояться, ты на пенсии! — проворчал Грязнов.

Сказал он это не со зла, а потому Моисеев не обиделся. Собрал свои инструменты и инструментики, банку с закуской оставил на столе.

— Ладно, ребята, пойду. Вы заходите ко мне. Стресс снимете, поорете вволю на начальство. И мне, глядишь, выгода: соседи подумают, что притон организовал, бояться станут.

— Ты теперь вольный, Семен, не угадаешь, когда тебя дома застать!

— После девяти я всегда дома и все время один. Возраст, понимаешь ли... Недавно дочку Шуры Романовой встретил, на мать жалуется.

— Что случилось? — спросил я, невольно улыбнувшись.

— Внучка у Шуры на гимнастику ходит. Какие-то сложности возникли, вот Александра Ивановна пошла разбираться и такой шухер устроила всей спортивной школе! Сказала: будете безобразничать, я вас на боевое самбо перепрофилирую!

Не прошло и пяти минут после ухода Моисеева, как зазвонил телефон.

Слава поднял трубку:

— Грязнов слушает!

Потом сделал круглые глаза, замахал мне рукой, схватил ручку и размашисто написал на листе бумаги «Андр.», а сам сладким как мед голосом заговорил в трубку:

— Да, Юрий Владимирович, вы попали совершенно правильно, по линии МУРа этим делом занимаюсь я. Да, очень похвальное стремление. Конечно, все очень серьезно, будем ждать.

Грязнов положил трубку, повернулся ко мне:

— Ты понял? Сам позвонил. Сказал, что освободится часа в четыре и сразу приедет ко мне. Ты будешь?

— Обязательно

Вернувшись к себе, я долго и безуспешно пытался дозвониться Меркулову. Секретарша Клава говорила сначала, что он у генерального прокурора, потом сказала, что он уехал по делам и, когда вернется, неизвестно. Что ж, все объяснимо. Чтобы Россия не скучала, провидение подкинуло ей кавказский узел проблем. Политическое противостояние с Чечней переросло в противостояние вооруженное. Все силовые министерства работали в напряженном режиме, политики, стараясь перекричать друг друга, публично обсуждали действия Российского правительства. Москва нервно ожидала террористических актов и диверсий, с удовлетворением отмечая, как настойчиво и тщательно проверяют милиционеры документы у смуглых и щетинистых мужчин с явно кавказской внешностью. Мы пока занимались повседневными делами и потихоньку молили Бога, чтоб не пришлось экстренно браться за расследование дел о взрывах и политических убийствах, хватает нам и без того.

Я сидел за столом, ждал гостя из Главного разведывательного управления и гадал, сказать ему о том, что случилось с портфелем Скворцова, или сделать вид, что все перипетии он претерпел до того, как попал в наши руки.

Я так ничего и не решил, когда в дверь постучали.

— Войдите, — пригласил, откашлявшись.

Вошел высокий, крепкий мужик с военной выправкой и незапоминающимся, но волевым крупным лицом

— Вы Турецкий Александр Борисович? — спросил он, приветливо улыбаясь.

Я из вежливости встал, подал ему руку.

— К вашим услугам.

Он протянул мне удостоверение и представился:

— Майор Осинцев Сергей Борисович из Главного разведывательного управления Генштаба. Это тот самый портфель?

— Да, возьмите, пожалуйста.

Осинцев принял из моих рук портфель, кивнул в знак благодарности, но уходить не спешил.

— Александр Борисович, майор Загоруйко доложил, что вы были на месте обнаружения тела полковника Скворцова...

Ишь ты, подумал я, доложил Загоруйко!

— Присутствовал, — говорю.

— Я, конечно, нисколько не умаляю компетентности работников райотдела милиции, но все же хотелось у вас спросить, может быть, что-то показалось вам странным, необычным в положении трупа?

Так, в естественную кончину сослуживца майору Осинцеву трудно поверить. Его можно понять — разве так должны умирать разведчики? Впрочем, эта ирония, пусть даже и не высказанная вслух, вряд ли уместна. И я отвечаю без улыбки, к тому же совершенно искренне:

— Насколько я знаю, судмедэксперт не обнаружил признаков насильственной смерти, так что тут вряд ли можно усмотреть чей-то злой умысел. С другой стороны, чисто психологически не очень понятны действия покойного.

— Что вы имеете в виду? — навострил уши майор.

— Как мне кажется, в предчувствии приступа сердечник по логике вещей должен стремиться на освещенное и людное место, чтобы в случае чего прохожие хотя бы «скорую» вызвали.

— Да, — согласился Осинцев, — в этом есть резон. Спасибо за ценное замечание.

— Не за что! — отмахиваюсь я. — Возможно, я ошибаюсь. Делаю выводы на основе своего опыта, а он у меня довольно специфический...

— Ну что вы! — широко улыбнулся разведчик. — В минуту смертельной опасности поведение людей, к какой бы они профессии ни принадлежали, большим разнообразием не отличается.

Возможно, он был прав, но тон, каким сказаны были эти слова, выдавал его с головой: у майора Осинцева в сознательном возрасте пока еще не было минут смертельной опасности. Наверное, он светлая аналитическая голова, а такие люди нужны в тылу даже в разведке.

— Сергей Борисович, мне, к сожалению, с разведкой, контрразведкой работать пока не приходилось. Можно ли прояснить у вас один вопрос?

Осинцев бросил на меня очень быстрый и настороженный взгляд, а лицо его тем временем расплывалось в дружелюбной улыбке:

— Конечно, спрашивайте!

— Спасибо. Вот мы, например, какие-то очень важные и серьезные дела изучаем только в рабочих кабинетах, выносить эти бумаги из прокуратуры нельзя. А как с этим у вас? Я почему спрашиваю — полковника Скворцова обнаружили лежащим сверху на этом портфеле. Кто-то из молодых-горячих по этому поводу версию выдумал, что, дескать, Скворцов пытался спрятать от кого-то свой портфель, а?

Осинцев коротко рассмеялся:

— Полная чушь, Александр Борисович! У нас за стены учреждения вообще ничего нельзя выносить, даже промокашек! Портфель содержит только личные вещи полковника, я в этом абсолютно уверен! Просто мы решили, что будет лучше, если вдова получит его вещи от его же товарищей, а не из милиции. Согласитесь, это будет не так казенно.

Я соглашаюсь, Осинцев еще раз одаривает меня своей улыбкой и, простившись, уходит.

Я смотрю в окно на голые, мокрые, черные ветви деревьев, и невеселые мысли продолжают свербить меня. Если Осинцев прав, значит, тот, кто спер портфель и растворил все его содержимое, кроме коньяка, законченный идиот. Но, с другой стороны, законченный идиот не смог бы выкрасть портфель из муровского сейфа, а он ведь пошел дальше. Как это у Булгакова: «Украсть не трудно. На место положить — вот в чем штука». Он ведь украл, сделал свое дело и на место поставил. С учетом того, что поведал об этом похищении Моисеев, речь надо вести о суперагенте ЦРУ, никак не меньше. Суперагент должен знать, что обычно работники ГРУ агентурные папки вместе с батонами не носят. Значит, у Скворцова в портфеле было что-то этакое... Но в таком случае пусть им занимается контрразведка. А я лишь из чистого любопытства хотел бы взглянуть на ловкача, шарившего в кабинете Славы Грязнова.

Перед тем как ехать в МУР на беседу с Юрием Андриевским, попробовал еще раз позвонить Меркулову. И на этот раз мне повезло.

— Костя?

— Что, Саша?

— Грязнов выяснил, кто ехал в машине с Кервудом

— Это хорошо! Его нашли?

— Да он особо и не скрывался. И знаешь почему? Потому что он работает в Службе внешней разведки.

Меркулов на том конце провода присвистнул от удивления, потом решил меня подбодрить:

— Ну и что? А ты работаешь в Прокуратуре России, и они все у тебя под надзором!

— Спасибо! Только их мне и не хватало!

— Не капризничай, Саша! — строго сказал Меркулов. — Ты следователь-«важняк» в масштабах страны!

— Я понимаю. Только уж больно воспоминания у меня о всей этой секретной братве не очень. Ты же знаешь!

— Знаю. Тебе главное найти, кто американца убил и по возможности за что. А со своими они сами разберутся. Да вообще, Шурик, ты знаешь, что в Чечне делается?! Может, скоро прикажут тебе твоего Кервуда на потом отложить, начнешь в отечественной грязи копаться, еще, может, заскучаешь по чистенькому делу. Во всяком случае, считай, что ты меня озадачил. Попробую выяснить у контрразведчиков, не засветился у них этот... как его фамилия-то?

— Андриевский Юрий Владимирович...

7

— Добрый день. Андриевский Юрий Владимирович

Он возник на пороге Славиного кабинета, высокий, стройный красивый брюнет в длинном хорошем пальто, фетровой шляпе. Одежда сидела на нем с элегантной небрежностью. В нем было что-то от денди, может, и не богатого, но породистого повесы, который знает, что в старости ничто с такой грустью не вспоминается, как пережитые удовольствия.

— Проходите, пожалуйста, присаживайтесь, — пригласил его Слава. — Я старший оперуполномоченный МУРа майор Грязнов. А это — следователь по особо важным делам Прокуратуры России Александр Борисович Турецкий.

Андриевский с интересом взглянул на Славу, потом на меня и вдруг спросил:

— Скажите, пожалуйста, это с вашим участием девять лет назад была прикрыта попытка военного переворота под названием «Операция «Фауст»?

Слава замялся. Я тоже несколько растерялся, поэтому ответил уклончиво:

— Мы имели к этому делу некоторое отношение. А что?

— Да нет, ничего. Просто в разведшколе то дело до сих пор изучается как пример непрофессионализма Главного разведывательного управления. Будь их действия более грамотными, у вас ничего бы не получилось!

— Вы тоже так считаете? — осторожно спросил я.

— Конечно! Анализ прошлых ошибок и прогнозирование возможных ситуаций — такова в общих чертах моя работа. Вы тоже действовали небезупречно с профессиональной точки зрения, но наши напортачили больше.

— Вот видишь, Вячеслав, — говорю Грязнову, — и мы в историю попали. Правда, в специфическую. Так что прижизненной славы нам все равно не видать.

Я поймал себя на странном, как мне казалось, чувстве: этот парень — он явно не старше меня — был мне симпатичен. Чуть больше часа тому назад, когда я беседовал с Осинцевым, мне было все понятно. Кастовая скрытность и неприязнь под широкой маской радушия. И все неестественно, даже обычные жесты.

Этот совсем другой. Может, потому, что больше ученый, чем шпион, а может, принципы подбора кадров изменились с тех пор, как монолит КГБ перестал существовать.

— Юрий Владимирович, нам, конечно, очень приятно, что ваше мнение о нашей работе столь велико, но, к сожалению, повод для нашей встречи с вами не так приятен, как воспоминания о молодости. Вчера вечером на Минском шоссе неизвестными лицами была обстреляна автомашина «вольво», в которой находился работник госдепартамента Соединенных Шатов Джон Кервуд...

— Не трудитесь рассказывать дальше, Александр Борисович, — перебил меня Андриевский. — В этой машине за рулем сидел я.

— В таком случае хотелось бы услышать от вас подробный рассказ о происшествии. Если, конечно, нападение на машину не было организовано вашей службой.

Андриевский покачал головой.

— Тут у вас ошибочка. Если бы назрела необходимость убрать американца, это было бы организовано более тонко и, откровенно говоря, без того, чтобы подставлять меня под шальные пули. Вы согласны?

— Отчасти.

Андриевский кивнул и начал рассказывать:

— Сейчас, когда у нас пошла такая дружба с Западом, что уничижение паче гордости, как говорится, нам приходится выполнять иногда очень странные задания руководства. Одно из таких заданий обломилось мне. Вы же слышали о том, что происходит в Чечне? Мы на пороге очередной кавказской войны. Если вы хорошо помните историю, то догадываетесь, чем это нам грозит! За свою историю чеченцы три раза воевали с Россией: в 1785 году под предводительством Ушурмы; с 1817 по 1859-й под командованием Шамиля; в 1919-м против Деникина, правда, не под красным знаменем. Теперь против Ельцина непокорным князьком выступает Дудаев. Но в отличие от прежних бунтарей Джохар — военный человек, бывший генерал могучей Советской Армии. Хотя он и говорит: я не сумасшедший, чтобы воевать против регулярной армии огромной страны, — он будет бороться до конца, потому что у него нет другого выхода и потому что он слишком кавказский человек, чтобы просто сдаться. Возможно, вы считаете, что Чечню надо оставить в покое...

— Конечно! — подтвердил Грязнов.

Я, как человек государственный, мягко уточнил:

— За себя говори, Вячеслав. Я пока ни в чем не уверен.

— И вы правы, — повернулся ко мне Андриевский. — Этот узел так просто не разрубить. Чеченская республика занимает ключевую геостратегическую позицию на Кавказе. Через Чечню проходят жизненные артерии Кавказа — железная дорога и автострада Ростов — Баку. А еще Грозный является своеобразным краном на нефтепроводе Баку — Новороссийск. Этот нефтепровод, пожалуй, главный козырь России в борьбе с Турцией за право транспортировки каспийской нефти. Так что предоставлять или нет Чечне полный суверенитет, особенно если его подхватит Дудаев, — еще вопрос. Вы знаете, что в мире реакция на конфликт России с Чечней пока не однозначна. Многие влиятельные политики заявляют, что этот конфликт — внутреннее дело России. Многие считают, что эскалация конфликта неизбежно отразится на относительном равновесии в цивилизованном мире. У них который год голова болит от Югославии. А вот член госдепартамента Кервуд приехал лично с миротворческой миссией. Я так и не определил для себя, искренне он хочет мира во всех уголках Земли или это предлог для каких-то более узких задач в интересах своей страны. Собственно говоря, я должен был постараться выяснить истинную цель поездки Кервуда в Чеченскую республику. Естественно, под прикрытием. «Крыша» у меня была хорошая — аналитик из Министерства по чрезвычайным ситуациям.

— Скажите, почему ваше ведомство взяло на себя Кервуда, а не контрразведка, например?

— Вопрос правильный, — кивнул Андриевский. — Это их дело — иностранцев водить. Они и водили, пока не лопухнулись. Американец слежку заметил, сначала делал вид, что не замечает, затем в шутку или по серьезной надобности пару раз красиво от них ушел. Тогда наш шеф решил взять дело в свои руки.

Точно, об этом Меркулов мне рассказывал. Выходит, мужик не врет.

— У вас может возникнуть вопрос, почему к американцу прикрепили меня, штабного, если можно так выразиться, работника...

Я пожал плечами:

— Да нет, это сугубо ваше дело.

— Шеф тонко рассчитал, что в такой ситуации лучший способ притупить бдительность — это совсем отказаться от наружного наблюдения. Так я превратился в слегка анархического интеллектуала, хорошо знающего английский язык только потому, что на нем разговаривали «Битлз». Это как раз единственная подробность из действительности во всей моей легенде...

— Вы так говорите, Юрий Владимирович, будто этот Кервуд — матерый агент ЦРУ! — несколько насмешливо заметил я.

— Мы пока, к сожалению, со всей определенностью не можем сказать, чиновник это был или разведчик, — серьезно заметил Андриевский. — А может, он един в двух лицах.

— Вот как!

— Конечно! «Холодную войну» они у нас выиграли, с этим спорить трудно. Но крест на нас пока не поставили, поэтому интересуются.

— Понятно. Таким образом, вы сопровождали его в Чечню?

— Да. Мы были везде — в Грозном у Дудаева, в Знаменском у Автурханова и в Толстой-Юрт заезжали. Я хотел быть у него переводчиком, но Кервуд совсем неплохо говорит по-русски. Иногда он вел какие-то разговоры без меня. Так что я не все узнал про нашего дорогого гостя. Теперь надо писать отчет, и думаю, не очень меня за него похвалят. А за вчерашнее и подавно.

— Расскажите, пожалуйста, что там с вами произошло.

Андриевский охотно и достаточно подробно изложил обстоятельства происшествия. Его рассказ практически ничем не отличался от того, что нам поведал свидетель Федоров. Но всплыла интересная подробность: человек, пытавшийся остановить «вольво» мирными средствами (долларами), был явным выходцем с Кавказа и, вполне возможно, чеченцем.

— Вы допускаете прямую связь между поездкой в Чечню и обстрелом вашей машины?

— Вполне, — немного подумав, согласился Андриевский.

— Я поставлю вопрос иначе: возможно, у вас или у Кервуда в ходе этих встреч были какие-то разногласия с представителями той стороны, которые могли зайти достаточно далеко?

— Да, я вас понял. Были такие разногласия с генералом Дудаевым. Правда, в самой той дискуссии я не участвовал, но был неподалеку и кое-что урывками слышал. Кервуд упрекал генерала за то, что тот собирает вокруг себя много всяких уголовных элементов, которые только подрывают его авторитет. Приводил фамилию какого-то... я не расслышал. В общем, его разыскивает Интерпол, а голубчик этот генерала авиации охраняет или в контрразведке у него работает, толком не понял. Дудаев говорит: я ценю преданность мне, и меня не интересует, был человек где-то там паинькой или злодеем. Тогда Кервуд начал его цивилизацией и мнением мирового сообщества пугать, мол, вам не удастся повторить опыт Америки, которую начали строить ссыльные преступники. Дудаев ответил, что его не волнует мнение Европы и Америки Ну то есть намекает на то, что склоняет Чечню к мусульманскому миру. Не знаю, что там ему сказал Кервуд, но выскочил какой-то адъютант или охранник генерала и говорит: заберите своего шайтана, а то у джигитов скоро терпение кончится! Ну забрал, после чего в Толстой-Юрт поехали. Дальше все было без осложнений..

— Получается не очень логично, — заметил Грязнов.

— Что именно? — спросил Андриевский.

— Если убивали по приказу генерала или его уголовника, гораздо менее хлопотно сделать дело на территории

Чеченской республики. И ближе, и концы легче спрятать. Как-никак, территория взрывоопасная.

— Я вам больше скажу — война неизбежна, ее уже не остановить. А какая она будет, одному черту известно!

Слава Грязнов покосился на Андриевского неодобрительно — тот вольно или невольно ушел от ответа, и задал вопрос:

— А если допустить, что охота шла не за Кервудом, он случайная жертва?

— Да? Об этом я как-то не подумал. Хотя мне казалось, что у меня нет врагов ни в Чечне, ни в Москве. Я уже говорил — я не оперативный работник, то есть не хочу подсидеть своего шефа резидента. А в институте у нас не подсиживают, туда берут только головастых, извините за нескромность.

— Вы женаты? — неожиданно спросил Слава.

— Да, а что?

Грязнов промолчал.

Я покосился на него, сделал незаметное для Андриевского движение бровями, как бы спрашивая: ну как он тебе?

Слава приподнял брови, что в данном случае означало не удивление, а неопределенность. В словесном выражении это могло прозвучать примерно так: кто его знает, вроде не врет мужик.

Впрочем, вопросом о семейном положении Слава уже сделал первую подачу к проверке господина Андриевского Ю. В. на искренность.

— Значит, вы взяли с охраняемой стоянки возле аэропорта свою «вольво» и вдвоем с Кервудом поехали в город. Так?

— Да.

— Как вы думаете, Юрий Владимирович, вы могли не совсем отчетливо расслышать, что кричал кавказец своему подельнику? — продолжаю спрашивать я.

— Мне кажется, причем хорошо так кажется, на грани с уверенностью, что чеченец крикнул: «Он сзади».

— А может, он из-за акцента проглотил последнюю букву, а крикнуть хотел — она сзади?

— Она? — как будто не понимая, переспросил Андриевский.

— Юрий Владимирович, сколько человек было в машине? — спросил я тихо и проникновенно.

— Знаете, темно было, — честно пожирая меня глазами, ответил он. — Двоих точно заметил, того, что на дороге метался, и другого, который стрелял...

— Я о вашем автомобиле спрашиваю, — так же тихо уточнил я вопрос.

Он потупился, помолчал минуту и сознался.

— Четверо...

— Юрий Владимирович, — решил приободрить я его, — мне понятно ваше беспокойство. Мы гарантируем, что никто посторонний, равно как и ваши близкие, ничего знать не будут. Но в интересах следствия мы должны допросить ваших попутчиц.

— Конечно, — согласился Андриевский. — Понимаете, там было не до женщин, в горах этих... А потом, когда удачно вырвались, Кервуд меня и подбил. Он ведь не старый еще и крепкий... был. Говорит мне: Юра, хороший экскурсовод... нет, он сказал «гид», так точнее будет. Хороший гид, говорит, показывает не только достопримечательности, но и экзотику. Я немного растерялся, но говорю: хорошо, сейчас поедем найдем. А прежде чем ехать, в ресторан зашли, коньяком погреться. Он, как Черчилль, коньяк наш любил. Зашли, значит, сели. А неподалеку, столика через два, и они сидели, девушки эти. Пташек таких сразу по повадкам видно, но эти или ловко косили под дорогих, или в самом деле такими были а в аэропорт приперлись от сутенеров своих отдохнуть. Во всяком случае, сидят не как на работе, глазищами по залу не шарят. Кервуд и так после поста, скажем, а после соточки сосудорасширяющего кровь совсем взыграла — положил он на одну из двоих девушек глаз. Подсел к ним за столик, шампанского заказал, пошел съем полным ходом Девчонки почуяли, что Кервуд — хороший денежный мешок, и уже готовы за ним хоть на край света. Кервуд себе взял ту, что получше, Диной зовут, а мне уж то, что осталось, — Катя. Хотя девка тоже классная, но попроще Динки В конце концов покидали их в машину и поехали.

— Значит, одна Дина, вторая Катерина. А фамилии? Или хотя бы отчества знаете?

— Да нет, не принято как-то у дам такого рода занятия с первой минуты документы спрашивать и анкетные данные записывать. Имена спросили, свои назвали и — вперед!

— Тогда вам придется немного задержаться, будем делать фотороботы и вспоминать особые приметы, если есть, — заметил Слава Грязнов с таким видом, будто он безумно сожалеет о том, что у господина Андриевского будет непредвиденная задержка.

— Вообще-то, — грустно улыбается тот, — у меня на вечер были другие планы... Нет-нет, не подумайте чего, просто дела по работе. Знаете что, у меня в куртке, в которой ехал вчера вечером, книжка записная, и туда я телефон Катерины записал. Можем мы с вами договориться так, что я сейчас заскочу домой, разыщу ее телефон и позвоню вам? Если не найду, то сегодня после двадцати одного часа или завтра с утра я в полном вашем распоряжении. Такой вариант возможен, а? Мы же с вами коллеги по большому счету!

Я посмотрел на Славу, тот — на меня. Андриевский внушал мне доверие. К тому же в любом случае неизвестная нам Катерина нужна разведчику-теоретику, чтобы подтвердить его показания. А в том, что сделает это, не было никаких сомнений: у них было достаточно времени, чтобы договориться обо всем, в том числе и о том, что говорить, а что не говорить следователю. Если, конечно, им есть что скрывать. Нам нужны были их показания, чтобы попытаться найти хоть какие-нибудь зацепки, детали, которые позволили бы продвинуться пусть не в поиске преступников, но хотя бы в установлении их личностей.

— Хорошо, Юрий Владимирович, такой вариант нас устраивает, — соглашаюсь я.

После чего Андриевский весьма дотошно вычитывает написанный мной протокол, как положено, расписывается на каждой странице и уходит со словами:

— Тогда я не прощаюсь.

Когда мы остаемся вдвоем, Слава спрашивает:

— Ну как он тебе?

Пожимаю плечами:

— Ты знаешь, не распробовал. С одной стороны, вроде не врет, кое-что из того, что он говорил, я от Меркулова слышал. Но вся эта история какая-то уж очень туманная...

— Как все истории в их конторе, — добавил Слава.

— Может быть. Поэтому пошли они набок с их секретными операциями! Наше дело установить и по возможности изловить тех, кто американца пристрелил.

— Установить — установим, а вот достать — не знаю, — заметил Грязнов. — У нас же теперь государственных границ — за каждым тыном. Сделают свое дело — да и свалят в ту же Чечню. Попробуй достань оттуда!

— Если Родина прикажет, Слава... — тихо и полушутя говорю я.

— Да уж, за ней не заржавеет!.. Ладно, пойду в дежурку, в буфет загляну. На тебя брать что-нибудь? Будешь ждать, что этот соловей из Ясенева пропоет, или домой поедешь?

— Буду ждать. Что-то ты как будто с предубеждением про нашего друга говоришь?

— По привычке, Александр Борисович. Обычная человеческая ошибка — переносить мнение об одном человеке из конторы на всех ее представителей и на контору в целом. О, видишь, как насобачился формулировать, отчеты сочиняя!

8

Я одобрил предложение Грязнова, обратиться к водителям, проезжавшим в злополучный вечер по Минке, хотя особых надежд на этот путь поиска свидетелей не возлагал. Тем не менее прозвучавшее по радио объявление принесло свои результаты. После обеда, ближе к вечеру, стали звонить и приходить люди. Помощники Грязнова детально опрашивали каждого. Через полтора часа мы имели более-менее похожие описания преступников и совершенно бесполезные фотороботы. И это вполне естественно: во-первых, было уже темное время суток, во-вторых, ребята с автоматом отнюдь не желали понравиться или запомниться кому бы то ни было. Скорее, наоборот.

И вот что мы имели в конце концов. Один — ярко выраженный кавказец, но не армянин или азербайджанец, скорее грузин или чеченец. Уже, как говорится, теплее. Рост выше среднего, производил впечатление физически крепкого человека. Небрит, нос крупный, но не чрезмерно. Глаза блестят. Ничего себе примета, ночью у всех глаза блестят, кто на свет смотрит. О прическе и форме бровей и лба никто ничего не сказал, потому что до самых глаз была натянута черная вязаная шапочка. Таких по московским рынкам сотни ошивается.

Второй — ярко выраженный славянский тип с обветренным, небритым лицом. Но если кавказцу его синеватая небритость брюнета придавала некий шарм, то на красном лице второго серая щетина выглядела неопрятно. Одет он был в куртку и джинсы. Почти на глаза натянута такая же, как у напарника, шапочка. Единственной особой приметой, будь это год восьмидесятый, можно считать то, что он прилично стреляет из автомата. Но в наше лихое время хороших вояк развелось больше, чем людей, читавших Пушкина.

Мы со Славой вынуждены были признать, что пока у нас нет ощутимых результатов, хотя кавказский след, как основная версия, имел все больше шансов на дальнейшую разработку. Это значит, что в первую голову нам нужно работать с Андриевским. Возможно, он не говорит всей правды о своей личной миссии в Чечню. Я слышал, что республика напичкана сотрудниками Федеральной службы контрразведки. Почему не предположить, что и у разведчиков могут быть в той стороне свои интересы? Может быть, пули, посланные вдогонку «вольво», предназначались не американцу, а нашему веселому эрудиту? Нет, все меньше и меньше надежд питал я на скорое раскрытие этого дела. Был бы Кервуд какой-нибудь фирмач, убили бы его из-за денег — все ясно. А то разведчики, да еще и непокорные горцы!..

Когда зазвонил городской телефон, Славы не было в кабинете, поэтому трубку снял я.

— Алло? Это Александр Борисович? Андриевский вас беспокоит.

— Нисколько вы нас не беспокоите, Юрий Владимирович. Узнал вас. Чем порадуете?

— Да, кое-какие новости есть. Нашел я телефон той Кати, позвонил и как раз напал на нее. Она немного напугана, сами понимаете... В общем, она попросила, чтобы я тоже присутствовал при вашей с ней беседе. Это ничего?

— Нет, конечно, пожалуйста.

— Она снимает комнату на Сиреневом бульваре и часа через два будет на месте.

— Хорошо. Куда за вами заехать? В Ясенево?

— Нет, я сейчас на Лубянке, так что подскочу сам. Если не смогу, позвоню. До встречи!

Вернулся Слава. Я рассказал ему о том, что звонил Андриевский. И он поделился последними новостями коротко, но исчерпывающе:

— Ни хрена! Никто ни в одну больницу из интересующих нас людей не обращался по поводу огнестрельных ранений!

— Ну давай допустим, что убийца тоже не дурак, — мягко говорю я расстроенному Славе. — Сейчас на каждом углу частные и хозрасчетные медики практикуют. Если их попросить и просьбу позолотить, сделают все что надо и не станут никуда сообщать. Это опять же подтверждает, что попутчик Кервуда господин Андриевский вряд ли был сообщником убийц, он бы не повез раненого в государственную больницу.

— Это еще вопрос! — недоверчиво покрутил головой Слава.

— Ладно, Фома неверующий, это даже хорошо, что у нас нет единодушия на данном этапе расследования. С твоего позволения я заскочил бы домой, обед принял. Слушай, поехали со мной, а? Поедим как люди, потом можно будет хоть всю ночь исповеди путанок слушать.

— Нет, спасибо, в другой раз, — отказался Грязнов. — Во-первых, надо сидеть здесь, мало ли что, вдруг выплывет что-нибудь. Во-вторых, жена твоя подруг начнет мне сватать.

— Давай я скажу ей! Она из лучших побуждений... — слегка растерялся я. — Я ей намекну, и тема будет закрыта.

— Я не поэтому, Саша, — покачал головой Грязнов. — Знаю, что Ирина хочет мне помочь. Только не думаю, что будет толк с этого, только женщину хорошую подставит.

Семь лет назад Слава Грязнов развелся со своей женой, хохотушкой Верой. Из этой женщины бил неиссякаемый оптимизм, замешенный на здоровом эгоизме. Душа жаждала спокойной и веселой жизни, а разве может быть жизнь спокойной у оперуполномоченного уголовного розыска? А если учесть при этом, что Верка Славу любила по-настоящему и переживала за него каждый раз, когда он срывался на задержание, становится понятно, что долго она такую жизнь выдержать не могла. Слава комплексовал по этому поводу и считал себя одного во всем виноватым. Себя и свою работу. Этот собачий труд можно было ненавидеть — он того заслуживал, но было за что и любить — за риск, остроту ощущений и не такие уж редкие минуты триумфа. Одно лишь было невозможно — исполнять эту работу равнодушно и спокойно, как башмаки ремонтировать.

Вся наша поредевшая и разбросанная по Москве шайка друзей — Меркулов, Романова, Моисеев и я, — все мы очень переживали за Славку, но помочь не могли, да и не так просто ему нашу помощь было оказать. Гордый человек!

— Ладно, — говорю, — оставайся, коли так, но ты не прав.

— Знаю, — отмахнулся Грязнов. — Привет своим передавай.

9

Машина, в которой сидели, не считая водителя, мы со Славой да Юрий Андриевский, ехала по Стромынке. Грязнов прихватил с собой маленький японский диктофон, чтобы записать показания Катерины. Вообще-то муровцы были оснащены отечественной аппаратурой и, как правило, наши диктофоны были более громоздки и менее надежны. К тому же высокий, симпатичный да еще и усатый Вячеслав Грязнов любил щегольнуть, чтобы, как он сам объяснял, форма соответствовала содержанию.

Юра Андриевский решил, наверное, что самое время напомнить нам, что в Службе внешней разведки работают люди с чистыми руками и стерилизованной совестью. Он долго и нудно объяснял, сколько моральных и нравственных мук он вынес, когда ради выполнения долга вынужден был вежливо общаться с людьми, с которыми в обычных условиях он не стал бы вообще разговаривать, даже грубо. Очевидно, его нужно было понимать так, что и с Катериной он спутался только для того, чтобы ни на шаг не упускать из виду пройдоху Кервуда.

Нам-то по большому счету было все равно — верен Юрий своей жене или нет. Мне кажется, он тоже это понимал. Наверное, постоянная потребность объясняться и все объяснять сформировалась в нем за время работы в конторе.

— ...Только девчонок напугали. Когда этой Катьке звонил, мне показалось, что она немного навеселе. Стресс, что ли, снимает, — делился сомнениями Андриевский. — Вам, наверное, лучше, если она пьяная, Александр Борисович? Пьяные они болтливые, да?

— Не всегда. Какие-то особо важные для себя вещи человек, в том числе и женщина, не выбалтывает в любом состоянии опьянения. Для того чтобы заставить говорить, существуют специальные средства. Но это скорее по вашей части, Юрий Владимирович!

— Обижаете! Я — теоретик.

— С чего вы взяли, что обижаю. У вас такая специфика работы. Не только ведь в КГБ психотропные средства применяют. Военные, политические и экономические интересы государства выше прав человека, не так ли?

— Вы ерничаете?

— Ни в коем случае! Мне кажется, я высказал аксиому. Другое дело, что внутренняя убежденность в том, что это неправильно, могла помимо моей воли окрасить голос не теми тонами, которые вы хотели бы услышать.

— Ловко это вы завернули, Александр Борисович, только предубежденность ваша по отношению к разведке чувствуется. Наверное, к вашим собственным впечатлениям прежних лет прибавились впечатления от книг Игоря Кулагина. Ему хорошо изобличать теперь, когда разоблачители в очереди стоят, чтоб в обойму попасть!

— Вы его осуждаете?

— Естественно! Судите сами: когда творилось то, о чем он пишет, где был сам генерал Кулагин? Участвовал во всех делах или, в лучшем случае, молча стоял рядом. Красивая позиция? Во-вторых, как бы вы и ваш товарищ из МУРа отнеслись к своему товарищу по службе, который вдруг начал бы на каждом углу рассказывать о секретных аспектах вашей работы: о системе агентурной сети, методике допроса и прочей кухне, не предназначенной для всеобщего обозрения.

— Вот тут я с вами согласен, — мрачно кивнул Андриевскому Слава.

— Видите! — с победным видом повернулся ко мне Юрий

— Вижу, — ответил я. — И со многим согласен. А спорю так, из-за характера.

Мы медленно ехали по нужной нам улице, Андриевский всматривался в стены домов, проплывающих мимо, искал нужный номер.

— Кажется, здесь.

Мы вышли из машины втроем, вошли в темный голый дворик. Однако с первого захода в нужную квартиру не попали. Во дворе уходили в глубь жилого массива еще несколько пятиэтажек, помеченных, по-видимому, только на почтальонских картах (если такие у них имеются) литерами А, Б и В.

И вот мы на четвертом этаже у дверей под номером

четырнадцать. Слава Грязнов нажимает кнопку звонка. За тонкой дверью слышится переливчатый сигнал.

В двери глазка нет, но никто не спрашивает у пришедших, кто они и зачем, никто не открывает дверей не глядя, как поступают люди бесшабашные, а проституток можно, наверное, отнести к людям рисковым.

— Как вы сказали: она комнату снимает? — спросил Слава у Андриевского.

Тот немного помедлил, припоминая:

— Кажется, так. Она назвала адрес и сказала: я тут комнату снимаю.

— Тогда не складывается...

— Почему? — спросил я.

— Саша, расположение квартир в доме таково: слева на площадке — трехкомнатные, следом — однокомнатные, потом — две двухкомнатные. Четырнадцатая — однокомнатная. Здесь можно снимать только кухню, чулан или балкончик, если имеется.

— Она не могла вас обмануть? — спрашиваю я.

— Могла, почему нет. Я не Ален Делон.

— Хороши мы будем возле этой двери, если она нас надула! — хмыкнул Слава.

Андриевский постучал кулаком в дверь, крикнул:

— Катя! Открой! Это Юра!..

Я услышал или, может, мне показалось, как за дверями соседей началось какое-то шебуршанье — соседи прильнули к дверным глазкам и замочным скважинам: опять что-то происходит в их затхлом, пропахшем мочой и кухней подъезде.

— Идиотская ситуация, — вздохнул Андриевский.

— Пока еще нет, — откликнулся Слава. — Вот когда замок ломанем, а за дверями божий одуванчик с вязаньем в руках окажется — вот тогда да, будем идиотами выглядеть. Помолчите-ка минутку!

Слава прильнул ухом к двери, послушал.

— Кто бы там ни жил, сей человек занят водными процедурами, вода в ванной комнате шумит характерно.

— Почему не открывают тогда? — недоумевал Андриевский. — Мы же звоним, стучим как...

— Про идиотов больше не надо! — быстро перебил его Грязнов. — Возможно, человек моется не один.

— Ну так что делать будем? — хмуро спрашиваю я.

— Вот вы, Александр Борисович, зарисовываетесь здесь явно нелепо. Солидный человек, работник, можно сказать, почти правительственных структур, а стоите с портфельчиком у дверей проститутки с аэропорта! — балагурил, чтобы не материться, Грязнов. — Были бы тут какие-нибудь репортеры из «Таймс» — вот вам и пожалуйста, клубничная сенсация!

Добродушно ворчу в ответ:

— Моли Бога, чтоб это ее дверь была! Скандал — это тоже популярность. А вот если мы не найдем никого и ничего, то на рынке шинелишки свои будем продавать, чтоб на хлеб сотенок насшибать!

— Веселые вы ребята! — восхищенно произнес Андриевский.

— Это от отчаяния, — пояснил я.

— Понимаю, — потупился он.

Наверное, чувствует себя неудобно оттого, что пусть и невольно, а нас подвел.

Но Грязнов, наш суперсыщик, почему-то не торопился уходить от квартиры номер 14. Прирожденный розыскной талант плюс опыт выработали в нем своего рода оперативное чутье.

— Ну что, Саша, ломаем под мою ответственность? — спросил он шепотом.

Так же негромко отвечаю:

— Давай уж под мою. У меня ее немножко больше...

— Понял.

— Юрий Владимирович, — говорю нашему попутчику, — мы сейчас будем нарушать закон, проникать в эту квартиру без ордера и разрешения хозяев. Может быть, вам не хочется при этом присутствовать?

У Андриевского в глазах мелькнуло, как мне показалось, радостное удивление.

— Хотелось бы вас послушаться, Александр Борисович, — молвил он — Но потом трудно будет уважать себя в вашем присутствии

Ничего не попишешь — сказано было хорошо

Тем временем Слава, не признававший ни кейсов, ни портфелей, ни сумок через плечо, порылся в больших карманах кожаного пальто и извлек оттуда набор отмычек. Этот инструмент Слава отнял у известного квартирного вора Васи Листратова, дав тому честное слово, что вернет вещь, стоящую больших денег, как только Вася отсидит свое. Но срок его уже кончился, а Листратов что-то в наших краях не показывался. Может, сгинул где-нибудь. В зоне жизнь человеческая недорого стоит.

Грязнов изучил замочную скважину. Выглядело это со стороны довольно комично — будто высокий солидный мужчина в хорошем пальто занимается предосудительным делом: подглядывает за жильцами. Правда, тем из соседей, кто терпеливо переминался, прильнув оком к линзе дверного глазка, недолго пришлось наслаждаться непривычной картиной. Слава нашел подходящую основу, сунул ее в замочную скважину, покрутил туда-сюда — и дверь открылась. Простенький замок, никаких дополнительных цепочек и запоров. Не боятся хозяева или, может, брать у них нечего?

В прихожей, кроме встроенного обшарпанного шкафа, зеркала на стене и табуретки, ничего нет. Да-а, будет смех, если тут и правда какая-нибудь нищая пенсионерка последние дни доживает. Но нет, нет в квартире того стойкого, неприятного приторного запаха, который сопровождает одинокую старость. Из комнаты пахло приличной косметикой, сигаретным дымом и, кажется, спиртным.

Так и есть. В комнате из мебели диван, два кресла, телевизор на тонкой ножке, журнальный столик, на котором в живописном беспорядке располагались: пустая бутылка из-под шампанского, на три четверти опустошенная литровая бутыль водки «Кремлевская», мельхиоровая стопочка, хрустальный бокал, потерявшие форму и золотистый блеск шпроты на тарелке и кроме истерзанных рыбьих тушек орудие глумления — вилка, завершали сей натюрморт пепельница, полная окурков, полупустая пачка сигарет «Кэмел» и зажигалка.

Все свидетельствовало о том, что хозяин или хозяйка,

скорее всего, развлекали себя сами, после чего отправились на водные процедуры.

Вслед за Грязновым мы с Андриевским заглянули на кухню. Здесь, как и в прихожей, мебелишка была убогая, зато, всунутый в угол, утробно и уютно гудел большой белый, совсем новый холодильник. Слава не преминул заглянуть в обе камеры, морозильную и собственно холодильник. В морозильнике, в пластиковых тарелочках, запаянных целлофаном, лежали ягоды. В холодильнике на полках — яркие банки, баночки, бутылочки и бутылки. Судя по всему, человек живет здесь недавно, не бедный человек, семьей не обремененный, скорее всего, молодая женщина. Как говорится в одной игре, уже теплее.

Вода в ванной комнате текла негромко, странно даже, как это Слава умудрился услышать журчание еще на лестничной площадке. Однако та, что была в ванной, явно пыталась превратить это казенное помещение в парилку. Светло-серая дверь аж запотела местами снаружи, сквозь щель пробивались облачка пахнущего разогретым железом пара.

— Что она там, пастеризует себя? — спросил поднаторевший после женитьбы в домашнем хозяйстве следователь Турецкий А. Б.

Сделал я это, нужно признаться, не подумав, просто потому, что начали давить нехорошие предчувствия.

Юра Андриевский сунулся было к двери ванной, восклицая:

— Катя, ты что, не слышишь?!..

Но Грязнов вдруг оттолкнул Андриевского, рванул ручку. Негромко затрещав, запор вырвался из державших его на двери скоб, и мы отступили на шаг от проема — такое густое облако пара вырвалось из ванной комнаты.

Там внутри капало отовсюду — со стен, с трубы, огибающей полстены по периметру, даже с потолка, — столько пара уже успело сконденсироваться в водяные капли.

Но первым делом смотрели мы не на урон, нанесенный ванной комнате, мы смотрели в саму ванну. В ней лежала почти невидная за паром молодая обнаженная женщина. И скорее всего, она была мертва.

Матерясь и прикрывая рукой шапку от бесперебойно падающих сверху капель, Слава одним прыжком достиг кранов и закрутил оба намертво. Потом, помедлив, открутил кран с холодной водой.

— Так быстрей пар сойдет, — объяснил нам, хотя мне и так было понятно.

— Она что, мертвая? — побледнев, спросил Андриевский.

Слава, выйдя в прихожую, разделся, вернулся и тогда ответил:

— Боюсь, что да. — Потом профессиональный цинизм дернул за язык: — Первый раз вижу такой изуверский способ самоубийства — сварить себя в ванне! — Но, взглянув на ошарашенное, расстроенное лицо Андриевского, добавил: — Прошу прощения. Шутка была неуместна.

— Нет-нет, ничего, я понимаю... Но неужели?..

Я решил, что это зрелище и последующие оперативные мероприятия и процедуры для шпиона-теоретика слишком сильное испытание, и сказал ему:

— Юрий Владимирович, боюсь, что ваше присутствие уже не понадобится. Через несколько минут здесь будет дежурная группа, так что будет не до вас. Вы согласны?

— Да, наверное...

— Поэтому у меня к вам просьба: спуститесь вниз, скажите водителю, чтобы вызвал дежурную группу по этому адресу, и скажите, что я просил его, чтобы он отвез вас, куда вам надо.

— Хорошо. Всего доброго... ой, что это я! Извините!..

Поначалу не попадая в рукава, он оделся и выскочил за дверь.

Слава обронил, закуривая сигарету:

— Жидковат мужик для внешней разведки!

— Да и внешняя разведка уж не та, — откликнулся я.

— Ну тебя! — беззлобно сказал Слава. — Нет чтоб молчанием одобрить выводы и самостоятельные суждения своего товарища!

— Не сердись, — говорю ему. — Ты же знаешь, что

кресло, имея дело только с седалищем человека, часто удивительным образом меняет его психологию.

— Могешь! — одним словом оценил мои способности в схоластике Слава и не без издевки добавил: — А теперь, почтенный муж, вернемся к нашему повседневному дерьму!

Я его понял, и любой поймет нас, из тех, конечно, кому частенько доводится видеть работу смерти. Нормальному человеку к этому нельзя привыкнуть, а своеобразной защитой от нервного срыва служит легкий словесный цинизм. Кому-то взглянуть на мертвое тело невмоготу, а нам приходится с ним р а б о т а т ь.

Мы со Славой вернулись в ванную комнату и склонились над трупом. Теперь я понял, с чего вдруг Вячеслав ляпнул об изуверском самоубийстве. Мертвая женщина в мутной горячей воде, вся красно-желтая, бесстыдно раскинувшаяся в агонии, она действительно напоминала сваренную в кипятке. Вернее напоминала бы, если бы слезла кожа. А так она была просто распаренная сверх всякой меры.

— Захлебнулась? — спросил я.

— Скорее всего. Или захлебнули.

— Следов борьбы не заметно.

— Это еще ни о чем не говорит.

Над ванной поднимался теперь вместо пара какой-то отдаленно знакомый, неприятный запах.

— А чем это?.. — спросил я и выразительно покрутил носом.

Вячеслав наклонился еще ниже, чуть ли не к самому лицу покойницы, и, повернувшись ко мне, коротко пояснил:

— Рвота.

— Может, девочка надралась до зеленых соплей от горя или от страха, что вероятней, полезла в ванну, тут ей стало дурно и — фатальный исход?

— Возможно, — согласился Слава. — И хорошо, если так. А если она узнала кого-нибудь из налетчиков? Они ведь в одной кодле тусуются — проститутки, бандиты и прочие криминальные элементы. В общем, вскрытие покажет. Давай пошмонаем тут по горячим следам.

Слава хмыкнул, уловив в своих словах двойной смысл — мы ведь стояли возле горячей ванны.

Вячеслав занимался одеждой, обувью погибшей, заодно выискивал хоть что-нибудь, что могло бы навести на какой-нибудь след. Он внимательно осмотрел все окурки в пепельнице: есть ли помада, какая, какой прикус на фильтре.

Я с другой стороны захламленного стола изучал обнаруженные на нижней столешнице журнального столика бумаги, сложенные в коробку из-под обуви.

Здесь было все для того, чтобы установить личность хозяйки квартиры. Вот, например, паспорт на имя Мещеряковой Екатерины Николаевны, уроженки Белгорода, 1970 года рождения. С фотографии смотрела на меня милая, симпатичная девчушка с добрыми смешливыми глазами. Она не была супермоделью, но с ума сводила, наверное, многих. Теперь то, что от нее осталось, остывало в ванне в ожидании судмедэксперта. А вот аттестат о среднем образовании. Оценки средние. Ну что ж, не всем в Софьи Ковалевские идти... Нет, вернемся к паспорту, полистаем. Особых отметок нет, штампа о заключении брака нет, детьми тоже не успела обзавестись. Прописка — прописана на Шаболовке, в общежитии, судя по штемпелю «временно».

Что же она здесь, в гостях? Снимает квартиру? Тогда у нее крутые заработки должны быть. Я пометил себе в блокноте, что надо узнать в первую очередь, кому эта квартира принадлежит, где ее хозяин и когда, кому, на сколько сдал свою жилплощадь.

В дверь требовательно позвонили.

Это прибыла оперативная группа, и в квартирке сразу стало тесно и душно. Я, прихватив с собой коробку, переместился в угол дивана. Ничего представляющего серьезный интерес в коробке не нашлось. Фотокарточка светловолосого юноши с таким же незамутненным взором, какой был когда-то у Катерины. На всякий случай отложил ее в сторону. Конечно, маловероятно, что некогда влюбленный мальчик, обнаружив, как низко пала королева его мечты, утопил любимую в горячей ванне. Не зря писатели-детективщики не любят таких банальных мелодрам. Но опыт показывает, что в жизни как раз всегда есть место таким страстям. Только финалы в жизни чаще бывают трагикомичны, такие трудно описывать высоким стилем.

Неровно вырванный листок из школьной тетради. На нем Мещерякова второпях начала писать письмо родителям. И тут очередная банальность. Хвастается, что успешно учится в техникуме, подрабатывает в хорошем месте и все у нее отлично. В некоторых вопросах она была аккуратисткой. В частности, в письме сверху, перед тем как написать «Здравствуйте», была проставлена дата полугодичной давности.

Маленькая, изящная записная книжка с вставляющейся в переплет ручкой и замочком. Стильная вещь и дорогая. Ее я тоже заберу с собой.

Члены оперативной группы работают немного нервно, хотя и старательно. Они пытаются посмотреть всюду и в то же время не обеспокоить меня, шишку из Прокуратуры России. Ставлю себя на их место и понимаю, что им тяжело не замечать меня. Забираю все бумаги и документы, которые меня заинтересовали, нахожу Грязнова, говорю ему, что подожду его в МУРе, и выхожу из квартиры. Следом за мной выносят накрытое простыней тело. Я пытаюсь пропустить санитаров, но на крутой узкой лестнице «хрущевки» невозможно ни разминуться, ни развернуться. Так мы и спускаемся: сначала я, а вслед за мной, как и положено — ногами вперед, плыла на жестких носилках Катя Мещерякова.

10

Время — ночь. Мы сидим со Славой в его кабинете, пьем горячий крепкий чай, почти чифирь. Мы печальны, потому что по всему выходит, что Мещеряковой помогли умереть.

Согласно показаниям соседей, Мещерякова появилась в этой квартире месяца два назад. До тех пор жилплощадь занимала одинокая старушка-пенсионерка Авдотья Кузьминична Голубева. Где-то в начале года к старушке стали периодически заглядывать молодые хорошо одетые люди, приносили продукты, лекарства, один раз привезли с собой врача. Потом Голубева засобиралась куда-то, то ли племянница у нее нашлась, то ли еще какая-то родственница. Уехала бабка — и с концами.

В начале осени приходила какая-то дамочка, из молодых да ранних, привела с собой слесаря из жилищно-эксплуатационной службы, посмотрела квартиру и ушла. А вскоре после нее появилась Мещерякова, своим ключом открыла дверь, вселилась, на следующий день привезла кое-что из обстановки и зажила. С соседями активно не общалась, поначалу здоровалась со всеми, потом только с теми, кто отвечал на приветствие. Когда кто-то спросил у нее про Голубеву, Мещерякова спокойно ответила, что такой не знает, квартиру снимает по договору у женщины, но фамилия ее совсем не Голубева.

Со временем мы, конечно, узнаем, у кого снимала квартиру Мещерякова, как стала хозяйкой неизвестная пока дама. Однако я чувствовал, что дело тут такое же нечистое, как и фирма «Геронт-сервис». Дело это сидит у меня в печенках уже полгода. Директор фирмы и бухгалтер сидят в следственной тюрьме и дают показания, а еще один, правда, в бегах.

Из заключения медицинской экспертизы нам известно, что Мещерякова захлебнулась в ванне. Причем захлебнуться она могла как от воды, так и от рвотных масс — и то, и другое обнаружено в легких и в желудке. Именно последнее обстоятельство и заставляет нас признать, что в ванну она села сама или ей помогли. Если учесть содержимое желудка, Мещерякова пребывала в средней степени опьянения. Анализ же крови показывал, что степень эта сильна, аж до критического состояния. Это противоречие разрешилось, когда при более тщательном обследовании тела на левом предплечье погибшей были найдены следы от инъекций. Так как в крови и тканях не было обнаружено никаких химикатов, кроме этилового спирта, можно предполагать, что кто-то вводил Мещеряковой в вену алкоголь. А значит, дело мы имеем не с несчастным случаем, а с убийством. И казалось мне, что не районная прокуратура будет заниматься делом Мещеряковой. В той среде, где вращалась до последнего времени Катя, убивали просто и более эффективно. Хотя насчет эффективности я, кажется, перегнул, эффект и в этом случае достигнут нужный.

Тот, кто помог Мещеряковой отправиться в иной мир, все проделал аккуратно и тщательно, не оставил ни малейшего следа своего пребывания в квартире. Но дотошный Слава Грязнов установил, что в посудном шкафчике в то время, когда мы работали в квартире, вся посуда была сухая, давно мытая, за исключением одной тарелочки и одной мельхиоровой стопочки. Гость Кати не пил шампанского, можно предполагать, что это был мужчина. Можно еще и потому, что уколы водки делались не очень аккуратно, один раз этот «медик» даже в вену не попал, выпустил всю дозу просто под кожу.

Я понимал всю сложность задачи, которая стояла перед розыскниками. Если сейчас, в ближайшие часы, не удастся найти зацепку, какой-нибудь след, подсказку или неожиданного свидетеля, дело может зависнуть, стать глухим. Сложность была еще и в том, что убита не обычная гражданка, которая вся на виду и любое отклонение от общепринятых норм жизни или поведения будет тут же замечено соседями, коллегами. У Кати вся ее жизнь и, так сказать, деятельность, были сплошным отступлением от нормы. А ее коллеги по ремеслу лишнего не скажут, даже если знать будут, кто Катюшу «замочил» и за что.

И еще один момент всплыл в показаниях любопытных соседей. Сегодня вечером, часов после шести, в дверь квартиры четырнадцать звонил милиционер. Вошел, впустили, значит, а вот когда обратно вышел, никто не видел, все у телевизоров собрались сериал смотреть про чьи-то экзотические страдания. Какой из себя был милиционер, может, участковый? — допытывался оперативник. Может, и участковый, соглашалась соседка, да только у милиционера щека была подвязана, будто зубами мается. А в руке портфель квадратный, «дипломат» называется.

Слава звонил участковому. Тот клялся и божился, что в четырнадцатой квартире не был уже с полгода. Мотивировал тем, что дом спокойный — ни дебоширов, ни рецидивистов нет. Со своей точки зрения он был, конечно, прав, но нам от этого не легче.

Я перелистываю записную книжку Мещеряковой. В ней данью юношеской сентиментальности несколько белгородских адресов, пара записанных от руки телефонных номеров, ни один из которых в одиннадцать вечера не отвечает. Это довольно странно. В Москве часов в семь-восемь вечера звонить еще рано, а к полуночи все к ночлегу прибиваются. Хотя, как оказалось, не все.

Как и положено, телефон фирмы «Эдельвейс» в книжке аккуратистки Кати на странице, обозначенной буквой «Э». Причем контактный номер 812-12-12 вместе с изящной надписью просто вырезан из газетной страницы и вклеен на страницу записной книжки.

— Как ты думаешь, что она могла там покупать? — спрашиваю у Славы хотя бы затем, чтобы нарушить тягостное молчание.

Слава говорит непристойность, но я снисходителен, если бы не стеснялся, сказал бы первый что-нибудь похожее.

Но мой старый друг не только ругаться умеет. Он берет у меня из рук книжку, смотрит, затем изрекает:

— Ты не в форме, Саша! Ты не заметил самого главного. Здесь сказано: звонить круглосуточно. Бери-ка параллельную трубку, сейчас заказ сделаем.

Мы дружно подняли трубки, и Слава, заглядывая в книжку, набрал указанный в рекламке номер.

Сначала ответом нам были короткие гудки, что являлось косвенным подтверждением того, что фирма работает. Слава набрал еще раз и нажал на аппарате кнопку дозвона.

На этот раз дозвонились, после пары длинных гудков трубку сняли, молодой четкий, приятного тембра голос заученно произнес:

— К вашим услугам фирма «Эдельвейс».

— Добрый вечер! — с несвойственным ему похабным придыханием заговорил Вячеслав. — Что у вас сегодня можно заказать?

Мы со Славой рассчитывали, что фирмач сейчас преподнесет нам перечень услуг, записанный в уставе предприятия. Как бы не так!

— У нас все как обычно, — отчеканил тот же голос. — Что бы вы хотели?

— Что-нибудь экзотическое.

— Хм... — на секунду задумался парень. — Есть мальчик-негр, чудная пластика. Но это дорого!

Вячеслав сделал мне круглые глаза: мол, куда мы попали! Но это так, от легкой растерянности. И он, и я, мы, кажется, поняли, что за товар предлагается потребителю.

— А Катю можно? — продолжает придуриваться Слава.

На том конце провода возникла пауза, потом дежурный — а кто же он еще? — бросает коротко:

— Минуточку.

Через минуту, не больше, к трубке подходит другой, голосом построже:

— Что вам угодно?

— Я же сказал — Катю! — может, и непритворно раздражается Слава.

— Представьтесь, пожалуйста! — требует голос номер два.

Наверное, там принимают Славу за одноклассника Мещеряковой, которому та опрометчиво дала координаты своей работы, поэтому, когда Слава ляпает в трубку совершенно искренне: «Да Славик я», ответ звучит так:

— Слушай, Славик, нет сегодня Кати. И сюда больше не звони, а то лаптей в свою Рязань не унесешь!

На этом связь с «Эдельвейсом» прекращается. Но только телефонная.

— Итак, она звалась путаной... — пробормотал Вячеслав, потом спросил: — Ну что, поедем девочек снимать?

— Только баксов возьми на оперативные расходы!

— Ага! И бронепрезерватив в придачу! — хохочет Грязнов.

Я разделяю его радостное оживление: ощупью мы вышли на след, да на какой!

Слава быстро накрутил диск телефона:

— Алло! Володя? Привет, это Грязнов. Как дела? На

спецмероприятие не собираешься? Собираешься? Очень хорошо! Даю наводку... Что? Не «на водку», а «наводку» в одно слово! Сейчас будем!

Он положил трубку и сообщил:

— Поедем с ребятами из двенадцатого.

Мы выходим и пешочком по ночному городу движемся в сторону Цветного бульвара.

11

В двух комнатках, заставленных столами и сейфами, тесно от народа. Здесь располагается двенадцатый отдел МУРа, созданный совсем недавно, в начале 1993 года. Название у него занудное — отдел по борьбе с притоносодержанием, сводничеством и распространением порнографии. Раньше такого отдела не было, впрочем, раньше не было в Москве и более трехсот различных притонов, бордельчиков и прочих мест общего пользования существами обоего пола.

Начальник отдела, майор Владимир Пронько, встречает нас, выслушивает короткий, лишенный эмоций рассказ Грязнова и добродушно басит:

— Это местечко я знаю, — вздыхает, — вот побывать не пришлось. А говорят, стильный бордельчик! Чем вам помочь, ребята? По документам это массажный кабинет, девки там совершеннолетние — не придерешься...

Он берет со стола папку, открывает. Там подшиты самые различные объявления, опубликованные в газетах. И среди них это:

«Лучший отдых для мужчин и женщин — это мы! Очаровательные девушки и мужественные юноши приедут к вам или примут у себя в гостях. Кабинет массажа и медитации «Эдельвейс». Контактный телефон 812-12-12».

— Мужественные юноши — это хорошо, — задумчиво промолвил Грязнов. — А если я тебе скажу, что они предлагают детей?

— Я тебе поверю, — кивнул Пронько. — Я тебе скажу, что возле Большого малолеток разбирают пачками.

— Знаю.

— ...Однако ловим мы не всех любителей нежного детского тела. Ты понял мою мысль, Слава?

— Понял, — кивнул Грязнов и рассказал, как ему предлагали в «Эдельвейсе» негритенка.

Этот факт я тут же подтверждаю.

Майор Пронько кивает:

— Тогда другое дело. Попробуем на понт взять.

Он критически осматривает нас с Грязновым:

— Вы оба на роль клиентов не годитесь. Тебя, Слава, каждая собака в городе знает. А вы, Александр Борисович, за крутого педофила не проканаете, прикид не тот, да и не по чину вам. Боюсь, что и моих развратничков многие сутенеры знают. Ладно, попробуем новичка. Гена!

К нам подошел высокий мускулистый блондин скандинавского типа:

— Лейтенант Карпенко, — представился он.

— Ну Грязнова Славу ты знаешь, — сказал ему Пронько. — А это Александр Борисыч Турецкий из Прокуратуры России.

Геннадий сдержанно кивнул мне, чуть приподняв брови, что могло означать удивление пополам с недоверием. Между милицией и прокуратурой отношения всегда были немного натянутые. И хотя лично мне посчастливилось найти именно в МУРе лучших друзей, это исключение, вероятно, только подтверждало правило.

— Гена, — спросил Пронько, — ты можешь поговорить под Урмаса Отта?

В глазах у лейтенанта мелькнул озорной огонек, очертания его выразительных губ неуловимым образом изменились:

— Этта, Флатимир Серкеефич, нато попроповать...

Майор был доволен.

— Та-ак, сейчас мы тебя приоденем... Слава, одолжишь свое пальтецо на часок?

— О чем речь, Володя!

— Отлично! Шляпу возьмешь мою!

Единственная в отделе девушка, с погонами старшего лейтенанта, подсказала:

— Гена, надо, чтобы обувь была хорошая. Сейчас на это тоже обращают внимание.

Геннадий показал ей зимние импортные ботинки на толстой подошве:

— Такие подойдут?

Она кивнула, а Пронько бросил:

— Не осложняй, Марина! Ему только до прихожей добраться, а там бедные они будут!..

Майор пододвинул к Геннадию телефонный аппарат и папку с вырезками, ткнул пальцем в нужный номер:

— Ты гость из дружественной Швеции, они об этом сами догадаются, только разговаривай как Урмас. Заказывай мальчика. Черненького будут предлагать — после некоторого размышления бери. Набивайся приехать к ним на хату, у тебя, мол, в отеле условия не позволяют. Марина, включай магнитофон, разговор будем фиксировать!..

Когда все было готово, куранты в радиоприемнике пробили полночь, Геннадий набрал номер фирмы «Эдельвейс».

На этот раз линия была свободна. Когда там подняли трубку, выражение лица Геннадия опять изменилось.

— Топрый вечер, я хотел попатать ф «Этельфейс». Я попатал? О, оччэнь приятно. Мне рекоментофал этот телефон отин коспотин ф Осло. Я имею шелание получить бой... о, как это по-русски? Малчык? Та-а... Блэк? Хм. О, пусть. Это есть интрастин! Как я мог проехать? Немпошко не быстро, я путу писать... Спаси-по...

Геннадий положил трубку и платочком вытер пот со лба.

Майор Пронько смотрел на него с восхищением:

— Артист! Слов нет! И чего ты с такими данными не в театр пошел, а в ассенизаторы подался?!

— Да ладно! — смутился парень. — Поедем, что ли? Они пацана уже в ванну отправили.

При слове «ванна» мы со Славой вспомнили Мещерякову, и веселье сползло с наших лиц.

Владимир Пронько связался с парнями из Госавтоинспекции, и те под честное слово дали напрокат задержанный до каких-то там выяснений «Мерседес-600» — немного помятый, но внушительный автомобиль.

Одетый с миру по нитке Гена сел на заднее сиденье, как это и положено боссу. Я — рядом с ним. А впереди за рулем оперативник и Грязнов в пиджаке рядом. Печка в автомобиле работала исправно, однако Гена заверил Славу:

— Пальто я тут же отдам, товарищ майор, как только шалашик этот разгромим.

— Не переживай, носи, — добродушно ухмыльнулся Грязнов.

Следом за нами по тому же адресу выехала еще одна машина, в которой нам в подмогу сидели пятеро оперов в бронежилетах и с автоматами. Сразу за воротами гаража они свернули в другую сторону. Их задача — подъехать к тому же дому с другой стороны вскоре после нас и быть готовыми быстро погасить любое сопротивление держателей притона.

Меня Слава Грязнов очень просил остаться, но я тащился следом, как назойливый и вредный младший брат за старшим. Все дело в том, что там, наверху, куда вслед за собой увлек меня Меркулов, работа была солидная, кабинетная. И хотя там было не легче, а чисто моральная, психологическая усталость даже покруче, чем в городской прокуратуре, я, как человек еще сравнительно молодой, иногда скучал по такой вот конкретной работе, когда схватка хитрости и интеллекта начинается непосредственно после погони и задержания. Может быть, мне нужно бы пойти работать сыщиком, как Слава. Но тут уж, как говорит мой сосед, зажиточный слесарь-сантехник: кто на что учился, тот тем и подавился.

Мы въехали под арку во двор. Здесь было темно и тихо. Даже шпана разбрелась по квартирам спать. Оперативники пристально осматривали все слабо освещенные двери подъездов.

— Как думаете, нас пасут? — спросил негромко Грязнов.

— По идее должны.

— Какая квартира? Двенадцатая? Тогда у них пара

окон во двор выходит. Могут прямо оттуда просматривать.

— Ну че, тогда пойду я? — предположил Гена.

— Давай, — согласился Слава. — Только идем красиво и, пожалуйста, хоть первые тридцать секунд не чёкай!

Гена усмехнулся, а Слава, как заправский слуга, выскочил из машины, чуть ли не шаркая от почтения, прильнул к задней дверце, открыл ее и отшагнул в сторону, пропуская важного гостя.

Геннадий важно вылез из «мерседеса», чуть брезгливо оглядел двор и направился к подъезду номер один. Слава, как заправский бодигард, он же телохранитель, шагал чуть сзади справа, настороженно зыркая по сторонам.

Они скрылись в подъезде, а для нас потянулись томительные минуты ожидания. Правда, это продолжалось, к счастью, недолго — минут десять, не больше.

Притушив фары, во двор въехал «жигуленок» с парнями из команды Пронько. Водитель «Жигулей» остался присматривать за обоими автомобилями, а мы всей гурьбой направились к двенадцатой квартире.

Меня парни ненавязчиво, но успешно оттерли в тыл своего маленького отряда, кто-то на ходу дал добрый совет:

— Если начнется стрельба, сразу падайте ничком и откатывайтесь в сторону.

Мне хочется сказать ему, что меня уже несколько раз убивали, причем по-всякому, но это было неуместное в данную минуту хвастовство, и я негромко говорю:

— Спасибо.

Останавливаемся на лестничной площадке. Двое оперативников контролируют два лестничных пролета и заодно двери соседних с двенадцатой квартир. Один из парней майора Пронько нажимает кнопку звонка.

Дверной глазок на секунду темнеет — кто-то смотрит в окуляр. За дверью приглушенная возня и — молчание.

Оперативник снова требовательно звонит и для верности стучит тяжелым кулаком по гулкой, обитой двери.

После минутной тишины с той стороны дверей доносится недовольный преувеличенно сонный голос:

— Чего надо? Головой постучи!..

— Откройте, угрозыск!

— А че вам надо, угрозыск?

— Проверить поступивший на вашу квартиру сигнал. Немедленно откройте!

— Ты закон о неприкосновенности жилища читал, розыск? Санкцию принес от прокурора?

Я протолкался к двери, поднес к линзе глазка свое раскрытое удостоверение:

— Следователь Прокуратуры России Турецкий. Попрошу открыть работникам милиции!

За дверью опять возня. И вдруг раздается преувеличенно громкий, разухабистый, «пьяный» голос Славы Грязнова:

— Да чего вы ссыте, мужики?! Нехай засунут сюда свои носяры. У моего дурачка-извращенца дип... дип-ломати-ческая... о! Неприкосновенность!..

Глухой звук, с каким крепкое тело помимо своей воли ударяется о твердую поверхность, — и дверь распахивается. В прихожей нас встречают Слава и два служителя здешнего филиала фирмы «Эдельвейс». Причем один из служителей лежит на полу в бессознательном состоянии. А второй, увидев, как сразу протрезвевший Слава деловито присоединяется к розыскникам, сникает. Совсем ему становится нехорошо, когда из комнаты выходит Гена, совершенно одетый, и выводит перед собой перепуганного мальчишку лет девяти, с темными курчавыми волосенками и шоколадным цветом кожи. Он испуганно косится красивыми выпуклыми глазами на хозяина и старается держаться поближе к Геннадию.

Две другие комнаты закрыты изнутри на засовы.

Озоруя, Слава стучит в одну и в другую дверь, громко предупреждает:

— Оденьтеся и отопритеся, граждане отдыхающие! Проведем перекличку и проверку паспортного режима!

Потом подходит ко мне и рассказывает:

— Хорошее место! Был бы моложе, пошел бы. Девушка стоит шестьдесят баксов в час, а за Максимку этого, — он кивком указывает на мальчишку, — за мальчишку Гена им двести зеленых в час должен был отдать.

Нехотя, будто со скрипом, открываются двери комнат, выходят сначала наспех одетые барышни, с вызовом и без особого смущения поглядывающие на милиционеров. Следом за ними два молодых человека выползли, волоча ноги и сильно щурясь, то ли от яркого света, то ли от стыда. Оба в костюмах и при галстуках, но один впопыхах повязал свой аксессуар задом наперед — нижней узкой половиной галстука наружу.

Двое понятых, средних лет работяга и его жена, во все глаза смотрят на происходящее. Причем глава семьи перед сном, видно, хорошо принял. И теперь, частично пребывая в алкогольной нирване, кроет всех этих б..., п..., с... и т. д. во весь свой луженный в горячем цеху голос. Один из офицеров, тот, что к ним поближе, борясь с приступами смеха, пытается его урезонить.

Слава Грязнов сразу берет в оборот одного из пастырей спальных девочек, а я подхожу к проституткам.

У Славы и у меня фотографии Мещеряковой.

— Как вас зовут? — спрашиваю у девушек.

— Вам зачем? — опасливо интересуется одна.

— Малышка! — рявкает ей Слава. — Этот прокурор может отправить тебя в такую светлую морозную даль, что у тебя навсегда отмерзнут твои рабочие органы! Колись, зараза, быстрей, может, он тебя и простит! Это «важняк»!

Девочки Толстого, может, и не читали, но феню слышали.

— А что такое? Что случилось? — зачирикали испуганно путанки-массажистки. — Что вы хотели узнать?

— Так-то лучше. Имена скажите, чтоб я мог разговаривать с вами по-человечески.

— Оля.

— Света.

— Так вот, Оля и Света, посмотрите на эту фотографию и скажите все, что знаете об этой женщине.

Фотография, конечно, была из тех, что не предназначены для людей слабонервных.

— Ой, блин, что это с ней? — воскликнула Оля.

— Ты ее знаешь?

— Ну да! Катька Мещерякова! Она что, мертвая?

— Мертвее не бывает. Откуда ты ее знаешь? Работали вместе?

Ольга, прежде чем ответить, покосилась на охранника притона. Тот, понурившись, что-то негромко рассказывал Грязнову и на девушку даже не взглянул, хотя она таращилась на него изо всех сил, пытаясь заставить его оглянуться. Тогда Ольга решила, видно, что не будет большой беды сказать правду о человеке уже неживом.

— Да, знаю. Она у нас недавно, полгода может.

— Вы дружили?

Девушки переглянулись несколько недоуменно.

— В общем, не ругались, но и дружбы особой не было. Какая у нас может быть дружба? Днем не видимся, не встречаемся, на работе — тоже, каждая в своем углу. Тем более она раньше в другом месте работала, пока опыта не набралась.

— В каком месте?

— Думаете, мы знаем? Каждый из нас на своем участке задействован...

Вижу, что врет, но уличить не могу.

— Может, с кем-то из девушек она была особенно близка?

Девчонки, обнаружив в моей фразе двусмысленность, прыснули:

— Не, она у нас за розовую не канала!

Ольга, по всей видимости, уже преодолела первоначальный испуг, села вальяжно, закинув ногу на ногу, закурила.

Светлана была более впечатлительна, она время от времени бросала взгляды на фотографию.

— Это самоубийство? — дрогнувшим голосом спросила она.

— Нет, это убийство.

— А что с ней?

— Ошпарена.

— О Боже!..

— Вот именно, — говорю. — А вы все шуточки шутите! Ну так что? Вот вы вместе работаете и друг с другом не общаетесь?

— Почему? — ответила Ольга. — Мы вообще одноклассницы со Светкой. И сюда вместе пришли, прямо со школы.

— А Катерину, значит, к себе не подпускали?

— Да ну, она зануда была! Мы поработаем, а в выходной в бар сходим, на дискотечку отвальную. Там, глядишь, и женишка крутого можно зацепить. А она все баксы в чулок прятала, квартиру хотела купить. Купила! За что ее, не знаете?

— Догадываемся. А девушка по имени Дина вам знакома?

— Что, ее тоже? — воскликнула потрясенная Света.

Краем глаза заметил, как Ольга ткнула Светлану локтем в бок. Но было уже поздно.

— Этого мы не знаем, потому что пока не известно ее местонахождение. А с вашей помощью я надеюсь узнать, как фамилия этой девушки и где ее можно найти.

— У нас она уже не работает, — быстро сказала Ольга.

Она явно начала меня раздражать.

— Фамилия? — резко спросил я.

Ольга вздрогнула:

— Чья?

— Пока не твоя!

— А че вы тыкаете?

Обиделась, понимаешь ты!

— Не егози, а то отправлю в кожвендиспансер на долгую комплексную проверку!

— Не отправите. У нас свой врач есть, и мы регулярно проверяемся, как общепит!

— Олька, не заводись, — увещевала Светлана подругу. — Мы же ничего такого не скажем. Динина фамилия Венгерова, она долго в «Эдельвейсе» работала. Классная девушка, на английском лучше чем на русском шпрехает. Шеф ее около себя держал, только для самых крутых клиентов. Говорят, она даже из правительства с кем-то была. А где-то полгода назад уволилась...

— Ишь ты, уволилась! У вас, может, и отдел кадров здесь есть?

— Отдела нет, а трудовые книжки заведены!

— Ну да! И кем же вы там записаны по должности?

— Массажистками! — в один голос сказали девушки и захихикали.

— Вы, конечно, не знаете, где Венгерова Дина проживает?

— Конечно, не знаем!

— А кто знает?

— Шеф.

— Кто из них шеф?

— Да ну что вы! Это наши охранники, следят, чтоб клиенты расплачивались аккуратно и не требовали невозможного.

— А где шеф?

— Мы не знаем.

— Где офис, я спрашиваю?

— Не знаем. Мы знаем только эту хату и Сашу с Витей.

— А они знают?

— Наверно...

Грязнову охранники сказали о Дине Венгеровой то же самое, что и девчонки мне, а заодно поведали, хоть и без особого желания, где у шефа офис и главные, так сказать, массажные кабинеты, где он живет и как его фамилия.

Директор массажных кабинетов «Эдельвейс», двадцативосьмилетний Владимир Петрушин, офис держал неподалеку, в такой же трехкомнатной квартире, которую мы только что покинули. К директору мы пошли вдвоем со Славой. Сотрудники двенадцатого отдела остались завершать свою работу.

12

Дверной звонок у Петрушина не работал, поэтому Слава без долгих раздумий забарабанил кулаками в дверь. В «Эдельвейсе», включая все его филиалы, явно не любили незваных гостей. Но, люди неопытные, не догадывались, что тонкая и необитая дверь легко пропускает звуки. Поэтому мы услышали шаги в прихожей и голоса. Мужские.

— Да не открывайте вы и не спрашивайте! Опять небось какой-нибудь недостреленный ваш приятель!..

— Я хотя бы спрошу. Сашка звонил, говорил, к нему швед какой-то напросился, любитель мальчиков. Может, чего случилось, а ты телефон занял!.. Кто там среди ночи?

— Уголовный розыск, Владимир Николаевич!

— А... что случилось?

— Мы тоже мальчиков любим, так что открывайте, пока мы дверь с петель не снесли! — рявкнул Слава.

За дверью — испуганная тишина, потом долгое, хотя и суетливое открывание замков. Дверь приоткрылась, запертая на цепочку. Элегантный мужчина, чье искаженное бурей отрицательных эмоций лицо явно не гармонировало с изысканным, дорогим костюмом, попытался рассмотреть нас сквозь щель, потом попросил:

— Вы, конечно, извините, ради Бога, но можно удостоверение посмотреть?

Слава поднес к щели свое раскрытое удостоверение.

Петрушин тщательно, насколько мог, изучил и фотокарточку, и печати, и подписи. После чего откинул цепочку, распахнул дверь и сделал широкий приглашающий жест рукой, а голосом продублировал:

— Прошу вас!

Мы вошли. Та же планировка, что и в филиале, но здесь для «массажа» предназначены только две комнаты. В третьей — строгий и в то же время роскошный кабинет. Туда директор нас и провел, усадил на кожаный диван, предложил кофе и спросил, чем же он может быть нам полезен.

Мы решили не говорить ему о том, что сегодняшняя ночь начало конца его фирмы. Стрессовая ситуация может подвигнуть его на необдуманные поступки, а у нас к Петрушину свой интерес.

— У вас работала Мещерякова Катерина? — спросил Слава.

Петрушин решил, что интерес у нас узкий — не к фирме в целом, а только к одному ее работнику, расслабился и позволил себе немного игривый тон:

— Отчего же вы употребляете глагол в прошедшем

времени? Работает. Хотя вам, наверное, видней. Если она в чем-то замешана, мы общественного защитника заряжать не будем. Каждый отвечает за себя!

Грязнов положил на стол перед Петрушиным фотографию мертвой Мещеряковой и спросил:

— Правду говорят, что у вас хорошо хоронят?

Петрушин поперхнулся, посмотрел на Славу недоуменно:

— Э... что вы сказали?

— Несколько часов назад эту вашу труженицу кто-то накачал водярой и утопил в ванне! Ваши предположения — кто мог это сделать и за что? Времени у нас в обрез, так что чем быстрей будет работать ваша память, тем больше шансов, что мы уберемся отсюда без последствий для принимающей стороны!

Володя Петрушин, холеный моложавый человек, такими когда-то были комсомольские работники масштабом не ниже областного, поверил Грязнову сразу. К тому же он знал точно, что смерть Катюши — не его рук дело, поэтому чувствовал себя уверенно и спокойно.

— Мещерякова у нас не очень давно. Девушка спокойная, надежная...

— Подождите, — перебил его я, — здесь есть еще кто-нибудь?

— Да. Наш врач.

— Позовите, пожалуйста. Может быть, он сможет добавить что-нибудь существенное.

Петрушин пожал плечами и громко позвал:

— Коля! Иди сюда!

Через минуту появился Коля — высокий, крепкий мужичок лет сорока в расстегнутом белом халате поверх спортивного костюма.

— Коля, вот господа из уголовного розыска. Говорят, что Мещерякову Катю убили! Черт знает что делается!

— Да уж! — согласился Коля. — А вчера нас с вами чуть не ухлопал этот ненормальный! А еще другом вас называл.

— Да это неважно! — торопливо сказал Петрушин и продолжил рассказ: — Катерину привела к нам Дина...

— Что значит «привела»? У вас это вроде зверинца, свободный отлов?

Я стараюсь говорить мягко, не агрессивно, для того и слова подыскиваю нейтральные. А они почему-то все понимают превратно.

— Да нет, что вы?! Это я так, оговорился! — восклицает Владимир Петрушин, а сам глазенками зыркает то на меня, то на Грязнова,— отслеживает, какую реакцию имеют его слова.

— Как вас тогда понимать, в таком случае?

Петрушин посмотрел на Грязнова совсем не ласковым взглядом, но ответил:

— Видите ли, в чем дело... Мы свой первоначальный штат набирали сразу, без объявлений, без конкурсов. Наши ребята, назовем их экспертами...

— ...или сутенерами,— вставил, наверное, вовремя Слава.

Петрушин покосился, но возражать не стал:

— Ну допустим... Так вот, с первого дня существования фирмы в ней работала Дина Венгерова, женщина бесподобная, все вам скажут. Но, человек ищущий, она не захотела отдавать работе всю себя...

Довольно уморительно было наблюдать за тем, какие метаморфозы претерпевает лицо оперуполномоченного, когда он слышит такие почти идеологические термины, призванные характеризовать первую древнейшую профессию.

— ...В общем, Дине повезло, она нашла хорошую работу в туристическом агентстве, причем гидом. Это нормально, если учесть, что она знает два европейских языка, английский и французский. Но у нас такое правило, как в армии по дембелю: хочешь уйти — подготовь себе замену. Когда Дина привела Катю, многие сомневались — Катя явно проигрывала, в ней не было европейского лоска. Зато потом она проявила себя очень умелой и здравомыслящей девушкой. Я не знаю, как надо реагировать на ваши слова. Неужели она настолько была пьяна, что не заметила, как ее волокут в ванну!

— А почему вы решили, что ее туда волокли? Может,

она села туда сама, а потом кто-то, кому она доверяла, схватил ее за горло!

— Ну не знаю! Мне всегда казалось, что Катя слишком осторожна и себе на уме, чтобы поддаться на дешевую провокацию в центре города!.. У нас такие правила, как я говорил, уходишь — ищи замену. Вот когда Дина нашла себе чистую, спокойную, почти такую же, как раньше, работу, никто не возражал. Дали ей прекрасную характеристику, и вперед, милая, к новым высотам! А Мещерякова, девочка нетренированная, ног раздвинуть не может без осложнений!.. Но со временем научилась...

— Давайте попробуем оторваться от производственной терминологии, — говорю ему. — Нам бы что-нибудь о производственных отношениях поподробней: друзья, враги и так далее...

— Откуда же у нас враги? — развел руками Петрушин. — Кто справляется — зарабатывает, кто не справляется — уходит. У нас уж точно железный принцип: клиент всегда прав!

— То есть вы уверены, что из ваших работников никто не мог так возненавидеть Мещерякову, чтоб желать ее смерти?

— Абсолютно! У нас пока еще спрос опережает предложение. Понимаете, о чем я? Поэтому девочкам делить нечего.

— А допустим, такой вариант: Мещерякова заразила добропорядочного гражданина какой-нибудь постыдной болезнью?

— Тоже исключено! Вот у нас свой врач по договору работает... Исключено абсолютно!..

— Подтверждаю, — кивнул крупный человек по имени Коля. — Все дамы в порядке.

— Вы вообще-то кто по специальности? — неприязненно спросил Грязнов.

— Гинеколог, — спокойно ответил врач и добавил: — Пусть вас не волнует место, где я работаю. По большому счету я выполняю те же операции, только за другие деньги и, может быть, чуть лучше их делаю, чем в клинике.

— Доктор, наживайтесь как можете! — отмахнулся Грязнов. — Я спросил, вы ответили — все нормально.

Лучше скажите, с чего это вы вдруг не своим делом занялись?

Петрушин вдруг закашлялся.

Коля посмотрел на него, догадался, что это сигнал, но на всякий случай спросил:

— О чем вы?

— Да ты сам, дорогой, говорил, что каких-то недостреленных пользовал. Ты что, коновал, от всего лечишь?

— Да нет, понимаете...

— Я думаю, что гражданин Петрушин должен расставить все точки, — сказал я, пристально глядя на побледневшего директора фирмы сексуальных услуг. — Во-первых, заканчиваем послужной список Кати и Дины, во-вторых, кому Николай оказывал нетипичную помощь. И попрошу поторопиться, дело весьма важное. Если вы еще в этом сомневаетесь, то к вашим услугам следователь Прокуратуры России. Ну?

— Вас понял! — приложил руку к груди Петрушин. — Мещерякова взяла отпуск за свой счет на три недели и должна была выйти на работу только завтра. Обычно я такие дела не приветствую, но ее отпросила Дина Венгерова. А это женщина выше всяких похвал и рекомендаций. Мы с ней все это затевали... Поэтому я не мог не отпустить. К тому же вчера вечером Дина мне звонила...

— Во сколько?

— Да уж где-то в районе одиннадцати. Сказала, что приехали обе, все хорошо, ну и вот...

— Понятно. А раненый?

— Понимаете, я обещал молчать...

— Мужик! — рявкнул на него Грязнов. — Ты должен проникнуться одним святым чувством: от холодной и вонючей камеры тебя отделяют не дни, а часы, а ты кокетничаешь с нами, как голубок, прости Господи! Ты, может, и не знаешь, а медик твой должен быть в курсе — в больницах врачи обязаны сообщать обо всех случаях огнестрельных и колото-резаных ранениях. Если не ты, так твой доктор поедет сейчас с нами. А не поедет в том случае, если мы будем знать обо всех, кто получил в вашей хате негинекологическую медицинскую помощь. Считаю до трех с четвертью... Раз!..

— Вы как хотите, Владимир Николаевич...— начал было Коля-гинеколог

Но Петрушин не дал ему договорить:

— Ладно! Мой грех, сам и расскажу. У меня есть один знакомый предприниматель, душевный, интеллигентный человек. Мы много помогали друг другу. Согласитесь, в наше время это редкое качество, особенно среди бизнесменов новой волны. Нравы, знаете ли, волчьи...

— Ваш приятель тоже по публичной части работал? — с грубоватой веселостью спросил Грязнов.

— Простите, не понял?

— У него, спрашиваю, тоже публичный дом был?

Петрушин некоторое время помедлил с ответом, прикидывая, наверное, стоит оскорбиться на такие некрасивые слова о его детище или лучше смолчать. Победил здравый смысл.

— Н-нет,— натянуто сказал он.— Знакомый работал с недвижимостью. Так вот, московская недвижимость всегда в цене, как вы знаете,— криво усмехнулся директор.— Кто с ней работает, крутит большие деньги, но и риска хватает, без хорошей охраны не проживешь. У него в охранниках был один тип, ну, явно с уголовным прошлым, а может, мне так казалось. Этот охранник вчера и приехал ко мне, сказал, что какие-то люди обстреляли его прямо на улице. Не знает, ни кто, ни за что. Сказал только, что у моего знакомого неприятности. Коля обработал рану, перевязал, и он ушел.

— Наверное, ты сейчас будешь божиться, что не знаешь, как того охранника звать-величать?— нехорошо улыбаясь, спросил Грязнов.— Оно понятно, кто же у челяди фамилию спрашивает, Ваньками-Петьками зовут! Имя хоть знаешь?!

Мне передается Славина горячность. Ведь это может быть не просто совпадение, это может быть так долго разыскиваемый нами... Ну?

— Ну почему только имя?— как-то даже обиженно молвил Владимир Николаевич, щенок с умными, но порочными мозгами, который деньжищ имеет столько, сколько мне за самую долгую жизнь не заработать. И все же я ему не завидую.

— Тогда колись, барин!

— Петров, Костя...

— Он! — не сдержавшись, воскликнул Слава.

Да, наконец мы напали на след бандита Кости по кличке Буряк, чей дерзкий побег из-под стражи лег пятном позора на славных розыскников и не менее славного следователя Турецкого, который по доброте душевной, что сродни глупости, создал Буряку необходимые для побега условия.

— Молодец! — похвалил Грязнов Петрушина за честность и повернулся к Коле: — Теперь ты расскажи, что за ранение, от чего и далеко ли Костик с ним ускачет?

— Вот тут вы угадали, — скупо улыбнулся доктор, — ранение огнестрельное, пулевое, в верхнюю треть бедра... левого. Рана легкая, кость, крупные сосуды и нервы не задеты. Пуля слегка зацепила по касательной, снесла кожу и немножко мяса. Он пришел сюда один, на своих двоих и ушел тоже, но пешком куда-то далеко ему идти трудно, рана откроется, от кровопотери ослабеет, да и боль должна быть ощутимая...

— Во сколько это было?

— Точно не помню, но уже после девяти вечера, да...

13

Итак, совпадение лихое: человек, стрелявший по «вольво» и наш побегушник Буряк — одно и то же лицо. В этом не было, пожалуй, ничего удивительного. Его босс из фирмы «Геронт-сервис» несколько квартир сделал именно для чеченцев, сам на допросах признавался. Почему бы им не пригреть страждущего из бывших компаньонов. К тому же он не сидит сложа руки, а честно и снайперски отрабатывает хлеб и прикрытие.

Правда, в связи с последними внутриполитическими событиями это прикрытие подутратило свою надежность...

— О чем задумался, Александр Борисович? — спрашивает Грязнов.

Он весел, и я его понимаю: хуже всего, когда не знаешь, кого искать. А уж если знаешь, да вдобавок парень — давний должник!..

— Мне Вову Петрушина жалко, — говорю Славе. — Обещали человеку, что не попомним зла, а у него, наверное, уже обыск...

— Так то ж не мы! — делает Слава круглые глаза. — То ж двенадцатый кровожадный отдел. Вы ему так потом на допросе и скажите!..

Мы смеемся, машина мчит нас по забывшейся тревожным сном Москве. Год назад она пережила маленькую гражданскую войнушку. И не оставляет в покое ощущение, что не последнюю...

«Арест и розыск Петрова К. И. — санкционирую».

Заместитель Генерального прокурора
Российской Федерации
Государственный советник юстиции 3 класса
Меркулов К. Д.

ПОСТАНОВЛЕНИЕ
(об избрании меры пресечения и розыске обвиняемого)

гор. Москва

Следователь по особо важным делам при Генеральном прокуроре Российской Федерации советник юстиции Турецкий А. Б., рассмотрев материалы следственного дела о бандитском нападении на гражданина США Джона Кервуда, —

у с т а н о в и л:

18 ноября 1994 года при въезде на Минское шоссе в районе Кунцева в городе Москве неизвестными вооруженными лицами было совершено бандитское нападение и обстреляна автомашина марки «Вольво», госномер М 2348 АК, принадлежащая на праве личной собственности гр. Андриевскому Ю. В.

При этом несколько пуль, выпущенных преступниками из автомата АКС-74, попали в салон данного автомобиля. В результате этого был смертельно ранен находящийся на заднем сиденье автомобиля гражданин США, сотрудник Госдепартамента Соединенных Штатов Джон Кервуд.

Оперативно-розыскными мерами неотложного характера было установлено, что бандитское нападение совершили два человека: неустановленное следствием лицо кавказской национальности и преступник-рецидивист Петров Константин Петрович, по кличке Буряк, профессиональный убийца, сбежавший из-под следствия и стражи по другому делу об убийствах, совершенных по предварительному сговору работниками фирмы «Геронт-сервис». По имеющимся сведениям у Петрова имеется огнестрельное ранение верхней трети левого бедра. Ранение не является опасным для жизни.

Принимая во внимание тяжесть совершенного преступления, а также особую опасность личности обвиняемого, признанного судом особо опасным рецидивистом, руководствуясь ст. 89, 96, 196 УПК РФ, —

постановил:

1. Взять под стражу гр. Петрова Константина Петровича.

2. Поскольку Петров скрывается от следствия и местонахождение его неизвестно, необходимо принять меры к его розыску. Розыск преступника поручить МВД РФ. На розыск преступника необходимо ориентировать личный состав МВД РФ, а также ГУВД гор. Москвы и другие оперативно-розыскные силы.

3. С целью обнаружения обвиняемого Петрова надлежит выяснить местожительство его ближайших родственников, прежде всего матери и сожительницы Тенькиной Людмилы Сергеевны. Следует провести агентурно-оперативное наблюдение за вышеуказанными лицами.

4. Необходимо установить личность второго участника бандитского нападения на лиц, находившихся в автомобиле «вольво». Не исключено, что оба участника нападения скрываются среди чеченцев. Для этого необходимо

проверить места проживания в гор. Москве и пригородах столицы большого числа чеченцев.

5. О всей полученной информации необходимо сообщать в Следственную часть Прокуратуры Российской Федерации и мне лично.

Следователь по особо важным делам
при Генеральном прокуроре РФ
советник юстиции *А. Б. Турецкий*

ТЕЧЕНИЕ ЖИЗНИ

1

Бандит и наемный убийца Константин Петров имел одно свойство организма, не врожденное, а приобретенное годами жизни на Севере: стоило ему выпить граммов сто пятьдесят водки или любого другого достаточно крепкого напитка, как его широкое мясистое лицо наливалось сплошным густым румянцем малинового с синевой цвета. За это товарищи по трудной, опасной, но веселой жизни любовно называли его Буряк — затесался, видно, в его компанию землячок с Украины. Да и сам Костя начинал свою жизнь в Донбассе, даже в шахту спускался пару раз, пока в профтехучилище учился. Оттуда и первый срок мотать отправился. Типичный срок — статья за хулиганку. Типичный случай: сначала вместе пили, потом последовала дискуссия о том, кто кого больше уважает. И когда у наименее начитанного из всех Кости кончились словесные аргументы, он достал из кармана нож.

...С того вечера, когда он с Исматом стал засадой на Минском шоссе, Буряк спал плохо, вскакивал с жестких чужих кроватей ни свет ни заря. Первым делом бросался к окну: не идут ли за ним, не крадутся ли из леса под окошко крутые ребята из ОМОНа.

Никогда раньше Петров не жаловался на нервы, любил рисковать и к тому, что рано или поздно поймают, относился философски, хотя слова такого правильно, без ошибок ни за что бы не написал, — тюрьма дом родной. Его брали за кражу и грабеж, сидел он на скамье подсудимых и по «мокрой» статье — за убийство. Но так как убил своего по решению сходняка, то рассудил верно — исключительной меры не дадут. Психология людская такова, что, во-первых, их устраивает, когда воры сами своих «мочат» — все одно меньше ихнего крапленого брата становится. Хоть и ненадолго... К тому же судьям приятно и то, что в воровской среде законы тоже суровы и выполнять их стараются неукоснительно.

После того, первого раза Петрову не раз приходилось убивать, правда, предпочитал он в последнее время стрелковое оружие. Как-то раз ткнул одному в бок заточку в толпе, чтоб не вычислили надзиратели, а мужик приколотый на него же, на Буряка, обниматься кинулся, спасения искать. Не очень это было приятно, поэтому больше любил Буряк хорошую винтовку, да чтоб с оптическим прицелом. Любимой народной армии спасибо — там разглядели, что у Петрова, самовольщика и дебошира, снайперские способности. Потом, когда уже в группировке состоял, большое уважение к себе чувствовал, замешенное на суеверном страхе перед палачом. Потому что знали качки́: Буряк работает только по самым непокорным клиентам, которых Джек приговорил в расход. Но точно так же, как лавочников и предпринимателей всех мастей, Буряк мог убрать по приказу босса и любого из «быков» группировки. Невысокий мужичок с простецкой рожей и нескладной фигурой внушал благоговейный ужас подмастерьям отечественного рэкета.

Но, как учит физика, сила действия равна силе противодействия. Когда Джек полез на чужую территорию, которую контролировал абсолютно славянский тип с двусмысленной кличкой Наумчик, началась тихая война, которая закончилась тем, что Джека и двух его телохранителей расстреляли из автоматов на пороге бани. Константин Петров давно замечал за собой почти сверхъестественное свойство предчувствовать опасность. Он был уверен — был бы он там, Джек мог бы выкрутиться, но босс любил, чтоб охранники были рослые, здоровущие. Так с ними, здоровущими, в один день в могилу и сошел.

После смерти Джека территорию города и нещепетильных «быков» покойного атамана прибрал к рукам Наумчик. У того был свой «мочила», да и не хотелось Буряку сразу бежать на службу к убийце прежнего хозяина, хотя Наумчик звал. Буряк числился в их кругах «чистоделом» — убивал только того, кого требуется, а не поливал огнем всю улицу, как дурные боевики. Некоторое время Костя Петров по кличке Буряк, как говорится, лежал на дне. Проводил время с дамой сердца Людой Тетенькиной. Но потом кончились деньги, а жить оба привыкли, ни в чем себе не отказывая.

Тут как раз и подвернулась работенка, как тогда показалось Косте — чистая. Один знакомый по группировке Джека за бокалом пива поведал бывшему коллеге, что подрабатывает сейчас в одной частной фирме на совсем дурной должности — своим авторитетом крутого «быка» должен отпугивать рэкетиров, «наезжающих» на фирму. Правда, таковых пока не встречалось. Теперь директор фирмы подыскивает себе хорошего телохранителя и специалиста по особым поручениям.

— Хочешь, тебя порекомендую? — спросил захмелевший товарищ.

— В охранники, наверное, рылом не вышел, — пожал плечами Буряк. — А поработать можно, если что...

Константин не придал значения разговору. Однако через несколько дней тот самый коллега по кличке Баллон отыскал его в ресторане гостиницы «Савой», где Петров с Людмилой закатили, как им думалось, прощальную гулянку. Баллон подсел к их столику, угостился водочкой и сказал, что директор фирмы «Геронт-сервис» господин Меньшов ждет его завтра там-то и там-то во столько-то часов пополудни.

В назначенное время Петров пришел в обычный жилой дом, в третий подъезд на первый этаж. На двери одной из четырех квартир, что располагались на лестничной площадке, увидел блестящую металлическую вывеску, табличкой этот кусок полированной латуни трудно было назвать, на вывеске значилось «Геронт-сервис». Константин толкнул дверь — закрыто. Позвонил. Открыл крепкий молодой человек в спортивном костюме.

— Вам кого?

— Главного.

— А вы кто?

— Буряк.

Парень прекратил жевать резинку:

— Кто?

— Буряк, малыш! И советую запомнить!

Парень так и не возобновил процесс накачивания жевательных мышц, придерживая дверь, отвернул голову...

«Охранник, твою мать! — без злобы подумал Константин. — Вот сейчас шило в шею — и хрипи, часовой, пока не дойдешь!»

— Михалыч! — заорал парень в глубь квартиры, на напряженной шее вздулась синей веревочкой сонная артерия. — К вам какой-то Буряк!

— Приведи! — откликнулся директор.

Жвачный спортсмен посторонился, чтобы пропустить гостя. Константин, протискиваясь мимо него, незаметно, но резко двинул локтем в солнечное сплетение. Парень поперхнулся резинкой, согнулся от кашля и от боли.

— Дыши глубже, — посоветовал ему Петров. — Шефа твоего сам найду.

Искать не пришлось — Меньшов собственной персоной стоял на пороге комнаты и ждал его. Молча, но своевременно посторонился, пропуская в свой кабинет, усадил в черное пружинящее офисное кресло и спросил, кивнув в сторону прихожей:

— За что вы его?

— Посетителей надо пасти, но быть вежливым!

— Резонно, — снова кивнул директор. — Вот посмотрите наш проспект.

Он протянул Петрову глянцевый белый лист с отпечатанным типографским способом рекламным текстом.

«Индивидуальный частный благотворительный центр «Геронт-сервис» окажет поддержку одиноким престарелым лицам:

— ежемесячные пособия от 100 до 200 тысяч рублей;

— бесплатное снабжение продуктами;

— оплата необходимой медицинской помощи;

— покрытие расходов на похороны — за право наследования жилплощади после их смерти.

Оформление за счет центра».

Петров вернул Меньшову бумагу, сказал с чувством, но не без издевки:

— Святое дело делаете, добрый вы человек! А мне, грешнику, какая во всем этом роль предназначается?

— Старички умирают, — твердо сказал Меньшов. — Мы наследуем квартиры и выставляем их на продажу. Вот тут-то и набегут разные бездельники, которые и кефиром старичков не угостили, станут требовать, чтоб отстегнули им. Я отстегивать не намерен. Вы поможете мне сделать так, чтобы ни на меня, ни на наше дело никто не покушался?

— Тогда вам придется мне платить...

— Вам — за работу. У меня в штате сейчас четыре человека: я, бухгалтер, Баллон и водитель, он же агент, он вам дверь открывал...

— А когда водитель водить начнет, кто на дверях сидеть будет? Я?

— Что вы, Константин...

— Петрович...

— Что вы, Константин Петрович?! На дверях милиционерик будет сидеть, как в солидной фирме и положено.

— Ну ясно. Так у вас все места потеплее забиты...

— Не все. Нужен человек, который будет всегда рядом со мной. Иногда еще Баллону помочь...

— А он кто — сиделка?

Меньшов не улыбнулся, в глазах блеснул огонек нехороший, а сказал, как пошутил:

— Да вроде того.

Потом зашел разговор об оплате труда. Ежемесячная зарплата не выглядела грандиозно, но уставом предприятия предусматривалось участие каждого в прибылях после реализации освободившихся квартир, и это были те деньги, ради которых вся игра затевалась. Петров догадался, что после заключения договора с благотворительным центром одинокие пенсионеры должны будут угасать, как свечечки, иначе не стоит и начинать фирме свою деятельность. От этой догадки ему стало на минуту жутко, он впервые увидел человека, который выглядел как слушатель гуманитарной академии, а по существу своему являлся монстром, пожалуй, не меньшим, чем Буряк, загубивший около десятка человеческих душ. Но очень нужны были деньги, чтобы удержать возле себя Людку, чтобы не ударить в грязь перед дружками, да мало ли, деньги нужны всегда.

Буряк согласился.

2

Работа началась с того, что в газету дали объявление. И начали звонить одинокие престарелые. С ними всегда вел беседу Александр Михайлович Меньшов, который опрятным строгим видом и мягкой вежливостью да терпением неизменно покорял сердца стариков и старух. Тем временем водитель-агент Гена шастал по пивнушкам, угощал спившихся дедков и бабок пивом, винишком и в приватной беседе возле замызганного, липкого стола с распотрошенными рыбьими телами, расспрашивал о том, кто где живет да какую родню имеет.

Таким образом, после тщательного отсеивания сомнительных клиентов фирма «Геронт-сервис» начала работать сразу по трем квартирам.

В двухкомнатной в Солнцеве проживал в тихом пьяном одиночестве инвалид второй группы Егорьев. Он был участником Великой Отечественной войны, но после смерти жены от ветеранского движения откололся и был забыт всеми. Как раз в это время и пришел к нему молодой вежливый, улыбчивый Меньшов. Наговорил про американских спонсоров, про сыновний долг перед воинами-победителями, вогнал сентиментального пьяницу в слезы и подписал со стариком договор на бесплатные похороны.

Меньшов был не дурак и не торопился становиться

собственником квартиры, иначе соседи могли поднять шум. Еще три месяца раз в неделю приезжал к Егорьеву благодетель, привозил кое-какие продукты, немного денег и пожелания здоровья и долгих дней жизни.

Правда, Егорьев чуть не испортил все дело. В один из дней он радостно сообщил благодетелям, что пригрел у себя в доме молодого непризнанного художника, который хоть и представитель искусства, а простой человек, любит горькую и рисует голых женщин в уродском образе. Господа из «Геронт-сервиса» переполошились. Первым делом познакомились с художником Аркадием. Пропащий человек, бывший наркоман, ныне законченный алкоголик. К тому же с женой давно в разводе, и живет она в другом городе. Это немного успокоило фирмачей, но все решили, что с Егорьевым пора кончать. В один из дней к нему в квартиру позвонили. Аркадий смело открыл двум мужикам, потому что одного знал — тот всегда приезжал вместе с Меньшовым. Мужики — а это были Буряк с Баллоном — вошли в квартиру и задушили старика с квартирантом веревками без особых усилий. Трупы, в соответствии с инструкциями Меньшова, спрятали в большие черные пластиковые мешки, погрузили в багажник автомобиля, вывезли за город, где директор фирмы строил себе дачу, навалили в мешки строительного мусора, а потом вывезли их на городскую свалку.

Константин Петрович тревожился, что ему будет трудно действовать таким орудием, как веревка. Но ничего, справился. Другое дело, что со стариком не хотел связываться, отдал его Баллону, сам удавил более молодого Аркадия. Но в данном случае возраст не значил ничего. Похожий на скелет художник перестал дергаться даже раньше, чем Егорьев. Инвалид дольше боролся за жизнь, успел обмочиться...

Квартиру продали за тридцать тысяч долларов. Из них пятнадцать Меньшов отложил, так сказать, на развитие производства, остальные разделил по долевому участию между членами трудового коллектива.

С однокомнатной квартирой в Кунцеве, в которой жила одинокая старуха, проблем практически не было. Бабка была так слаба, что еле передвигалась по квартире, а о том, чтоб в магазин самой сходить, не было и речи. Хлеб с молоком иногда соседи приносили. Когда в ее жизнь вошел «Геронт-сервис», старушка нарадоваться не могла: через день приносил молодой красивый, добрый человек и хлеб, и молоко, и даже суповые косточки иногда. Все бесплатно. Продолжалось это негаданное счастье месяц с небольшим. Как только процедура переоформления квартиры закончилась, Меньшов вручил Баллону батон хлеба, бутылку кефира и отправил к старушке. Та, естественно, открыла... Баллон так старался ее душить, что сломал тонкую, сухую шею. Затем ему было необходимо выполнить все существующие формальности: спрятать труп в мешок, съездить с ним на стройку, а потом — на свалку. Баллон был патологическим лентяем, любую работу мог выполнять только из-под палки и под непосредственным контролем. Поэтому труп в мешке он далеко не повез, а, благо стемнело, не выезжая из города, обронил в канализационный колодец. Но Меньшову доложил, что все сделал как положено.

Терпилин, инвалид и пьяница, как и Егорьев, имел двухкомнатную квартиру в районе Всероссийского выставочного центра, бывшего ВДНХ. Этого отыскал Гена в пивной. Пришел к старику Меньшов, выпил с ним принесенного с собой винца, рассказал о своей фирме и заключил с Терпилиным стандартный договор: фирма ему — пожизненную помощь вплоть до последующего пристойного погребения, Терпилин ей после своей смерти — квартиру. Казалось бы, теперь старику предстояло тихо исчезнуть, но вмешалась судьба. К Терпилину приехал племянник с товарищем. Родня из Белгорода поручила племяннику уговорить старика продать московскую квартиру и вернуться доживать на родину. Пока Гена с Баллоном паниковали по причине срывающейся сделки, Меньшов, как лицо, пользующееся полным доверием у старика, вызвался посредничать при продаже квартиры. Провинциалы, напуганные тем, что в Москве жулик на жулике сидит и жуликом погоняет, облегченно вздохнув, доверили. Меньшов переоформил квартиру на фирму, затем тут же продал ее и принес Терпилину и его родственникам тридцать пять тысяч долларов. По случаю удачной сделки предложил отметить это дело в хорошем ресторане, чтобы молодым людям было что рассказать о Москве. Старик остался сторожить невообразимую кучу денег, а племянник с другом и Меньшов ушли. Как только они скрылись за углом, в квартиру к Терпилину позвонили двое. Одного старик узнал — помощник директора благотворительной фирмы, открыл. После чего и был аккуратно удавлен в четыре руки. Когда спустя несколько часов подвыпившая компания вернулась из ресторана и медленно вразнобой поднималась по лестнице, Петров сверху двумя точными выстрелами из пистолета с глушителем убил и племянника, и его друга. Через десять минут их тела, помещенные в пластиковые мешки, автомашина увозила на строительный объект «дача».

Потом были квартиры в Марьиной роще, в Теплом Стане...

3

После каждой удачной сделки, когда деньги были получены, а руки отмыты от крови, слюны, запаха немощных жертв, фирма «Геронт-сервис» устраивала хороший банкет для всех сотрудников, кроме милиционера. Меньшов, юрист-недоучка, по праву считал себя мозговым центром предприятия, которое он сам в шутку называл «Откинем копыта!». Выпив, он любил пофилософствовать, подвести под грязный промысел солидную теоретическую базу.

— Мы работаем со старыми, спившимися, никому не нужными и бесполезными людьми, — вещал он, отмахивая такт рукой, в которой качалась вверх-вниз рюмка, расплескивая коньяк. — Спившиеся люди не должны обладать материальными ценностями, их место вместе с Сатиным на дне. Вот мы и занимаемся перере... перераспределением материальных благ в пользу более достойных! Кто в наше время может иметь крутые бабки, тот, значит, не только выживает в этих условиях, он, значит, может и должен в них жить. Мы делаем свой бизнес, и никто не скажет, что мы приносим кому-то горе. Наших клиентов, кроме нас, некому оплакать. Зато сколько людей нас благодарят!..

Петров по кличке Буряк, как, наверное, и остальные члены трудового коллектива, особенно не вслушивался в эти разглагольствования. Зачем самому себе лапшу на уши вешать? Коню понятно, что делается все ради крутых бабок. А философию хорошо перед следователем да перед судьями разводить, не дай Бог, конечно! Однако слушали директора терпеливо, у каждого есть свои слабости, вот Баллон, например, толстых баб любит. И нормально, если бывший интеллигентный человек Меньшов любитель потрепаться. Зато не колотит боталом не по делу.

В середине лета фирма «Геронт-сервис» начала медленную и мягкую охоту на семейную пару, собирающуюся выехать к детям в Израиль. Нимховичи имели трехкомнатную квартиру улучшенной планировки, из которой, по-видимому, и упорхнули их головастые дети в дальние страны.

Меньшов понимал, что здесь нужна более тонкая работа, двумя бутылками портвейна по субботам не обойдешься. В беседах с Нимховичами он время от времени вспоминал о богатых заокеанских фирмах, которые с самого начала спонсировали этот проект помощи российским престарелым людям, а также намекал на взаимный интерес: мол, хоть вы и не совсем подходите под категорию тех лиц, с которыми работает «Геронт-сервис», все можно решить полюбовно — вы нам квартиру, а мы переводим вырученную сумму в твердой валюте в любой банк Израиля на ваше имя. Предложение было весьма соблазнительным. Ведь столь крупную сумму долларов вряд ли удастся без проблем вывезти из страны. Если вообще удастся. Привлекать в помощь детей, значит, подвергать их ненужному риску. Ведь согласитесь, хорошо, если у стариков будут на месте какие-то сбережения, чтобы не сразу садиться на шею детям, хотя дети, дай им Бог здоровья, с готовностью подставляют плечо.

Меньшов клялся и божился, что у него есть возможность проделать такую финансовую операцию. Старик Нимхович кивал, слушая, но божбе не очень верил, ему хотелось более существенных, желательно документальных подтверждений того, что фирма Александра Михайловича имеет международный размах.

Эта дотошность доводила Меньшова до белого каления, но бешенство он срывал на своих работниках, с Нимховичами нужно быть отменно вежливым до победного конца. Предстояли хлопоты, надо было изготовить липовые, но очень качественные гарантийные письма, договоры и прочую документацию, вызывающую у полупросвещенного обывателя священный трепет приобщенности к таинствам цивилизованного бизнеса.

Привыкший доверять своему чувству опасности, Петров пробовал уговорить Меньшова бросить это дохлое, по его мнению, дело, найти клиента попроще и работать по старой, испытанной методике. Петров выдвигал даже такой веский аргумент: за то время, которое уже угроблено на Нимховичей, в лучшие времена они успевали очистить от хозяев и продать две, а то и три квартиры. Так стоит ли?.. Но Меньшов был неумолим, какой-то сатанинский азарт овладел им, тот, наверное, который рано или поздно берет в плен всякого неумеренного игрока.

Тем временем произошли неожиданные события. У той старухи, которую Баллон задушил в Кунцеве и бросил в колодец, была фронтовая подружка, которая и сама уже еле ходила. По этой причине они, хоть и жили в часе езды друг от друга, виделись редко, редко перезванивались, зато регулярно переписывались, из Москвы в Москву. Когда подружка перестала получать вдруг письма и не было их больше месяца, решила собраться с силами и проверить лично, а ну как ее боевая подруга уже померла. Старушка добиралась невыразимо долго и трудно, но, когда все-таки добрела до искомых дверей, на звонок вышел рослый, упитанный кавказец в майке и спортивных брюках. Он долго, недоумевая, выслушивал сбивчивые старушкины вопросы, потом сказал, что никакой Веры Степановны он не знает, квартиру эту купил, купчую может показать, и никаких чужих следов, когда въехал, не видел. Когда дверь перед ее носом захлопнулась, старушка, поразмыслив и порасспросив соседей, осторожно, словно боясь разбить свое высохшее до хрупкости тело, отправилась в ближайшее отделение милиции.

Примерно тогда же на территории соседнего административного округа при плановом обслуживании коммуникационных сетей работники муниципальных служб обнаружили в колодце мешок с изрядно подгнившим трупом. Уже то, что труп находился в мешке, наводило на грустные размышления, а еще вдобавок бурая от времени странгуляционная борозда на шее — неопровержимый фактор насильственной смерти. К большому счастью всех заинтересованных лиц, в один совпали два вопроса в двух районных службах внутренних дел: той — где пропала старушка; и той — где найден труп в черном полиэтиленовом мешке. Совсем неожиданно возник и еще один факт, о котором в виде ориентировок сообщалось по всем райотделам столицы — на территории городской свалки в процессе регулярных земляных работ обнаружены останки трех человек, упакованные в черные мешки вместе со строительным мусором.

Работники Московского уголовного розыска совершенно здраво рассудили, что убийства слишком похожи на серийные, чтобы с ходу отвергать такую версию. Умные головы путем чисто интеллектуального анализа одна за другой подыскивали точки соприкосновения в обстоятельствах всех выявленных однотипных смертей. Найти их было нетрудно, если бы хоть кто-нибудь мог опознать покойников. И вот когда неутомимая фронтовая подруга Веры Степановны опознала покойницу только по шраму на затылке, полученному в сорок четвертом от немецкой мины, когда стало известно, что квартира убитой женщины была продана грузину чуть ли не в одно время с моментом умерщвления старушки, во всей своей красе всплыла в поле зрения розыскников фирма «Геронт-сервис». После того как фирма «засветилась», найти концы было легко. Проследили прохождение документов фирмы через нотариальную контору, отделы муниципалитетов, занимающиеся недвижимостью, и установили, что клиенты благотворительной фирмы имеют тенденцию исчезать бесследно после того, как отпишут фирме «Геронт-сервис» свои квартиры в обмен на пожизненную заботу и поддержку.

Майор Вячеслав Грязнов предложил сопоставить факты исчезновения людей с фактами обнаружения на городской свалке трупов в черных мешках. Предложение было принято, потому что это был единственный шанс одним махом раскрыть очень крутое и современное уголовное дело.

Конечно, те, кому пришлось бродить по вонючей свалке и проверять каждый достаточно большой черный полиэтиленовый мешок, поминали майора не самым ласковым словом. Но в результате этих неприятных поисков к трем ранее обнаруженным трупам прибавилось еще три. Теперь уже можно было в качестве основной версии предлагать такой вариант: «Геронт-сервис» обманом завладевает жилплощадью опустившихся одиноких престарелых граждан, после чего, устранив их, остается полноправным владельцем недвижимости.

Выходит, мошенничество, даже сопряженное с насильственным устранением тех, кого обманывают, не может быть безнаказанным вечно. К тому времени, когда банда Меньшова обрабатывала семейство Нимховичей, «Геронт-сервис» уже находился под колпаком у Московского уголовного розыска.

Дальше пошел раскрут. В офис «Геронт-сервиса» позвонил непревзойденный мастер миниатюры Слава Грязнов. Представившись директором одного из филиалов советско-американского совместного предприятия, он спросил, можно ли купить под офис хорошую трехкомнатную квартиру недалеко от центра.

Александр Михайлович, трепеща сердцем, осторожно поинтересовался, какими суммами располагает потенциальный клиент. Слава ответил, что в средствах не ограничен, лишь бы жилплощадь соответствовала среднестатистическим европейским стандартам. Таким образом, вольно или невольно, операция с недвижимостью Нимховичей неожиданно обострилась.

Как раз тогда, когда Меньшов уже хотел было оформить все бумаги и приговорить двух старых евреев, оказалось, что жена старика Нимховича легла в больницу.

Она была достаточно здорова, чтобы уехать в Израиль, чтобы вести переговоры с покупателями. А тут взяла и заболела. Кто знал, тот знал, что женщина спряталась в больнице по рекомендации милиции. Необходимо было заставить Меньшова действовать активно и по возможности безрассудно, только тогда его можно будет взять с поличным. Иначе его снова отпустят, как уличного хулигана, хотя для престарелого тинейджера удушение старушек и стариков никогда не являлось безобидным проступком.

Намерение милиции было простым и вполне объяснимым: спрятав женщину в больнице, собрать силы, как следует разработать операцию и потом уже открывать клетку с хищниками.

К сожалению, старик Нимхович оказался плохим актером. Его предупредили, что все действия преступников продиктованы жаждой денег и страхом перед милицией. Если вы полностью доверяете милиции, вам нужно просто от начала и до конца правильно сыграть свою роль. Роль испуганного и убитого горем и страхом человека. Нимхович как будто это понял, но, чувствуя поддержку милиции, расхрабрился, начал задавать боевикам Меньшова неприятные вопросы. В общем, если не выдал себя полностью, то подозрение у них вызвал большое. После этого Меньшов заторопился. Он решил пойти на риск, не зная, что Нимховичей инструктирует МУР. Искать доказательства надежности и платежеспособности фирмы было уже некогда. Теперь заполучить квартиру стариков можно было только принуждением. Создалась кризисная ситуация, когда Меньшов не ведал, что Нимховичи под контролем у муровцев, а те, в свою очередь, не догадывались о том, что задумал директор благотворительной фирмы. А на уме у него был заурядный шантаж.

4

Однажды в квартиру соседей Нимховича позвонили двое. Люди там жили небогатые, потому беспечные, открыли не глядя. В квартиру вошли Баллон и Константин

Петров. Баллон сразу взял под охрану трехлетнюю дочь хозяев, а Петров доходчиво объяснил молодой женщине, сидевшей с ребенком дома, что девочка останется под присмотром, а мать ее должна выполнить одно легкое поручение, иначе дочь свою она живой не увидит.

Задание было таким: соседка Тамара должна была приехать в больницу, где прячется жена Нимховича, вызвать ее на свидание и рассказать, что ее мужа избили до полусмерти неизвестные, ограбили квартиру, сейчас там милиция, и никто не знает, сколько и чего похищено, потому что сам Нимхович без сознания и ничего говорить не может. Тамара выполнила в точности все, что требовали бандиты. Сама не своя жена Нимховича кинулась из больницы, чтобы побыстрее попасть домой. Внизу, у больничного подъезда, на заднем сиденье «Жигулей» ее ждала Тамара. Она сказала, что ее приятелю — он за рулем — как раз по дороге будет подбросить их до дому. Ничего не подозревающая и всего боящаяся старуха Нимхович села в машину.

Но автомобиль поехал совсем не в ту сторону, где прятался за кронами лип сравнительно новый кооперативный дом. Маргарита Нимхович заволновалась, тогда мужчина, сидевший за рулем, успокоил, сказал, что только подбросит Тамару на работу — и сразу домой. У первого светофора водитель остановился на красный свет, съехал на обочину, как бы невзначай стукнул Тамару короткой тяжелой дубинкой по голове, оглушил. После чего быстро задушил онемевшую от ужаса старуху Нимхович. Затем ту же операцию проделал с Тамарой. И повез оба трупа по проторенной дорожке на городскую свалку.

Тем временем старик Нимхович ждал гостей — Меньшова с Петровым, которые должны были прибыть якобы на заключительные переговоры. У старика хватило ума предупредить о визите милицию. За несколько минут до прихода благотворителей из «Геронт-сервиса» в квартиру забежал молодой парень, покопался в туалете, после чего сливной бачок стал сипеть, хрипеть и плеваться.

Когда пришли гости, Нимхович, несмотря на то что тряслись поджилки и на душе было нехорошо, играл роль гостеприимного хозяина. Усадил Меньшова и Петрова за инкрустированный столик в гостиной. На нем уже стояла ваза с фруктами и ваза поменьше с печеньем в шоколадной глазури. Затем прибавились бутылки, тарелочки с красной рыбой, ветчиной и голландским сыром.

Меньшов, будучи гурманом, шепнул Петрову, пока хозяин был на кухне, что разрешает убить Нимховича из пистолета, потому что стол великолепен, а умерщвление с помощью веревки чревато неприятными неожиданностями, которые могут испортить аппетит.

И вот начался разговор, сдобренный рюмочкой коньяка. Нимхович все пытался узнать, можно ли ему посмотреть бумаги, из которых следует, что деньги за квартиру в долларах США переводятся или уже переведены в израильский банк.

Меньшов и Петров выпили, хорошо закусили, после чего объявили Нимховичу, что его жена находится сейчас в руках работников «Геронт-сервиса». И если старик будет упираться и не напишет дарственную, которую можно будет тут же заверить у нотариуса, их обоих убьют и сожгут в большой печи для пережога органических отходов, так что от них не останется ничего.

Услышав такое, Нимхович несколько минут сидел в оцепенении, потом на ватных ногах пошел на кухню якобы подрезать колбаски. Он взялся за трубку телефона, висевшего на стене в прихожей, но Петров, который, казалось, совсем не пьянел, крикнул ему:

— Положь трубку, старый засранец! А то на телефонном проводе повешу!..

От волнения — все-таки первый раз на убийстве — Меньшов захлопал в ладоши и громко зашептал:

— Только, слышь, Буряк, в голову стреляй, а то вгонишь под ребра — будет тут качаться и ковры пачкать, пока дойдет!..

Но Петрову было не смешно, он почувствовал, как напрягается его тело, угнетаемое нехорошими предчувствиями. Опасность рядом! — вопила каждая клетка его организма. Будь он один, сейчас вышел бы тихонько за дверь — и ищи-свищи. Но Меньшов не спускает глаз, да и деньги посулили немалые. А верней всего — просто страх, боязнь босса. В этом признаться даже самому себе было невероятно трудно. Но необходимо. Именно страх держал потеющего Петрова в кресле. Это была одна из тех психологических загадок, которыми полон мир людей: Костя Петров по прозвищу Буряк, снайпер-убийца, побаивался своего шефа, потому что шеф ни во что не ставил человеческую жизнь и готов был идти к своей цели через горы трупов. Но навалить их должен был кто-то другой.

Когда Нимхович был на кухне, раздался звонок в дверь.

— Это кто? — сдавленным шепотом спросил у Нимховича Петров.

— Да сантехники, должно быть, — вытирая полотенцем трясущиеся руки, сказал хозяин. — Слышите, бачок барахлит. Я в жилконтору утром звонил, обещали прислать...

— Не открывай! — распорядился Меньшов.

— Так они же недолго, сколько этих дел — бачок подремонтировать! — пытался убедить гостей Нимхович.

— Нечего им тут делать! — упрямился Меньшов. — И вообще, тебе о жене надо думать, а не о сортире!..

— Понимаете, они сейчас уйдут, и я потом их не дозовусь, — вразумлял директора фирмы старик. — Давайте я им скажу, чтобы пришли позже... ну завтра...

— Ладно, — махнул рукой Меньшов.

Нимхович слишком быстро кинулся в прихожую, и это насторожило Петрова. Он нервно встал с кресла, подошел к окну. С высоты второго этажа двор просматривался не весь, только свободные от старых лип участки. Ничего подозрительного как будто, ни скопища машин, как обычно бывает, когда наедет орава оперативников, ни засады из праздных, переодетых в гражданское крепких мужиков из группы захвата...

Но Нимхович бубнит в прихожей не так, как надо бы. Он не просит, не уговаривает, он захлебывается придушенным голосом, торопясь что-то быстренько рассказать...

5

Петров тихонько открывает окно с таким видом, будто ему просто захотелось подышать свежим воздухом. Ежу понятно: если это менты, значит, директор уже засвечен. Он, конечно, подлюка, спасая свою шкуру, сдаст всех. Но спрятаться, отсидеться сейчас легко как никогда, кругом суверенные державы и пограничные столбы. Осел на дно где-нибудь в соседней республике и жди, пока следака на пенсию выгонят или на повышение отправят — тогда ему не до мелких солдат удачи будет. А вывод из всего этого один: надо уходить, но Меньшова с собой не брать.

Петров еще раз смотрит в окно, теперь уже открытое, — все чисто, только какой-то вахлак в линялых спортивных штанах со штрипками сидит на пеньке, читает газету. Небось зануда жена выгнала ковры выбивать, вот мужик и ловит свой маленький гнусный, позорный кайф подкаблучника.

Меньшов, абсолютно уверенный в том, что Костя все сделает правильно, тихо подремывает в кресле. Петров осторожно садится на узенький подоконник, одну ногу свешивает вниз, на ту сторону.

Из прихожей появляется, вырастает на пороге комнаты детина с пистолетом в руке и рявкает:

— Всем оставаться на местах! Уголовный розыск!

Меньшов цепенеет в кресле, а Петров без лишних слов сигает вниз со второго этажа. Удачно приземлившись на клумбу, подхватывается с земли, судорожно озирается по сторонам: все ли чисто и куда лучше бежать.

Шума пока нет, поэтому никто не обращает внимания на помятую клумбу. Только подкаблучник в трико, свернув газету в трубку, приближается с выражением сердитого недоумения на лице. И быстро же, черт, скачет!

— Что это вы себе позволяете?! — возмущается вахлак, приблизившись к низенькому заборчику из дощечек, ограждавшему цветник от серого, пыльного асфальта двора.

— Отвали, мужик, видишь — выпал нечаянно! — буркнул Петров, новоря ускользнуть от протянутых к нему цепких и жилистых лап мужчины.

Однако тот все же уцепился за рукав его рубашки, легко преодолел декоративный заборчик и спросил уже участливо:

— Так, может, вы ушиблись?!

— Отвали!.. — не скрывая злобы, прошипел Петров и посмотрел вверх — не торчит ли в окне свечой мент с заряженной пушкой.

Этого ему не стоило делать, потому что нелепый мужик в трикотажных штанах с пузырями на коленях схватил руку Буряка как в клещи, завернул как-то по-ментовски хитро, потом дубинка, спрятанная под газетой, опустилась ему на затылок, и суровый «мочила» отключился на несколько минут. А когда пришел в себя, руки свои нашел закованными в наручники, а бренное тело перемещавшимся по улицам к дежурной части ГУВД в гулком и пыльном фургоне милицейского автомобиля.

Такой была первая встреча Буряка с капитаном Грязновым, который придумал и осуществил маскарад с единственной целью — избежать стрельбы в полном детворы дворе.

Все остальные работники «Геронт-сервиса» были арестованы в тот же день. Главный бухгалтер и по совместительству жена директора сидела как каменная и время от времени тихонько выла, пока в квартире шел обыск. Застигнутая врасплох, она провожала прощальным, полным слез взглядом каждую милую вещицу, подвергаемую описи, — будь то изделие из золота, серебра, драгоценных камней или просто банальнейшие пачки долларов...

Водителя Генку и Баллона взяли в офисе, где они, заливая волнение водочкой, поджидали, когда вернутся с операции директор с Буряком. Всех рассадили по разным камерам, даже везли порознь, чтоб они не могли сговориться. Все, казалось, предусмотрели.

На допросах задержанные ни в чем не признавались: ни в сделках с недвижимостью, ни в продаже обманом полученных квартир с целью наживы, ни тем более в убийствах. Каждый шаг преступной группы следовате лям приходилось отыскивать по крупицам и затем в качестве неопровержимых улик предъявлять подозреваемым. Ситуация осложнялась тем, что в фирме «Геронт-сервис» практически отсутствовала финансовая документация.

6

У Петрова-Буряка заныло сердце, когда он узнал, что дело ведет «важняк» из Прокуратуры России Турецкий. Ходила про него молва, что въедлив и неподкупен, копает обстоятельно и глубоко. Заныло еще сильнее, когда до него дошли сведения, что в прокуратуру для дачи пока свидетельских показаний стали вызывать работников отделов по жилью тех муниципальных округов, где работала по квартирам фирма «Геронт-сервис», а также налоговых инспекторов и работников отделов департамента экономического контроля. Кое-кто из чиновников, которых подкармливал Меньшов, начал колоться, и вскоре Турецкий представлял наглядно, как осуществлялся захват квартир уже при документальном оформлении. В этом вопросе с горем пополам фирмачи признавали, что да, были нарушения, да, ради наживы, но сейчас ведь время такое, гражданин следователь! И следователь ничего не мог поделать. Юридический казус: нет трупа — нет и убийства. А подследственные твердили в один голос, что просто выгоняли потерявших жилплощадь пьяниц на улицу, и те смиренно уходили бомжевать.

Затем возник труп старушки из Кунцева, спрятанный в черный пластиковый мешок, но небрежно брошенный в канализационный колодец. Хитрый следователь Турецкий, беседуя по очереди с каждым из бывших членов благотворительного общества, как бы невзначай бросал на стол перед каждым фотографию с места обнаружения трупа и спрашивал: что можете сказать по этому поводу?

Измученный камерным бытом Меньшов побледнел, пошевелил беззвучно губами и попросился назад, в камеру, подумать. Его жена, кроме брезгливости, никаких чувств не показала. Генка впал в истерику, плакал и кричал, что не он убивал. Уже это дало основание Турецкому предполагать, что обнаруженное тело со следами насильственной смерти имеет прямое отношение к фирме «Геронт-сервис». Игорь Баловнев по прозвищу Баллон повертел в руках фотокарточку и сказал:

— Пишите — я бабку задавил...

Потом, просто на всякий случай, следователь Прокуратуры страны показал фотографию Петрову.

Тот узнал и мешок, и, хотя с трудом, жертву.

— Что это, — спросил, — в колодец, что ли, бросили?

— А то вы не знаете! — покосился следователь.

— Так мне откуда? — пожал плечами Петров. — Мое дело было кефир престарелым одиночкам развезти. А если бы уж шел на мокруху, то концы прятал бы поглубже!

Следственная тюрьма имеет прогулочный дворик внутри, во дворе. Туда же выходят окна многих камер. По вечерам некоторые отчаянные головы переговариваются не с помощью перестука или пресловутого «коня» — письменного сообщения, передаваемого из камеры в камеру по системе канализационных труб. Эти головы, рискуя нарваться на наказание, кидаются на «решку» — высокое зарешеченное окошко с открытой все время из-за духоты фрамугой — и кричат во внутритюремное пространство все, что хотели бы сообщить.

Петров после разговора со следователем долго думал о том, как и где могли обнаружить мертвую старуху. Если бы на свалке, то перерыли бы всю, а значит, нашли бы и остальных. На свалке канализационных люков нет. Получается, старуху бросили на улице. И бросил ее Баллон, потому что кунцевский вариант проводил он.

Петров полез по столу к окошку. Резавшиеся за столом в домино подследственные поворчали для приличия, но не слишком — побаивались. Как-никак, член банды, которая за каких-то полгода угробила пятнадцать человек.

Константин приблизился к навевающему свежесть отверстию в окне и закричал:

— Тюрьма, слушай!..

Во дворе, куда выплескивался из открытых окон однообразный шум, стало как будто тише.

— Баллон в какой хате?!..

Через пару минут донесся слабый, приглушенный расстоянием голос Баллона:

— Двадцать восьмая!..

— Козел ты и паровоз! — рявкнул Петров и спустился вниз, подсел к столу, где уже поспевал чаек.

«Козел», как многим в нашей стране известно, в уголовной среде одно из самых страшных оскорблений, какое можно смыть только кровью. Упоминание о паровозе означало, что Петров поручает, приказывает или же просто ставит Баллона перед фактом, что тому придется на следствии и суде брать на себя всю тяжесть обвинения, равно как и все убийства, которые будут фигурировать в постановлении о привлечении в качестве обвиняемого.

После некоторого размышления Петров решил, что впаяют им, несмотря ни на что, на полную катушку. И останки все найдут. Если главная Прокуратура в дело вмешалась — добра не жди. Возьмут того же Генку, щенка, или даже директора — он тоже об нары задницу раньше не давил, — расколются, идиоты! Единственный шанс — свалить отсюда.

Петров с тоской посмотрел на толстые наружные стены тюрьмы. Не пробьешь, даже динамитом. А уйти надо, главное — уйти, потом ищи-свищи! Податься куда-нибудь на Кавказ, там у кого автомат, у того и закон... Ему вспомнилась Людмила, хорошая баба, простая, душевная. Любит своего Костю как собачонка. А в последнее время совсем хорошо жили. Он все время при деньгах и не шастает где-то неделями, а как работяга, к закону лояльный, — в семь вечера уже дома. Людка из-за любви допустила маленькую женскую хитрость и недавно после бурной ночи, смущаясь, призналась ему, что беременна. Петров вполголоса выругался, но не от злости — от растерянности. Он не мог предположить, что когда-нибудь станет отцом, не так складывалась жизнь.

— Да ты че? — сказал он ей. — Я же блатной, я без дела не могу, а кто на дело ходит, рано или поздно — к хозяину на делянку!..

— Ну и что? — умиротворенно улыбалась она. — Одна

ро́стить буду. А ты вернешься, посмотришь — и по-другому заживешь...

— Дура баба! — без злости, скорее с непривычной для него нежностью сказал Константин.

Петров не спал до рассвета, обдумывая план спасения.

7

Утром Петрова привели в следственный корпус на допрос к следователю Турецкому.

— Здравствуйте, Александр Борисович! — сказал, усаживаясь, Петров.

— Здравствуйте, Константин, сегодня тоже будете загадочно молчать?

— А какой резон разговаривать? Если вы докажете, что мы всех старичков и старух угрохали, — мне вышка.

— Ну почему сразу вышка? Степень вашей вины суд будет определять, а он, как вам известно, учитывает чистосердечное раскаяние и содействие следствию. Я от вас раскаяния не требую, оно само должно прийти, а содействие, если таковое будет, обязательно отмечу.

— Не, мне снисхождения ждать нечего. Я и сам по себе тот еще жук, а теперь, как это у вас называется? О, устойчивая преступная группировка!

Костя Петров был не дурак. Он заметил, что следователь навострил ушки: решил, раз он, Костя, начал понемногу торговаться, значит, хочет «колонуться» в обмен на снисхождение.

— Вообще-то, конечно, в скотское дело я вляпался, гражданин следователь. Не поймут меня свои ребята-уголовнички, скажут: вот был бандит как бандит, а тут решил бабок по-легкому срубить, с крахами связался! И правду скажут!

— Раньше надо было думать, сейчас чего уж!

— А знаете что, Александр Борисыч? Сниму я с вас эту головную боль...

— Какую?

— Да покажу, где мочканутых прятали!

— Вот как! — оживился следователь. — С чего вдруг такая благотворительность? Такого жеста даже ваши друзья-уголовнички не поймут. Вот и я боюсь ушам своим поверить...

— В общем, это... просьба будет. Свиданку мне сделайте с невестой. Беременная она...

— Невеста? Да еще беременная? Что ж ты, Костя, себе думал, а?

Петров потупился, чтоб глаза не выдали его истинных чувств.

— Сделайте свиданку, проститься с ней хочу.

— Во время следствия трудновато разрешение получить...

— Да знаю я! Только не для вас, «важняк» по всей России.

— Ну хорошо...

— Подождите обещать! Задачка для вас сложная будет.

— Почему?

— Не хочу в тюрьме с ней встречаться!

— Ну, мил человек! — сокрушенно развел руками следователь. — Не в «Савой» же мне тебя везти, в номер люкс!

— В «Савой» не надо. А где-нибудь так... ну хоть на явочной квартире.

— Может, еще и ключ от сейфа дать, где твое дело хранится?

Петров хмыкнул:

— Дело не надо. Только решайте сами. Даете свидание — после сразу показываю, где схоронение. Не даете — шукайте сами. Никто, кроме меня, не покажет. Виданое ли дело — самому себе могилу рыть!

— А ты что же?

— Я, гражданин следователь, так думаю, что вы укажете: мол, содействовал завершению следствия, раскаялся. Я правда раскаялся. К тому же невеста беременная придет. А по делу я мелкая сошка.

— Ладно, посмотрим, — сказал следователь. — Может, что-нибудь и получится.

Константин Петров чувствовал, что Турецкий клюнул на приманку.

А вечером в камере произошел инцидент. Кто-то из сидельцев отозвался о Косте нехорошо. Петров начал драку и сломал обидчику челюсть. За это его посадили в карцер. Там в знак протеста Константин полоснул себя бритвой по животу. Резанул размашисто, с боку на бок, но внутренних органов не задел. На следующий день Турецкий приехал в больницу.

— Что же ты, Костя?!

Тот, перебинтованный, еле ходит по палате, весь скрюченный. Но глядит бодро.

— Че вы переживаете так, Александр Борисьгч? Или повиданку с Людкой даете?

— Даем. Только как же теперь?

— Да это ничего. Денька через три шов затянется чуть — и можно ехать. Тут недалеко...

Наверное, если бы Константин Петров знал, под каким конвоем его повезут на свидание, он вряд ли отважился на то, что совершил. Собрали оперативников — мастера спорта по бегу, мастера спорта по самбо. Константина везли в наручниках. К нему приковался наручниками высоченный — метр девяносто пять — оперативник.

— Сейчас свидание, потом — кладбище! — потребовал Петров.

Свидание должно было состояться в опорном пункте охраны порядка на первом этаже большого двенадцатиэтажного дома.

Увидев, куда его ведут, Константин сморщился:

— Все равно подлянку суете, граждане начальники! Не в камере, так в ментовке мне с милкой прощаться придется!

Вячеслав Грязнов был старшим на этом мероприятии. Он возразил Петрову даже с некоторой обидой:

— Ну ты даешь, Костя! Привередлив, как черная шмара с перехода на Маяковского! Следователь и так пошел на нарушение, когда свидание тебе разрешал!..

— У нас с ним чистая сделка. Баш на баш! Ну да ладно, парашей не будет нести да хлоркой — и на том спасибо!

8

Через полчаса после того, как привезли в опорный пункт Петрова, приехала Людмила Тетенькина. Беременность ее еще не была заметна, однако лицо в красных пятнах, глаза зареванные.

Все мастера спорта и двухметровый оперативник с Грязновым находились в комнате. Двое водителей сидели на лавочке у подъезда для подстраховки. Окно зарешеченное. То есть деваться Косте было совершенно некуда.

Они бросились друг к другу. Вернее бросилась одна Людмила, а скованный, да еще прикованный к напарнику Грязнова Костя сделал лишь короткое встречное движение.

— Что же ты наделал, шалопу-ут?! — с места в карьер завыла Людмила. — Маленький еще не родился, а уже сирото-ой будет!..

Костя неловко, мешали наручники, гладил ее по плечу и говорил виноватой скороговоркой:

— Ну че ты? Ну че ты каркаешь сразу?.. Еще, может, суд снисхождение даст. За содействие. Ну! Правда, граждане?

Он смотрел на оперативников полными слез глазами, в которых читалась немая просьба: мол, подтвердите, баба места себе не находит!

— Ну, в общем, конечно, — сказал, откашлявшись, двухметровый оперативник. — Вот и свидание опять же как поощрение...

Его слова не убедили Тетенькину. Она висела на плече у Кости и орошала его пеструю рубашку слезами. А Костя стоял к ней немного боком, стараясь не задеть Людин живот твердыми браслетами наручников. Потом взмолился:

— На пару минут хотя бы снимите браслеты! Вас тут четыре лба — куда я денусь?!..

Оперативники посмотрели на Грязнова. Решать ему. А он не мог решить, что делать. Вячеслав полагался на свой опыт, опыт подсказывал ему, что слезы Тетенькиной и слезы Петрова не наигранные. Преступники, особенно жестокие, люди нередко сентиментальные. К тому же повод для слез более чем обоснованный: как бы ни сотрудничал со следствием Петров, если приложил к убийствам руку, скорее всего светит ему смертная казнь. Этого, может, не знает Тетенькина, но догадывается, что не расстрел, так срок на полную катушку хахалю обеспечен. И она выла по-звериному, не жалобно, а — тоскливо. Оперативники отводили глаза, с досадой думали: во дает, как над покойником.

Грязнов махнул рукой:

— Ладно, снимайте! Но только на десять минут.

Наручники отомкнули, отстегнулся от Петрова рослый оперативник.

Несчастные влюбленные тут же сплелись в полноценных объятиях, так что видавшие виды оперативники старались не смотреть на эту душераздирающую сцену.

Людмила обнаружила свежие бинты на Костином животе и заголосила пуще прежнего, а Костя гладил ее по плечам и успокаивал:

— Ну не реви так, Людка, не рви душу! После суда того... распишемся, чтоб ребенка в случае чего байстрюком не обзывали...

При этих словах Людмила взревела как-то уж очень сильно и вдруг, закатив глаза, начала валиться на пол.

Опер-гигант хотел подхватить ее, но не успел, поэтому сразу наклонился над ней, пытаясь послушать, бьется ли у нее сердце, но так деликатно, чтобы не прикасаться к ней.

В этот момент все оперативники, даже опытный Грязнов, по инерции зафиксировали взгляды на падающей Тетенькиной.

И как раз в то же мгновение Петров, несмотря на резаную рану, прыгая, как лось, метнулся к двери, отпихнул не успевшего отреагировать оперативника и выскочил из опорного пункта.

За ним тут же погнались и — не поймали. Ушел Костя Петров по кличке Буряк, даже мастер спорта по бегу его не догнал.

Называя себя самыми плохими словами, какие только существуют в родном языке, Грязнов вернулся в опорный пункт, чтобы позвонить начальству и доложить о проколе, после которого со старой ищейки Грязнова надо сорвать майорские погоны и отправить его участковым в колхоз «Красное дышло».

Тетенькина давно пришла в себя, сидела в уголке на стуле и по-прежнему плакала.

— Теперь-то чего ревешь, дура?! — рявкнул ей Грязнов. — Радуйся! Сбежал твой суженый!..

— Чего радоваться? — прерывисто вздохнув, возразила она. — Ему теперь всю жизнь от вас бегать надо, так что мне все едино с ним, беспутным, не жить.

— Это точно!

9

Константин Петров убежал недалеко — бегущему так и норовят подставить ножку. Да и брюхо, зараза, болело! От бега, перелезаний через ограды и прыжков швы начали кровоточить. Улучив момент, когда преследователи не видели его, Петров подбежал к не очень трезвому мужичку, копошащемуся у раскрытой голубятни посреди двора.

— Слышь, брат! Пусти в свою клетушку отсидеться! Щас одному менту в ухо заломил — аж фурага покатилась под машину. Ловят сейчас, гады! Поймают — прибьют!..

— Лезь, — кивнул мужичок.

Голуби, конечно, красивые птицы, но запашок в голубятне стоял еще тот. К тому же, переполошенные присутствием чужака, птицы оправлялись интенсивнее, чем обычно, норовя попасть незваному гостю на голову.

Но Петров терпеливо высидел в этом гнусном месте до наступления густых сумерек, потом слегка отмылся в квартире у мужичка, которого величали Ванькой, от него же позвонил по телефону, который никогда не записывал, но помнил всегда.

Через полчаса после звонка во двор с голубятней, тихо шурша широкими шинами, вползла роскошная большая машина марки «Джип-Чероки».

Из подъезда, быстро оглянувшись, выскочил Петров и юркнул в салон автомобиля.

На помощь Петрову пришел человек, которому в свое время «Геронт-сервис» подарила квартиру. Человека звали Гена Аслангиреев, молодой и перспективный руководитель мафиозной чеченской группировки. Однажды он совершенно случайно наткнулся на фирму господина Меньшова, и Александр Михайлович проявил сообразительность вкупе с щедростью, после чего профессиональный интерес чеченских рэкетиров к фирме Меньшова пропал. Просто тот в милом интеллигентном разговоре с Геной услышал, что гостю с Терека надоело жить в гостиницах, к тому же в последнее время омоновцы и прочие региональные опера стали чаще, чем раньше, шмонать отели, проверять паспорта. А у Гены не только бизнес в Москве, но также политические и экономические задачи. После чего очередной захваченный обманом у одинокого пьяницы объект был подарен Аслангирееву в знак дружбы и уважения.

Гена был очень благодарен, заявил, что теперь все работники фирмы — его кунаки, пусть обращаются, если будет нужна помощь.

Надо отдать ему должное — Гена не забыл о данном слове, приехал по первому звонку, отвез Петрова к себе домой, накормил, напоил, выслушал. И вынес свое суждение. Сказал, что самое надежное место для беглого — это Чечня. Скоро это место станет еще надежнее, потому что конфликт между Москвой и Грозным неизбежен.

— Ты хочешь, чтоб я туда поехал?

Гена пожал плечами:

— Зачем хочу? У тебя две дороги — к нам или за границу. К нам легче.

Петров был согласен с ним. Вне всякого сомнения, менты перекрыли аэропорты и вокзалы, так что, даже будь у него загранпаспорт и полный карман баксов, — не прорвался бы.

— А земляки твои там меня, как барана, — чирк по горлу... — полувопросительно произнес Константин.

— Ерунду говоришь! — отмахнулся Гена. — Ты у моего брата будешь работать, он в Грозном большой человек!

Константину ничего не оставалось, как согласиться. Через два дня в просторном багажнике «Волги», принадлежащей средней руки чиновнику столичной мэрии, его беспрепятственно вывезли за пределы Москвы. Потом из багажника достали, но везли до места скрытно, потому что, обгоняя их тачку с форсированным двигателем от «Чайки», летело по проводам во все концы страны постановление о всероссийском розыске особо опасного преступника Петрова-Буряка.

Однако добрались.

Руслан Аслангиреев встретил радушно, с кавказским гостеприимством, приодел, поселил в квартиру, выдал оружие и приказал следовать за ним тенью и стрелять немедля в того, на кого Руслан укажет.

Такая работа Константина устраивала, тем более что однажды он продемонстрировал хозяину свою «коронку»: всадил в голову наемному убийце две пули на расстоянии спичечного коробка одна от другой. Руслан в знак признательности побратался с русским Петровым, после чего тот стал неприкасаемым для любых посягательств со стороны чеченцев. Такие же бандиты, как он, относились к нему с благоговейным почтением и страхом — очень впечатлила их такая дьявольская меткость.

Руслан много говорил о том, что Дудаев ведет Чечню к открытой конфронтации с Россией и в этом его ошибка: для той криминальной территории, в какую превратилась республика, наилучший вариант — быть прилепленной к России как можно дольше. Ведь столько народу привыкло отсиживаться на родине, а работать в России и даже дальше. Если отделиться от России, выход останется только на мусульманский мир, а там мафия хоть и сильна, но беспредела такого нет, как в России, там чеченцам не дадут развернуться. Дудаева испортила русская армия, сожалел Руслан, он стал слишком прямолинеен, в нем мало восточной дипломатической хитрости...

— Больно умный ты для бандита, Руслан! — невольно вырвалось у Константина.

Аслангиреев рассмеялся:

— Кто тебе сказал, что я бандит? Я банкир!

Петрову нравилось в Грозном. Тихий город, несмотря на то что бандитов полно. Этакий кавказский вариант Запорожской Сечи. После того как убрал наемного убийцу, стрелять ему не приходилось, а вот пить-гулять — практически каждый вечер, потому что и Руслан любил погулять.

Потом все кончилось, начался сумасшедший дом, называемый в политике «локальный конфликт».

А. Б. ТУРЕЦКИЙ

1

Я приехал на работу с двухчасовым опозданием, именно столько времени дал себе на отдых после ночной переработки накануне. Некоторое время сидел за столом, тупо уставившись в голую стену напротив. Может, я немо, одним подсознанием молился высшим силам, чтоб они помогли Славе Грязнову найти Буряка или хотя бы напасть на его след.

Сегодня мне удалось проводить в детсад свою дочь, затем не спеша позавтракать в обществе дорогой супруги. Я даже отвез ее самолично на дневную репетицию и вот этаким добропорядочным обывателем прибыл к месту службы.

Несмотря на оставшуюся со вчерашнего дня усталость, на то, что работать приходится с товарищами подонками солидного ранга — с одним мне как раз предстоит встретиться через час, — настроение у меня сегодня приподнятое. Вспоминаются приятные моменты из прошлого и даже такая давняя забава, как самбо. Снимаю пиджак, галстук, выхожу на середину кабинета, командую сам себе:

— Упор лежа принять!

Выполняю команду и начинаю спор с самим собой — удастся ли отжаться хотя бы раз двадцать. На восьмом выдохе слышу деликатный стук в дверь. Растерянно вскакиваю, заодно сшибаю стул, он с громким стуком падает на паркет. Быстро ставлю стул на место, на всякий случай отряхиваюсь и, заняв у окна позу задумчивого Наполеона, говорю:

— Да! Войдите!

Входит секретарь следственной части Клава, подозрительно смотрит на меня, потому что, как бы величественно ни покоились руки на груди, прическа у меня взъерошена, да и лицо, наверное, красное, как у Кости Буряка.

— Здравствуйте, Александр Борисович. С утра вами интересовался начальник...

— Ага! Сейчас он у себя?

— Да, только занят.

Клава сообщила это громким шепотом.

Я хмыкнул:

— А можно спросить — чем?

— Можно. Только вы ничего не знаете, да?

— Конечно!

Клава оглянулась на закрытую дверь и опять же шепотом доложила:

— Торгуется с какой-то газетой, сколько они заплатят за какое-то интервью.

— Ну ясно. В таком деле ему, конечно, не нужны ни свидетели, ни соучастники. Пусть работает человек!

Начальник следственной части Николай Шелковников был карьерист и бездарь. Это меня давно уже не удивляло — кроме Кости Меркулова, практически за двенадцать лет службы на ниве юстиции у меня не было пристойного начальника.

Николай не любил меня, чего я, собственно, от него и не требовал. Но он чувствовал мое к нему отношение и хотел бы ответить мне тем же. Однако как профессионал Николай не стоил ничего, а напрягать меня не за дело, а как вышестоящий нижестоящего, не решался. Потому что всем давно было известно, что заместитель генерального прокурора Меркулов — мой друг. Шелковников, общаясь со мной, всегда оправдывал свою фамилию — мягок был и шелковист. Ему отравляло жизнь подозрение, что я хочу занять его место. И что Меркулов якобы хочет, чтобы я занял пост начальника следственного отдела. Я не исключал того, что Косте хотелось бы работать в непосредственном контакте со мной, а не с лебезящим и неискренним Шелковниковым. Но я пока не торопился. Николай не поверил бы мне, даже если бы я поклялся в этом на всех сводах законов плюс основной — Конституция. И чтобы подстраховаться, потихоньку, но старательно собирал на меня компромат. И про то, как я непокорен начальству. И о том, что, мол, стал частенько разговаривать — не «по фене», нет, — а на расхожем молодежно-бытовом наречии. А куда мне деваться от окружающего «молодежно-бытового», если известно: с кем поведешься... В общем, в досье Шелковников подшивал всякую, даже совершенно идиотскую жалобу на меня. А этого добра хватало, потому что кое-кого мне удавалось раскалывать до самого копчика, а потом расколотый, ужаснувшись висящим над ним сроком, строчил в прокуратуру слезное письмо о том, как я выбивал из него показания, прижигая сигареткой причинные места...

Клава тем временем спросила:

— Вы не заняты, Александр Борисович?

— Пока нет, а что?

— Там к вам мальчик пришел, из Мосгорпрокуратуры.

— Фамилия у мальчика случайно не Величко?

— Да.

— Тогда зовите.

— Я вам дам пару минут на то, чтобы галстук надеть, — тоном заговорщика сказала она и вышла.

И в самом деле, прошло не менее трех минут, прежде чем на пороге возник Олег с дежурным вопросом:

— Разрешите?

— Входи. Чем порадуешь или чем огорчишь?

— Может быть, озадачу, Александр Борисович...

Я коротко вздохнул:

— И без тебя есть кому... Ладно, выкладывай. Только не маячь, садись. С холода пришел, может, наркотик примешь?

— Какой? — недоуменно вылупился на меня парень.

— Слабенький, кофе называется.

— А-а! Спасибо. Если вы будете, то и я.

— Не бойся, не отравлю, — ворчу шутливо и начинаю колдовать у маленького столика, приспособленного мной не для подшивок правительственных газет, а для быстрой, максимально европеизированной чайно-кофейной церемонии.

— Я, Александр Борисович, по поводу того полковника Скворцова из военной разведки, что в Кунцеве нашли во дворе.

— Да? В таком случае боюсь, что ты не озадачишь меня, а огорчишь! Тем не менее рассказывай.

— Сначала про то, что обнаружили судмедэксперты. Умер действительно от инфаркта.

— Уже хорошо, что не убийство.

— Это да. Только осматривал его судмедэксперт — человек любознательный и неравнодушный. Он обратил внимание на то, что полковник, и далеко не военно-строительных войск, а одет очень небрежно. То есть впечатление такое, как он сказал, будто человек был у чужой дамы в интимной обстановке и вдруг вернулся из командировки раньше времени муж этой дамы. Ну все надето наспех, китель вообще ни на одну пуговицу не застегнут. А носки так отсутствуют совсем...

— Та-ак, — протянул я, наливая Олегу кофе, и поощрительно кивнул: мол, продолжай.

— Спасибо, — поблагодарил он за кофе. — В общем, изучил эксперт тело как следует и обнаружил где положено следы спермы и этот... секрет, выделяемый женщинами...

Олег так смутился, что покраснел.

— Значит, имела место анекдотическая ситуация, закончившаяся трагически?

— Не совсем так. Эксперты-криминалисты не поленились и поработали методом эмиссионного спектрального анализа. На шинели обнаружены микрочастицы половой краски и коврового покрытия — это раз. Во-вторых, на ботинках Скворцова, на подошвах точнее, не обнаружено частиц почвы, которая имеется на месте обнаружения трупа.

— Таким образом, ты хочешь сказать, что бедного полковника к электрощитовой притащили?

— Да.

— Что ж, вполне обычная история. Умер Вася на своей девке, а та побоялась огласки и притащила бывшего любимого на свалку...

— Скорей всего, не одна тащила. Следов волочения по

земле на одежде нет, значит, от квартиры до места несли аккуратно. А такого крупного мужчину надо как минимум вдвоем переть!

— Олег, как ни пытайся, ты не заставишь меня положить глаз на это дело! Тем более сейчас, когда мы имеем шанс выйти на след Буряка!

— Александр Борисович, мне по чину не положено вас заставлять. Я хотел бы сам потихоньку это дело разгребать...

— Знаешь, как в средневековой Европе говорили? Вассал моего вассала не мой вассал. Я не могу тебе приказывать или запрещать...

— А словечко замолвить в случае чего?

— Перед кем? Перед городским прокурором?

— Да.

— Только в том случае, если не завалишь текущих дел!

— Конечно!

— Хорошо, замолвлю. А теперь признавайся, откуда в тебе столько извращенного любопытства? Небось любовницу полковника хочешь разыскать?

— И любовницу, и того, кто помогал ей Скворцова вытаскивать, мертвого, а может, только умирающего. Только не думайте, не для того, чтобы разузнать в деталях о последних минутах Скворцова! Тогда, ночью, когда мы приехали на место, где было обнаружено тело полковника, я очень сильно помогал всем, а заодно исследовал содержимое карманов и вообще одежду. У него в рукаве шинели я нашел потайной карманчик.

— Уж не для секретных ли документов? — полушутя спросил я, хотя любопытство мое было неподдельным.

— Нет. Предполагаю, что карманчик Скворцов пришил для заначек от жены. Ведь на любовницу надо тратиться, да и жены бывают, что в воскресенье на пиво не выпросишь. Предположение подтвердилось тем, что в карманчике мною было обнаружено двадцать долларов США.

— Ерундовые какие-то деньги!

— Наверное, то, что осталось.

— Логично, — согласился я.

— Но там кроме денег кое-что было...

Олег не стал меня томить, вынул из кармана и протянул мелкий клочок хорошей белой гладкой бумаги.

— Что это?

— Термобумага для факсов.

— Это я понял — не динозавр. Внутри что?

— Послание. Только странное какое-то...

Я развернул громко хрустящий, ровно оторванный от валика лист. Заметил, что вверху он аккуратно обрезан ножницами, настолько аккуратно, что по ту сторону сцепленных болтиком толстых лезвий осталось все, что обычно сопровождает текст послания: место и время отправления, данные адресата, которому отправлен факс. Сам же текст послания представлял собой размашисто нарисованный маркером или фломастером набор непонятных геометрических фигур:

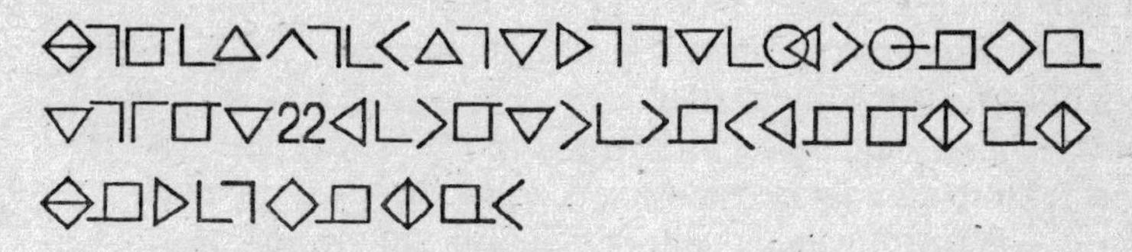

— Ты, конечно, скажешь, что это шифровка? — ворчливо, как и положено старшему, говорю Олегу.

— Что же еще?

— И ты будешь совершенно прав! Я полагаю, что это вряд ли сообщение резидента начальнику Главного разведуправления. Там ребята шифруют покруче, даже цифирек не оставляют. Это письмишко предназначено либо самому Скворцову, либо он чье-то послание перехватил... Во всяком случае, это интересно и, наверное, опасно. Будь осторожней и держи меня в курсе.

— Хорошо, Александр Борисович, спасибо!

Олег уже вышел из кабинета, когда мне вдруг пришла в голову неожиданная мысль, я выбежал в коридор, добежал до лестницы и крикнул в пролет:

— Величко!

— Что? — донеслось снизу.

— Вернись на секунду!

Олег поднялся ко мне. Я повел его к секретарше Ольге, молол ей невероятную чушь о том, что она была бы для моего коллеги прекрасной парой, что нечего ей мечтать о новых русских, когда у нас вырастают такие кадры, — а сам потихоньку снял две ксерокопии с таинственного послания. После чего Олега отпустил и вернулся к себе.

Через минуту без стука в дверной проем наполовину всунулся начальник следственной части Николай Шелковников и, быстрым взглядом оглядев кабинет, спросил:

— Можно, Александр Борисович?

— Так вы почти вошли, Николай Николаевич, втаскивайте уже и хвостовую часть!

Не подав вида, что его покоробили мои слова, будто так и принято среди своих, Шелковников улыбнулся и влез весь.

— Как продвигаются дела с поисками убийц американца, не интересовались?

— Держу на постоянном контроле. На сегодня уже известен один из нападавших, как раз который стрелял.

— Кто-нибудь из наших бывших клиентов?

Вопрос не из приятных, но отвечать надо:

— Да. Константин Петров.

— А-а! — чему-то радуется Шелковников. — Наш побегушник. Ловкий парень! Опять, значит, при деле... Надо, кстати, закругляться и готовить обвинительное заключение по делу фирмы «Геронт-сервис».

— Так остались уже последние штрихи. Основные пункты обвинения доказаны, вопросов по их поводу у суда не возникнет. Вряд ли найдется такой крутой адвокат, который прикроет этих убийц в особо крупных размерах!

— Говорят, вы пригласили начальника отдела коммунальной собственности мэрии господина Селиверстова на допрос повесткой?

— Да. И вот жду его с минуты на минуту.

— Ради Бога, не обижайтесь, Александр Борисович, но в данном случае, мне кажется, вы перегнули палку. Такого человека можно было бы пригласить и просто так, без повестки. Вы же знаете, какие нравы царят в среде аппаратчиков, пойдет слух, что пришла, мол, повестка из прокуратуры, не бывает, мол, дыма без огня. Вот и готова отрицательная репутация, а человек он энергичный, расти да расти!..

— Ну, во-первых, вы сказали совершеннейшую правду: дыма без огня не бывает. На него фигуранты по делу столько валят, что только держись. К тому же я вызвал его в качестве свидетеля, так что Селиверстову есть резон сохранить сей скромный документ, чтобы было чем тыкать в носы злопыхателям.

— Но он ведь достаточно крупный руководитель, он может по вполне уважительной причине проигнорировать ваш вызов...

— Что-то вы, Николай Николаевич, неровно дышите по отношению к довольно крупному руководителю. Не стесняйтесь, скажите, может, вас связывают какие-нибудь неофициальные узы? Так скажите. Я ему зла не желаю. Кроме добрых и полезных советов, он от меня ничего не услышит. Но если не придет, устрою ему принудительный привод. Это даст его недоброжелателям, если таковые есть, дополнительную пищу для пересудов.

Шелковников перестал улыбаться и замахал на меня руками, будто я привидение, встретившееся на пути доброго христианина.

— Нет-нет! Что вы, Александр Борисович? Что вы? Какие узы?!.. Наверное, знаете, старые стереотипы мышления срабатывают, почему-то кажется, что все аппаратчики люди не то чтобы безгрешные — а неприкасаемые. Хотя уж кому, как не нам с вами, знать, что очень они даже прикасаемые... Вы, конечно, правы, Александр Борисович, пусть идет по повестке, как это говорится, пусть знает, кто в доме хозяин! Работайте, не буду мешать.

Он убрался, а я мысленно похвалил себя за предусмотрительность — копии факсов Скворцова лежали шифровками вниз. Это уроки Кости Меркулова. Что с младых ногтей усвоил, то и в старости не подведет... Хотя какой я старый? Всего тридцать семь, и жена у меня молодая, и дочь маленькая... А то, что пригнутым к грязному московскому асфальту себя ощущаю, так это не годы, это усталость. Сколько лет борюсь с нечистью, каких только цветов она не была — красного, синего от татуировок, зеленого от долларов! А не становится ее меньше и нет в российской жизни ни толку, ни ладу, ни покоя с благополучием. Богата Россия, а отступать некуда, как однажды пошутил Костя Меркулов.

2

Подозреваю, что начальник мой, Николай Николаевич, лукавил, когда, активно жестикулируя, открещивался от близкого знакомства с человеком из мэрии. Того времени, которое прошло с момента ухода из моего кабинета Шелковникова до появления в нем Селиверстова, как раз хватает на то, чтобы Коля позвонил Мише и попросил приехать, потому что «важняк», сволочь такая, артачится, а укоротить его пока нет возможности, потому что руку имеет в руководстве прокуратуры.

Однако ко мне в кабинет Михаил Иванович Селиверстов вошел, неся на челе достоинство и нечто вроде оскорбленной невинности.

В глазах, правда, промелькнуло беспокойство, да и повел он себя не вызывающе.

— Что ж так официально, Александр Борисович? — спросил он, дружелюбно улыбаясь. — Позвонили бы мне, сказали, что есть вопросы, — приехал бы обязательно!

— Видите ли, — отвечаю, — если звонок неофициальный, то и отношение к нему не всегда обязательное. Москва большая — порядка мало, случилось чепе — вам надо быть, вы и поехали. Потому что потом можно перезвонить и извиниться. А так бумага на руках, никто никуда послать не имеет права. Только к нам.

— Ну хорошо, — согласился Селиверстов с моими доводами. — Что вас интересует?

— Ваши контакты с фирмой «Геронт-сервис».

Селиверстов слегка закатил глаза, словно припоминая, о чем речь:

— А-а, да-да, было что-то. И вы ими занимаетесь? Такие серьезные проступки?

— Преступления, Михаил Иванович!

— Что вы говорите?! А такие интеллигентные люди, кроме, пожалуй, телохранителя. Неприятный тип! И что же они, обирали старичков?

Мне казалось, Селиверстов прекрасно знает, чем и как занимались Меньшов с компанией, но до поры до времени решил подыгрывать ему.

— Да, в обмен на жилплощадь отнимали у них самую малость — остаток дней...

— Вы хотите сказать...

— Да, ко всем прочим штукам на их совести пятнадцать трупов.

— Какой ужас! Хотя чему удивляться? Административным округам да и нам тоже приходится регистрировать сотни и тысячи фирм всех мастей. Ничего удивительного, что добрая половина из них откровенно криминального толка.

— Поэтому у меня вызывает удивление тот факт, что на всем протяжении своего существования «Геронт-сервис» пользовалась режимом наибольшего благоприятствования в вашем отделе — внеочередные регистрации, перерегистрации и прочие формальности, которыми обставляется смена собственников недвижимости. Ведь не за красивые глазки, да?

Селиверстов немного подумал, собрался с мыслями. Наверное, я не застал его врасплох расспросами о «Геронте», но, с другой стороны, еще не все мои козыри выброшены на стол.

— Видите ли, первое, что меня подкупило в этом человеке...

— В ком?

— В Меньшове, конечно. Первое то, что он некоторое время учился на юридическом и говорил мне, что слишком хорошо знает законы, чтобы их нарушать. Затем, он же добивался разрешения не торговый ларек поставить или открыть обменный пункт. Кроме сделок с недвижимостью он занимался благотворительностью...

Селиверстов достал из папки несколько тетрадных листов, исписанных от руки и скрепленных между собой.

— Вот посмотрите: это письма пенсионеров к нам в мэрию, в которых они благодарят «Геронт-сервис» за заботу. Те кошмары, что они потом вытворяли, это же не сразу стало известно вам, не говоря уже про нас. А письма сразу пошли. Это же, можно сказать, передовой опыт!

— Поэтому они у вас и оформляли все без очереди?

— В общем, да.

— Почему же в таком случае, как это принято, не было рекламной кампании, соответствующей такому хорошему делу. Если все умело подать, не только фирме была бы реклама, но и вам, как тем, кто сумел рассмотреть и поддержать тот самый капитализм с человеческим лицом.

— Может, со временем так оно и случилось бы. А теперь чего уж говорить!..

— Михаил Иванович, должен вам сообщить, что сам Меньшов и те члены его группы, которые арестованы, уже начали давать показания, и дают их полным ходом. В показаниях и вы персонально фигурируете.

Селиверстов изменился в лице, но пока делал вид, что ему бояться нечего, его, кристального работника, не имеет смысла оговаривать.

— Да? Вот не ожидал! Может, они думают свалить с больной головы на здоровую? Не говорили вам, что я у них главный?

Он коротко и неуверенно хохотнул. Похожий на блеяние смешок не вязался с важным обликом столичного чиновника. Впрочем, и глаза его уже не смотрели тем тяжелым, властным взглядом, какой был в начале разговора. Сейчас глаза были искательные и блудливо-застенчивые. Что-то скрывал от меня Селиверстов, но что — страх или несвоевременную сейчас уверенность в безнаказанности?

— Смотря в чем, Михаил Иванович, смотря в чем главный. Вы, конечно, не душили, клиентов не подыскивали. От вас требовалось другое, и вы это исполняли. Не задаром, конечно.

— Что?! — с готовностью воскликнул начальник отдела. — Что он мне шьет?

— Вы почти угадали, — говорю, — Меньшов утверждает, что давал вам взятки за каждую вне очереди переоформленную квартиру...

— Да я его привлеку за клевету!..

— Да что вы? Человеку высшая мера светит, вряд ли ему придется побыть вашим ответчиком в гражданском процессе. В том случае, конечно, если суд установит его вину в содеянном.

— Скотина неблагодарная! А я ему помогал до последнего...

Селиверстов вдруг осекся.

— Вот как! Помогали? И чем же?

Он молчит долго, минуты три, потом машет рукой:

— Эх, ладно! Он меня за собой на дно тянет, а я деликатничать буду! Вот за что заслужил наказание, про то и расскажу. В начале осени дело было. Вы «Геронт» уже накрыли. Я за него от мэра выговор получил. Звонит как-то его друг...

— Чей друг?

— Меньшова, чей же еще!

Селиверстов смотрит на меня с досадливым недоумением.

— Не подумайте, Михаил Иванович, что я непроходимый тупица. Просто наш разговор записывается, поэтому я стремлюсь, чтобы формулировки были точные. Продолжайте.

Он с сомнением смотрит на мой стол, на котором, кроме письменного прибора, стопки папок с надзорными материалами и чистого листа бумаги передо мной, ничего нет, затем продолжает рассказ, но уже не спеша, обдумывая каждое предложение.

— Приятель Меньшова — не то грузин, не то дагестанец, я их различаю с трудом. Фамилии не знаю. Зовут Гена. Занимается какими-то темными, наверное, делишками, имеет, правда, статус беженца. Впрочем, категорически утверждать последний факт не стану, потому что лично документов не видел. Когда Меньшов уже сидел в следственной тюрьме, этот Гена позвонил, говорит: помоги, нужна твоя машина на один день. Имел в виду служебную «Волгу», конечно. Я ему говорю: зачем? У тебя же «мерседес» есть. Моя тачка, отвечает, сломалась, а надо срочно съездить. И добавил еще: если боишься, будь вместе с машиной, так даже лучше. Заодно увидишь, что мы ничего плохого на твоей машине не будем делать, слово даю, говорит, а ты мое слово знаешь. Черта лысого, я-то слово его знаю, только с ним спорить себе дороже! Больше мне дел не было, как с ним кататься, но и отказывать не стал. Ладно, говорю, бери. Он с меня еще путевой лист выдурил, а машину с шофером забрал...

— Куда путевку выписывали? В каком направлении?

— Гена сказал, что ему все равно, лишь бы километров за пятьдесят от города.

— Хорошо, дальше.

— Выписал до Можайска. Поехал мой Федор. Не было полдня. Когда вернулся, я спросил: что хоть было-то? Он и рассказал. В общем, они в багажнике человека вывозили из города. И видимо, не простого, потому что, как Федор рассказывал, два раза по пути останавливали милиция и ГАИ, но видели, что машина мэрии, не осматривали. Где-то после Одинцова человек из багажника пересел в салон. А на подходе к Можайску их ждал стоящий на обочине «мерседес». И мужик из багажника, и второй, который рядом с Федором ехал, сказали Федору, что он свободен, пересели в «мерс» и уехали. Шофер мой сказал, что в багажнике вывозили того красномордого, который все время с Меньшовым ездил...

Я уточнил, когда все это происходило, и понял: Петров-Буряк ушел через наши кордоны в багажнике «Волги», на которой ездит Селиверстов М. И. Хотя история, как стран и народов, так и отдельных личностей, не знает сослагательного наклонения, я не мог не подумать вот о чем: если бы не подвернулся добренький взяточник Миша, возможно, Буряк не смог бы ускользнуть от нас; если бы не ускользнул, не висело бы сейчас на мне, на всех нас это дело, международное к тому же. Я сдерживаю внешние проявления эмоций, глядя на холеную чиновничью рожу, но думаю, опуская матерные выражения, примерно следующее: ох, не ездить тебе на персоналке с шофером, не спать крепким, безмятежным сном!..

А сам я в это время улыбаюсь и слова выговариваю негромко и почти ласково. Но от них у Михаила Ивановича начинает бурчать в животе:

— Это хорошо, что вы рассказали о том случае. Человек, который в вашей машине скрывался от милицейских постов, был не просто телохранителем или шофером Меньшова. Он был также и основным исполнителем убийств ставших ненужными пенсионеров. Вы, конечно, не будете нести ответственность за непосредственную помощь особо опасному преступнику, но ваше косвенное участие бесспорно. В любом случае вы допустили должностную халатность, когда передали персональный автомобиль в руки посторонних людей, к тому же оказавшихся преступниками, скрывающимися от розыска. Кроме того, я не могу не оставить без внимания показания Меньшова о том, что он передавал вам регулярно определенные суммы в уплату за оперативное прохождение документов...

Я специально говорил бесцветным голосом и суконным языком, потому что до него, чинуши, такая лексика дойдет быстрее всего. И я мог наблюдать, как сникает, будто сдувается человек, считавший себя одним из многочисленной армии хозяев и хозяйчиков столицы. Я не обольщался: через час-полтора после нашей встречи он перестанет кукситься и развернет бурную деятельность по спасению самого себя от тюрьмы. В нашем ведомстве его сторону, возможно, будет держать Шелковников, хотя, если почувствует сильное противодействие, бросит бедолагу на произвол судьбы. Своя шкура дороже. Возможно, мне не удастся не только посадить Селиверстова, но даже погнать его с работы. Пусть. Но страху он у меня натерпится!..

— Если хотите, я вкратце изложу, что инкриминирует вам Меньшов, — говорю я сладким голосом лучшего друга. — Другими словами, Михаил Иванович, что вешает на вас бывший директор фирмы «Геронт-сервис».

— Любопытно было бы узнать, — вымученно улыбнулся Селиверстов.

— О том, как все происходило, с его слов, конечно, и с чего началось, пока говорить не будем. Для этого найдем время и проведем очную ставку. Скажу только, что Меньшов называет по крайней мере восемь случаев, когда передавал вам деньги, каждый раз от ста пятидесяти до трехсот долларов за скорейшую перерегистрацию квартир и в тех случаях, когда в документах был какой-нибудь небольшой непорядок. Каков гусь, а?

— Все врет... наговаривает...— прошептал Селиверстов, потом голос стал погромче и повыше.— Скотина неблагодарная! Козлина!..

Потом взглянул на меня, спохватился и тихо молвил:

— Извините.

— Ничего, вас можно понять. Значит, так, Михаил Иванович, на сегодня все, но скорее всего нам придется встречаться еще. Полагаю, что вы законопослушный гражданин, поэтому подписку о невыезде с вас брать не буду. Но постарайтесь в ближайшие дни никуда не уезжать, а в случае крайней необходимости поставьте меня в известность о том, куда направляетесь и на какое время. Хорошо?

Селиверстов кивает и спрашивает:

— Можно идти?

— Да. Давайте повестку отмечу и пропуск.

Когда он нетвердой походкой дошел до дверей и взялся за ручку, я не удержался и окликнул его:

— Михаил Иванович!

Он вздрогнул и начал поворачиваться ко мне лицом.

— Берегите себя, Михаил Иванович, и помните, что добровольное признание смягчает вину обвиняемого!..

ТЕЧЕНИЕ ЖИЗНИ

1

Слава Грязнов стал очень подозрительным после истории с портфелем полковника Скворцова. Он стал необыкновенно сдержанным в разговорах с сослуживцами, тщательно запирал сейф и ящики стола и дверь в кабинет, даже если выходил в соседний кабинет капитана Нечаева. Вячеслав допускал мысль, что в кабинет забрался кто-то из своих же по указке Савченко, но понимал: это могли проделать и ребята оттуда, где тянул свою лямку покойный полковник. Все это наводило на печальные размышления. Причем сыскарь Грязнов не боялся, что его прогонят со службы — он все последние годы ходил по краю. И если до сих пор служил, то только потому, что в верхах, кроме недоброжелателей и врагов, оставались или появлялись друзья. В конечном счете он профессионал и работу найдет всегда. Хотя бы у того же Женьки Жукова, который держит одно из солидных в Москве охранных агентств. Не погоны потерять боялся Грязнов — обидно будет, если окажется, что игру с ним затеяли ребята с Лубянки. Столько раз обводили их вокруг пальца, хорошо бы опять показать им, как надо работать. Весь вопрос в том, что после расформирования КГБ у Лубянки и Петровки практически не было общих интересов.

Грязнов собирался на встречу с агентом по кличке Пташка Божья, который в свое время работал на мать-начальницу Александру Ивановну Романову. Уходя в отставку, она передала свои права на ценного осведомителя лично и по секрету ото всех Грязнову. Пташка, конечно, слегка загрустил: он надеялся, что с уходом Романовой закончится и его малопочитаемый в обществе и очень опасный труд. Однако со временем привык, освоился и стал при встречах канючить повышения денежного вознаграждения.

В миру Пташка имел имя, фамилию, дружескую кличку Гнутый за сутулость. В прошлом алкоголик, наркоман, джазмен. Пробавлялся тем, что играл в переходах на саксофоне, потом пропивал заработанные музицированием деньги. Когда-то он был неплохим музыкантом и даже теперь, несмотря на хроническое дрожание рук, мог выдать такое, что и не снилось молодым скороспелкам, предпочитающим такие инструменты, которые при подключении к сети играют сами. За это знатоки его ценили, иногда кто-то из разбогатевших приглашал поиграть на торжестве за стол и гонорар. Для таких случаев Гнутый имел хороший малиновый пиджак, белую рубашку и галстук-бабочку. Он принципиально не участвовал ни в чем, кроме музицирования за деньги, пьянства и перепродажи грампластинок. Последний бизнес, правда, сошел на нет.

Перед тем как Славе уходить, ему позвонил Турецкий, дал наводку на кавказца Гену, который когда-то был клиентом Меньшова, потом помогал сбежавшему Буряку выбраться из Москвы. Это было очень кстати, теперь можно задать Пташке вопросы поконкретнее.

Встречались они на явочной муровской квартире. Так как определенного хозяина у нее не было, всякий приходящий не мог знать, что ожидает его там. Хорошо, если только батарея пустых бутылок возле дивана да мусор на кухне. Можно было обнаружить в ванной комнате предметы женского белья — это значит, что какой-нибудь любвеобильный опер привел под видом источника информации подружку. Правда, накладок не случалось, посещение квартиры было строго отрегулировано, два агента никак не могли встретиться одновременно на одной явке. И хотя говорят, что всякое правило может иметь исключения, у Славы на памяти такого не случалось.

По дороге на квартиру Грязнов купил три бутылки пива — этот продукт Пташка очень любил, особенно на халяву. А Слава думал не только о том, что спросить у источника, но также и о том, говорить ему или нет о чрезвычайном происшествии, случившемся в кабинете у майора Грязнова. Чисто по-человечески надо бы предупредить человека о том, что его агентурное дело мог прочесть посторонний. С другой стороны, его предупредишь, а тревога окажется ложной — ценный источник пропадет, затаится, уйдет на дно. И будет прав.

Грязнов отпер ключом дверь, осмотрел квартиру, открыл форточки, чтобы слегка выветрилась затхлость нежилого помещения, спрятал пиво в холодильник. В его белом модерновом нутре валялось несколько луковиц да плоская банка рыбных консервов.

Минут через пятнадцать после его прихода коротко тренькнул дверной звонок. Грязнов подошел, глянул в дверной глазок — у входа маячил недорисованным вопросительным знаком агент Пташка Божья.

Слава открыл дверь и впустил гостя.

— Присаживайтесь, — предложил ему Слава кресло. — Я сейчас.

Он достал из холодильника пиво, после минутного

размышления прихватил и консервы, достал из сушилки две вилки и нож.

Увидев, какой стол приготовил Грязнов, Пташка оживился. И без того худощавое, морщинистое его лицо с синеватыми большими губами сморщилось еще больше.

— По какому случаю прием такой, дорогой кум? Или вы решили с тихой торжественностью отпустить старика на пенсию после стольких лет каторжного государственного труда на ниве правосудия?

— Когда я тебя, Пташка, отпущу, мы шампанское разопьем!..

— А можно внести небольшие коррективы в меню будущего праздника?

— Ну?

— Если можно, давайте заменим шампань на того «Распутина», который нам подмигивает?

— Хорошо, — кивнул Грязнов. — Так и сделаем, если меня раньше из органов не попрут!

— И вы тогда меня, как Александра Ивановна, сдадите с рук на руки какому-нибудь честолюбивому летёхе. И будет он гонять старого лабуха через всю Москву...

— Может, и нет, Пташка, вместе уйдем, — попробовал утешить приунывшего алкаша Грязнов.

Но тот покачал головой:

— При всем моем уважении... только вам, как и ворам, верить нельзя.

Грязнову стало немного досадно оттого, что при его попустительстве Пташка завел разговор на деликатную и больную тему.

— Ладно, старина, это мы обсудим, когда оба будем на пенсии. А сейчас поведай что можешь по поводу моего поручения.

— Да-да, первым делом самолеты... Знаете, кум, вашего друга Буряка в Москве не очень хорошо знают. Тихий был человек...

— Почему — был? — насторожился Грязнов.

— Нет, я не в том смысле. Возможно, где-то он живет и здравствует. Только в той тусовке, где я имею честь бывать, о нем знают мало. Но говорят, что Буряк теперь с черными якшается, у них и работает, в горах.

— Это я и без тебя знаю, маэстро! Свежее давай, а то вопрос о гонораре зависнет!

— Это удар ниже пояса! Не вам рассказывать, что Кавказ московского разлива теперь немного притих... У вас сейчас проводятся политинформации?

— О чем ты?

— Это я к тому, стоит ли объяснять, почему притихли.

— Не стоит.

— Очень хорошо! Так вот, особо крутых и в чем-то замешанных из города убрали кого куда. Некоторых домой, другие сидят в Подмосковье...

— Конкретнее!

— Не знаю.

— Ладно. Давай что знаешь.

— Как раз накануне нашей трогательной встречи имел честь исполнить пару вещей в ресторации «Лозания», что на Пятницкой. Там масть держат дети Шамиля...

— Кто? — не понял Грязнов.

— Ну чеченцы. Или чечены?

— Какая разница!

— Может быть. Так вот, там проходил какой-то мафиозный семинар то ли по обмену опытом работы, то ли по очередному разделу первопрестольной на удельные аулы. Люди искусства, как вам известно, должны стоять над схваткой. К этому и стремился. Столик небольшой, но обильный мне в уголке организовали, сами сидели как Совет безопасности и сотрудничества в Европе — столище буквой «П». Они сидят, пьют, а я с дудкой прохаживаюсь туда-сюда и нечто меланхоличное из нее тяну. В этом кабаке масть держат чеченцы, когда я возле их гнездовья прохаживался, услышал, как Коршун говорил своему соседу негромко, но сердито. Дословно, конечно, не помню, но обижался, что и так, мол, скоро прикроют его лавочку, а тут Гена...

— Он назвал имя?

— Да, только имя. А тут, говорит, Гена присылает

своего да к нему в придачу русского и требует, чтоб я их в лагерь отвез. Ну хорошо, говорит, Исмата можно там спрятать, проканает за беженца, а русский, да еще раненый...

— Так, стоп! Когда это было?

— Вчера. Как раз вы позвонили, поручение дали, после вас из «Лозании» звонок последовал. Так-то я еще подумал бы, а раз вы мне ориентировку на Кавказ дали, пришлось идти...

— Не прибедняйся, Пташка! Выпил, закусил, да еще небось на карман дали!

— А это коммерческая тайна!

— Не боись, из гонорара не вычту! Значит, говоришь, лагерь для беженцев?

— Это не я говорю, это он сказал, чеченец. Коршун.

— Почему ты его коршуном называешь, такой носатый?

— И это тоже, но просто кличка у него такая.

— Может, ты его знаешь?

— Его все знают, у кого «мерседес» есть.

— Значит, Коршуна искать? И лагерь для беженцев? Где у нас тут поблизости есть лагерь для беженцев?

Эти вопросы Грязнов задавал самому себе, чтобы под воздействием устной речи быстрее включилась память и выдала нужную информацию, если, конечно, она имеется в мозгу.

Но агент счел нужным ответить на некоторые из них:

— Коршуна искать не надо. Он работает на станции технического обслуживания и ремонта автомобилей номер восемь, отзывается на имя Коля. Лагерь для беженцев где-то в Подмосковье, потому что Коля отвозил, как я понял, на машине.

— Он там слесарем работает, этот Коля?

— Он не работает в обычном смысле слова. Он эту станцию д е р ж и т. Поняли?

— Да. Спасибо!

— Чего там? В аду сочтемся!

— Почему в аду?

— А куда же нам еще с нашей работой?

— Ну, может, хотя бы в чистилище, — протянул Грязнов потом поднялся из-за стола. — Сиди пей, я позвоню...

Пока Грязнов звонил, Гнутый потягивал пиво, вертел в пальцах стакан, в общем грустил.

Майор вернулся, залпом выпил то, что оставалось в его стакане, сказал, переводя дух:

— Ну все, пошла работа! А про Гену ты что-нибудь знаешь? Про того, который Коле задания дает.

— Кроме того что Гена, практически ничего. Только слухи. А по слухам он контролирует какой-то солидный коммерческий банк, фугует через него деньги на родину, в Чечню. Еще у него брат был, так тот вроде убрался домой.

2

— Да-а, это интересно, но, к счастью, это мне не нужно!

Встреча прошла, причем не впустую, можно было бы и распрощаться с источником до очередной потребности. Но Слава Грязнов не спешил. Теперь, когда первостепенное дело было сделано, он снова думал о том, сказать или не сказать Пташке об опасности, которая его, возможно, подстерегает. После того как скажет, он уже не будет иметь морального права заставлять его работать. А потерять такой источник жаль — очень ценный агент. Сначала он хотел даже бросить монетку — погадать на орла и решку, но устыдился своей мысли.

А Пташка словно чувствовал что-то: сидел молча, не балагурил, не подначивал мягко, по-дружески, поймавших его в сети ментов.

Может, это и странно, но решение принять помогло Славе воспоминание о полковнике Савченко. Все равно ведь не даст доработать до выслуги, думал Слава, а пожадничаю сейчас да вдруг что случится — ко мне потом этот трубач ночами будет приходить...

— Тебя как зовут? — спросил Грязнов.

Агент поднял удивленные глаза:

— Вы же знаете.

— Фамилию знаю, адрес, возраст, статьи и сроки, даже особые приметы,— а вот имя выскочило, хоть ты убей!

— Евгений меня зовут,— тихо сказал музыкант.— Мама у меня была натурой романтической, в честь Евгения Онегина назвала.

— Знаешь что, Евгений, в течение месяца я тревожить тебя не буду. Но ты держи ухо востро, наблюдай, не пасет ли тебя кто-нибудь. Резко на дно не уходи, но особенно не тусуйся. Если что-то заметишь или почувствуешь, не бойся перестраховаться, сразу звони мне, а еще лучше приезжай ко мне домой...

Грязнов вырвал из блокнота листок, написал на нем домашний адрес и протянул Евгению.

Тот взял, посмотрел, сказал неуверенно:

— Спасибо...

Потом взял зажигалку и поджег маленький листок над пепельницей.

— Что, уже запомнил? — спросил Слава.

Но агент ответил вопросом на вопрос:

— Я так понимаю — у вас в конторе утечка произошла?

— У нас не контора! — досадливо возразил Грязнов.— Это во-первых. Во-вторых, про утечку пока говорить рано. Тебе скажу, хоть это и совершенно секретный секрет. Дело в том, что в моем сейфе кто-то недавно пошарил. Искали одну вещичку, не агентурные папки, но на всякий случай я тебя предупреждаю. И если надумаешь залечь на дно, не обижусь и в розыск подавать не буду. Все.

Евгений долго смотрел на него, потом вдруг улыбнулся, как обычно, ломая продолговатые вертикальные морщины.

— Дорогой кум, вы, конечно, поразили меня в самое сердце благородством вашего поступка. Если я когда-нибудь доживу до спокойных дней и начну, как мне мечталось, сочинять или вспоминать детективные истории, одну из них, самую красивую, я посвящу вам. И пусть братья по нарам не точат на меня за это клык. В свое время Александра Ивановна подловила меня, молодого и глупого, на мизере. Компра, которая ссыхается в вашей папке, давно не имеет никакой цены. Сейчас за это не сажают, а лечат. Но работа с вами, не лично с вами, кум, с ведомством, скрашивала мои будни иногда не хуже джефа[1].

— Так вы азартный человек?

— Есть немного. Кроме того, Слава... можно мне так говорить?

— Пожалуйста!

— Кроме того, я стучал вам из идейных соображений. Но идеи мои собственные. Идеи, а также выводы. Один из них такой, что в воровской среде настоящие воры, аристократы своего дела, вымирают. Так же как и у вас все меньше становится асов-сыскарей и раскольщиков-следаков. Сейчас уже так не раскалывают, как когда-то, сейчас все больше прессуют. Мне было приятно работать с Александрой Ивановной, не скрою — интересно и с вами, Слава. Если бы Романова отдала меня какому-нибудь костолому, я не стал бы работать, а начали бы заставлять, подставил бы его так, что он бы потом долго свои бебехи по асфальту собирал! Вот так. Адрес мне ваш не нужен. Коль я буду прятаться, то не у вас. Но чует мое сердце, что тревоги наши напрасны.

— Ваши слова да Богу в уши! — откликнулся Грязнов.

Он испытывал давно забытый приятный душевный подъем. Редкий, увы, случай, когда благородный порыв не был втоптан в грязь гнусной действительностью, а встретил такой же отклик. И хотя с точки зрения некоторых небитых витий стукачество — зло, а не практикуемая во всем мире система платных и идейных осведомителей, хотя часто агенты не вызывают положительных эмоций, — Пташка Божья помог найти за время сотрудничества с МУРом двадцать убийц, не считая разнообразного ворья и рэкетиров. Поэтому, когда Евгений спросил: ну что, разбегаемся? — Слава Грязнов проводил его до дверей и пожал на прощание руку.

---

[1] Разновидность наркотического средства кустарного производства. — *Авт.*

3

На станцию техобслуживания Грязнов решил ехать сам. Но для предстоящей операции по раскалыванию Коли не хватало одной мелочи — автомобиля «мерседес»: станция техобслуживания № 8 специализировалась именно на этой марке. Потом Грязнов вспомнил, что немножко побитый «мерс» есть на отстойной площадке. Затем началась межведомственная волынка. Какой-то чинуша в ГАИ упорно не хотел брать на себя ответственность за изъятие задержанного после дорожно-транспортного происшествия автомобиля во временное пользование уголовному розыску. И самое обидное — Слава не мог сказать чинуше, что «мерседес» совсем недавно ездил по городу и ничего с ним не случилось. Пришлось подключать к переговорам прокуратуру и даже начальника ГУВД. Тот, как водится, поворчал на то, что обращение идет не по команде. Пришлось Славе соврать, сказать, что начальник МУРа на выезде, хотя Савченко был у себя. После этого генерал наконец позвонил в ГАИ, выстроил там всех у телефонного аппарата, и разрешение выпустить на улицы задержанный автомобиль было получено.

«Мерседес» выглядел как нельзя лучше для такой операции: передок слева разбит, да еще какая-то шушера из дежуривших на отстойной площадке сержантов поснимала с машины все красивое и малоприметное.

Перед тем как ехать, Слава критически оглядел себя. Костюм, конечно, не шик, зато старого фасона кожаное пальто смотрится достаточно стильно. Можно отправляться на дело.

Своего автомобиля Грязнов не имел. Но по рассказам уже нередких в наше время счастливчиков, того же Сашки Турецкого например, сделал вывод, что станция техобслуживания — это что-то вроде приемного покоя инфекционной больницы во время эпидемии дизентерии — все толпятся, кричат и всем невтерпеж. А доктора, то бишь слесаря, ходят важные, брезгливо носами поводят и живо реагируют лишь на зелень, но не в стуле, а в кармане или портмоне.

Грязнов был приятно удивлен, не увидев ни очереди из автомобилей, ни толпы раскрасневшихся, раздраженных людей, пропихивающих свои тачки на яму вне очереди. Тихое место, двухэтажное скромное строение, украшенное рекламным плакатом с красивой машиной и словом «Мерседес».

Из открытых гаражных ворот лениво и неохотно — на холод ведь — вышел мужичок в чистом фирменном комбинезоне, не гармонирующей со спецодеждой дорогой шапкой-ушанкой на голове и с сигаретой в зубах.

Коль комбез чистый, значит, наверное, мастер, — решил Слава, вышел из машины и направился к скучающему мужику.

— Здравствуйте!

— Угу...

— Видите, что вытворяют?!

— А че?

— Ну стукнулся немножко с одним козлом. Уже почти договорились, что он на ремонт башляет, тут понаехали эти, с палками вместо... Загнали к себе тачку, раскурочили там, мудаки голодные, и теперь на, Вася, получай, деревня, трактор!.. Посмотри, старшой, можно что-нибудь сделать?

Возможно, ругать гаишников было нехорошо — коллеги все-таки, но таким образом можно было достичь большего доверия со стороны работников станции, если они все повязаны с Колей.

Мастер не спеша осмотрел автомобиль, осмотрел поверхностно, стараясь по возможности не вынимать рук из карманов.

— Сделать-то можно, дядя, и с дорогой душой, — сказал, завершив осмотр, старший вымогатель станции. — Только вот какая беда — запчастей нету.

— Как же так?! — возмутился Грязнов. — А мне солидные люди наводку давали за вашу контору, здесь, мол, с «мерсами» как с малыми детьми обращаются!

— Вот потому и нету причиндалов, что много солидных людей развелося! — важно заметил мастер. — Тут которые поумней с начальником договаривались и запчасти с запасом брали. У нас же теперь везде так: в больницу со своим лекарством, в забегаловку со своей закуской, ну и к нам со своим коленвалом...

— А что же мне делать? Если там сверх тарифа, так бабки у меня есть, о чем разговор! Вот только с железками никак не стыкуюсь. Может, есть что-нибудь?

Мастер выплюнул окурок, старательно растоптал его на асфальте, инстинктивно соблюдая правила пожарной безопасности, поманил Грязнова пальцем и сказал негромко:

— У нас нет ничего, а тут возле станции Коля прогуливается, у него много чего есть, и он всем помогает...

— Как же мне его найти? — прикинулся простачком Слава. — Ходить по улице и зазывать?

— Зачем? Подъедь с той стороны станции, где площадки нет. Он там будет или с людьми разговаривать, или сидеть в пивбаре барана трескать.

— Почему барана?

— Любит потому что! — рявкнул мастер. — Он жгучий брунэт и в усах. Понял?

Грязнов кивнул и пошел к машине.

Задача осложнялась. Он-то думал, что Коля пусть ни черта не делает на станции, но хоть числится кем-то и отсиживает положенные часы. Наверное, не регистрируется, жулик, в муниципальных органах, живет полунелегалом, поэтому, если бы и хотел поработать, не взяли бы. Впрочем, ему это, наверное, и не надо — и так себя неплохо чувствует.

Грязнов вывел свою боевую машину туда, куда показал мастер. И в самом деле — довольно пустынная улица, на одном из домов между первым и вторым этажами вывеска, исполненная под старину — граненая пивная кружка с шапкой белой пены и красный рак, нарисованный до того размашистой рукою, что больше похож на скорпиона.

На тротуаре никто не стоит, только редкие прохожие заглядывают к пивному скорпиону. После толчеи и нервозности центра кажется невероятным, что в полуазиатском мегаполисе, каким является Москва, могут быть такие тихие уголки.

«Значит, Коля баранину кушает? — подумал Грязнов, не торопясь выходить из машины. — А если он кушает ее не здесь? Это будет очень плохо. Так что пусть лучше он сидит здесь». Непонятно к кому обратив это заклинание, Слава вылез из салона и, не запирая дверцу, направился в бар.

4

Заведение, наверное, имело космическую наценочную категорию, потому что из двадцати пяти столиков заняты были только четыре. В противоположном от двери конце зала на небольшом подиуме стояли три столика, отгороженные друг от друга и от общего зала плюшевыми тяжелыми шторами. За одним из них в гордом одиночестве восседал усатый Коля и лениво поджидал клиента. Этакая автомотопроститутка! — с веселой злостью подумал Грязнов и решительно направился к нему.

Мастер сказал неправду: Коля ел не баранину. Он пил пиво с солеными орешками и маслинами. Однако, судя по лоснящемуся круглому лицу и плотной фигуре, жирное мясо хозяин станции употреблял регулярно.

— У вас не занято? — спросил Грязнов, подходя к столику.

Коля посмотрел испытующе, не спеша произнес:

— Если ко мне за делом — садись, если меня не знаешь — гуляй за другой столик.

Слава уселся напротив, проверив в кармане наличность, заказал кружку пива и орешки.

Все это время Коля следил за ним из-под полуопущенных век, и, вероятно, нашаривание в кармане денег, с которым Грязнов делал заказ, разочаровало Колю — клиент, если это он, или бедный, или жадный.

Грязнов в свою очередь, шаря в кармане и озираясь по сторонам, пытался определить, один сидит Коля или с охраной. Двое парней сидели за очень удобным для обозрения всего зала столиком. Они могли быть охранниками, но почему тогда они не отреагировали на решительное движение чужака к столику босса? Может, у босса пушка на коленях лежит? Ладно, будем импровизировать, решил Слава.

— Если вы Коля, то я к вам.

— Коля, — бесцветно, без интонации назвался тот.

— Слава, — в тон ему ответил Грязнов.

— Чего хочешь?

— «Мерс» подлатать и оснастку подновить.

— Что именно?

— Пошли посмотрим.

— Ты что, сказать не можешь?

— Не разбираюсь я.

— А водить умеешь?

— До Москвы доехал же!

— Краденая?

— Машина-то? Не-е...

— Ты кто по жизни?

— Зачем тебе? — насторожился притворно Грязнов.

— Мой ремонт — лучший в Москве! Он дорого стоит. Я видел, как ты мелочь на пиво искал... Может, у тебя не хватит?

— Так у меня нету щас денег!

— А что есть? Зачем тогда пришел?

Слава нагнулся через стол поближе к Колиному лицу и громким шепотом спросил:

— А песком возьмешь?

— Каким песком? — не понял или прикинулся непонимающим Коля.

Все тем же шепотом Слава пояснил:

— Я с приисков еду... Золотишко... Понимаешь?

— С собой?

Коля уже не выглядел полусонным.

— Маленько есть.

— Покажи!

Грязнов откинулся на спинку стула, жадно отхлебнул пиво и, широко улыбнувшись, покачал головой:

— Э нет, хитрован! Я тебе покажу, а халдей сейчас же

срисует и своим передаст! Да ты и сам грабанешь, знаю я вас. Свистнешь своим — придут, прижмут руки к жопе и обшмонают!..

— Не бойся, мы честные партнеры!

— Честных партнеров Феликс Дзержинский перестрелял!

— Покажи!

— Не рычи, Коля! В машине мешочек-то. Говорю: пошли посмотрим.

— Ты дурак! Угонят тачку — и нет твоего песка!

— Там только образцы, да и не позарится никто на мою машинку — крепко ей досталось!

— Хорошо, пойдем!

— Пойдем. Курточку можешь оставить — сей же час вернемся дальше о деле говорить. И вот еще что — если есть у тебя тут ангелы-хранители, не бери их с собой, ага?

— Хорошо.

— Тогда я потопал.

Грязнов в распахнутом пальто, покручивая на пальце ключи от машины, пошел к выходу. Краем глаза успел заметить, что Коля подошел к двум парням. Значит, опыт и интуиция не подвели — бережет чеченец свою жизнь. Так, на окна показывает, чтобы следили...

Слава юркнул в автомобиль, завел мотор, приоткрыл дверцу, чтобы Коле легче было всунуться в салон. Нашел какой-то сверток, может с мусором, бросил на сиденье и мягко включил передачу, не снимая пока ногу с педали сцепления.

Коля подошел, наклонился к открытой дверце:

— Ты зачем завел? Боишься?

Слава хмыкнул:

— Печку хочу включить, замерзнешь, пока будешь смотреть.

Коля всунулся в салон плечами, потянулся руками к свертку:

— Тут?

— Ага!

Одновременно с этим восклицанием Грязнов одной рукой схватил Колю за шиворот и дернул к себе, вторая рука держала руль, ноги на педалях произвели привычную манипуляцию: плавное включение сцепления и нажатие на педаль акселератора...

Коля ввалился на сиденье, оставив за пределами автомобиля часть таза и ноги, а «мерседес» рванулся вперед, хотя и с дозволенной скоростью шестьдесят километров в час.

Слава проворно обшарил Колю, вытащил из кармана пистолет и весело крикнул:

— Залезай быстрей, а то оставишь ноги на дороге!

Коля, уцепившись за рычаг ручного тормоза кое-как влез на переднее сиденье, перевел дух и воскликнул не зло, а скорее обиженно:

— Дурак, да?!

— Почти, — согласился Слава.

Немного придя в себя, Коля пошарил за пазухой, отыскивая пистолет.

— Машинка твоя у меня, — успокоил или, наоборот, скорее озадачил его Грязнов. — А то ты человек горячий, начнешь палить, потом жалеть будешь!

— Ты! Ты зачем это сделал?!

— Покатать тебя хочу. А то чинишь-чинишь чужие машины, сам небось и не катался на «мерсике»?

— Пф!.. — презрительно фыркнул Коля и спросил уже спокойно и деловито: — Ты из какой группировки?

— Я не из группировки. Я из семьи.

— «Спрута» насмотрелся? На кого работаешь?

— На Московский уголовный розыск.

Коля тихо присвистнул, поскреб щеку, с утра выбритую, но уже синеватую от новой щетины.

— За мной нет ничего по вашей линии.

— Ты уверен?

— Да.

Беспорядочно поворачивая с улицы на улицу, Грязнов свернул в узкую, глухую улочку и остановился у обочины тротуара.

— Теперь поговорим предметно, Коля, и, если ты не будешь откровенен, как на исповеди, я впаяю тебе двести восемнадцатую, а пока ты будешь по ней отдуваться, твое теплое местечко займет какой-нибудь другой Тенгиз! Теплое место долго не пустует, сам знаешь!

— Что хочешь знать, командир?

— У тебя есть машина?

— А что?

— Забудь на время вопросительную интонацию. Есть?

— Да.

— «Мерседес», конечно?

— А... да.

— Ну и куда ты на нем ездил два дня назад?

— Я каждый день езжу.

— Я спросил тебя, куда ты ездил два дня назад? Могу помочь твоей памяти: ты ездил за город, с тобой были два пассажира, один ваш, другой русский. Куда ты их отвез?

— Сажай тогда, — сказал Коля набычившись, отчего его нос стал еще больше, и теперь было понятно, почему такой упитанный человек носит кличку Коршун. — Понимаешь, командир, про своих я тебе ничего не скажу.

— Меня интересует, где русский, Исмат небось давно по родным горам шастает!

— Не могу сказать.

Но смотрел он на Грязнова со страхом.

— Боишься, что Гена накажет? — усмехнулся Слава. — Так ему сейчас не до тебя. Знаешь?

Коля кивнул.

— Смотри, дорогой, просчитаешься! Мне от тебя нужно только место, куда ты его отвез. Не скажешь, в довесок пойдет тебе укрывательство особо опасного преступника, и тогда сидеть тебе не пересидеть. А пока еще суда дождешься, то чиканешься в тех Бутырках. Соображаешь?

Несколько минут Коршун сидел молча, напряженно размышлял, прикидывая варианты. Он догадывался, почти наверняка знал, что на родине скоро начнется кровавая баня. И тогда будет не до мелких проступков не самых важных для родины людей. К тому же в самом деле Исмат уже в Грозном, его МУРу не достать...

— Я отвез его в дом отдыха «Лесное озеро».

— Где это?

— В Балашихинском районе.

— Давно бы так, дорогой! Ну давай беги, а то пиво выдохнется!

Коля посмотрел недоуменно, потом сообразил, что надо бодренько выскакивать, пока мент не передумал.

Он вышел на тротуар, потом все же рискнул наклониться и попросить:

— Начальник, может, пистолет отдашь? Как мне без него?

— Ну ты даешь! — воскликнул Слава. — Может, тебе еще ключ от оружейной комнаты дать?!

А. Б. ТУРЕЦКИЙ

1

У меня зазвонил телефон. Медленно и со значением снимаю трубку. Шелковников часто говорит, что мне не хватает солидности, приличествующей работнику Прокуратуры Российской Федерации. Может, он прав, но мне трудно перестроиться с бывшей своей бесшабашности на чопорность. Попробовать сначала по телефону солидность проявлять? И я говорю в трубку густым и неестественным голосом:

— Аллоу?..

— Ты что, экспресс-методом английский учишь? — рявкнул Слава Грязнов, разрушая с таким трудом созданный имидж важного чиновника от юриспруденции.

— Зачем мне? Меня в Америку по обмену опытом больше не пошлют. И вообще, не подкалывай! Если есть новости — сообщи, нету — ищи.

— Есть-есть, не волнуйся! Докладываю, товарищ следователь: оперативными методами розыска установлено, что террорист Петров, он же Буряк, скрывается в настоящее время на территории лагеря для беженцев в Балашихе, на базе дома отдыха «Лесное озеро». Его напарник по имени Исмат, фамилия не установлена, по непроверенным данным отбыл в Чечню...

— Слушай, а если он опять от нас уйдет?

— На 99 процентов исключено.

— Сердце у меня, Слава, не на месте!

— У меня тоже. Сашка, это ерунда! Просто до него нам везло, поэтому после первой неудачи началась уркобоязнь. Сейчас мы ее преодолеем!

— Поехать бы мне с вами...

— Совсем необязательно! Не прокурорское это дело! Шучу! Взял бы тебя, да очень некогда, сам понимаешь!..

Я киваю, будто Слава может меня видеть.

— Саша!

— Слушаю я!

— Не уходи никуда, я сразу же позвоню!

— Конечно!

Он бросил трубку.

2

Я от волнения закуриваю сигарету. Это зелье держу теперь только на работе. Ирина, когда узнала, что беременна, бросила курить сама и мне дома запретила дымить напрочь.

Неужели нам удастся смыть это пятно со своих послужных списков? Неужели Буряк будет водворен в камеру и останется там до суда и потом до исполнения приговора?

Хотел было позвонить Косте Меркулову, поделиться новостью, потом спохватился — нельзя, а вдруг сглазит? Ну вот, дожил, уже суеверным стал, как темная баба! И все же лучше позвонить позже, когда будет чем хвастаться.

Я не звоню, зато звонят мне. Отрегулированный на умеренную громкость аппарат тихонько, мелодично тренькает.

— Александр Борисович Турецкий?

— Я слушаю.

— Это Андриевский Юрий Владимирович.

— Узнал вас, здравствуйте!

— Добрый день! Знаете, мы тогда так расстались неуклюже...

— Нас с вами извиняет неординарность ситуации, Юрий Владимирович.

— Да-да, вы совершенно правы. Мы хоть и считаемся перманентно воюющей организацией, но то, что я тогда увидел, было для меня слишком. Какое дали заключение, несчастный случай или, может, более серьезное?..

— Более серьезное. Предполагаем убийство.

— Вы серьезно?! Но кому, зачем нужна была смерть этой маленькой потаскушки? Вы связываете ее гибель с нападением на нашу машину?

— Однозначно — нет, но такая версия пока имеет право на существование. Вот возьмем одного из террористов, может, что-то и прояснится...

— Вам удалось напасть на след? — оживился Андриевский.

Я ответил уклончиво:

— В общем, да.

Он был неглупый парень, понял.

— Ну тогда удачи вам и вашему другу!

— Спасибо.

— Если будет нужна какая-нибудь техническая помощь, обращайтесь, у нас оснащение наверняка получше. Я с начальством договорюсь. Идет?

— Заранее благодарим. До свидания.

Юрий Андриевский... Какой-то он был не такой, какими я привык видеть рыцарей плаща и кинжала из бывшего Первого Главного управления КГБ (внешняя разведка). Такое впечатление, что он начитался романов Райнова о похождениях болгарского разведчика Боева, этакого супермена-ловеласа, работающего в основном головой. Что-то слишком гражданское и беспечное было в нем. Или, может, это просто та маска, которая подошла ему настолько, что стала частью естества. Такие маски в их ведомстве очень ценятся. Впрочем, это проблема не моя. Своих по горло...

ТЕЧЕНИЕ ЖИЗНИ

1

Операция по задержанию особо опасного преступника Петрова-Буряка представляла собой сложный комплекс мероприятий, задействованы были многочисленные силы.

Так как Петров прятался в таком густонаселенном месте, как лагерь для беженцев, остро стояла проблема обеспечения безопасности жителей лагеря, основную массу которых составляли женщины и дети. План был разработан такой. Взвод милиции во главе с начальником Балашихинского райотдела внутренних дел открыто приезжает в дом отдыха, и там начальник объявляет, что в связи с изменившимися условиями лагерь перемещается в соседний дом отдыха. Прежде чем придут автобусы, в которых будут перевозить людей, милиционеры проверят, все ли проживающие в лагере имеют документы, удостоверяющие статус беженца. Лица, не являющиеся беженцами, будут выдворены из лагеря или — по желанию — отправлены в приемник-распределитель. Пока милиционеры будут заниматься этим, взвод спецназа перекроет всевозможные нелегальные выходы за территорию дома отдыха.

Грязнов предполагал запустить в сам лагерь нескольких переодетых бомжами оперативников, но оказалось, что народу в лагере немного, поэтому большое количество незнакомых бомжей привлечет внимание старожилов и, естественно, спугнет Петрова. А его лучше заставать врасплох. Поэтому переодетыми в лагерь вошли только двое оперативников, и задача у них была на первый взгляд простая — постараться до начала милицейской проверки установить, в каком коттедже находится Петров.

Славе Грязнову до сих пор не приходилось бывать в лагерях для беженцев. Он видел их лишь по телевизору где-нибудь в Палестине или в иных южных и бедных краях. И привык думать, что от бедности и недостатка ума африканцы и азиаты все выясняют отношения. А вот теперь это уродство началось в России.

Когда «уазик» начальника и автобус со взводом милиции въехали в распахнутые ворота дома отдыха, его забывшие о нормальном отдыхе обитатели тревожно сгрудились на спортплощадке, заваленной мусором, в черных пятнах от костров.

— Граждане беженцы! — обратился к ним невысокий крепенький подполковник и начал объяснять, зачем здесь милиция и что надо делать: — ...Не надо выстраиваться в очередь, спокойно собирайте вещи, мы пройдем по домикам и проверим документы!..

Кое-как освоившиеся на одном месте люди недовольно зароптали, узнав об очередном переселении. Но делать нечего, разошлись.

Грязнов вертел головой как бешеный, пытаясь высмотреть, где находятся переодетые розыскники. В этом, наверное, не было необходимости: у обоих под засаленными кожушками были спрятаны радиостанции скрытого ношения. Но не терпелось поймать преступника, сковать руки наручниками...

Спецназовцы в защитного цвета бронежилетах прятались в лесу, и, кажется, никто их не замечал.

Взвод милиции на первый взгляд разбрелся по лагерю неорганизованной толпой. На самом деле, разбившись на группы, милиционеры блокировали все открытые выходы за территорию дома отдыха. Народ к тому же сидел у своих сумок и рюкзаков, так что обзор территории был хороший.

Слава не забыл попросить и милиционеров, и спецназовцев о том, чтобы они не стреляли без нужды — Петров нужен живым, пусть раненым, инвалидом, но способным разговаривать и понимать, чего от него хотят.

Все-таки он может догадаться, думал Грязнов. Он может только заподозрить, и уже операция будет на грани срыва. Но за то короткое время, что было у них в распоряжении, вряд ли можно было придумать что-то более эффективное. И нужно признать, чеченцы тоже не дураки — засунули урку в набитое народом место, попробуй его оттуда достань, особенно если он вооружен.

Грязнов понял, что от его метаний среди коттеджей нет никакого толку, скорее вред — он отвлекает на себя внимание оперативников и бойцов спецназа. Слава вернулся к милицейскому автомобилю. На его радиостанцию были настроены рации оперативников, патрульных милиционеров и взвода спецназа.

Радиостанция была советского производства, к тому же не первого года службы. Поэтому, прежде чем соединить командный пункт, обозначенный кодом «Первый», с одной из пяти групп, имеющих рации, небольшой и очень усталый динамик радиостанции шипел, свистел и хрипел, словно откашливался.

— Ш-ш-ш... гр-хр-р... Первый! Первый! Говорит Третий! В коттеджах два и три объект не обнаружен...

— Продолжайте осмотр! — бросал им привычную команду посаженный на связь капитан.

— ...Первый! Есть объект!..

Грязнов одним прыжком вскочил в кабину автомобиля и оказался рядом с капитаном.

— Первый слушает! Назовитесь и скажите номер коттеджа!

— Первый! Говорит Второй! Коттедж номер девять!..

Капитан сразу стал связываться с остальными группами, чтобы переориентировать их на тот коттедж, из-за которого и затевалась вся достаточно громоздкая операция.

Грязнов, коротко взглянув на план, рисованный наспех и от руки, на котором были обозначены и пронумерованы все жилые и хозяйственные постройки, составляющие вместе дом отдыха «Лесное озеро», определил, в какой стороне искомое строение, и побежал...

2

Двое переодетых оперативников и двое милиционеров стояли по углам маленького финского домика. Дверь его была закрыта, занавески на трех окнах плотно задернуты.

Дурное предчувствие неслышно догоняло Грязнова

по лесному бездорожью, пусть слегка и окультуренному. Догнало...

Оперативники выглядели растерянно и виновато.

— Ну что? — шумно дыша, спросил Грязнов.

— Кажется, он просек, — хмуро ответил оперативник. — А может, рацию услышал и просек. Она же, падла, и трещит, и пищит, и п..., а вот говорить толком не может! Короче, заперся он, ни слова не говоря!

— Кто еще есть в доме? — отрывисто спросил Грязнов.

— Женщина...

— Его женщина?

— Вроде нет. В разных комнатах были...

— Та-ак, — протянул Грязнов. — Это хуже, хуже некуда. Что делать будем, орелики?

Те угрюмо молчали.

— Подозреваю, что у нас чрезвычайное происшествие, — сказал почти спокойно Грязнов. — Если женщина в доме не его подружка, она имеет все шансы стать заложницей. Что мы тогда будем делать всей оравой? Провожать их в аэропорт?

И сам себе ответил:

— Придется — будем провожать.

Очевидно, Петров подсматривал сквозь занавески, потому что через несколько минут подал голос:

— А-а, и ты здесь, Грязнов?! Ну, значит, по мою шкуру приехал! Из-за меня весь шухер! Мелочь, а приятно!..

— Константин! — крикнул в ответ Грязнов. — Константин! Сдавался бы ты на фиг!

— Ну да, конечно! Сёдни ты не в трико и с газеткой за мной пришел, как в первый раз! Сёдни ты при параде! Небось в газету хочешь сфотографироваться со мной вместе! Так я не против! Только сначала в игру поиграем, хочешь?

— В карты, что ли?

— Да не, детская игра. «А ну-ка отними!» называется.

— Чего?

— Баба тут со мной! Смекаешь? Вот если бабу у меня отымешь живую или мертвую, тогда хошь лови, хошь дави меня — твоя воля!

— Это ты зря, Петров!

— Дак куда мне деваться? Сдамся — к стенке поставите. Расстреливаться не очень приятно, а, Грязнов? Вдруг у меня коленки задрожат — презирать будете! А если на лету срежете — оно красивее. Скажи, Грязнов?!

Слава тяжело сел на широкий пень, обработанный плотником под кресло со спинкой, закурил. «Неужели снова провал? — горько думал он. — Будь я в меньшей степени материалистом, подумал бы, что вместе с этим Петровым на нас с Сашкой навалился какой-то злой рок».

Тем временем, предупрежденные по рации, ближе к домику номер девять начали подтягиваться спецназовцы.

Грязнов хотел бы, чтоб они продвигались скрытно: сейчас любой внешний раздражитель мог окончательно вывести Петрова из равновесия. Но спецназовцы, получив сообщение о том, что местонахождение преступника обнаружено, шли в открытую, наверное, рассчитывали подавить рецидивиста психически. Они не знали, что человек с невинной и смешной кличкой Буряк не из тех, которые, попав в клещи, сначала хохочут и матерятся, расстреливая в белый свет все патроны, потом, скованные наручниками, плачут и ведут переговоры о том, каким образом скостить срок. Буряк не ждал снисхождения, да и характером был покрепче, чем издерганные друзья-уркаганы.

Заметив спецназовцев, Петров весело крикнул:

— Ну, Грязнов, удружил! С таким почетом меня еще не брали! Сдаться, что ли, а? Не погладят тебя по головке, если с такой оравой ты все равно меня упустишь!..

Грязнов не отвечал. Ситуация была как раз такая, что надо было ждать, какие шаги предпримет Петров. Пока что он хозяин положения. И это плохо, очень плохо.

— Что делать будем? — спросил у него начальник райотдела милиции.

Он тоже был озабочен, тоже не хотелось проваливать такую масштабную операцию. Это ведь штука такая: удачно провели операцию — поощрения идут вверх по цепочке, в случае неудачи тем же путем сверху донизу лепят взыскания.

— Что делать? Что делать? — почти простонал Грязнов. — Отдаю голову — будет он от нас закрываться теткой, пока ноги не сделает. Нам остаются только превентивные меры. Пусть часть спецназа, бо́льшая часть, — они уже покрасовались перед Петровым, особого впечатления на него не произвели, — теперь пусть рассредоточатся по лесу и ведут его, пока можно. Надо дать в Москву ориентировку, указать номера и марки всех машин, которые у нас тут есть. Петров может потребовать любую. Ну что еще? Пусть снайперов приготовят на всякий случай. А впрочем... — Грязнов устало махнул рукой. — Просто скажи им, как я облажался. Они сами знают, что делать.

Томительно тянулись минуты. Петров выжидал или задумал что-то. Во всяком случае, голоса не подавал. Обитатели дома отдыха, предупрежденные милицией, прятались в коттеджах, наиболее смелые и любопытные, однако, торчали в окнах, игнорируя энергичную жестикуляцию отвечающего за их безопасность участкового уполномоченного.

Наконец Петров что-то решил.

— Грязнов! — крикнул он. — Наверное, пора мне сваливать, как думаешь?

— Тебе видней, Константин, — откликнулся Слава.

— Понимаешь, я, кроме тебя, никого в этой ментярне не знаю. Из них никто мне цену не знает, так?

— Да.

— Давай я через тебя всем этим отрядом управлять буду. Чтоб они четко знали, где кому стоять, пока я с кралей буду кружить прощальный вальсок.

— Согласен.

— И правильно, Грязнов, куда ты денешься! Ну скажи мне теперь, какие у вас тачки есть? Надо выбрать, на какой поедем.

Грязнов оглянулся и не торопясь стал перечислять:

— «УАЗ» милицейский...

— Не, это не надо!

— Крытая машина «КамАЗ»...

— Это в которой пятнистые приехали? — спросил Петров, имея в виду спецназ.

— Да.

Тот подумал немного и тоже отверг:

— Не надо. Еще есть?

— Есть. Два автобуса.

— С мигалками?

— Без мигалок. Обыкновенные автобусы Ликинского завода.

— Кто водители? Менты?

— В одном гражданский.

— Вот с этим и поеду! Значит, так, Грязнов. Ты не злись, если, может, что не так, а, Грязнов! Когда еще мне придется такой оравой вашего брата покомандовать!.. Так это, распорядись, Грязнов, чтоб все ваши тачки оттянулись в сторону, а мой автобус поставьте так, чтобы он своими фарами смотрел прямо на дорогу. Ясна задача?

— Ясна.

Грязнов встал с пенька и пошел туда, где у центрального въезда на территорию дома отдыха стоял весь задействованный в операции транспорт. А пока он шел, в голову пришла счастливая мысль.

3

Возле машины «УАЗ», где работала рация, собрались все нужные Грязнову люди — начальник райотдела, начальник отдела уголовного розыска и командир спецназа.

— Нужен человек, который может водить автобус! — с ходу потребовал он.

— Наши все могут! — заявил командир спецназа.

— Это да, но они у вас все лбы, клиента могут спугнуть. Нам бы человека поскромнее статью, но профессионала.

Грязнов коротко пояснил ситуацию и свой план — посадить за руль автобуса переодетого оперативника.

Через некоторое время подходящего человека нашли. Капитан Синицын умел водить все виды транспорта, даже, как сам утверждал, гужевой. И внешность имел подходящую — невысокий, щуплый, но жилистый, с простоватым лицом. Лучшего стрелка не было во всем райотделе — так, во всяком случае, утверждал его непосредственный начальник.

— Я не могу вам приказать это сделать, — сказал ему Грязнов. — Но, понимаете, по-другому нам трудно будет держать его на контроле...

— Не агитируйте, товарищ майор, — перебил его Синицын. — Я поеду. Скажите только, как оружие применять?

— По ситуации. Получится только ранить — хорошо. Нет, стреляйте на поражение. Он по одному преступлению не успел приговор выслушать, как уже другое совершил. Но учтите — очень опасный человек!

Капитан хмыкнул и сказал негромко:

— Иногда я тоже опасный.

Пока ему подыскивали гражданскую одежду, пока отгоняли от автобуса весь остальной транспорт, Грязнов вернулся к коттеджу номер девять. Он слышал, как растерянно возмущается милицейским произволом настоящий водитель автобуса. Правда, отсюда нельзя было разобрать, чем именно недоволен влетевший в историю работяга. Это и хорошо.

— Ну что, Грязнов? — окликнул его из домика Петров. — Как наши дела?

— Почти как в аптеке, — ответил Слава Грязнов, снова усаживаясь на пенек со спинкой. — Автобус готовят, машины отгоняют.

— А чего-то там хипиж какой-то?

— Так это водитель кричит. Не хочет ехать, тебя боится.

— Скажи, путь не трусит. Не обижу! Скажи, чтоб сдуру не пальнули, иду я!..

Милиционеры и оставшиеся на территории дома отдыха бойцы спецназа рассредоточились так, чтобы образовать для преступника своеобразный коридор, ощерившийся автоматными стволами. По нему Петрову с заложницей предстояло пройти прямо к автобусу, за рулем которого уже сидел капитан Синицын. Он был в потертом треухе, военной телогрейке защитного цвета, в чьих-то джинсах и сапогах с высокими голенищами. Пистолет был закреплен лентой лейкопластыря на левой щиколотке.

Дверь домика номер девять наконец чуть приоткрылась, потом распахнулась шире.

На пороге, неестественно выгнувшись, стояла женщина средних лет, в платке и потертой дубленке. Она испуганно таращилась на свое левое плечо, с которого свисала длинная крепкая мужская рука, заканчивающаяся упертым женщине в диафрагму пистолетом. За ее спиной прятался Петров.

— Грязнов! — крикнул он. — Будь у меня перед глазами все время! Я тебя знаю, жучара!..

— Какой у тебя глаз лучше видит? — спросил Слава, поднимаясь с пенька.

Петров коротко, нервно хохотнул:

— Оба хороши, мýрская твоя душа! Справа становись!

Слава стал куда приказано, и они все трое медленно направились к автобусу.

Слава чувствовал, как все в нем напряжено. Все тело готово было к одному решительному броску, и Слава молил Всевышнего, чтобы представился случай для этого броска. Желание, видимо, было так велико, что идущий в семи шагах от него Петров что-то почувствовал, крепче прижал заложницу к себе и хрипло сказал:

— Майор, только не вздумай чего-нибудь, слышишь?! Со мной ясно, а ведь мокрощелку невинную на душу возьмешь... Слышишь?!..

— Слышу! За себя, гад, боишься, потому женщиной и прикрываешься, мочила сраный!

— Ругайся-ругайся! — довольно проговорил Петров. — Когда полаешься, стрессы выходят, знаешь?

Петров был тертый калач. Он не только тесно прижимался к беженке, тем самым предупреждая любую попытку сразить его одного, не задев заложницу. Он еще и шагал, как пьяный, раскачиваясь так, что линия его пути представляла собой непрерывную зубчатую цепочку следов на первом легком снегу. Это он делал для того, чтобы снайпер, если он есть, устал ловить голову Буряка в крестик прицела.

В трех шагах от автобуса Петров остановился, приказал Славе:

— Грязнов, прикрой меня сзади. Хорошенько прикрой. Только слишком близко не подходи, я что-то менжуюсь!..

Слава зашел Петрову за спину.

— Кто тут командир, кроме Грязнова? — крикнул Буряк собравшимся возле «уазика» офицерам.

— Ну чего тебе? — вышел вперед начальник райотдела.

— Пусть мне в автобус занесут автомат с полным магазином!

— Зачем ты все осложняешь? — начал было говорить начальник.

Но Петров грубо перебил:

— Не мельтеши! Делай что сказано!

Начальник посмотрел на Грязнова. Лицо майора не выражало ничего, кроме усталости.

— Ладно, не вопи, — сказал подполковник Петрову. — Отнесите кто-нибудь оружие в автобус!

Но никто особо не торопился выполнить его приказ.

Напряжение возрастало.

Петров нервно оглядывался, облизывая губы, потом рявкнул:

— Нет, Грязнов, ты отойди от меня! Не верю я тебе! Пусть главный станет. Так ему будет веселей, и мне спокойней.

Грязнов неохотно отошел в сторону.

— Чего он хочет? — переспросил балашихинский подполковник.

— Чтобы вы прикрывали его со спины.

— А почему он вас прогнал?

— Боится, что нападу! — криво ухмыльнулся Грязнов.

— А меня, значит, не боится? — с долей обиды поинтересовался подполковник.

— Это только потому, что я уже брал его один раз, а вы еще нет.

Петров, не оглядываясь, спросил и подполковника, стоявшего теперь за его спиной:

— Ну? Чего твои менты тебя не слушаются?

— Положите мой автомат в автобус! — крикнул подполковник своим.

— С полным магазином! — напомнил Петров.

Один из милиционеров медленно пошел с автоматом к автобусу.

В это время капитан Синицын решил подыграть. Он высунулся в окошко, не открывая дверей в салон автобуса, лицо у него было туповато-испуганное, да и кричал он слегка визгливо, что только усиливало эффект:

— Эй! Вы что, с ума посходили?! Говорили, людей возить, я и подрядился, а тут какие-то громилы с автоматами! Не, я не согласен! Сами его везите, если вам надо!..

Петров засмеялся. Ему приятно было, наверное, что он вселяет в людей такой страх.

— Не ссы, водила! — весело крикнул он. — Если будешь хорошо рулить, еще закалымишь на мне!..

Потом он вдруг остановил милиционера, который нес к автобусу автомат:

— Эй, подожди! Ты, с автоматом!

Тот остановился, повернулся к Петрову, держа автомат наперевес:

— Что надо?

Заложница при виде направленного на нее ствола задергалась.

— Шмару мою не пугай! — снова крикнул Петров. — Я проверить хочу, есть там патроны хоть или нет!

— Магазин показать?

— Не, подожди... О! Сними с предохранителя и поставь на одиночный огонь!

Милиционер оглянулся, посмотрел на командиров: мол, выполнять, не выполнять?

Те молчали.

— Че на них озираешься? Щас я командую, понял?!

Милиционер выполнил распоряжение Петрова.

Слава затаил дыхание. Буряк непредсказуем. Неужели он прикажет застрелить кого-нибудь, может, даже меня, думал Слава, нет, это самоубийственно. Он не дурак, должен понимать...

— А теперь, сержантик, шпокни по колесам «КамАЗа», «козелка» и автобуса! — приказал милиционеру Петров. — По разику можно, но в передние! Давай побыстрей!..

Действительно, не дурак. Все машины, кроме одного автобуса, будут выведены из строя. Значит, немедленное сопровождение организовать будет невозможно. Если бы не спасительная идея с Синицыным, операция провалилась бы окончательно. Хотя и так придется отдуваться и объяснительные писать. Впрочем, остановил себя Слава, рано еще гадать! Еще не взяли...

Сержант поднял автомат, повернулся к тому месту, где стоял в сторонке от ворот транспорт, и, секунду помедлив, выстрелил в колесо автобуса. Потом повел стволом в сторону «КамАЗа»...

В этот момент, когда после первого выстрела сержанта над площадкой воцарилась тишина, — в это мгновение сухим частым треском откуда-то сзади откликнулся на одиночный выстрел очередью еще один автомат.

Грязнов стоял в стороне, он услышал, как просвистели мимо него пули, впиваясь в спины подполковника и Петрова. Медленно, как в кино, повернулись оба в ту сторону, откуда прилетели пули, и упали на припорошенный снегом асфальт. Беженка вскрикнула, схватилась за голову и, срывая платок, словно он обжигал ее, упала навзничь.

Несколько мгновений все ошарашенно смотрели в сторону одного из коттеджей, от которого раздалась очередь. Выстрелов больше не было, но началось какое-то движение возле коттеджей и в лесу. Потом затарахтел мотор...

Грязнов бросился к лежащим. Кто-то по рации вызывал «скорую помощь», все суетились, бегали, но раненым, кроме Славы, никто помочь не мог. Он в свое время учился на фельдшера и мог оказать хотя бы первую медицинскую помощь. Начальник милиции в помощи не нуждался — две пули пробили его левую лопатку, задели сердце, подполковник был мертв. При смерти находилась и женщина, пуля попала ей в затылок. Беженка была еще жива, но Слава подозревал, что в сознание она уже не придет.

Петров-Буряк получил пулю в правый бок, правда повыше печени. Пожалуй, у него были шансы выжить. Но только в том случае, если медпомощь будет быстрой, квалифицированной и технически хорошо оснащенной. Реанимобиль бы сейчас сюда.

4

На площадке быстро построились бойцы спецназа. Они были удивлены, расстроены, но виноватых лиц не было. Хотя все считали, что выстрелил кто-то из спецназовцев. Так же, кажется, считал их командир. Он нервно ходил вдоль строя и монотонно восклицал:

— Какого хера?!.. Какого хера, я спрашиваю!..

Грязнов как мог перевязал женщину и тихо постанывающего Петрова, приказал милиционерам осторожно погрузить всех в автобус и подошел к построенному на площадке взводу спецназа.

— Чья оплошность? — стараясь сдерживаться, спросил он.

— Мои говорят, что не стреляли, — хмуро ответил капитан, у которого берет был очень лихо заломлен на затылок, а уши под ним ярко пламенели — то ли от холода, то ли от досады.

— Хотелось бы верить. Тогда кто стрелял? Кто-нибудь из коттеджа?

— Майор! Это очень легко проверить, — буркнул капитан и приказал: — Оружие к осмотру!

Строй дружно, синхронными движениями снял автоматы с предохранителя, передернул затворы и отсоединил от автоматов магазины.

— Пойдемте посмотрим.

Бойцы не врали. Ни один автомат выстрелов не делал.

— Прошу прощения, капитан! — извинился Грязнов.

Тот кивнул и спросил у своих подчиненных:

— Парни, кто что видел?

В строю прошло волной легкое шевеление, воины переглядывались, спрашивая друг друга, пожимая плечами. Потом один поднял руку:

— Разрешите доложить?

— Давай!

— Когда нашли преступника и мы стали стягиваться к дому номер девять, я занял позицию возле левого угла дома номер семь, который выходит к центральной дороге дома отдыха. На правом углу никого не было. Потом, когда преступник с женщиной пошли к автобусу, на пустующий угол со стороны леса подбежал человек в нашей форме, в спецназовской. Я подумал, может, мой дружок Василий, который в лесу оставался. Я говорю: Вася, ты? А у него лицо под маской, кивает, значит, и мычит чего-то, то ли «да», то ли «не мешай». Потом у вас выстрел, мое внимание сразу сюда, на площадку. И тут он как даст очередь — и назад в лес. Я кричу: Васька, ты что? А он уже в кусты ломанулся. Сейчас вот у Василия спросил, он говорит, что из лесу не выходил, пока приказ на общий сбор не вышел...

— Товарищ майор! — окликнули Грязнова со стороны автобуса. — Погрузили всех, вы едете?

— Да-да! Капитан, посмотрите, пожалуйста, еще здесь. Скорее всего, кто-то убирал Петрова как свидетеля. А мы эту партию проиграли...

В автобусе было промозгло и пахло кровью.

— Давай в больницу, и как можно скорее! — сказал Слава водителю, который снова сменил за рулем капитана Синицына, был строг и бледен от ответственности и волнения.

Когда автобус, мягко покачиваясь, поехал, зашевелился и застонал Петров. Слава сел к нему поближе, на тот случай если преступник придет в сознание или заговорит в бреду.

Рядом сидел с автоматом в руках молодой розовощекий парень в милицейской форме. По всей видимости, он впервые участвовал в такой операции, смотрел на все с жадным любопытством.

Петров постанывал, морщил брови и вертел головой, которая лежала на скатанном валиком бушлате.

— Товарищ майор, можно спросить? — подал голос парень.

— Разрешаю.

— Что он совершил, преступник этот?

— Убийца, — коротко ответил Слава.

— А по виду никак не скажешь! — удивился милиционер. — Разве что на дебошира похож, семейно-бытового.

— Он профессионал, — сказал Слава. — Потому и стал таким крутым, что внешность обманчива!

Петров беспокойно завозился, как будто пытаясь повернуться на бок, закашлялся. На бледных губах выступила розоватая пена. Откашлявшись, Петров открыл глаза, некоторое время смотрел на серый потолок салона, потом уловил движение, опустил глаза ниже, увидел сначала паренька-сержанта. Легкая гримаса скользнула по влажным губам. Еще одно неспешное, трудное движение глаз, взгляд уперся в Грязнова. Гримаса сменилась улыбкой:

— Привет... начальник... Вишь, по-моему вышло...

— Что по-твоему, Константин?

— Не в... не в подвале меня угрохали... А ты мне и зеленки на лоб приготовил... помазать, а?..

— Приговоры выносить не мое дело. И стреляли в тебя не наши люди, а скорее ваши, твои подельники, чтоб не запел, когда опять в камеру попадешь.

— Не верю... тебе... Никогда вашим не... верил...

— Твое дело.

— Воды дашь?

— Немного дам.

Когда Петров жадно отхлебнул несколько глотков и изможденно откинулся на бушлат, Слава сказал:

— Ты хорошо нас знаешь, Константин. Мы не стали бы стрелять по заложникам, так ведь? Тем более что сзади тебя подполковник прикрывал, кто б осмелился из наших стрелять. Свои тебя убрали, Костя. Откуда же мы узнали, где ты прячешься, как думаешь?

Петров пожевал губами, мучительно поморщившись, сглотнул, спросил:

— Кто вложил... скажешь?

— Зачем? Ты не скоро еще поквитаться сможешь. Если, конечно, будет у тебя такая возможность.

— Не будет, начальник... о чем ты... скажи... хоть прокляну с того света...

— Скажу тебе только, что твой горбоносый товарищ, но не Исмат.

— Знаю... Исмат уехал в Чечню. Он не мог в меня стрелять... На газават поехал...

— Куда? — спросил сержантик.

— Газават — священная война мусульман против неверных, — торопливо объяснил ему Грязнов.

— Против кого?

На удивление бестолковый попался! — раздраженно подумал Слава и отрубил:

— Против нас!

По-видимому, Петрову полегчало. Он не только не терял больше сознания, но прислушивался к разговору Грязнова с сержантом. При последних словах майора он улыбнулся:

— Правильно говоришь, начальник... Чечня против нас скоро воевать будет...

— Да ну, зачем им? Это ж самоубийство!

— А если им в кайф?.. Помяни мое слово, Грязнов...

— Чего им не хватает?

— Генерал сам хочет Чечней править... без Москвы... Скажи, майор, ты про Исмата откуда знаешь?..

— Потому что за тобой еще «вольво» на Минском шоссе!

— А-а... молодец! Вычислил... Хочешь, расскажу, что знаю?.. Можешь не отвечать. Знаю, что хочешь... Работа твоя такая... собачья... Слышь, может, у кого водка есть... капельку?

Спиртного не нашлось.

Петров вздохнул и сказал:

— После того когда от вас свалил... в Грозном отсиживался... У большого человека работал в охране... Русланом зовут. Был в Москве крутой... залетел, посидел немножко... как водится, откупился и... тоже свалил на родину... Очень богатый человек, почти как Дудаев... И был против политики генерала... Говорил, что для нашей работы Россия под боком должна быть... без границ... Хороший был у Руслана план... как генерала убрать... без шума и пыли... Тут приехал этот американец... начал бодягу разводить... базлал всякую дурь про независимость... как у Бендера — Запад нам поможет. Руслан послал его на три буквы... — Петров с жутковатым булькающим звуком коротко посмеялся. — США эти буквы называются... А на следующий день Руслан исчез... В общем, украли его прямо из спальни, потом дырку в полу под ковром нашли, охранник провалился... Дали нам с Исматом кучу денег и приказали этого американца убрать, только не на чеченской территории... Технологию объяснять не буду — другим пригодится...

Петров замолчал, устало прикрыл глаза.

Слава не лез пока с расспросами. Сначала надо было переварить уже полученную информацию. Если Петров не бредит и не врет с какой-то определенной целью, можно говорить не только о том, кто убит и кем, но и за что. Получается, что убийство политическое, а не обычный и распространенный грабеж. Тогда какую роль во всем этом деле играл чин из Службы внешней разведки Андриевский? Чечня пока еще российская республика, если и пастись там кому, так это контрразведчикам...

А. Б. ТУРЕЦКИЙ

1

За окном синие сумерки.

Я сижу в кабинете у Константина Меркулова, пью чай. Хозяин кабинета сидит рядом и сосет леденцы. Последние годы работы очень подкосили моего наставника и друга. Я не уверен, что он дотянет до пенсии, а он так просто убежден в том, что сладкое безделье обломится ему только вместе с инвалидностью. А что за сладость в безделье?

Если искать аналогии по месту работы, то мы напоминаем сами себе двух матерых медвежатников, которые долго потели над суперсейфом, наконец вскрыли его, а внутри — большая резиновая фига.

— Возможно, Саша, ты скажешь, что это слабость и старость, но вот что я думаю: раньше, при однопартийной системе, было легче работать. Все было видно почти невооруженным глазом. Было понятно, кто нам противостоит и почему. Сейчас у меня голова кругом идет. Раньше благополучие всяких чиновников, в том числе и наших, зависело от карьеры, карьера зависела от партии. И все — цели намечены, задачи ясны. Сегодня у нас как в Турции, я средневековую имею в виду. Каждый благоустраивается по-своему. Кто через политику, кто через родню, другие на подсосе у мафии сидят. А от таких, как мы с тобой, и раньше хотели избавиться, а теперь подавно. Понимаешь, руки опускаются. Раскручивается дело, вскрываются махинации у властей предержащих. И что? Эти материалы не становятся объектом рассмотрения в гласном суде, нет! Они служат дубинкой в политической борьбе. После чего ты, сам того не желая, оказываешься на стороне той или иной группировки, хотя тебе казалось, что стоишь единственно на стороне закона. Ты знаешь, Саша, я иногда думал поставить тебя на место Шелковникова, он уже закоррумпирован по уши. Но потом я начинаю понимать, что нельзя этого делать для твоего же блага. Зло, разлившееся по стране, настолько огромно, что ты не выдержишь, не перенесешь своего бессилия. К тому же того, кого не удается купить, убирают. А тебе еще дочку надо вырастить...

Я говорю, чтобы развеять безысходность Костиного монолога:

— Так давай обратно, в горпрокуратуру, Константин Дмитриевич? А чтоб не скучно было, отзовем с пенсии Александру Ивановну с Моисеевым и будем потихоньку урок раскалывать!

Меркулов грустно усмехнулся:

— Не думаю, что в столичной прокуратуре будет намного спокойнее. Если уж искать спокойную работу, то где-нибудь в отдаленном районе Вологодчины, да чтоб зон поблизости не было. Там хорошо — из убийств одна бытовуха по большим пролетарским праздникам. А коррупция там такая домашняя, тихая — коттеджик втихую сляпают, а по выходным в компании с номенклатурой районной на охоту, на рыбалочку, в баньку в лесу с грудастыми активистками союза молодежи!..

— Здорово! — не выдержал я. — Да ты гурман, Костя!

— Гурман, держи карман, — скаламбурил Меркулов и, вздохнув, добавил: — А если серьезно, то не светит мне такой вариант. Во-первых, потому что у нас иначе как с позором на понижение не идут. Во-вторых, должность у меня, черт ее побрал! Ты же знаешь, назревает конфликтная ситуация с Чечней. Я очень не уверен, что обойдется без крови. Тем более что военные подсовывают Президенту маленькую победоносную войну на Кавказе. Знаешь, по аналогии с операцией «Буря в пустыне»...

— Костя, о чем ты?!

— Дело нешуточное, Саша. В верхах, как обычно, мнения насчет Чечни разошлись, но нашу работу их размежевания не облегчат... А генеральный прокурор мне личное поручение дал — следить, чтоб в наших доблестных рядах не создавалось коалиций, чтобы все стояли на защите закона и конституции. Все и так стоят кто как умеет...

— Скажи-ка, Костя, а дело с американцем, что ты мне подсунул, имеет отношение к тому, о чем говоришь?

— Боюсь, что да. Слава Грязнов взял Буряка?

Я взглянул на часы.

— По времени должен был. Он в любом случае позвонит или придет

— Американец этот мне покоя не дает! Ведь официально Штаты никак пока не реагируют на заявления Москвы и Чечни. Какого лешего его понесло в Чечню? Если была секретная миссия, то зачем брать себе в сопровождающие работника разведки? Столько вопросов, а он взял и умер! Какие кстати у тебя впечатления от встреч с Андриевским?

— Как тебе сказать? Вел он себя естественно, по большому счету не врал, а то что поначалу о девочках хотел утаить, так вполне понятно. Зато потом вывел на Мещерякову...

— Хотя немного опоздал. А что со второй девушкой? Как ее? Дина, кажется?

— Дина Венгерова. Ее пока не нашли. Парни Грязнова ищут ее в турагентствах. Содержатель притона сказал, что от него она туда ушла. Есть версия, почему найти не можем...

— Ну?

— Придя из публичного дома в более-менее пристойное место работы, она вполне могла поменять имя. На всякий случай.

— Могла. И как теперь ее найти?

— Дали в газеты, на радио, телевидение объявления, что девушке, возвращавшейся с подругой в Москву на «вольво» такого-то числа, угрожает опасность.

— Думаешь, клюнет?

— После того как узнает, что случилось с Мещеряковой? Должна клюнуть.

— Дай Бог! В этом деле тебе, скорее всего, понадобятся контакты с контрразведкой. Есть там один человек, который может оказаться тебе полезен, да и сам по себе человек не гнилой. Работает в следственном управлении Федеральной службы контрразведки. Зовут Макаревич Юрий...

— Я только Андрея знаю...

— Что?

— Да нет, Костя, ничего, я записал — Макаревич!

— Хорошо, что записал...

Костя хотел что-то добавить, но распахнулась дверь. И вошел Слава Грязнов в замызганной милицейской форме. Прошел через помещение и молча плюхнулся на стул, бросив перед собой на стол фуражку — зимних форменных шапок он не любил.

У меня от нехороших предчувствий заныло сердце.

Меркулов как ни в чем не бывало улыбнулся и сказал:

— Ну вот, сегодня он пришел наконец в том виде, какой соответствует его фамилии!

Потом добавил:

— Шутка, Слава.

— Это правда! — заявил Слава. — Я немытый поросенок, а не сыскарь!

— Ты хочешь сказать, что мой тезка снова сбежал?

— Не сбежал. Умер на операционном столе в Балашихинской больнице...

— Умер?! — воскликнул я.

Слава скупыми, короткими фразами поведал о том, как проходила операция по захвату Петрова-Буряка, и о том, что успел рассказать по дороге в больницу преступник.

Меркулов вышел в комнату отдыха, которая располагалась за широким рабочим столом, повозился там, звякая посудой, предупредил секретаршу, чтоб его не беспокоили, и кивнул нам со Славой:

— Пошли, там пошепчемся.

В комнате отдыха было все как положено для такого помещения, но без излишеств: диван, два кресла, телевизор на тумбочке, столик и холодильник в углу.

На столике уже стояли хрустальные стопочки, запотевшая бутылка водки и кое-какая нехитрая снедь.

Мы уселись вокруг стола, Костя быстро разлил по рюмкам:

— Ну, давайте ударим по стрессу.

Ударили.

Слава не стал закусывать, сидел пригорюнившись, потом попросил:

— Костя, можно одну вне очереди?

— Давай.

Грязнов выпил, и, кажется, его немного отпустило. Он более комфортно расположился в кресле, ослабил галстук и сказал с тоской, известной только тем, кто работал в нашей системе уголовного розыска:

— Главная лажа, что подполковник погиб! Теперь начнется бодяга! Служебное расследование назначат, то, се!.. В общем, дополнительный материал в папку компроматов папы Савченко!

— Не переживай, — говорю я. — Когда-то мы пели тебе, помнишь. «Капитан, капитан, никогда ты не будешь майором...» А все-таки стал!

— Да я и не боюсь! Уже ловлю себя иногда на мысли, что подсознательно работенку себе подыскиваю, прикидываю, подойдет мне или нет. Так что внутренне к перемене участи готов. Только надо успеть еще одно дело сделать...

— Какое?

— Гниду вычислить. Ты не рассказывал Косте про мой сейф? — спросил меня Слава.

— Да нет, не успел...

— Тогда я расскажу...

Слава поведал историю наших злоключений с портфелем Скворцова и закончил такими словами:

— Вы как хотите, а я убежден — у нас в управлении, может, и того ближе, в МУРе, кто-то накрыл меня колпаком и пасет. Даже телефон на кнопку поставили!

— Да ну, не может быть! Зачем им тебя прослушивать?

— А в сейф лазать зачем?

— Ну не знаю...

— Так я тебе говорю! Сам посуди, показываю на свежем примере. Сегодняшний захват Буряка. О том, когда и куда я поеду его брать, кроме тебя и меня, не знал никто! И милицейский взвод и спецназ я брал в Балашихе. Все знают, что ты включил меня в оперативно-следственную группу по американцу, решили, что я опять по блату рву халяву, и махнули на меня рукой: куда еду, зачем — им дела нет. Пока. Перед тем как ехать, я позвонил тебе и сказал, что мне удалось выцарапать у Коршуна.

— Похоже, что твоя правда, — вынужден был согласиться я под грузом фактов. — Послушай, Костя, ты мне сватал контрразведчика в партнеры, да?

— Ну и?..

— Ты мне не сказал, но я догадливый. Служба контрразведки должна интересоваться этим делом, все-таки иностранец убит. Тем более не с Брайтон-Бич приехал...

Меркулов грустно усмехнулся.

— Согласен с тем, что они могут проводить свое расследование, почти уверен в этом. Но, честное слово, точно не знаю.

— Я вот почему спрашиваю. Может, как раз так и

есть. Парни ведут свое расследование, знают, по старой памяти, что мы своей информацией делимся с ними не очень охотно. Вот для того, чтобы и не унижаться просьбами и быть в курсе того, как идет следствие, поставили тебе «жучок».

Слава помолчал, сопоставляя мою версию со своими соображениями. Потом покачал головой:

— Не все хорошо стыкуется, Сашок. Если меня доит контрразведка, зачем им убивать Буряка? В крайнем случае, чтоб утереть мне нос, могли приехать пораньше и первыми взять его...

— А если не успевали?

— Не знаю. Если так, почему надо было переодевать человека в спецназовские монатки и автомат в руку давать?

— Саша, я в этом сомнительном вопросе на стороне Славы, — сказал Меркулов. — Буряк не мог быть агентом контрразведки — слишком засвеченная и одиозная фигура. Возможно, у чеченской группировки есть в ГУВД свой человечек. Информатор. А Буряк, если бы разговорился, много чего порассказал! Не хочу вас расстраивать, ребята, однако уверен уже процентов на восемьдесят, что Кервуд как-то завязан на чеченский узел... Экий каламбур сморозил! Пьян, что ли? Ну так вот, почему я склоняю тебя, Саша, не гордясь, поработать вместе с контрразведкой? Потому что они давно уже сидят в Чечне, потому что там как в скороварке без перепускного клапана, того и гляди, взорвется! И я убежден в том, что путешествие американца на Кавказ имело какие-то тайные цели, хотя попутно он вполне легально и старательно занимался миротворчеством. Интересно было бы найти кончик ниточки и вытянуть на свет божий ответ на такой вопрос: зачем с Кервудом ездил Андриевский? Это открытая слежка или что-то другое? Кстати, вы знаете, что у Юрия Владимировича есть на службе хорошая, мохнатая рука и он очень перспективен?

— Ну и какая же у него рука?

— Андриевский — зять заместителя начальника Службы внешней разведки.

2

Мы сидели у Кости Меркулова еще около часа. Причем прокурорские пили чаек, а сыскарь Грязнов налегал на водку. Мы не препятствовали — у Славы выдался собачий, на редкость тяжелый и сволочной день. В таких случаях даже японцы больше налегают на саке, чем на чай, что уж говорить о большом и сильном славянине.

Костя уговаривал меня спокойнее относиться к тому, что моя работа опять пересекается с Лубянкой, пусть и в ином ее качестве.

— Тебе теперь легче, — толковал мне Костя. — Они уже не щит и меч партии, они уже не стоят над обществом, как орден Игнатия Лойолы, отца иезуитов. Они подотчетны государственной власти и нам...

— Что ты уговариваешь меня, как маленького? Знаю, что подотчетны, знаю также, что будут упираться и прятать концы до последнего. Есть у них такая жилка. Как говорят наши клиенты из тех, что попроще, «в падлу» рыцарям плаща и кинжала в уголовке допрашиваться. Давай лучше обсудим Юру Андриевского. Если он птичка такого высокого полета, то, коль не совсем Митрофанушка, должен быть у своего второго папы, тестя значит, мальчиком для особых и деликатных поручений. Может так быть, что одним из поручений было сопровождение Кервуда на Кавказ?

— Вполне, — согласился Костя. — Но, судя по тому, что ты о нем рассказал, и учитывая семейное, так сказать, положение, подозреваю, что прямо в лоб с ним ничего не добиться. А он что-то знает, и что-то важное. Я тебе скажу, самому недавно в голову пришло: как раз после поездки Кервуда в Чеченскую республику генерал Дудаев начал ставить вопросы перед Москвой ребром. Может, это просто совпадение, и, честно говоря, я молю Бога, чтоб это было случайное совпадение. А если нет?

— Добрый ты, Костя, человек! — шутя, но и с долей досады говорю я. — Вроде и утешаешь, и подбадриваешь, а час от часу не легче!

— Ничего не поделаешь, Саша, это наши цепи...

— Понимаю... Только как работать в стране, где каждый, понимаешь, каждый, кроме кучки благостных идиотов, стремится обойти закон, нагреть на бардаке руки?!

— Надеюсь, меня ты включил в число благостных идиотов?

— Одним из первых!

— Мне нечего посоветовать тебе, Саша, особенно что касается практической пользы. Если и скажу я тебе какую-нибудь душеспасительную мысль, так и то краденую. Ну оттуда воровать не стыдно — из Писания. А там сказано: когда трудно, держитесь за ношу, которую несете.

— Н-да, имеет ценность как абстрактное утешение.

Слава Грязнов слегка окосел, хмель в сочетании с усталостью клонил его в сон. Слава пару раз уже клюнул носом, потом включился самоконтроль, наш майор встряхнул головой и сказал:

— Борисыч, пошли-ка по домам, а? У меня завтра разбор полетов, у тебя тоже какая-нибудь производственная грязь. А Дмитрич — человек государственный. Ему тишина нужна...

— Да нет, Слава, вы мне не мешаете, скорее наоборот, тут за день так накувыркаешься, так хоть с вами посидеть, душу отвести!..

— Это мы пожалуйста, — сказал я, вставая с кресла. — А сегодня действительно пора.

Костя вышел в коридор нас проводить, сказал мне на прощание:

— Все, что могу, я со своей стороны сделаю, чтоб во всех следственных мероприятиях у тебя был режим наибольшего благоприятствования. А завтра же поищу в архиве дела, где могли фигурировать Руслан, Гена и компания. Мне кажется, года полтора-два назад что-то такое было — и как раз с рестораном «Лозания» связано.

— Хорошо, до завтра.

На улице на холодном сыром ветру Слава хоть и не стал трезвее, но немного приободрился, перестал поминутно зевать и вдруг предложил:

— Давай к Семену зайдем?

— На ночь глядя?

Я пытаюсь отговорить Славу не потому, что мне не

хочется заглянуть к старому криминалисту Моисееву, с которым мы отработали вместе больше десятка лет. С ним всегда интересно. Меня беспокоит тот момент, что Семен Семенович что-нибудь выставит на стол, как водится. А Грязнову только этого и надо. Но отговорить его не удается, да, собственно, я не очень паникую — Славу нелегко свалить водкой. Другое дело, что утром будет трудно, а завтра ему нужна ясная голова. Решил, что успею шепнуть старику, чтоб нашел самую маленькую бутылочку в своей кладовке, и мы идем.

Звоним в аккуратно обитую дерматином дверь.

Семен Семенович открывает, не глядя в глазок, не спрашивая. И сразу начинает улыбаться.

Я тем не менее уточняю:

— К вам можно?

— Конечно!

— Клиентов нет, Семеныч? — спрашивает Слава. — А то ввалится сейчас пьяный грязный опер — будешь убытки подсчитывать!

— Я счет начальнику ГУВД выставлю! Заходите же!

Пока Слава раздевается в прихожей, потом долго моет в ванной руки, потому что в гостях у заместителя генерального прокурора с пьяных глаз схватил шпротину пальцами и теперь презирал себя, — пока он приводит себя в порядок, я успеваю-таки предупредить хозяина о дозволенных на вечер дозах. Семен Семенович послушно кивает и уходит хлопотать на кухню.

Когда Слава выходит из ванной, он кричит из кухни:

— Ребята! Готовьте в зале стол!

Но мы переглядываемся и двигаемся гуськом через узкую прихожую в тесную кухоньку.

— Давай здесь, Семен Семеныч. Нам так сподручнее, — кричит Слава. — Ну их, эти гостиные! Я всегда там себя неловко чувствую!

На плите кипит в кастрюле картошка, на столе копченая рыба, огурчики, ветчина. А венчает все пузатый графинчик вместимостью не меньше семисот граммов.

Я смотрю на Моисеева с немым укором, но он говорит:

— Что вы, Саша? Под хорошую закуску для троих

мужчин — что там пить?! А на посошок сварим крепчайшего кофе — и порядок!

Ничего не остается делать, как смириться.

И снова мы выпиваем. Каким бы хорошим другом ни был Костя Меркулов, но здесь, в тесном уюте кухни, пьется гораздо приятней, чем в чопорном здании прокуратуры.

— Как ваши дела, Семен Семенович? Как здоровье? — спрашивает Слава, аппетитно хрустя огурчиком.

— Дела у меня как у Гобсека, если судить по масштабам операций, вот только богатства с копеечных своих гонораров не накопил пока. А здоровье что ж, скриплю помаленьку. Так все вроде ничего, даже выпить могу на уровне среднего возраста. Ногу вот только крутит часто. Это от ветхости и от погоды. Раньше легче было, когда погода менялась в соответствии с лунными фазами. Сейчас природа вслед за людьми совсем с ума сошла — бывает, два раза на дню ситуация с прогнозом синоптиков не совпадает. Сильнее стал хромать. Не заметили?

— Конечно, заметили, — быстро говорю я. — Потому и спрашиваем.

— Нет, если смотреть на жизнь философски, мне надо радоваться, что по мере возможности и делаю. В отличие от вас, молодежь, я уже на пенсии, поэтому и голова у меня болит только потому, что переел... Да какие у стариков проблемы, кроме стула и склероза. Расскажите, как ваши успехи? Нашли, кто в Славин сейф залез?

— Не нашли, но явно свой, гад! — ответил Слава и поведал о всех своих злоключениях последних дней.

— Может, свой, но не удивлюсь, если и чужой, — задумчиво сказал Семен Семенович. — Я понял так, что последнее ваше дело завязано на Чеченскую республику. Так я вам скажу, что там сплелись интересы не только преступных группировок, но и силовых министерств, и правительственных группировок...

— А все это одна мафия! — обронил Слава.

— Возможно, — не стал спорить Моисеев. — Я теперь лицо партикулярное, петлиц с погонами не ношу, поэтому клиенты меня особенно не стесняются. Народ разный приходит, в основном, конечно, подлинность документов и ценностей просят проверить. Один молодой человек приходит не часто, но регулярно, приносит доллары в банковских упаковках не нашей страны. В отличие от многих не жадный. За проверку подлинности купюр дает мне пять процентов от общей суммы.

— Хороший клиент! А большие хоть суммы?

Слава задал вопрос и проворно налил всем еще по рюмочке.

— Суммы, Слава, хорошие: от трех до пяти тысяч...

— Ты можешь хорошо подняться со своим клиентом, Семеныч! — оценил Слава.

— Если, конечно, клиента скоро не посадят, — говорю я.

Моисеев с печальной улыбкой смотрит на меня:

— Вы меня знаете, Саша, не первый год, я всегда был за торжество закона, но сколько у нас с вами было дел, когда под суд шли одни шестерки, а тузы исчезали или выходили сухими из воды. У меня глаз наметанный. У моего клиента номер один, как я его для себя называю, повадки не преступника, а военного из аристократии. Высок, спортивен, элегантен, умеет убедительно врать. Он был у меня на днях и принес на этот раз деньги россыпью, явно побывавшие в чьем-то кошельке, был озабочен, сказал, что в Кремле все сошли с ума, со дня на день надо ждать введения в Чечню подразделений российской армии. Это значит, гражданская война!

— Раньше это называлось замирением, — вздыхаю я.

Слава спрашивает:

— А фамилию интересного клиента ты не можешь сказать, Семен Семенович?

— Не могу, Слава, я фамилий не спрашиваю, ворованным не приторговываю...

— Да я не про то, Семеныч!..

— Может, и так, но это не твои клиенты, Слава, не щипачи, не медвежатники и не гопники. Таких и раньше трудно было арестовать, а теперь и подавно!

— Как сыновья, Семен Семенович? — спрашиваю я, чтобы увести разговор от больной и неприятной темы.

Парни-близнецы Миша и Гриша, сыновья Моисеева, вскоре после невразумительной истории с ГКЧП в августе 1991 года уехали в Израиль. Тогда Семен Семенович очень переживал, потому что руководство Мосгорпрокуратуры ясно дало понять идеологически неустойчивому прокурору-криминалисту, что попрут его из партии, если Гришка с Мишкой отправятся-таки на землю обетованную. Но нет худа без добра. Случился путч, и по его итогам Коммунистическая партия перестала быть руководящей и направляющей силой нашего общества.

— Саша, вы помните, они всегда были у меня скрытные, про их отъезд я узнал, наверное, самый последний из всей родни. Там они не стали лучше, пишут скупо: работают, получили жилье, женились...

— Поздравляю!

— Ха, поздравляете! С чем? Подшиванцы, свадьбу играли оба в один день, а что мне с той свадьбы перепало? Причем женились на бывших москвичках, представляете? Стоило ехать за тридевять земель, чтобы найти жену из Черемушек?

Я понимал, что возмущается Семен Семенович притворно, в шутку, чтобы не сглазить относительное благополучие сыновей. На самом деле он рад за них.

Перед тем как проститься, я, поддавшись внезапному импульсу, достал из кармана одну из ксерокопий письма, обнаруженного Олегом Величко в шинели умершего полковника Скворцова.

— Семен Семенович, посмотрите, как вам понравится такая шифровочка?

Моисеев взял у меня белый лист, поднес поближе к глазам.

— На шифровку не похоже, — заключил он.

— Тем не менее обнаружено в кармане у полковника Главного разведывательного управления. Если не трудно, покумекайте на досуге, а?

— Для вас всегда с удовольствием, Александр Борисович, — согласился Моисеев. — Что бы вы ни сказали, уверен, что интерес у вас не праздный...

— Очень может быть.

— Опять гусей дразните! — с укором произнес бывший криминалист и неожиданно предложил: — Знаете что, ребята, если у вас так все серьезно, я имею в виду, что Славин телефон на кнопке, давайте сделаем штаб у меня или у Шуры Романовой? Кому в голову придет, что вы между собой можете связываться через нас? Как думаете?

— Вполне, если вас не обременит.

— Меня — нисколько, и Александра Ивановна, насколько я знаю, скучает. Она ведь дама деятельная, не то что я, старая лабораторная крыса...

3

Моисеев был прав: сейчас Грязнов был, кажется, трезвее, чем после того, как мы простились с Меркуловым. Он шел почти не шатаясь, только в развалку, как морской волк.

— Давай так, Сашка, разгребусь после Балашихи — и закроем этого американца, на фиг. Буряк практически сознался, побудительные причины ясны, а чтоб за Исматом ехать, надо эскорт из внутренних войск брать, иначе не пустят никуда. А кто нам сейчас сопровождение даст, все столицу от дудаевских камикадзе охраняют, маловато шансов второго достать...

— Может, ты и прав, Слава, хотя боюсь, что устного, хоть и при свидетелях, признания будет маловато. Надо же кого-то посадить на скамью подсудимых за убийство высокого американского гостя. В принципе преступление раскрыто больше чем наполовину. Остальное можно и отложить до тех пор, пока на Кавказе не станет тихо. Но, прежде чем откладывать дело в долгий ящик, хотелось бы мне узнать, кто и зачем убил Мещерякову Катерину...

Дома, разбавляя выпитые водку и кофе чаем с медом, я положил перед собой оставшуюся у меня копию зашифрованной факсограммы из кармана Скворцова. Было бы на моих плечах поменьше усталости, а на часах поменьше времени, вспомнил бы захватывающее дух отроческое чтение — рассказ Конан Дойла «Пляшущие человечки». Единственное, что я смог сделать, пока карандаш не выпал из пальцев, это выписать в столбец все составляющие текст знаки, подсчитать количество одинаковых. А вот при попытке найти ключ к шифру, подставляя наобум вместо знаков буквы алфавита, я впал в глубокую дрему.

Чтобы не разбудить чутко спящих своих женщин, пробираюсь в спальню ощупью, по стеночке, как пьяный. Голова тяжелая, но это не угнетает, как после водки, потому что алкоголя в крови нет, есть только усталость и почти восторженное предчувствие подушки, о которую ударится сейчас с размаху вместилище аналитического ума.

В спальне бархатный мрак, и легкое дыхание жены и дочери трудноуловимо. То ли дело — когда здесь почивает хозяин. Пока я снимаю костюм и пытаюсь повесить его в шкафу на плечики, глаза понемногу привыкают к темноте. Крупицы света, проникающие в спальню через окно, словно заставляют отсвечивать белизну постельного белья. И я, уже не боясь придавить свою хрупкую музыкантшу, ныряю под одеяло и... натыкаюсь на худощавое, но округлое колено.

Колено медленно уползает на другую половину кровати.

— Явился, пьяница? — сонно шепчет Ирина.

— Являются привидения, а здесь вполне конкретный на ощупь человек, — бормочу я.

— Где?!

Она шарит рукой и по иронии судьбы попадает пальцами, нет, не в небо, скорее совсем наоборот. Мы, как говорится, не первый год замужем, поэтому Ирка смущенно хихикает, но руку не убирает.

А я, подчиняясь не столько мысли, сколько условному рефлексу, опускаю мягкую, расслабленную ладонь на ее не скованную лифчиком грудь. Некоторое время мы лежим молча, не шевелясь. Затем с некоторым удовольствием осознаю, что добропорядочное стремление поспать уступило место совсем иным желаниям.

— Это ничего, что тебе завтра рано вставать? — шепчу я.

— Ты же меня знаешь, Турецкий! — шепчет она в ответ. — Ради хорошего дела...

— Тогда пошли, — говорю я и сползаю с кровати.

У малышки сон чуткий, как у сторожевой собаки, поэтому громко разговаривать, шуметь, а тем более секс в спальне противопоказаны. И хотя мы оба люди не старые, но достаточно консервативные в некоторых вопросах, пришлось в последние пару лет заниматься любовью не на супружеском ложе, а где придется. Причем чаще это бывало днем.

Вот и сейчас мы тихонько перебираемся в гостиную. Стоим у стены между креслом и телевизором. Я тычусь лицом в теплую укромную ложбинку между грудей. Ирина крепкими и в то же время нервными пальцами музыкантши теребит ежик волос у меня на затылке так, что мурашки бегут по спине между лопаток.

Перед тем как перейти к более глубоким ласкам, мы отстраняемся друг от друга на минуту, чтобы потом уже не расплетать объятий до самого финала. И тут я начинаю чувствовать психологический дискомфорт. Не могу понять, в чем дело. Ирка все так же любима, привлекательна, соблазнительна, в конце концов. Но в чем же тогда дело?

Наши окна не задернуты шторами, а на крыше соседнего дома установлена световая реклама какой-то фирмы. До сих пор никогда не обращал на нее внимания, не знаю, как она называется — эта чертова фирма! И сейчас не смогу узнать, потому что светореклама периодически мигает, как фотоаппарат со вспышкой на автоспуске... Вот она, причина! Эти упорядоченные до жути бело-голубые блики напоминают о работе. Когда их отсвет падает на Ирину, я невольно воображаю себя дежурным следователем, выехавшим в очередное дежурство на место происшествия.

Негромко выматерившись, подхожу к окну, задергиваю плотные шторы. К счастью, они достаточно хорошо гасят чужие отсветы.

— Думаешь, за нами могут подсматривать? — смеется жена.

— Конечно,— бормочу.— Каждому хочется знать, везде ли «важняк» находится на высоте положения!..

— Нет уж! Это буду знать только я!..

ТЕЧЕНИЕ ЖИЗНИ

1

Олег Величко с юных лет твердо знал, что будет ловить преступников. Поэтому и готовился к будущей работе соответственно: занимался боксом, тренировал память, шлялся с друзьями по криминогенным районам, закаляя характер. Собирал блатной фольклор и учил по крупицам «блатную музыку». Но получилось так, что после учебы попал он в следственный отдел прокуратуры, а не в уголовный розыск. Здесь ему не требовались пока ни навыки боксера, ни коронная фраза, сопровождаемая длинным плевком сквозь зубы: «Кент фуфло не гонит, бикса клевая была». А хорошая зрительная память пригодилась.

Разобравшись насколько возможно с текущими делами в прокуратуре, вечером Олег решил поговорить с женой полковника Главного разведуправления Скворцова. Адрес он запомнил, еще когда листал над телом полковника его записную книжку. Как он и предполагал, в обычном телефонном справочнике домашнего телефона работника военной разведки не было. Но у юристов есть свои каналы информации. Через несколько минут искомый номер был записан на перекидном календарике. Олег смотрел на него несколько секунд, затем, не столько из предосторожности, сколько из давней любви к шпионской романтике, листок вырвал, положил в чистую пепельницу — следователь Величко был некурящим — и не без торжественности сжег.

С полчаса с интервалом пять минут набирая номер, Олег натыкался на безнадежно длинные гудки, наконец в трубке щелкнуло.

— Слушаю вас, — отозвался глуховатый, усталый женский голос.

— Добрый вечер. Это квартира Скворцовых?

— Что вы хотели?

— Следователь горпрокуратуры Величко, — представился Олег. — Хотел бы встретиться с вами.

— По какому вопросу?

— Мы выясняем обстоятельства... смерти вашего мужа...

— Вы считаете, что-то нужно выяснять?

— Нет, не я персонально. Закон требует.

— Видите ли, молодой человек, от того, что я узнаю имя убийцы моего мужа, ничего не изменится. Убийца не может быть наказан... Хотя бы потому, что я не хочу этого. Я достаточно доходчиво объяснила?

— Нина Сергеевна, нам ничего не известно об убийце...

— Вот и хорошо!

— Я совсем не об этом хотел с вами поговорить, Нина Сергеевна! Мне кажется, смерть вашего супруга как-то связана с неприятностями по службе! — ляпнул Олег наугад.

Скворцова помолчала с минуту, затем осторожно спросила:

— Вам просто кажется, следователь Величко, или у вас есть, что сказать?

Прижмет, спрошу про факс, решил Олег и твердо сказал:

— У меня есть что сказать.

— Тогда приезжайте, — позволила Скворцова и сказала адрес, который Олегу был уже известен.

Насвистывая, Олег вышел из здания прокуратуры, прихватил с собой достаточно модный портфель искусственной кожи, в котором среди прочих не очень важных бумаг лежали бланки для протоколов. Просто так, на всякий случай.

Он носил шапку из собаки и куртку «аляска» поколения середины восьмидесятых годов, которая на сгибах отражала свет любого источника, будь то бледно-голубое сияние уличного фонаря, радужный блик витрины или желтые глаза автомобильных фар. Рослый и блестящий, он был виден издалека в пасмурные сумерки.

Это очень обрадовало двоих мужчин, которые по очереди следили за ним от дверей прокуратуры. Впрочем, как оказалось, объект слежки был настолько беспечен, что один из следивших в спину подталкивал его в переполненный автобус. Делал он это, конечно, не из озорства, только окончательно убедившись, что следователь — полный лопух.

Олег шестым чувством испытывал некий доселе неведомый дискомфорт — даже в толчее и тесноте салона дребезжащего автобуса он ощущал, будто кто-то уже давно, хоть и с небольшими интервалами, сверлит ему спину недобрым взглядом. Но слишком занят он был мыслями о предстоящем разговоре, чтоб обращать внимание на трудно объяснимый дискомфорт, который к тому же можно было объяснить как перепады настроения.

Искомый дом, белая кирпичная двенадцатиэтажка, прятался в глубине двора, окруженный, словно барин челядью, серыми панельными пятиэтажными зданиями.

Олег отыскал нужный подъезд, зашел в исписанную металлистами и им сочувствующими кабину лифта, поднялся на нужный этаж...

Возле дверей в квартиру Скворцовых стояли двое — высокие крепкие, уверенные в себе. В хороших импортных длинных пальто. Не в таких, правда, в которых разгуливает рэкетирская элита и молодые миллионеры. Подпоясанные пальто.

Олег догадался, откуда мужички, но виду не подал, пошел как ни в чем не бывало к дверям.

— Постой-ка, гражданин, — сказал один из них, загораживая дорогу.

Олег мельком отметил, что мужчина очень крепкий, лицо как из гранита высечено, о подбородок и боксер-первогодок может пальцы выбить, если рискнет ударить.

— В чем дело?

— Кто такой будете и зачем в эту квартиру направляетесь?

— У меня договоренность о встрече, — терпеливо начал объяснять Величко. — Я следователь.

Он уже начал подозревать, что к Скворцовой его не пустят, будь он хоть сам прокурор города.

— Документы, пожалуйста, предъявите!

— А вы кто будете? — поинтересовался Олег.

— Не бродяги, разве не видно? Работники компетентных органов, понятно?

— Так ведь сейчас почти все хорошо одеваются, особенно бандиты, — пожал плечами Олег. — Давайте сначала вы свои ксивы покажете, а?

Коллеги Скворцова, а это, очевидно, были они, рассмеялись, потом тот, что перекрыл Олегу дорогу, сказал:

— Ишь, наблатыкался у себя в Бутырках, комсомолец! На смотри!..

Он достал из кармана удостоверение, раскрыл на той странице, где фотокарточка приклеена, махнул небрежно перед носом у Олега и спрятал обратно.

— Теперь твоя очередь.

Олег показал свои документы.

После этого представители военной разведки посерьезнели и сказали:

— Извини, друг, и рады бы, но пропустить не можем.

— Почему?

— Потому что это наш работник был, а значит, все следственные действия желательно производить при участии работника ГРУ.

— Так пойдемте, и поучаствуете, — предложил Олег.

Оба хмыкнули сочувственно, словно Величко сморозил несусветную глупость.

— Мы, друг, не уполномочены. Мы дежурим, чтоб никто до особого распоряжения вдову не беспокоил.

— Так она меня ждет! Мы договорились, — пытался убедить их Олег.

Но те оставались непреклонными.

— Нет разрешения, пойми! — доказывал ему разговорчивый. — И жена его не имеет права никому ничего говорить, пока наши структуры не разберутся окончательно и не дадут заключение по поводу кончины...

Олег понял — не пустят, и точка.

— Ладно! — сказал он. — Тогда я с санкцией приду из Прокуратуры России!

— Приходи, приходи, нам-то что. Только с нашим руководством все равно придется согласовывать...

2

Раздосадованный, Олег вышел во двор.

С максимализмом, свойственным молодости, он обвинял во всем самого себя. Считал, что Турецкий или

Меркулов, живая, слава Богу, легенда прокуратуры, нашли бы выход и не из такой ситуации. А он, Величко, еще щенок, и этим все сказано.

Погруженный в свои мысли, он не заметил, что за ним идут трое подвыпивших мужиков, идут весело-агрессивные, жаждущие не очень опасного для них приключения. Таким развлечением вполне может оказаться какой-нибудь одинокий интеллигент. Да и место позволяет. С одной стороны пешеходной тропинки сплошная задняя стена частных гаражей, с другой — руины отслужившей свое котельной.

Нельзя сказать, что Олег совсем ничего и никого не замечал, как поэт в приступе вдохновения. Он слышал сзади шаги, шутливую перебранку, но боксерское прошлое придавало ему уверенности в себе. Вот только уверенность эта под воздействием его размышлений превратилась в самоуверенность. А из-за этого притупилась бдительность.

Он по-прежнему терзал себя немыми укорами, когда троица пошла на обгон. Олег машинально посторонился, давая им дорогу. В этот момент один из компании резким и точным движением сорвал с головы Олега шапку и не очень быстро побежал вперед.

Очнувшись от задумчивости, Олег растерянно оглянулся и погнался за воришкой.

— Эй ты, ну-ка стой! — крикнул Олег.

Дружки похитителя старались бежать рядом с Олегом и на бегу, прерывисто дыша отвратительным перегаром дешевых чернил вперемешку с одеколоном, уговаривали:

— Мужик... ты не обижайся... ну?! Щас вернем пыжика... щас! Сами ему вломим...

Олег легко догнал парня с шапкой, схватил за плечо.

— Стой, говорю!

Парень резко нагнулся, будто испугался, но при этом руку, в которой не было шапки, резко выбросил к лицу Олега. За долю секунды он успел заметить, что в пальцах у парня зажат круглый цилиндрик. Подумал: газовый баллончик...

В это время прямо в лицо Олегу ударила удушливой

волной струя газа. Перехватило дыхание, начали обильно слезиться глаза и захлюпало в носу. Сильная резь ощущалась и под закрытыми веками.

Обезумев от жжения и удушья, Олег закашлялся, бросив портфель, стал тереть пальцами глаза. И тут кто-то из троих чем-то нетвердым, но тяжелым ударил его по затылку. Плавно проваливаясь в беспамятство, Олег услышал неожиданно четкую, резкую команду, отданную совершенно трезвым голосом:

— Тащите его в кочегарку! И портфель не забудьте!..

А. Б. ТУРЕЦКИЙ

1

С утра до обеда на работе ничего примечательного не случилось. Копошился, приводя в порядок старые дела. Потом был обеденный перерыв. Кафе и рестораны нынче дороги, дешевые столовки отмерли вместе с социализмом, поэтому обедаю тем, что прихватил из дому. Благо никто не мешает: кабинет отдельный, в здании посетители не толпятся — ведь из «важняков» «важняки» работают. Я нынче сам себе удивляюсь: одомашнился, в шкафу посудную полку завел, где у меня два кипятильника, два стакана, один для растворимого бульона, другой для чая, сахарница с сахаром и кухонно-шанцевый инструмент — вилки, ножи, чайные ложечки.

Едва закончил свой, скажем так, ленч, зазвонил внутренний телефон. Поднял трубку с досадой, решил, что Шелковников беспокоит, о судьбе Селиверстова печется. Оказалось — Меркулов. Сказал коротко:

— Привет! Зайди.

Когда я вошел, Костя стоял у окна. В этом не было мании величия, вот, мол, я созерцаю народ свой. Привычка держаться поближе к форточке осталась у него с тех времен, когда курил. Глядя сейчас, как он мучается оттого, что дал слово родным бросить и не хочет его нарушать, я иногда думаю: зачем запрещать? Чтобы сохранить еще пару лет жизни, ему надо не столько курить бросить, сколько эту проклятую работу.

Не оборачиваясь, он узнал меня по шагам, Костя сказал:

— Боюсь, что скоро начнутся времена, когда мне придется наступить на глотку своей совести или увольняться, к чертовой матери!

— Все так плохо?

— А когда было хорошо? — вопросом на вопрос ответил Меркулов.

Но ответа ждать не стал:

— Не затем тебя звал, чтоб плакаться в жилетку. Кое-что интересное узнал. Я тебе, кстати, говорил, что будет полезно в контакте с контрразведкой поработать?

— Говорил.

— Ты, конечно, всячески оттягиваешь этот трогательный момент альянса прокуратуры и СМЕРШа?

— Ну не всячески...

— Так вот напрасно, батенька! Тот самый Макаревич, с которым я хочу тебя свести, передал сегодня для тебя интересную информацию. По своим каналам им удалось выяснить, что в государственном департаменте Соединенных Штатов нет сотрудника по имени Джон Кервуд, и не было никогда. Кроме того, они никогда не привлекали для выполнения разовых поручений человека по имени Джон Кервуд. Как тебе задачка?

— Это не мне задачка, а контрразведке.

— Саша, я настойчиво предлагаю тебе создать небольшую оперативно-следственную группу, куда ты включишь себя, Славку Грязнова и кого-нибудь на свое усмотрение. И вы будете под моим непосредственным контролем, пока смогу, потихоньку заниматься этим американцем... Ты понимаешь, почему я настаиваю? Потому что иначе вас заставят заниматься той кровавой грязью, которая начнется со дня на день. Вы будете заниматься не дезертирами и террористами, а иностранным гражданином, который под чужим именем пытался делать на Северном Кавказе политику. Понимаешь?

Молча киваю.

— Если в споре державы с субъектом федерации держава силой оружия поддерживает тех, кто не согласен с о спорщиками, добром это не кончится, — говорит Костя. — Сначала дали генералу опериться, ездили к нему делегациями, когда научили, как надо с парламентом обращаться, теперь хотят окриком напугать! Как бы не так!..

— Ты не думаешь, что этот бывший Кервуд ездил на Кавказ, чтоб напакостить в политическом смысле слова?

— Это не исключено, как не исключена и любая другая побудительная причина. Вполне может быть, что он промышленный шпион какой-нибудь крупной нефтяной компании...

— А разведчик Андриевский при чем?

— Учти — он не чистый разведчик, во-первых. Он родственник вице-директора СВР, во-вторых. Такому прямой папа-начальник может поручить и какую-нибудь деликатную миссию, посредничество например, за хороший гонорар, да?

— Да. Теперь, пожалуй, тебе, Костя, надо присвоить титул главного инспектора по версиям...

— Что? — переспросил Меркулов.

Я понял, насколько озабочен предстоящими событиями мой друг, и предпочел не вдаваться в объяснения, но он вопросительно смотрел на меня.

— Да так, Костя, вспомнил, как ты меня прозвал еще в горпрокуратуре инспектором по версиям.

Он улыбнулся:

— Тогда я подкину тебе информацию к размышлению. Значит, личностью американца ты по мере возможности будешь заниматься параллельно с контрразведкой. Что касается чеченского следа, тут тоже масса интересного. Люди, о которых узнал Слава Грязнов, это братья Руслан и Геннадий Аслангиреевы, когда-то авторитеты «лозанской» группировки. Исмат Хожаев был у них доверенным боевиком. Возможно, им и остался, только уже не в Москве. Несколько лет назад промышлявшие мелким и средним рэкетом братья предприняли большую акцию: «наехали» на директора коммерческого Топ-банка Алексеева. Они не заставляли его делиться доходами или оплачивать отдых на Багамах. Они хотели, чтобы Алексеев взял к себе в замы Руслана и потом, как у Пушкина, был у него на посылках. Алексеев, понимая, что для него и для банка это самоубийство, обратился в соответствующие органы. Братьев взяли, дали по восемь лет...

— Значит, они освободились уже или?..

— Нет, не сбежали. Дальше интересные события развиваются. Вскоре после того как приговоры были вынесены, братьев Аслангиреевых затребовала к себе Прокуратура Чечено-Ингушетии, как было сказано в документах, для проведения следствия по какому-то ранее совершенному ими преступлению именно на территории Чечни. Отправили их туда. Про то следствие так ничего и не известно, а московское — «наезд» на банк — было прекращено за отсутствием состава преступления.

— Как — прекращено? Кем?

— Как прекращено? — с веселой злостью спросил Костя. — При участии Верховного суда Российской Федерации.

Я присвистнул.

— Не свисти — денег не будет! — засмеялся Костя.

Я отмахнулся:

— Их и так не будет! Чем мотивируют в Верховном?

— Сие нам не дано узнать.

— Почему? Есть же дело!

— Дело в неустановленное время ушло из Москворецкого суда в Верховный, но до места назначения не дошло, потерялось по дороге.

С некоторым отупением я смотрю на Костю Меркулова и не могу понять, почему его это забавляет.

— Ты до сих пор не понял, Саша, что работаешь немножко на другом уровне? Здесь, хотим мы или не хотим, к нашей работе примешивается политика. А нынешние политики без уголовников не обходятся. А уголовники такими делами ворочают, что без поддержки политиков тяжеловато в большой мир выходить.

— Какой тогда смысл в нашей работе?

— Пока есть мы, они вынуждены признавать, что совершают преступления, и гордость от наворованных богатств подпорчена пониманием, что до сих пор еще не каждый побежит к их ручке прикладываться. Да и вообще, это же дискомфорт — знать, что при случайной или умышленной смене покровителей можно в момент из охраняемого дворца в «Матросскую тишину» угодить.

— Этот дискомфорт смягчается суммой прибыли.

— Может быть. Но пока сидишь, пусть даже и недолго, поезд наживы уходит. Дело не ждет, и свято место пусто не бывает, а тем более доходное. В «Лозании» уже другие кунаки сидят. Ну это их проблемы. Наше дело их сажать...

— Чтоб потом кто-нибудь выпустил! — с горечью добавляю я.

2

Вернувшись к себе, я застаю в кабинете примостившегося на стуле для посетителей озабоченного или виноватого Олега Величко.

— Здравствуйте, Александр Борисович.

Он встает, и я опять-таки не понимаю, что в этом импульсивном жесте-движении: обычная вежливость или подсознательное стремление повинно стать «на ковер».

— Александр Борисович, я сказал секретарю, что у меня очень важное дело, и она впустила меня...

— В этом нет ничего криминального, Олег. Скажите лучше, что это у вас с глазами, почему они такие красные?

Он рассказывает подробно, но четко и по возможности коротко. Правда, с приметами нападавших на него парней дело обстоит плохо, но я, как и Олег, проникаюсь уверенностью, что действовали профессионалы, имеющие воинские звания — уж очень чисто сработано, и не похищено ничего, кроме... Вот именно, кроме таинственного письма из кармана полковника Скворцова.

У меня начинает болеть голова от той мысли, что приходит в голову, — мой телефон тоже на кнопке, кабинет тоже прослушивается?! Или прослушивается телефон? Нет, с Олегом в тот раз, когда он принес письмо-факсограмму, мы разговаривали без использования телефона, и я по поводу послания никому не звонил. Значит, не телефон. Медленно обвожу взглядом свои почти роскошные апартаменты. Где он может быть? Под столом? В люстре? Под подоконником? Ладно, где бы он ни был, отрывать пока рано. Поиграем...

Беру со стола блокнот, карандаш, начинаю писать, а сам в это время говорю скучным и высокомерным, бюрократическим голосом, каким беседовал с нами когда-то прокурор города Зимарин:

— Ну что ж, товарищ Величко, по всей вероятности, вы в пылу весьма похвальной личной инициативы вторглись в сферу интересов компетентных органов, и они, надо сказать, достаточно мягко дали вам понять, что их дела — это их дела. С нас хватит наших ýрок.

Олег вылупился на меня, открыл рот, собираясь скорее всего возразить мне возмущенной тирадой.

Я быстро приложил палец к губам, призывая его к молчанию, и протянул ему записку: «Жди меня в коридоре».

А сам продолжал наслаждаться своим надлежащим, как говорят в юстиции, положением.

— Так что дерзайте, товарищ Величко, на необъятном фронте текущих дел. Научитесь толково работать с ними, обязательно получите и крутое дело. Вы свободны.

— Слушаюсь! — едва не щелкнул каблуками Олег Величко и вышел.

Я тем временем поднял телефонную трубку, набрал произвольный ряд цифр, не дожидаясь гудка, выдернул вилку телефонного шнура из розетки и сказал в глухо молчащий микрофон:

— Товарищ Шелковников? Это Турецкий. Я зайду, доложу последние сведения по американцу? Хорошо.

После чего положил трубку, включил телефон в сеть и пружинящей походкой молодого перспективного работника покинул свою прослушиваемую чиновничью келью.

Олег послушно ждал в полутемном коридоре у настенного вестника профкома.

— Александр Борисович! — громко и горячо зашептал он. — Вы подозреваете, что...

— Топай за мной, но молча! — приказываю я ему, опасаясь, что нарвемся сейчас на Шелковникова.

Перед дверью, на табличке которой после фамилии Меркулова написана его должность, Олег невольно притормаживает, но я хватаю его за руку и втаскиваю в кабинет.

Костя отрывает взгляд от бумаг и с некоторым удивлением смотрит на нас.

— Константин Дмитриевич, нам срочно нужно пошептаться!

— Пожалуйста, — он кивает в сторону комнаты отдыха.

Здесь нет никаких следов нашей давешней тихой гулянки на троих.

— Значит, так, — говорю я, усадив парня на диван. — О том, что у нас есть копия, никому ни слова!

— Александр Борисыч! — взмолился Олег. — Да об этом вообще никто ничего не знает!..

— Знают, как видишь! — ворчу я. — Но это моя вина, да и то невольная. Мог бы догадаться раньше, что в этой стране даже генерального прокурора могут «жучком» наградить! В общем, так, на контакт со Скворцовой ты больше не выходишь, засвечен. То же самое я могу сказать о себе. Найдем, может, кого-нибудь. Твоя задача будет почти такая же, как я сказал тебе официально — занимайся своей текучкой. Но время от времени, как амбициозный молодой человек, желающий раскрыть по меньшей мере заговор, — при этих моих словах Олег слегка потупился, — как человек тщеславный, что само по себе и неплохо, ты время от времени будешь вертеться возле дома, где живет Скворцова, вокруг того места, где полковника нашли. Но не дожидаясь, пока за тобой снова погонятся. То есть следи, можешь даже маскироваться, они специалисты, все равно обнаружат. И в контакт ни с кем не вступать. Ты понял, чего я от тебя хочу?

— Да, Александр Борисович, я должен оттягивать их внимание на себя. Так?

— Молоток! Совершенно правильно. Можешь в кругу коллег помянуть меня незлым тихим словом — мол, не тот Турецкий, обюрократился или купили, но я, скажи, все равно это дело раскопаю. И еще. Если что-то узнаешь или случится что, звони не мне, звони вот ему, Меркулову, передашь сообщение, скажешь, для меня. Понял?

— Понял.

— Вот и дерзайте, товарищ Величко, с такой фамилией вам надо стремиться в генеральные прокуроры!

Когда я проводил до порога Олега и задержался у дверей, Меркулов поинтересовался:

— По поводу чего это вы, молодежь, резвитесь?

— По поводу того, что все мы под колпаком, как говаривал бессмертный Штирлиц. Только не знаю у кого. Мой кабинет прослушивается.

— Та-ак, — протянул Костя.

Его рука поднялась, и ладонь зависла над телефонной трубкой. Костя ждал моего одобрения.

Не дождался.

— Вот этого вот не надо, — сказал я ему. — Если кто-то хочет поиграть с нами в шпионов, будем играть! Тем более микрофон поставлен у Славы тоже, если помнишь. А история с портфелем Скворцова?

— Ты предполагаешь, все дело в портфеле?

— Предполагаю, и чем дальше в лес, тем быстрее предположение перерастает в уверенность.

— Значит, Главное разведывательное управление?

— Да. Если только...

— Если — что? — торопливо прервал Костя мою задумчивость.

— А вдруг он работал еще на кого-нибудь? — спросил я.

— На кого?

— Мало ли, — пожал я плечами.

— Ты, конечно, остался главным инспектором по версиям, — улыбнулся Меркулов. — Но это не значит, что твое дело только рожать их. Выхаживать кто будет?

— Я, господин государственный советник юстиции третьего класса.

3

Не успел я поудобнее расположиться за своим столом, как зазвонил городской телефон.

— Слушаю!

— Привет, это я. Ты знаешь, еле отвязался от Савченко. Точно тебе говорю: если бы вдобавок ко всему еще и Буряка я в этой чертовой Балашихе упустил, сорвал бы он с меня погоны прямо у себя в кабинете!..

Это Славка. Он, конечно, не знает, что я тоже прослушиваюсь. Но сам, скорее всего, говорит не из своего кабинета. Как же мне незаметно, непонятно для чуткого чужого уха предупредить его? И тут приходит на память неизменный кумир безоблачной юности, дружище Штирлиц. Я откашливаюсь и говорю:

— Да, я слушаю вас, товарищ Шелковников.

— Сашка, ты че?!..— не понял поначалу Грязнов.

— Да, товарищ Шелковников, конечно, нам необходимо встретиться и обговорить все детали этого дела.

Ну же, Слава! Ты ведь не перепуганная радистка Кэт, соображай быстрей!

— Ну-у!..— протянул Слава.— Значит, встречаемся по схеме «старики-разбойники», вариант первый. Идет?

— Хорошо.

— Я звоню как раз оттуда, так что можешь ехать сразу.

— Е... иду! Иду, товарищ Шелковников!

— Идите-идите, товарищ Турецкий! — не удержался Слава.— И не просто так, а с подскоком!

После того как мы обнаружили, что в Славином кабинете «жучок», условились все секретные встречи устраивать у наших пенсионеров — Моисеева или Романовой. Семен Семенович предложил идею, Александра Ивановна Романова с большим удовольствием ее поддержала. Эти явочные квартиры мы решили назвать схемой связи «старики-разбойники». Вариант один — квартира Моисеева, вариант два — Александры Ивановны.

Наш короткий и немного идиотский разговор означал, что идти мне надо к Семену Семеновичу. Это уже лучше, он живет почти рядом.

Там ждет меня приятный сюрприз — Александра Ивановна Романова собственной персоной.

Мы обнимаемся в тесной прихожей, я цепляюсь оттопыренным локтем за вешалку, падают наши куртки...

— Ах, Саша, Саша! — причитает Шура.— Какой-то

ты совсем стал потасканный на этой своей службе, а Меркулов твой, встретила как-то случайно, так вообще ноги волочит! Не по вас это повышение, ребята!

— Все теплые места пониже уже заняты! — говорю я ей.

— И то правда. А я вот дождаться не могла, когда выслуга придет. Дождалась — делать ничего не надо, кроме внучкиных учителей, и врагов не осталось. Так видишь, толстеть начала!

Грязнов топтался рядом и острил:

— Не расстраивайтесь, Александра Ивановна, это у вас просто менталитет такой. Или имидж!

— Сам ты имидж! — смеялась Романова. — Просто я баба южная. Тамошние все в теле...

— Боевым самбо перестали заниматься, вот и...

— Смотри, Сашка, как расхрабрился рыжий. Небось, когда начальницей была, смирненький ходил!

— Так вы, Александра Ивановна, были мать-начальница, а сейчас какое-то чмо ходячее!..

— Ладно! — прервала его Романова. — Кое в чем ты сам виноват! Пошли лучше на кухню. Я тут этому старому масону и алхимику супу грибного принесла. Большую кастрюлю взяла, как знала, что вы придете!

Пока мы ели и наперебой рассказывали бывшему начальнику МУРа обо всех наших последних похождениях, Александра Ивановна сидела с краю, подперев подбородок ладонью. И невозможно было представить сейчас, что когда-то, не очень, кстати, давно, она носила полковничьи погоны и полностью этим погонам соответствовала.

— Возможно, пока в Чечне разборки и туда нельзя без проблем послать опергруппу за Хожаевым, дело с американцем приостановят, — подводил я итог нашего рассказа. — Тем более контрразведка будет разбираться, что это за американец и зачем сюда приехал. У нас есть немного времени, чтоб хотя бы кое-что прояснить по Скворцову...

Я рассказал про неудачную попытку следователя Величко выйти на контакт с вдовой полковника.

— Она в чем-то подозревает или мужа, или контору,

его смерть не кажется ей несчастным случаем, поэтому она и согласилась встретиться с Олегом. Но, по всей видимости, у полковника в квартире прослушивается все, даже места общего пользования! Как можно поговорить с ней? Как это организовать?

После некоторого размышления Александра Ивановна спросила:

— А жена его работает где-нибудь, не узнавал?

— Узнавал. Врачом в поликлинике.

— Что за врач? — не без практического интереса спросила Романова.

Я хоть и зрелый и достаточно тертый жизнью человек, однако слегка смутился:

— Ну это... по женским болезням...

Грязнов негромко хихикнул, но бывшая мать-начальница глянула на него строго и неодобрительно, потом сама прыснула в кулак и вдруг сказала:

— Семен, как криминалист и эксперт по жизни, ответь: такая женщина, как я, может заболеть чем-нибудь таким, прости Господи?

Моисеев, пряча улыбку в морщинах, кивнул:

— Может, Шура, но я не буду их тебе перечислять, заболевания эти, а то еще передумаешь...

— Догадался, что я придумала, бестия?

— Мы же с вами работали, Шура. Скажете, что у вас климактерический невроз...

— Тьфу на тебя, пошляк! Я его в девяностом перенесла, когда на задержание ездили!

— Вы что же, Александра Ивановна... — робко начал я.

— Да, Шурик, не тебе же идти на прием к гинекологу! Только надо позвонить ей на работу и договориться. Давай ищи телефон поликлиники, я поговорю...

Наверное, Александра Ивановна обладает каким-то магнетизмом, она договорилась с Ниной Скворцовой о встрече за пятнадцать минут. Затем позвонила домой, не без удовольствия сообщила, что задержится, потому что надо оказать оперативную помощь своим ребятам.

После чего Слава Грязнов решил доказать, что он — истинный ученик и последователь матери-начальницы. Он позвонил в отдел и под предлогом оперативной важности вызвал на адрес Семена машину.

— Зачем, Слава? — умилившись, спросила Романова. — За полтора часа и на метро доберусь. А то домчит за пятнадцать минут — и буду там торчать целый час до того времени, на которое назначено!

— Не переживайте, Александра Ивановна, — успокоил ее Слава. — Все равно он большей частью Савченко возит. Вот пусть и вас покатает, в магазин съездите...

Сеня, водитель, появился где-то через полчаса после звонка Славы.

— Ты чего опаздываешь?! — накинулся на него Слава.

— Здравствуйте, все, — первым делом сказал Сеня, а потом уже повернулся к Грязнову. — Так я же этот адрес знаю. Вы бы сказали сразу, что надо. Я думал, по домам развезти после праздника, потому и не спешил особо. Да еще начальник прицепился, чтоб я его то в мэрию, то в пэрию отвез!..

— Ну да, ему, конечно, надо там быть. Это мы поближе к кухне.

Мы всем составом проводили Александру Ивановну на задание, вернулись на кухню, где осталось еще граммов по семьдесят и горячий чай.

— Слушай, Саня, — сказал мне Грязнов. — Ребята из двенадцатого отдела, которые по нашей наводке Петрушина и его притон разбомбили, нашли у начальника штаба массажисток среди прочего фотографию, на которой Петрушин опознал свою бывшую работницу Дину Венгерову. Тебя она интересует еще?

— Конечно, — говорю. — Она по Мещеряковой не отчиталась.

Слава полез в карман форменного кителя и вытащил стандартную черно-белую фотокарточку размером девять на двенадцать.

— Хочешь посмотреть?

— Давай.

Дина действительно была красавицей. Она не выбирала выгодную позицию для съемки, не заставляла фотографа выбирать выгодный ракурс. Карточка была сделана в стиле «фото для документов», вполне возможно, что она и хранилась в личном деле массажистки широкого профиля. И все же сразу видно, что лицо у Дины совершенной формы, большие глаза не выуплены по-идиотски, как у кокетки. В них просматривается ум, трезвый и практический. Да, это не Катя Мещерякова, делавшая из своей однозначно называемой работы скучную мелодраму.

— Ну что ж, теперь я понимаю, что для этой дамы переход из социальной прослойки проституток в туристический бомонд — процесс вполне естественный. Да?

— Н-да-а... — протянул задумчиво Слава. — Я, как ты знаешь, у дам имею успех, а эта могла бы меня отшить.

— Думаешь?

— Уверен не на все сто, но думаю.

— Соберись, Слава, тебе ее искать! Так что, пожалуйста, без комплексов.

— Задерживать — не знакомиться. Это проще.

— Так уж сразу и задерживать?

— Не знаю, — пожал плечами Слава. — Так сказалось.

Мы в полной мере наслаждались тишиной и покоем в квартире Моисеева Семена Семеновича. Устроили себе несколько часов отдыха, слушали старые пластинки, пили чай с домашней наливкой. А хозяин колдовал над зашифрованным письмом, которое Олег нашел в кармане у полковника Скворцова.

Мы терпеливо ждали возвращения Шуры Романовой.

ТЕЧЕНИЕ ЖИЗНИ

1

Александра Ивановна Романова, повязавшись шарфом на манер посадских баб, с большой и тяжелой хозяйственной сумкой в руке гордо прошествовала мимо сидячей очереди по выкрашенному в белый цвет и пропахшему лекарствами коридору поликлиники. Остановилась у нужной двери. Возле нее на стульях сидели несколько женщин разного возраста. Они вскинули головы, ожидая, что очередная страждущая смиренно спросит, кто крайний.

С гордой миной провинциалки с блатом Александра Ивановна приоткрыла дверь. Быстрым внимательным взглядом отметила: стол, стулья, кушетка, стеклянный шкаф Справа вход без двери в комнату для осмотра и процедур. Возможно, там хозяйничает медицинская сестра.

Доктор Скворцова записывала что-то в медкарту сидящей перед ней женщиной. Поэтому Александра Ивановна увидела только прядь пепельных волос, перехваченных возле темени черной траурной косынкой.

Скворцова подняла глаза на звук открывшейся двери:

— Что вы хотели?

— Я вам звонила. Вы назначили мне, по поводу мужа, — односложно объяснила Александра Ивановна.

Но вдова поняла:

— Подождите две минуты, я сейчас освобожусь.

Александра Ивановна кивнула, прикрыла дверь и на всякий случай осталась возле входа. Когда она вышла в отставку и наконец окунулась в круговорот повседневных забот, лежащих на плечах современной российской женщины, бывший начальник, гроза блатных, полковник Романова поняла, как мало она знала о тяготах повседневной жизни, проведя молодость и зрелость в погонях, на оперативной работе, в бесконечных допросах преступников, пойманных по горячим следам. Свой запас прочности надо было иметь, стоя в очереди за маслом, получая в муниципальной конторе справку или выбивая разрешение на родственный размен жилплощади. Александра Ивановна была не анемичной скрипачкой, а офицером милиции с правом носить папаху, поэтому она быстро адаптировалась к новым условиям существования, поняла, что в сообществе униженных как в воровской шайке — чья глотка шире да кулак тяжелее, тот и прав.

Вот и сейчас она ждала, что очередь возропщет от ее наглости. И очередь не заставила себя ждать.

— О! Стала! — ни к кому не обращаясь, в пространство произнесла некая молодая, но очень желчная женщина. — Чего стала? Очередь тут, по талончикам. А где у ней талончик, а?

Александра Ивановна хранила до поры до времени высокомерное молчание.

Неожиданно разведку боем начала совсем юная особа в ободранных на коленях по последней моде джинсах, с бледно-желтым, когда-то миловидным лицом наркоманки:

— Старая! Ты что там к двери приперлась? На халяву хочешь прокатать? Талончик показывай или садись с краешку и жди! Ты из какого колхоза?

— Я-то? «Два укола три прихода». Слыхала, мокрощелка?

Девица, услышав родную, наркоманскую терминологию, стушевалась:

— Не, тетки, это какая-то крутая бандерша! Сами ее напрягайте, если хотите.

Тетки после первого же фиаско притихли, если и ворчали недовольно, то вполголоса, чтоб не давать повода нахалке «наехать» и переспросить, о чем такой гнилой базар?

Позиционная война не получила продолжения. Дверь отворилась, сначала вышла пациентка, потом выглянула Скворцова, сказала очереди:

— Всех, кто с талончиками, приму...

Потом обратилась к Романовой:

— А вы заходите.

Они уселись по обе стороны покрытого стеклом стола, как обычные врач и пациент, только на сей раз вопросы задавать предстояло посетителю.

Романова показала свое удостоверение и сказала:

— Нина Сергеевна, недавно я работала в уголовном розыске города, сейчас по возрасту нештатный сотрудник. Может, потому, что имею опыт или же просто потому, что я тоже баба, пожившая на свете, мои коллеги помоложе, мужики в основном, согласились со мной, когда я сказала, что будет лучше, если поговорю с вами я.

— Возможно, — осторожно и неопределенно сказала Скворцова. — Один молодой человек, следователь кажется, хотел встретиться со мной, но почему-то не пришел...

— Его не пустили! Коллеги вашего мужа, думаю. Мы организовали нашу встречу подобным образом не потому, что нам не хватает романтики, поверьте! У нас есть все основания предполагать, что у вас прослушивается телефон, вполне возможно, что и вся квартира...

Скворцова, полуприкрыв глаза, откинулась на спинку стула и нараспев, но не от прилива чувств, а скорее от застарелой тоски произнесла:

— Боже, если бы вы знали, каким он стал гулякой в последние годы!.. Знаете, есть такое древнее выражение: врач, исцелись сам. Наверное, в этом есть смысл, раз изречение не забыто за тысячи лет. Отчасти Василий сам виноват — загонял меня по абортам, пока молодая была, а потом все это вылезло. Вот вроде и врачи свои, и сама себе доктор, и лекарства проще достать, а изъян есть изъян... Ему-то что, мурлычет себе под нос песенку «наше дело не рожать...», и все. Я ему не говорила, стеснялась, он недогуляет где-нибудь, придет — с меня требует. А мне нельзя, у меня процедуры. Вот так и отвык, как от игрушки. Хорошо, дети выросли...

2

Скворцова продолжала говорить с прежней тоской, распевно и тихо, будто пребывала в полусне. Александра Ивановна не перебивала ее, хотя слушать столь откровенную исповедь было неловко. Пусть уж выговорится, тогда легче будет вопросы задавать, когда накипевшее чуть схлынет.

— Я знаю, от чего он умер, — заявила ни с того ни с сего Нина Сергеевна.

— Медики утверждают, что инфаркт...

— Да! — нетерпеливо перебила Скворцова. — Но это непосредственная причина... А еще было что-то, что вызвало приступ!

— И вы знаете что? — осторожно спросила Романова.

— Да!

Александра Ивановна видела, что женщина заводит себя, вполне может довести до исступления, после чего всякий нормальный диалог будет невозможен.

— Нина Сергеевна, об этом мы можем не говорить, пожалуйста, передохните, я могу выйти в коридор...

Скворцова внутренне подобралась, похоже, взяла себя в руки.

— Нет, сидите, ничего страшного со мной не произойдет. Просто многие шепчут за спиной: мужа похоронила — и хоть бы слезинку обронила! У меня уже кончились слезы... Он до последнего дня думал, что я ничего не знаю, ни о чем не догадываюсь, ничего не вижу. Женщину не обманешь! Если бы я не была подсознательно готова к этому, наверное, я тоже умерла, получив такой подарок! А он думал, что я не просто святая, а святая дурочка, сидящая за печкой...

— Извините, о каком подарке речь?

— Ничего себе подарок! Хотели, правда, чтобы я за него заплатила... хотя нет, Васька должен был заплатить, а так как не заплатил, то его подарок переслали мне... Какой подарок, спрашиваете? Да вот здесь он...

Скворцова открыла ящик стола, вытащила оттуда небольшой конверт из черной бумаги и протянула Романовой.

— Вы считаете, мне можно смотреть? — спросила Александра Ивановна.

— А, чего там! Ему уже ничего не стыдно, а я на словах-то уже призналась...

Романова взяла конверт, заглянула внутрь, потом пальцами вытащила три фотокарточки.

Первой мыслью было зажмуриться, сунуть глянцевые прямоугольники обратно и вернуть конверт. Но передумала: зачем корчить из себя ханжу или даже быть ею, когда после искреннего монолога дают посмотреть состав, так сказать, преступления.

На всех трех снимках полковник Скворцов был сфотографирован голым в объятиях голой блондинки, по всей видимости не юной, лет тридцати с небольшим. Выглядела она лучше, чем законная супруга покойного полковника, впрочем, Александра Ивановна, как женщина и как человек общественный, гуляку все равно осуждала. Хотя бы за то, что так глупо засветился и дал повод к шантажу. Ведь жена о шантаже, кажется, говорила?

— Да, впечатляющие картинки, — вслух сказала Романова. — И вы говорите, Нина Сергеевна, ваш муж получил эти снимки?..

— Там, на обороте, отпечатана на пишущей машинке дата, когда производилась съемка. Видите? Десятое октября. Кто-то сфотографировал, послал по ее адресу. А Васька пожадничал, вот и... Там записка еще была, но я порвала, на машинке тоже напечатано было: мол, супруг платить отказался или покупать... выскочило из головы. Поэтому, значит, дарю их вам.

— И вы думаете, он, муж ваш, увидел эти снимки и умер?

— Так было скорее всего. Он у меня здоровый был, как бык. Вы же понимаете, на такой службе нужно здоровье, тем более начинал в разведке полка. Потом его заметили.

— Скажите, по работе у него все было в порядке?

— Он со мной особенно не делился. Но думаю, что до последнего времени без осложнений. Ему полковника дали год назад, ну после октябрьских событий, когда «Белый дом» брали.

— Он каким-то образом участвовал?

Скворцова посмотрела на Александру Ивановну и будто слегка улыбнулась:

— Каким-то образом все участвовали. Нет, это награждение напрямую не связано с теми событиями, просто, наверное, совпадение. Они тогда закончили какую-то важную работу. Года полтора подряд на пределе работал, исчезал на трое-четверо суток, предупреждал, правда, об этом заранее. Он уже тогда начал погуливать, и я грешным делом думала сначала, нашел кралю где-нибудь в пригороде, ночует у нее, а с утра на электричке на работу...

— Но вы ошибались?

— Да. Он возвращался настолько грязным и вымотанным, что у него не хватало сил раздеться толком, он сначала отсыпался на полу, на надувном матрасе, а потом уже — в ванну, есть... Водки много пил, по ночам стал кричать. Может быть, тогда и сердце посадил. Но уставал страшно... Когда стрельба в Москве кончилась, третью звезду получил, радовался, что задачу выполнил. А вот последние месяц-полтора снова сам не свой ходил, все звонил после работы кому-то, пойдет вечером прогуляться и пропадает на два часа, не у бабы, я это сразу чувствую. А незадолго до этого... до гибели сказал мне: если до Нового года ничего не случится, пойду в отставку...

— Он не уточнял, что должно случиться?

— Нет, он никогда не говорил дома о работе. Разве что на улице, на прогулке. Только тех прогулок, — она криво улыбнулась, — давно тех прогулок не было. Обмолвился как-то, что супергруппу какую-то они сделали, а он, Василий, стоял чуть ли не у руля. Скажите, вы зачем это спрашиваете? Если не ошибаюсь, вы из уголовного розыска?

— Нина Сергеевна, я не шпионка, — скупо улыбнулась Александра Ивановна. — Видите ли, сам Василий Дмитриевич или кто-то из его знакомых мог быть очевидцем одного происшествия на Минском шоссе, которое МУР расследует сейчас совместно с прокуратурой. Причем может оказаться, что имеет место политический скандал. Конечно, в дебри политики и секретных служб мы не лезем, но ту часть вопросов, которая касается чистого криминала, мы должны изучить по возможности...

— У вас это здорово получается! — сказала вдруг Скворцова.

— Что именно? — немного растерявшись, но не подавая вида, спросила Романова.

— Внешность этакой грубоватой и неотесанной бабы, а речь вполне логична и интеллигентна.

Романова рассмеялась:

— Слышали бы вы меня, Нина Сергеевна, когда я в шинели по милицейским коридорам шастала! Там такие словечки с языка слетали, что мужики краснели. А сейчас что же? Сын с невесткой, на мою беду выученные. Я вот как в няньки попала — давай соответствуй уровню развития ребенка. Она уже такие слова знает, которых я и не слышала! Не матерные, конечно!..

Романова специально, с хитринкой, делала так, чтоб предстать перед Скворцовой простоватой, состарившейся на работе женщиной, которая для того и взялась поговорить с вдовой, чтоб молодые бесцеремонные мужики, чего доброго, обиду не нанесли, пусть даже и неумышленно.

Она достигла своей цели. Привыкшая жить с ощущением, что за тобой постоянно и незримо наблюдает всевидящее око разведки, Нина Скворцова соскучилась по бесхитростным отношениям, по разговорам без подтекстов. Чистое, крупное, как будто деревенское лицо Романовой нравилось ей хотя бы потому, что при почти одинаковом возрасте она, Скворцова, выглядела гораздо лучше своей собеседницы.

— Спрашивайте еще, что вас интересует?

— С кем общался Василий Дмитриевич не на работе? Были у него друзья, не имеющие отношения к ведомству?

— Не было. Они ведь, знаете, как закрытый монастырь, никаких левых знакомств, во всяком случае открыто. А уж подсиживаний и прочих шкурных дел — сколько угодно. Поэтому, если и случались какие-то коллективные попойки, они были похожи на давнишние партийные собрания — ни лишнего слова, ни откровенности, из анекдотов только те, что про чукчей...

Александра Ивановна нет-нет да и посматривала на черный конверт с фотокарточками. Она предполагала, что там сфотографирована как раз та дама, на груди у которой сделал последний вдох полковник Скворцов. Имея изображение, проще найти человека, чем шарить наугад, приблизительно зная только микрорайон.

— Нина Сергеевна, могу я попросить вас об одолжении?

— Пожалуйста.

— Не могли бы вы дать во временное пользование фотографию той женщины? Мы должны ее разыскать и допросить...

Скворцова колебалась.

Тогда Романова предложила компромиссный вариант:

— Простите, Нина Сергеевна, вы можете ножницами отрезать... Вы понимаете?

— Да, конечно. Наверное, я так и сделаю.

Скворцова взяла ножницы.

— Только, пожалуйста, осторожнее, если можно.

— Можно, — буркнула та, — хоть и не хочется!

Она закончила работу и протянула Романовой половину снимка.

— Тогда и у меня будет к вам просьба...

— Слушаю.

— Если вы ее найдете, а вы находите, когда вам надо, так вот, если найдете, накажите ее за что-нибудь. Ну, например, за неоказание помощи. Сможете?

— Наверное, сможем.

— Хорошо, что не сказали «конечно». Тогда бы я точно не поверила, — слабо улыбнулась Скворцова.

А. Б. ТУРЕЦКИЙ

1

Мой очередной рабочий день начался с того, что я сделал запрос в картотеку Московского уголовного розыска на братьев Аслангиреевых. И странно, почти не удивился, когда милицейские статистики ответили мне телефонограммой, что в компьютерном банке данных нет таких товарищей, есть только Асланбеков Талгат, который давно повесился в лагере и остался в банке только по забывчивости работников. Н-да, наша дурацкая вера во всемогущество компьютерных технологий. Древнее искусство заметания следов неподвластно самым современным технологиям. Раньше была громоздкая, пыльная, неудобная картотека. Все ее ругали, а один ухарь за скромное вознаграждение изымал из картотеки чей-нибудь послужной уголовный список и держал дома. Пока не находят — и ладно, поднимется шум — можно незаметно назад подкинуть. Судили его, да что-то мало дали, он ведь самых крутых урок прикрывал...

Я направил начальнику МУРа Савченко вежливое, но сухое по интонациям письмо, в котором вопрошал: доколе будет бардак в системе учета и контроля преступного элемента. Отправил в горячке, прекрасно понимая, что мы, несговорчивые, ему поперек горла, и клал он на мое послание с прибором.

Однако один эпизод моего хмурого дня был не лишен приятности, хотя я всегда думал, что будет наоборот. Мне позвонил следователь следственного управления Федеральной службы контрразведки Юрий Макаревич и предложил встречу на нейтральной территории, пахнущей свежим пивом. Грешен — согласился.

Юрий оказался невысоким лысоватым мужичком, этаким хитрованом.

— Чьих шпионов у нас сейчас больше всего? — спросил я его для затравки. — Американских, немецких или эстонских?

— Русских, — меланхолично ответил тот, сдувая от края кружки пену.

— Русских? А что им здесь делать?

— Вы не поняли. Есть дикая масса народа, готового быстро, дешево и со вкусом продать на Запад или на Восток какую-нибудь военную тайну. Но потенциальных предателей сейчас гораздо больше, чем государственных тайн. А при нашем теперешнем положении дел шпионь — не хочу. Все развалено, система работы, которую налаживали десятилетиями, приказала долго жить. Ломали монстра КГБ, а в итоге — ни разведки, ни контрразведки, хотя то, что ломали, осталось цело. Для того чтобы возродить старую Лубянку со всем ее карающим всесилием, понадобятся сутки. Зато там, где действительно нужно работать, провал за провалом...

— Может быть, потому, что раньше шпионов искусственно создавали?

Мне не хотелось его поддевать, просто показалось, что он говорит такие вещи с каким-то умыслом, а не потому, что наболело.

— Да нет, настоящие, крутые разведчики всегда к нам приезжали. А нам достаточно часто удавалось их разоблачать. Беда в том, что силовые министры лезут в политику. Политика у нас между тем клановая. Пока твой и мой шефы в одной команде, мы играем одну игру. Как только разойдутся, начнем друг другу палки в колеса совать. Так ведь?

Я пожал плечами:

— Не знаю, как там в верхах, но мне в процессе работы чаще всего приходилось ставить палки в колеса всем сторонам, хотя политика до сих пор не входила ни в число увлечений, ни в сферу профессиональных интересов.

— Судя по делу, которым вам сейчас приходится заниматься, вы снова влезли в политику, — улыбнулся контрразведчик.

— Пожалуй. Но не думайте, что я от этого в восторге.

— Не думаю.

Мы немного помолчали, потом Макаревич осторожно сказал:

— Мне кажется, если у вас сохранится предубеждение ко мне как к представителю известных органов, нам тяжело будет работать вместе.

— Вы ошибаетесь, Юра, у меня нет предубеждений. Я знаю, что в любом ведомстве есть люди и есть подонки, нет такой конторы, в которой сидели бы сплошь ангелы. А вопросы, может неприятные, задаю потому, что тяжело работать, тяжело как никогда.

— У нас то же самое, Александр Борисович. У нас есть проблема. Вернее, не совсем у нас, в разведке. Провалы пошли косяком. Около десятка нелегалов в Америке и Канаде раскрыли. Конечно, в первую очередь у Службы внешней разведки голова должна болеть. Но когда ищут Иуду в своих рядах, а без него однозначно не обошлось, нас тоже привлекают к работе. Так всегда было. А сейчас доходит до того, что шеф разведки заявляет нам, что это их внутреннее дело. Сегодня, впрочем, всем не до того. На первом плане Чечня. Константин Дмитриевич говорил мне, что вас интересуют Аслангиреевы. Так?

— В общем, да. Только в связи с убийством американца и гражданки Мещеряковой.

— Понятно. Аслангиреевых выкупили, вывезли в Грозный. Это вы знаете?

— Да.

— Руслан стал банкиром. Как все у них там, банк Руслана полукриминальный. До сих пор, насколько нам известно, он финансово поддерживал Дудаева. Однако некоторые источники сообщают, что у них пошли разногласия по поводу отношений с Россией. Таким образом, Руслан сидит сейчас в Чечне, а Гена ездит туда-сюда по маршруту Москва — Грозный, выполняет ответственные поручения, оружие, скорее всего, закупает. Потому что, скажу я вам, Александр Борисович, влезаем мы туда нешуточно. А в первую очередь — контрразведка. Что и подтверждает мою мысль о приверженности начальства к политическим играм. Со дня на день там начнется война...

Все прямо или намеками говорят о предстоящей стрельбе, и от этого у меня портится настроение. Иногда ловлю себя на мысли, что вполне согласен с точкой зрения обывателей: потушить не прекращающиеся с начала перестройки конфликты на Кавказе можно одним способом — отгородиться от них колючей проволокой, и тогда, предоставленные сами себе, они быстро успокоятся, займутся добыванием хлеба насущного. Наверное, это не выход, но и выхода что-то не могут найти уже скоро десять лет. Или не хотят?..

2

Грязнов сказал мне, что, мол, поручил молодому сотруднику, который пошустрее, пройтись по району, прилегающему к тому двору, где нашли полковника Скворцова, поговорить с людьми и показать фотографию, которую Александра Ивановна принесла от вдовы. Конечно же людям показывали не тот снимок, где был запечатлен миг страсти. С этой фотографии пересняли и увеличили только лицо женщины.

— Понимаешь, Саня, — сказал Грязнов, — работа оказалась не такой простой, как вначале предполагал молодой сотрудник. Надо было учесть, что лицо женщины было несколько искажено, пусть и от положительных эмоций. Именно поэтому соседки сначала ее не узнали. — Грязнов усмехнулся. — «Вроде знакомое что-то, — сказала лейтенанту грузная пожилая тетка, посмотрев снимок. — Может, где-то тут живет, не знаю». Что нынче редкость, Сашок, лейтенант заверил меня, что у нее было искреннее желание помочь милиции, и, когда лейтенант, опечаленный тем, что не выполнил простейшего задания, возвращался тем же двором к автобусной остановке, тетка окликнула его: «Погоди-ка, дай еще посмотрю... А что это она какая-то будто не в себе?» Лейтенант, смутившись по молодости, объяснил: «Она там с мужчиной, вот, значит... Но он установлен...» Тетка с жадным любопытством всмотрелась в фотографию и торжественно объявила: «Ну тогда знаю! Валька Ковалевская из второго подъезда!» Понял, Шура, какие сыщики в народе пропадают?..

Прошел день, и я знал о подруге полковника Скворцова все, что можно узнать о человеке по открытым каналам. Валентина Николаевна Ковалевская, швея военного ателье, тридцать семь лет, разведена. Детей нет. Иногда погуливает, преимущественно с офицерами служб тыла. До Скворцова постоянного кавалера не было.

Я собирался нагрянуть к ней вечером, а до того решил позвонить Моисееву.

Старик был дома.

— Здрасте, Семен Семенович! Вы не заняты?

— Добрый день, Саша. Если вы о клиентах, то свободен. А вообще занят.

— Чем-нибудь достойным?

— А той головоломкой, что вы мне принесли...

— Да? Я ведь тоже голову над этими значками ломал, но так ничего путного и не получилось. А у вас как?

— Если есть возможность, приходите — посмотрим.

Почему бы и нет? — решил я.

Но, прежде чем я успел улизнуть, в кабинет заявился Шелковников.

— Уже уходите, Александр Борисович?

— Исключительно по делам, Николай Николаевич.

— Задержитесь на минутку.

Я не стал надевать шапку, но и куртку не снял, намекая, что много времени начальнику не дам.

— Вот о чем я хотел посоветоваться, Александр Борисович, надо ли нам сильно раздувать дело фирмы «Геронт-сервис». Там вполне достаточно фигурантов, чтоб составить красивое обвинительное заключение и передать дело в суд.

Я догадываюсь, куда он клонит, но виду не подаю, пусть раскрывается.

— Так оно вовсе не раздувается, Николай Николаевич, скорее наоборот. Вот Петрова, например, уже нет...

— Ну, там сыскари здорово напортачили! Я, собственно, о другом... Зачем вы тащите в это дело Селиверстова?

— Ну что вы, вовсе не тащу! Он не интересен мне на скамье подсудимых. Он свидетель. Другое дело, что частное определение по нему суд обязательно вынесет. Как ни крути, если не прямое потакание, то халатность явно имела место. Если чувствовал, что дело нечистое, зачем самолично подписывал фирме льготные документы. А если по наивности...

Кривится бедняга, но что сделаешь?

— Значит, вы не планируете пристегнуть его к делу?

— Виноват, Николай Николаевич, наверное, я при разговоре с ним был излишне суров, напугался Селиверстов. Передайте — пусть не боится, не до него сейчас!

— Хорошо, Александр Борисович, хотелось бы на этой неделе распрощаться с фирмой «Геронт-сервис». Как думаете?

— Аналогично.

3

Семен Семенович встречает меня в прихожей и провожает в тесноватую гостиную, где стол накрыт для чая.

После того как я пригубил из чашки густого, с долькой лимона напитка, Моисеев принес несколько листов бумаги, среди которых была и та ксерокопия, что я снял с записки, найденной у Скворцова Олегом Величко. Сейчас я мысленно поздравил себя с тем, что оставил у Олега оригинал, а не копии. Теперь похитители письма, кто бы они ни были, чувствуют себя относительно спокойно.

Если подслушивают, то уже знают, как я дал молодому сотруднику отлуп за излишек инициативы.

Семен Семенович уселся напротив меня, разложил на столе бумаги.

— Чем порадуете? — спросил я.

— Знаете, Саша, чем отличается старый дурак от молодого?

— Вопрос провоцирует на дискуссию, Семен Семенович, — усмехнулся я.

— Ни в коем разе! Отвечаю: молодой дурак не знает ключ к решению проблемы, а старый дурак его уже забыл!

— Хорошо, я понял, что мы с вами дураки, но по глазам вижу, что какую-то разгадку вы все-таки нашли.

— Нашел, да. Существует, знаете, некий комплекс Шерлока Холмса, сразу хочется расшифровывать, разгадывать и прочими подобными упражнениями напрягать мозги. В данном случае надо было начинать не с этого.

— С чего же?

— Надо было покопаться в истории криминалистики.

— Вы покопались. И что?

— Сначала я убил целый вечер на поиски ключа к шифру, пока не понял, что здесь нет никаких мудрствований, просто буквы алфавита заменены значками. Потом мне показалось, что некоторые значки мне как будто знакомы, я полез в свои архивы — и нашел! Давно существует у наших друзей зеков алфавит под названием «тюремные руны», вот этими рунами и написано письмо.

— Читайте же! — воскликнул я в нетерпении, возбужденно хлебнул горячего чая и поперхнулся.

— Не надо так переживать, Саша, — укоризненно покачал головой Моисеев. — Никаких государственных тайн в послании нет.

— И не надо, но все равно читайте!

Семен Семенович поворошил бумаги, нашел нужную и, вооружив глаза очками, не торопясь прочел:

«Приезжаем завтра вечером сход у Вали в 22 неси все со мной кук потер документы».

Моисеев был прав — текст разочаровал меня. Если в военной разведке так переполошились оттого, что мы первые осмотрели покойного полковника, значит, боялись, что мы узнаем нечто такое, чего знать не должны. Из письма трудно было понять что-либо.

— Этот алфавит, Саша, знаков препинания не предусматривает, поэтому я не знаю, как интонацией выделить, кто кому чего неси и кто что потерял.

— Ничего, Семен Семенович, здесь есть одна существенная зацепка — сход у Вали.

— Вы знакомы с этой женщиной?

— Сегодня познакомлюсь.

Моисеев развел руками:

— Ну тогда вы не зря получаете зарплату!

— Это не я, это парни Грязнова.

— Ничего, вы еще тоже хлебнете!

— Ой, не каркайте, Семен Семенович!

— Это не карканье, это предчувствие.

— Да, Семеныч, у меня, к сожалению, такое же предчувствие. Меньше всего меня волнует, с кем делился секретами Скворцов и что это были за секреты. Меня задевает, что эти хреновы чекисты имеют наглость ставить свои «жучки» не только в милиции, но и у нас!

— Сделайте запрос, Саша, — посоветовал Моисеев. — Или хотите — я нейтрализую их аппаратуру?

— Нет, пока не подходит ни то, ни другое. Я пока не знаю точно, кто насажал нам микрофонов, а без этого запросы делать бессмысленно, просто отпишутся, что и в мыслях не было. Опять же портфель Скворцова... Вы же помните? Пока мы мирно спали, кто-то с ним поработал. Может, тот самый, который аппаратуру установил. Мне кажется, здесь есть связь между портфелем и этим факсом. Вот видите, написано «неси». Можно и так прочитать — «неси все». Можно предположить, что Скворцов и принес все... Как вы думаете, Семен Семенович, шифровальщики из ГРУ быстро это письмо расщелкают?

— Не быстрее меня, — не без гордости ответил старик. — У них совсем другая система шифрования. Это во-первых. Во-вторых, контингент другой. Я ведь почему вспомнил? Потому что имел дело с таким же письмом лет тридцать назад. Мы тогда перехватили письмишко одного урки на волю — из Бутырок передал. Но, Саша, ничего невозможного нет, делать им, кроме как шифры разгадывать, нечего. Так что методом проб, ошибок и исключений могут прочесть.

— Тогда, Семен Семенович, я пойду. Как говорят в госторговле, куй железо, не отходя от кассы!

4

С 1982 года я работаю с людьми. Может быть, иногда ошибаюсь, но на этот раз мне не трудно было по шагам определить, что женщина, которая движется ко входной двери изнутри, вся дрожит от нервного напряжения, ярости или страха.

— Кто?..— отрывисто спросила она, затаившись у двери.

— Ковалевская Валентина Николаевна здесь проживает?

— А что?

— Откройте, пожалуйста. Это из прокуратуры беспокоят.

— А что вам угодно?

— У меня есть к вам несколько вопросов...

— А если я не хочу?

— Чего — не хотите? — несколько растерялся я.

— Если я не хочу вас пускать? — кажется, игриво спросила она.

— Если вы не хотите меня пускать, то через пять минут слесарь взломает вашу дверь, но я из мести вызову вас повесткой на завтра на десять утра...

Она нахально рассматривала меня в дверной глазок и прикидывала, видно, податлив ли я на флирт. Конечно, податлив!

Щелкнул замок, отворилась дверь.

— Входите.

Так-так, потупилась, сама невинность. Но лучшие-то годы уже позади, милая. Мы, считай, ровесники.

— Добрый вечер, — говорю, сохраняя дежурное выражение лица. — Вы Валентина Николаевна Ковалевская?

— Ну допустим...

Понимаю, что у меня не остается ничего иного, как честно поведать ей о цели своего визита, иначе она будет строить мне глазки и другие соблазнительные места, пока не выбьется из сил.

— Милая дама! — говорю ей с ослепительной улыбкой. — Я, следователь Турецкий, выясняю обстоятельства смерти полковника Скворцова Василия Дмитриевича! И не моя вина, что некоторые вопросы я могу выяснить только с вами. Поэтому давайте решим, какой способ дачи показаний устраивает вас больше: у вас на диване и пока неофициально или у меня в кабинете под запись на магнитофоне?

Все ее кокетство облезло, как косметика под струей горячей воды. Ковалевская превратилась в смирную, строгих правил женщину средних лет, которая движением руки показала мне направление в гостиную и сказала негромко, но с достоинством:

— В таком случае сюда, пожалуйста.

Прохожу в гостиную, обставленную достаточно богато для скромной разведенной швеи.

Ковалевская усаживает меня в глубокое, неудобное для ведения допроса кресло, потому что в нем я откидываюсь на предательски податливую спинку, сиденье низкое, колени торчат, едва не возвышаясь над плечами. В такой позиции даже флиртовать не очень удобно, не говоря уж о «раскалывании» скорее всего не желающей сознаваться в грехах женщины.

— Вы, конечно, извините, Валентина Николаевна...

С этими словами встаю и пересаживаюсь на диван.

Здесь гораздо удобнее, руки можно упереть в черный неполированный журнальный столик, наклониться над сжавшейся в кресле Валентиной и спросить зловещим шепотом: «Ну что, гражданка Ковалевская, будем сознаваться?!»

Ей не остается ничего другого, как сесть в кресло, где мгновение назад барахтался я. Ковалевской тоже не хочется утопать в его расслабляющей мягкости, но ничего не поделаешь, форма нашей беседы не подразумевает сидения рядышком.

— Как вы сказали? — спросила она. — Вы говорите, что Василий Дмитриевич умер?

— Да, Валентина Николаевна. А вы не знали?

— Господи! Да откуда же?!..

Я вижу, что она волнуется, хотя всеми силами старается это скрыть. Она теряется в догадках о том, что мне известно, откуда я узнал о ней. Возможно, она винит в этом покойного Васю. Во всяком случае, слез, а главное, слов раскаяния на первой минуте встречи не предвидится. Что ж, время терпит.

— Валентина Николаевна, расскажите о своем знакомстве со Скворцовым.

— Стоит ли об этом сейчас? — с оттенком мелодраматизма в хрипловатом от напряжения голосе спросила она.

— Стоит. И желательно поподробней...

5

Пока она собиралась с мыслями, я, рассеянно поводя взглядом, осмотрел помещение. Меня, признаться, интересовало, в какой комнате Валентина занималась с полковником любовью, как и откуда можно было эти замечательные сцены сфотографировать. Одно ясно — происходило это не в гостиной — диванчик, на котором я сижу, плохо приспособлен для тех позиций, что запечатлел не лишенный остроумия шантажист. Квартира у Ковалевской двухкомнатная, так что, скорее всего, дело было в спальне. И это вполне естественно.

Тем временем Валентина решила, что уже пора говорить:

— Скажите, а как к вам следует обращаться? Гражданин следователь? Или господин?..

— Обращаться пока можно по имени-отчеству — Александр Борисович.

— Очень приятно! Так вот, Александр Борисович, офицеры, они кокетливы, как барышни... Не замечали?

— Да нет вроде, — удивляюсь я.

— И напрасно! Это потому, что вы штатский человек.

Господа офицеры, которые еще не спились, не опустились и не утратили перспективы, очень следят за своим внешним видом. Многие предпочитают не получать обмундирование на складе и потом подгонять по фигуре. Это плебейство! Большинство заказывают кителя и шинели у нас в ателье. Там, на рабочем, так сказать, месте, мы и познакомились с Василием Дмитриевичем... Скажите, — вдруг повысила она голос, — он погиб при исполнении служебных обязанностей?!..

Вот ведь швея-артистка, понимаешь ты!

— Василий Дмитриевич скончался от обширного инфаркта, — суховато сообщил я. — Умер недалеко отсюда, во дворе, как отставник. Впрочем, учитывая специфику его работы, можно предполагать все что угодно, даже то, что погиб на задании. Вы ведь знаете, чем он занимался?

— Н-нет, — покачала головой Валентина. — Странно, такой крепкий мужчина — и вдруг инфаркт...

— Вы давно знакомы?

— Не очень. Чуть больше полугода. А если учесть, что виделись мы довольно редко...

— Что вас связывало, Валентина Николаевна? — как можно любезнее задал я щекотливый вопрос.

— Чисто товарищеские отношения! — быстро сказала она. — Мы духовно близкие люди!

— Швея и полковник разведки? — не удержался я от иронии.

— А что? — запальчиво возразила она. — Думаете, если швея, так совсем темный человек?

— Да нет, я нисколько не сомневаюсь в том, что вы были близки. Скажу больше: у меня есть неоспоримые доказательства того, что вы со Скворцовым состояли в интимной связи...

Лицо у нее вспыхнуло. Не знаю, правда, какие эмоции вызвали прилив крови к лицу — стыд или досада со злостью.

— И поверьте, Валентина Николаевна, я не частный сыщик, которого наняла законная супруга Скворцова. Я представляю Прокуратуру России и не занимаюсь адюльтерами. И если в ходе нашей беседы мне станут известны какие-то интимные подробности, я не буду писать о них в стенную газету вашего славного ателье. Ваш любовник работал в разведке, и, так как он умер не в кругу домочадцев и без служебного завещания, прокуратуру и разведку Генштаба интересует, что поделывал полковник Скворцов в те промежутки времени, когда со службы уходил, а домой еще не являлся. Зачем вам понадобилось охмурять разведчика, Валентина Николаевна? С заместителями в тылу гораздо спокойнее...

Ковалевская на этот раз была сама серьезность и, кто ее знает, может, совсем не притворялась:

— Извините, пожалуйста, Александр Борисович, вы ведь тоже требуете почти невозможного...

— Не понял?

— Думаете, легко сказать человеку, которого видишь первый раз в жизни: да, я была его любовницей. А что касается заместителей по тылу, так не врала я вам. Тыловики по преимуществу ребята незатейливые, и интересы у них и запросы соответственные. А я, что бы вы обо мне ни думали, люблю мужчин с интеллектом... Мне, понимаете, не семнадцать лет, когда идешь, а на тебя все кобели облизываются. И если солидный мужчина, семейный да обратил на меня внимание, значит, чего-то ему дома не хватало. Так?

— Согласен. И терпеливо выслушал, хотя подвергать вас общественному порицанию не собирался. Меня интересует, с кем встречался Скворцов в вашем доме, о чем вел разговоры, из-за чего умер. Ведь он умер у вас?

— Откуда вы знаете?

— Есть веские предположения, основанные на изучении тела криминалистами. И наверное, если проверить ваши полы и ковры да сопоставить с частицами, которые обнаружены на одежде убитого, предположения станут доказательствами. Вы этого хотите?

— Нет!

— А вдова хочет!

— Вы... выдадите меня?

— Мне бы этого не хотелось так же, как этого не нужно было покойному.

— Да... да-да, правильно!

— Но те сведения, которые мне от вас нужны, я должен получить, Валентина Николаевна, иначе я позволю вдове разыскать вас и подать в суд за неоказание помощи. Она, кстати, знает вас в лицо...

— Откуда?! — всполошилась та.

— Фотографии, — обронил я.

Как и предполагал, она поняла, вопросов больше не задавала, попросила разрешения курить, будучи в собственной квартире, и начала говорить:

— Да, фотографии... Из-за них все и произошло. Он приехал вечером, напряженный, почти злой...

— Когда вечером? Какого числа? — уточняюще спросил я, хотя время наступления смерти Скворцова было известно. И все-таки мало ли. Вдруг он заночевал у Ковалевской.

— Вечером восемнадцатого ноября. Он в этом отношении, ну в постельном, силен был. А дома, наверное, недополучал... Часто мы, когда встречались, первым делом в спальню шли, а потом уж начинался вполне светский вечер. И тогда тоже, только он не весело-возбужденный был, как обычно, а... как бы ершистый, ощетинившийся. Говорит, пошли-ка, Валюха, потом, боюсь, не до того будет. И попросил еще: ты, говорит, переночуй у брата сегодня, мне, говорит, хочется сегодня один вопрос закрыть, потом решим что-нибудь на будущую жизнь...

— Прошу прощения, — прервал я ее монолог. — О чьем брате речь?

— О моем. У меня брат родной, Миша, в Кузьминках живет.

— Понял, спасибо. Продолжайте, пожалуйста.

— Так вот, сказал, чтоб на ночь к брату поехала. Я спросила еще: ты тут ничего такого не надумал? Он посмеялся так невесело, нет, говорит, немножко меня подставили товарищи, сегодня с ними встречусь, разберусь интеллигентно, да и все, ты же меня знаешь, говорит, мои партнеры кулаками не машут и обрезов не носят.

— То есть он попросил вас уехать на ночь из своей квартиры и оставить его одного для встречи с кем-то?

— Да.

— И вы настолько доверяли Скворцову, что собирались уехать?

— Я и уехала. Он просил меня об этом раньше, один раз.

— Когда?

— В сентябре, наверное. Или в конце августа, в начале осени в общем. Тогда я немножко волновалась, знаете, мало ли... Но утром вернулась — в доме все цело, порядок. Я поняла, что он не из категории мелких жуликов.

— У него был ключ от вашей квартиры?

— Да, Василий сделал себе дубликат. Потом... когда это случилось, я забрала у него ключ...

— Хорошо, вернемся к вечеру восемнадцатого ноября. Он приехал к вам, сказал, что у него встреча. Во сколько, не говорил?

— Нет, но Мишу просил приехать к полдесятому.

— Они были знакомы?

— Да, на моем дне рождения выпивали вместе... В общем, отдал он свои инструкции, и пошли мы... Потом я на кухне была, а он остался в спальне, почту смотрел... Да, когда мы по-серьезному стали встречаться, он некоторых своих знакомых, друзей, или кто у него был, — некоторых просил писать для него на мой адрес. Наверное, жене не доверял...

Или товарищам по работе, мельком подумал я.

— ...Почты для него было немного. Так, пару писем раз в месяц. А в тот день пакет целый пришел на его имя. Я его вместе с газетами на тумбочку возле кровати и положила... Когда у него приступ начался, то я сразу не сообразила, в чем дело. Он там газетами шуршит, у меня на кухне кастрюли шипят. Пока чего-то у него не спросила, не знала. Спрашиваю — не отвечает. Захожу в спальню, а он... только фотокарточки по постели раскиданы... Вы знаете про них, я правильно поняла?

— Вы их куда дели?

— Сожгла.

— При снимках было письмо какое-нибудь?

— Да. На машинке напечатано. Мол, хочешь получить негативы, плати двести долларов, а не то жене перешлю!

— Как вы думаете, откуда фотограф знал Скворцова?

— А он его, может, и не знал. На конверте был мой адрес написан и под рубрикой «кому» обозначено — «для полковника». Я, значит, совсем голову потеряла, не знаю, что делать. Хорошо, Мишка приехал, обругал меня сначала последней... Потом помог одеть Василия и вынести во двор, в соседний. Если подумать, оно, может, и правильно. У меня он уже не дышал. Ну подняла бы я тревогу, вызвала «скорую». Неприятно было бы не только мне, но и жене его позору сколько! Обговорили бы с головы до ног, на любовнице, мол, помер!.. Вынесли мы его с Мишкой. И я с братом уехала, сидела у него три дня, домой не показывалась.

Ковалевская замолчала.

— А когда появились дома, ничего не заметили? Может, был кто-нибудь?

— Нет, не было никого. Я сразу заметила бы.

— Скажите, вот в последний раз он приехал к вам с портфелем?

— Да, со службы он всегда с портфелем приходил.

— В последний раз не говорил, что у него в портфеле какие-нибудь ценные бумаги?

— Нет. Когда я на кухню уходила, крикнул вдогонку, что хорошего вина принес, только до вина дело не дошло...

— Он называл какие-нибудь имена?

— Нет. Чьи имена?

— Ну тех хотя бы, кто его подставил?

— Не называл.

— А встречался с кем-нибудь у вас на квартире?

— Было. Как раз перед командировкой его...

— Он рассказывал о своих командировках? — встрепенулся я, наивный.

— Нет, что вы. Он просто говорил: уезжаю на столько-то дней.

— Так, значит, когда это было?

— Вернулся шестнадцатого, наверное...

— Ноября?

— Да.

— Почему «наверное»?

— Позвонил шестнадцатого

— За границей был?

— Нет... он не говорил, но скорее всего нет. Виноград привез. Кто из-за границы виноград возит?

— Логично. Так, вернулся шестнадцатого, а уехал?

— Где-то за неделю.

— И с кем он встречался у вас?

— Заходил молодой мужчина. Высокий, симпатичный, подтянутый, может, тоже из военных, но не в форме.

— А в чем?

— Мягкая импортная шляпа и длинный плащ.

— Больше ничего о нем сказать не можете?

— Нет. Василий нас друг другу не представлял, сказал мне: мы, мол, пошепчемся на кухне минут пять, пожалуйста, не мешай. Я и не мешала.

— Как вам показалось, какие между ними были отношения? Начальник с подчиненным, соперники или друзья?

— Скорее как друзья, они по плечам друг друга хлопали, когда встретились.

— Понятно. Вы не помните, когда все случилось, он успел что-нибудь сказать?

— Если и пытался, то я не слышала. Я говорила... А вот написать что-то хотел. Под руками ничего не было, кроме моей помады. Он схватил ее — и прямо на том злополучном конверте, но очень коряво...

— Что он написал?! — подстегнул я ее невольно.

— Странное что-то, бессмысленное. Сначала, кажется, слово «ангел»...

— Ангел?

— Да, точно. Он очень старался разборчиво писать, хотя буквы все равно расползались...

— Так, а еще что?

— Второе слово не дописал. Я разобрала только букву «Ф», а дальше уже рука соскользнула, косая линия через конверт, и все...

— У вас не осталось каких-либо его вещей или бумаг?

— Нет, бумаги он вообще никогда здесь не смотрел и не показывал. Вещей тоже не оставлял, кроме бритвенного станка с безопасными лезвиями. Говорил: нечего растягиваться на два дома. Если решится что-то, то сразу все и привезет...

— А должно было решиться, извините за бестактность?

Она вздохнула:

— Теперь это уже не важно...

Мне стало ее жалко, но я не мог не задать еще одного вопроса.

— Вы не знаете человека по фамилии Кук?

Ковалевская подумала, покачала головой:

— Нет, кроме того, которого съели аборигены, не знаю.

...Вернувшись домой, я, как уже повелось, примостился на кухне и попробовал под чай проанализировать полученную информацию.

Первое и наиболее печальное — это то, что я практически не приблизился к разгадке случая с полковником Скворцовым. Второе — полковник вел двойную игру или подрабатывал на кого-то, причем серьезно подрабатывал, иначе зачем использовать квартиру любовницы как явку. Хотя использовать толком не успел. Во всяком случае, то, что он делал, явно не имело непосредственной связи с его основным местом работы. Но что он делал? Сдавал информацию или, наоборот, получал? На эти вопросы ответа я не получил.

Совсем неплохо, кстати, было бы найти этого специалиста по фотографированию любовных сцен и покопаться в его пленках. Может быть, он давно уже интересуется Валькиной квартирой. К тому же совершенно непонятен был его интерес именно к этой парочке. Что толку шантажировать полковника разведки и швею? У швеи заработки невелики, а военный разведчик может найти нехорошего мальчика и крепко его обидеть. Вот, скажем, Турецкий А. Б. в подобной ситуации не падал бы без сознания, как кисейная барышня, а без лишнего шума поискал фотографа. Таких мастеров дальней съемки с хорошим качеством даже в Москве не очень много. Уходя от Ковалевской, во дворе я прикинул на всякий случай, из какого дома, с какого этажа мог наводить свой объектив на спальню Валентины шантажист-любитель. Снимок, который Александра Ивановна принесла от Скворцовой, я на всякий случай решил отдать экспертам, пусть поизучают, вдруг найдут какую-нибудь отличительную особенность.

6

С утра Костя Меркулов сообщил мне, что подтвердились его худшие опасения: оппозиционные силы в Чечне пошли на штурм Грозного, свергать Дудаева. А федеральные власти, вместо того чтобы занимать примиренческую позицию, открыто поддержали оппозицию словом и делом.

Костя яростно курил у окна и горячо доказывал:

— Контрразведка там сиднем сидит, офицеров нанимает за крутые бабки, чтобы на войну ехали, с Дудаевым в солдатики поиграться! Поиграются!..

Потом по моей просьбе позвонил в Главное разведуправление Генштаба и попросил тоном вежливого приказа, чтобы кто-нибудь из компетентных товарищей подъехал в прокуратуру к следователю Турецкому для объяснений по поводу обстоятельств внезапной кончины полковника Скворцова.

Несколько минут он ждал прямо у телефона, какое решение примут рыцари плаща и кинжала, затем поблагодарил и положил трубку.

— Не матом хоть послали, Костя? — спросил я, криво усмехаясь.

— Не те времена, дорогой! Жди гостей. Ты получишь объяснения в той мере, в какой это не будет ущербом для государственной тайны!

— У нас они еще есть? — притворно удивился я.

— До сих пор одним из главных стратегических секретов нашей Родины является здоровье членов ее высшего руководства. И много еще разных военных секретов, поменьше. Идите, госпо́дин Турецкий, марш на работу! И принесите мне что-нибудь стоящее. А то я никак не могу придумать причину или, выражаясь профессиональным языком, обоснование для того, чтобы пристегнуть вас к этому полковнику, хотя после того, как подшутили над Славиным сейфом и вашими кабинетами, кого-то пристегнуть надо...

— Кого-то?

— А что? Ты забыл, что у нас еще есть темная лошадка с хорошей родословной — Андриевский?

— Точно, Константин Дмитриевич, о нем-то я и забыл! Да и он что-то перестал звонить, интересоваться.

— А зачем ему набиваться? С него подозрение снято, вот и радуется.

Я почти не удивился, когда ко мне в кабинет постучался стройный, крепкий и элегантный мужчина, я в нем узнал того самого полковника Осинцева, которому намедни возвращал портфель его безвременно умершего коллеги.

— Добрый день, Александр Борисович, — сказал он, не утруждая себя улыбкой вежливости.

Ишь ты, подумал я без злобы, запомнил, как зовут, профессионал! А я, хоть убей, не вспомню, наверное, как его мама назвала... А вот и нет, брат мусью, вспомнил — Сергей! Сергей Борисович... братан!

— Мое руководство, Александр Борисович, несколько озадачено, — начал, не дожидаясь ответного приветствия, Осинцев. — Видите ли, мы всегда готовы к сотрудничеству с гражданскими юристами. Но в данном случае, согласитесь, было бы более правильно отдать это дело военной прокуратуре.

— Вовсе не обязательно, Сергей Борисович, — в пику ему, ослепительно улыбаясь, возразил я. — Полковник Скворцов умер после работы не на территории ведомства или воинского подразделения, и умер естественной, хоть и безвременной, смертью простого обывателя...

— В этом отношении вы правы, Александр Борисович, и, если вы помните, дознание по факту смерти вел ваш следователь. Но, насколько я понял, вас интересует работа Василия Дмитриевича, а это уже сложнее...

— Скажите, Сергей Борисович, вас уполномочили поведать мне только о том, что я лезу не в свое дело? Если да, то я понял и буду ходатайствовать перед генеральным об официальном запросе. Тогда дальнейший диалог не обязателен.

Осинцев усмехнулся:

— Вам палец в рот не клади, товарищ следователь!

— Оттого и жив пока еще! — в тон ему ответил я, понимая, что разведчик начал ломаться и сейчас начнет применять разработанный в штабе вариант Б.

— Мое руководство разрешило мне в интересах важности дела, которое вы расследуете, ответить на те из ваших вопросов, которые не будут касаться оперативной секретности.

— Вот и хорошо! А что, ваше начальство знает, чем я занимаюсь?

Осинцев улыбнулся полухитро-полузагадочно:

— Должно знать, коль вы настойчиво хотите заглянуть в нашу епархию!

— Что ж, это справедливо. Так вот, Сергей Борисович, по некоторым нашим данным получается, что полковник Скворцов имел контакты с лицами, нам пока не известными, но явно не принадлежащими к вашему ведомству...

— На каком основании вынесено такое категоричное суждение?

Интересно, думаю я, это они отняли у Олега факсограмму? И если они, то расшифровали уже или еще колдуют?..

— Есть показания, что одним из контактеров полковника Скворцова был иностранец.

У Осинцева удивленно вытягивается лицо.

— Что-о?

Но я не могу понять, искренне он удивляется или по программе.

— Вы понимаете, что такие вещи нельзя утверждать без доказательств, даже если вы следователь по особо важным делам?!

Застращал, понимаешь! Мне тут не только за каждым словом следить нужно, но еще смотреть в оба глаза, вдруг чем-нибудь да выдаст, что знает про «жучка» в моем кабинете. Тогда хоть одна проблема у меня будет решена.

— Сергей Борисович, давайте сначала поговорим о

том, чем занимался на своем рабочем месте Скворцов, а потом я расскажу вам, откуда знаю о недозволенных контактах вышеназванного полковника.

Он посмотрел на меня раздраженно и сказал, стараясь придать своему голосу оттенок презрения:

— Какая-то уркаганская у вас манера вести беседу, Александр Борисович!

— Так ведь контингент у меня все больше такой и был, — отвечаю смиренно.

— Ладно, — махнул рукой. — Спрашивайте.

— Чем он занимался?

— Закурить разрешите?

— Да, пожалуйста.

Он закурил, откинулся на спинку стула и заговорил наконец по делу.

— Скворцов к нам пришел из полковой разведки. Поэтому специфика у него была соответствующая: разведывательно-диверсионная деятельность в ближнем, среднем и даже дальнем тылу вероятного противника.

— Он обучал молодежь?

— Да нет, обучают в другом месте. Последние несколько лет он и некоторые другие товарищи работали над принципиально новым диверсионным подразделением в структуре ГРУ. Я надеюсь, Александр Борисович, что все сказанное мной останется между нами?

— Конечно! Мне нужно иметь представление о его работе, чтобы можно было достаточно правильно предполагать, кому, скажем, из мафиозных структур могли понадобиться идеи и опыт Скворцова.

— Вы думаете, к проекту присосалась мафия?

— Пока это всего лишь одна из вероятных версий, — пожал я плечами.

— Да-а, если только со Скворцовым нечисто, пойдет у нас серия отставок, видит Бог!

Я неопределенно махнул рукой.

— Почему сразу так пессимистично? Возможно, Василий Дмитриевич вел сложную игру не на предательство, а, наоборот, на обезвреживание врагов.

— Тогда бы он, я думаю, поставил в известность руководство — и началась бы игра по всем правилам.

— Возможно. Но мы отвлеклись, Сергей Борисович.

— Да? Ничего, нить разговора я не потерял. Подразделение было создано к середине девяносто третьего года. Проходило обкатку, да, собственно, и до сих пор проходит. А первое боевое крещение было знаете когда?

— Когда?

— В октябре девяносто третьего.

— Когда парламент с Президентом воевал?

— Вот-вот!

— Понятно. А для чего же нужно такое подразделение? У нас вроде диверсии не в ходу.

— Во всей своей красе этот отряд может развернуться в случае начала военных действий.

— Это что-то вроде команды «Альфа», которая была когда-то у КГБ?

— В общем, да, только будет, пожалуй, покруче «Альфы».

— Вот даже как! Выходит, полковник Скворцов серьезный был мужик?

— Совершенно верно.

— Он, наверное, и командовал этим... отрядом?

— Да, на первых порах. Потом стал заместителем.

— Допустил просчеты?

Осинцев быстро взглянул на меня:

— Нет, почему? По возрасту был староват для такой работы. Вы не представляете себе, Александр Борисович, какие у них были перегрузки!

— Почему же, представить-то, наверное, могу, вот перенести их — это вряд ли! Скажите, у Скворцова бывали командировки?

— За границу?

— Любые.

— За границу не было — другой профиль. А по стране, конечно, ездил.

— Можете сказать, когда и куда он ездил последний раз?

Осинцев наморщил лоб, напрягая память или делая вид, что напрягает:

— Да... Совсем недавно, в первой половине ноября выезжал...

Он сделал паузу, и я поспешил напомнить Сергею Борисовичу вторую часть вопроса:

— Куда же?..

— Куда-то на Кавказ...

Та-ак, все чего-то едут нынче в горы, кого ни возьми. Этак начнешь подозревать, что и самого скоро пошлют.

— В какую-нибудь горячую точку? — как бы между прочим спросил я.

— Весь Кавказ, считайте, сплошная горячая точка, я сказал бы: горячее пятно! Вот сейчас в Чечне начинается, хлебнем еще. Мы предлагали вариант быстрого и безболезненного решения этой проблемы, к нам не прислушались. А сейчас портачи из контрразведки затеяли там свои операции, да что-то нет большого толку!..

— А какой у вас был вариант, если не секрет?

Он улыбнулся:

— Секрет. Операция хорошо разработана, нам просто не дали ее провести. Как метод, пригодится еще!..

— Вы не очень жалуете службу контрразведки. Это у вас традиционная неприязнь?

— Вопрос не по теме, Александр Борисович, но я отвечу, если хотите. Как перестали они делом заниматься после августа девяносто первого, так до сих пор толку нет. Тогда хоть инакомыслящих выщелкивали, так и агентов тоже не забывали из разных там разведок. А сейчас что? Когда занавес железный Горбачев убрал, знаете, сколько их сюда хлынуло, спрятанных под легальными крышами?! А ФСК Дудаева свергает! Больше делать нечего!

7

Я вдруг вспомнил, что в то же время, когда поехал на Кавказ Скворцов, там были и Андриевский с Кервудом, который, как оказалось, совсем не Кервуд, а неизвестно кто. Может, и не американец вовсе? Впрочем, к великому счастью, выяснять это не наша задача, а того самого ведомства, где служит мой новый оварищ Юра Макаревич.

— Сергей Борисович, а внешняя разведка никак на Чечню не задействована?

Тот удивленно посмотрел. Чувствую, не все мои вопросы ему нравятся. Так ведь квиты — далеко не все его ответы меня устраивают. Я помню, что раньше военная разведка и Первое Главное управление КГБ, занимавшееся внешней разведкой, не очень ладили между собой, и конкуренция была у них не очень здоровая. А все потому, что ПГУ было ведомством более привилегированным и обеспеченным, чем ГРУ, которое кормилось с доли выделенного на оборону бюджета.

— Внешняя разведка разваливается, как и ФСК! — презрительно роняет Осинцев. — У них провал за провалом и измен хватает. Это, впрочем, к делу не относится...

— Можно ли узнать, а что было в портфеле полковника Скворцова?

Я смотрю на Осинцева по возможности невинно — не знает, мол, человек, что бы спросить еще, а расстаться стесняется.

— Александр Борисович, — терпеливо втолковывает мне разведчик, — я и в первый раз вам говорил, что ничего, никаких служебных документов в портфелях и кейсах сотрудников, покинувших учреждение, быть не должно. Василий Дмитриевич был одним из самых дисциплинированных и квалифицированных офицеров разведки! Если вас очень интересует, скажу — в портфеле были две газеты и бутылка вина.

— Спасибо. А как называется отряд, который сотворил Скворцов?

Осинцев качает головой:

— Нет, эту информацию я не уполномочен разглашать. Уж не обессудьте.

— Да ладно, не суть важно!

— Вот и хорошо, Александр Борисович, вы свое любопытство удовлетворили?

— Да, пожалуй...

— В таком случае нельзя ли мне удовлетворить свое?

— Это вы о чем?

Осинцев улыбается мне с ласковым укором, как мальчишке-шалуну:

— Обоснуйте свой интерес к нашему работнику.

— А-а!.. Да-да, конечно! Один наш юный, но перспективный следователь при осмотре обнаруженного во дворе тела полковника Скворцова нашел у него в кармане ровно оторванный кусок термобумаги, который прошел через факс и был испещрен какими-то непонятными значками, то есть шифром...

Смотрю на него, вглядываясь в каждую мышцу, каждую морщинку на лице, не упускаю из внимания ресниц и зрачков: знает или не знает?

Он ерзает на стуле, делает очень серьезное лицо и говорит:

— Не кажется ли вам, Александр Борисович, что ваш молодой талант должен передать нам этот документ с подробным рапортом о времени и месте находки?

— Не просто кажется, коллега, так и должно было быть, — развожу я руками. — Но у молодости есть один недостаток...

— Только один?

— Из тех, которые мешают в нашей работе, да. Это тщеславие, не подкрепленное опытом. Наш Величко решил почему-то, что полковник Скворцов был связан с мафией...

— Чушь!

— Согласен. Но он в свободное от основной работы время решил навестить жену Скворцова, но ваши сотрудники его не пустили.

— И правильно сделали!

— Вам видней. Но после того, как Величко был дан от ворот поворот, во дворе на него напали какие-то парни, прыснули в лицо газом, затащили в какие-то развалины и забрали факсограмму Скворцова и деньги в размере сорока тысяч рублей!

— Деньги? — переспросил сосредоточенно слушавший Осинцев.

И я понял, что полковник, пришедший ко мне качать права, прокололся. Конечно, забирать деньги — такой команды у парней не было. А теперь я посеял в душе Сергея Борисовича сомнение: вдруг его ребята решили усовершенствовать поставленную перед ними задачу и взяли деньги, чтоб рядовой гоп-стоп выглядел обычным уголовным.

— Да, совсем уже народ оборзел — следователей грабят! Раньше такого не было. Но Олег Величко, хоть и молод, не дурак. Он снял копию, а наши ребята ее прочитали, так что текстом мы располагаем...

Я не отказал себе в удовольствии пересказать ему короткий текст и даже повторить, чтобы он мог записать. Но самих тюремных рун ему не дал, сказал, что они у Величко, пусть позвонит или заедет в другой раз. Просто из вредности. Хватит ли у него терпения и желания довести игру до конца и попросить-таки загадочные значки, которые мы в отличие от дешифровщиков ГРУ умудрились разгадать.

А потом случилось нечто странное.

Я диктовал Осинцеву текст письма стоя спиной к нему, у окна. И когда обсуждение послания закончилось, я пробормотал вполголоса первое, что пришло в голову при виде клочковатого, серого от набрякших снегом туч неба...

— По небу полуночи ангел летел...

Резкий звук проехавшего по паркету стула заставил меня обернуться.

Полковник Осинцев стоял у стола и смотрел на меня округлившимися от ужаса или удивления глазами.

Мне стало жутковато.

— Что с вами, Сергей Борисович?

Он дернул головой, будто стряхивая наваждение.

— Нет-нет, Александр Борисович, ничего... Это, наверное, из-за нервотрепки последних дней. Похороны, знаете... Спасибо за помощь, не буду мешать. До свидания!

Выпалив все это скороговоркой, Осинцев быстро направился к двери.

На всякий случай я еще раз повторил стихотворную строчку, вызвавшую такой всплеск чувств у сурового военного разведчика. Нет, классика, добрая старая классика, никакого подвоха. Однако чего же он так подскочил, будто я пароль ему сказал? Что? Пароль?

Я быстро шагнул к столу и записал стих на большом

белом листе. А вдруг и в самом деле некая условная фраза, которая служит ключом для связи некоего узкого круга лиц? Как бы Осинцев раньше времени не застрелился!.. В это трудно поверить, такие почти волшебные совпадения бывают только в кино. И все же не верю, что Осинцев так переживает смерть Скворцова. Чем меньше живых полковников, тем больше вакантных полковничьих должностей... Вспомнил! Последнее, что сделал, умирая, Скворцов, это написал слово «ангел»!

Вот и еще одно ключевое слово к очередному ребусу, который подкинула жизнь. Спасибо, конечно, только я уже порядком устал от этих ребусов...

ТЕЧЕНИЕ ЖИЗНИ

1

Вячеслав Грязнов ехал электричкой в Одинцово. Он был одет так, как обычно одеваются горожане, собравшиеся на дачу. У него не было документов, удостоверяющих его личность и принадлежность его к силовым структурам слабеющей страны. Не имел он при себе также ни табельного, ни другого оружия. Потому что выполнял деликатное поручение следователя Турецкого и доложить о проделанной работе должен был не посредством спецдонесения, как обычно, а в дружеской беседе и желательно вне стен служебных кабинетов.

2

За два дня до этого, предварительно созвонившись, в поликлинику к Нине Сергеевне Скворцовой снова отправилась пенсионерка Александра Ивановна Романова. Она несла фотокарточку, возможно, одну из тех, что убили полковника Скворцова, и держала в памяти вопросы, на которые неугомонный Сашка Турецкий хотел бы получить ответы.

В поликлинике было все то же: угрюмые, нездоровые,

непривлекательные женщины, белые стены и запах лекарств. Как и в прошлый раз, пришлось немного подождать, пока врач освободится от очередной пациентки.

Скворцова подняла глаза от бумаг, когда в кабинет вошла Романова, поздоровалась кивком и спросила:

— Фотографию принесли?

— Да, конечно. Только я не понимаю, извините, конечно, Нина Сергеевна, зачем она вам? Ей место в печке.

— А вам она зачем была нужна?

— Я говорила: для того чтобы выяснить личность женщины, с которой... встречался ваш муж.

Легкая тень пробежала по лицу Скворцовой, но она быстро взяла себя в руки.

— Вот-вот, и мне нужно было от вас то же самое. Вы нашли ее?

Конечно, Александра Ивановна могла вспомнить свою кубанскую юность, стать покрепче, упереть руки в бока и, применяя свой богатейший багаж экспрессивных слов и выражений, подключив дорогое тысячам россиян фрикативное «г» Леонида Ильича, быстро и надолго поставить на место эту врачиху, которая, конечно, вызывает сочувствие, но не полковнику же милиции в отставке терпеть эти бабьи «наезды»! И все же Романова терпела. Потому что на место поставить ей ничего не стоило даже бугаистого мужика, но поставишь — человек обидится, испугается, замкнется в себе, потом бесполезно о чем-то его спрашивать.

Так что Александра Ивановна смиренно кивнула и сказала:

— Нашли.

— Вот за это спасибо! А фото мне необходимо как вещественное доказательство!

— Доказательство чего? У нас супружеская измена не является уголовно наказуемым деянием.

— При чем тут измена? Она будет отвечать за доведение до смерти изощренным способом!

— Вряд ли вам удастся, даже начав такой процесс, выиграть его.

— Это уже моя забота! У вас наверняка появились ко мне еще какие-то вопросы? Если бы не такая необходимость видеть меня, вы просто отправили бы снимок по почте — и дело с концом. Не так ли?

Романова пожала плечами:

— Я человек свободный, могла бы и принести без всякого повода, но в данном случае вы правы.

— Тогда, прежде чем перейдем к вашим вопросам, ответьте на мои: имя, фамилия?..

3

В кабинете повисла тяжелая тишина. Романова даже затаила дыхание: к такому повороту дела она не готовилась. И Турецкий то ли забыл о таком немаловажном моменте, как жаждущая отмщения вдова, то ли в силу относительного благополучия собственной семейной жизни не придал ему значения и не дал никаких инструкций по поводу Валентины Ковалевской. А собственно, чего их жалеть, этих воришек-кукушек? Так решила простая женщина строгих правил Александра Ивановна и назвала имя разлучницы, так и не успевшей разбить семью.

— Ну теперь спрашивайте вы, — позволила Скворцова.

— Нина Сергеевна, ваш супруг называл кого-нибудь из близких или сослуживцев словом «ангел»?

Скворцова пожала плечами:

— Для начала — довольно странный вопрос. Ответ на него будет такой — нет. Он был достаточно строг и прямолинеен, чтобы позволять себе такой лиризм. Нет, я ни разу не слышала, чтоб он кого-то так называл. Разве что эту свою!..

— Нет, — на всякий случай решила успокоить ее Романова. — Насколько мы знаем, нет...

— А как он ее называл, не знаете? — с жадным и нездоровым любопытством спросила Скворцова.

— Ну что вы, Нина Сергеевна! — укорила ее добровольная помощница Турецкого. — У нас не настолько испорченный личный состав, чтоб выискивать и смаковать такие подробности!

— Да? Тогда извините.

— Ничего страшного. Постарайтесь припомнить, может, когда-то в связи с его работой слышали, чтоб звучало слово «ангел». Чтоб настроить вас на более напряженную работу памяти, скажу вам, что это слово он написал, когда начался приступ.

— Вот как!

Скворцова умерила свою агрессивную раздражительность, задумалась, черты ее ухоженного лица разгладились, стали мягче...

— Кажется, вспомнила! — воскликнула вдова. — Не знаю, то́ ли вы хотели услышать, но, во всяком случае, это единственный за последние несколько лет случай, когда он употребил это лирическое словечко!

— Я вас внимательно слушаю.

— Это было перед его последней командировкой. Как раз накануне отъезда Василий разговаривал по телефону...

— Не знаете с кем?

— С кем-то из сослуживцев, потому что обсуждали сначала какие-то свои специфические проблемы, но на профессиональном жаргоне, чтобы никто посторонний не понял, о чем разговор. Причем разговор шел на повышенных тонах.

— Они ругались?

— Нет, скорее ругали в два голоса начальство. Сначала завуалированно, потом... стойте, поточнее вспомню... ага, Василий говорит: еду вот, боюсь, эти ангелы так и оставят меня в своей преисподней... Так, да. Потом спохватился, извини, говорит, с языка сорвалось. Вот и все.

— Как он сказал, в единственном или во множественном числе?

— Абсолютно уверенно не могу сказать, но, кажется, во множественном, такие вещи обычно врезаются в память.

— А с кем говорил? Как он его называл?

— Как? Алик. По-моему, Алик.

— Вы не помните, кто это?

— Я не знаю, кто это.

— Нина Сергеевна, у вас есть дача?

— А что?

— Видите ли, есть некоторые основания предполагать, что ваш муж встречался с некоторыми интересующими нас людьми, и встречи эти не были санкционированы его руководством.

— Вы хотите сказать, что Василий изменник?!

— Нет, конечно! Возможно, он вел некую игру, чтоб разоблачить крупную коррупцию...

— Вы представляете уголовный розыск? — резко спросила Скворцова.

— Да.

— Вы же не занимаетесь контрразведкой?

— Упаси Боже! Своего хватает!

— Значит, вы не сможете ничего накопать на него?

— Даже если и накопаем, никому не отдадим! — твердо пообещала Романова.

Она знала, что так и будет, была убеждена, что сырец Турецкий никому не отдаст, сам сначала все раскопает, до мелочей.

— Тогда скажите, зачем вам надо знать про дачу?

— Известно, что у вашего мужа должна была состояться встреча с двумя пока не установленными гражданами, один из них, очевидно, иностранец. Возможно, какие-то документы спрятаны на даче. Для нас они представляют чисто оперативный интерес...

— Почему вы решили, что, может быть, что-то спрятано именно на даче?

— Наверное, потому, что вы не были в этом деле ни помощником своему мужу, ни человеком осведомленным.

— Конечно, я вообще предпочитала ничего не знать, хотя должна вам заметить, что в отличие от бывшего КГБ военная разведка всегда занималась чисто разведывательной работой. Дача у нас имеется только в виде куска земли. У нас все времени не было заняться строительством.

— Понятно, — Романова встала со стула, намереваясь проститься, желательно навсегда.

— Подождите минуту, — попросила Скворцова. —

Скажите, вот вы лично тоже в уголовном розыске служили?

— Да.

— Разве это женское дело — бандитов ловить?

Александра Ивановна пожала плечами:

— Это, наверное, вопрос не пола, а характера. У меня только тело бабье, да и то мускулистое. Пока в отставку не пошла, ловила. Говорят, неплохо получалось.

— И звание офицерское имеете?

— Имею. Полковник.

— Никогда бы не поверила! — удивленно воскликнула Скворцова.

— Я и сама теперь удивляюсь...

— Знаете, я вам скажу: в Одинцове есть небольшой домик, там отец Василия жил когда-то. Муж бывал там довольно часто...

Когда Александра Ивановна записала адрес, Скворцова спросила:

— Вы не будете там обыск по всей форме проводить?

— Нет, конечно! Зачем? Нам только бы зацепочку найти, что за люди искали встречи с вашим мужем. Если они имеют отношение к разведке, мы тут же отойдем в сторону.

А. Б. ТУРЕЦКИЙ

1

Слава Грязнов взял у Скворцовой ключи от одинцовского дома и поехал, а я наседал на Меркулова:

— Костя, позвони в ГРУ! Они же не осмелятся тебя послать.

Он, массируя ладонью левую сторону груди, качал головой:

— Послать не пошлют, но и правды не скажут.

— Ну все-таки что-то сболтнут, может...

— Нашел место болтунов искать! Лозунг, что ли, забыл? Болтун — находка для шпиона. Понял? Для я!

— Позвони!

Меркулов чертыхается вполголоса, но снимает с рычагов трубку и жмет кнопки набора номера.

— Что спрашивать?

— Кто такой Алик и куда Скворцов в командировку ездил, — торопливо говорю я.

— Алло! Добрый день, Николай Григорьевич! Меркулов беспокоит. Не узнали? Узнали? Ну, значит, не быть мне богатым. По делу звоню, конечно. Два вопроса у меня к тебе. Знаю, что можешь не ответить, но спросить-то можно? Спрашиваю. Первое: есть ли у вас в учреждении человек по имени Алик? Нет, я понимаю, что вопрос некорректный, понимаю, что надо называть полное имя. Так если бы я знал полное имя, у тебя не стал бы спрашивать. Кого приятели Аликом называют? Понял, ты никого не называешь. Второй вопрос я успею задать или ты уже взорвешься? Где был в командировке последний раз полковник Скворцов? Все понял, извини за беспокойство...

Меркулов положил трубку и взглянул на меня злыми глазами:

— Выставил себя дураком перед генералом! А все из-за тебя!

— Константин Дмитриевич, извини великодушно, сам же с меня работу спросишь. Сказал что-нибудь?

— Был твой Скворцов на Северном Кавказе. Доволен?

— Не очень.

— Еще бы! Тебе угодить сложно.

— Как ты думаешь, Костя, это случайное совпадение или?..

— Что именно?

— То, что они были в одном месте в одно и то же время. Кервуд с Андриевским и Скворцов.

— Это может быть и совпадением, сейчас все торчат в Чечне, замиряют. У тебя другое мнение?

— У меня сомнение. Смотри — в тот же вечер, когда обстреляли машину Андриевского, с кем-то должен был встретиться Скворцов. Эти кто-то и сколько их, нам неведомо, но один имеет кличку или фамилию Кук. На кличку не очень тянет, а вот как фамилия для американца или англичанина звучит очень неплохо. Тем более что Кервуд оказался вовсе не Кервудом. А вдруг он шпион, а, Костя? А парни-разведчики его пасут! Вернее, пасли.

Меркулов улыбается скептически:

— Не тянет на красивую версию, Александр Борисович, совсем не тянет...

— Я знаю, что ты хочешь сказать: шпионов ловит контрразведка, а разведка сама шпионит, так?

— Да, что-то в этом роде...

— Не знаю, Костя, но хочется мне почему-то их связать одним интересом. Я позвоню?

Меркулов молча кивнул и, воспользовавшись паузой в разговоре, стал читать какое-то пухлое дело.

2

Я решил позвонить Андриевскому. Чем черт не шутит, а ну как окажется, что они со Скворцовым были приятелями, делали одно дело, да еще и не скрывают этого.

Аналитик разведки оказался на месте.

— Добрый день, Юрий Владимирович. Турецкий.

— Здравствуйте, Александр Борисович. Что нового?

— Утешительного ничего, совсем уж плохого тоже вроде нет...

— Что ж, время такое, что отсутствие любых новостей — это уже хорошо. Как расследование продвигается?

— Плохо пока. Петров, который вас обстрелял, на себя убийство Мещеряковой не взял. А второй пока скрывается у Дудаева.

— Да, оттуда пока трудно кого-нибудь достать. А вторая девушка, как ее? Дина? Не объявилась она? Ведь не дай Бог!..

— Нет, прячется, возможно. Юрий Владимирович, такой у меня к вам вопрос: вы не знакомы случайно с полковником Скворцовым?

— Скворцов? — переспросил, припоминая, Андриевский. — А он кто? Где работает? В милиции?

— Нет, в Главном разведывательном управлении.

— В военной разведке? Нет, Александр Борисович.

Фамилию где-то слышал, а может, это мне кажется, но с этим человеком не знаком. Я вам объясню, только, пожалуйста, между нами, хорошо?

— Конечно, о чем речь!

— Видите ли, обе наши конторы занимаются в принципе одним и тем же, за исключением некоторых специфических особенностей, и между нами всегда шла конкуренция. К тому же они нас недолюбливали за то, что раньше нам от бюджета больший кусок давали. Поэтому даже если бы я захотел подружиться с этим вашим Скворцовым, меня не поняли бы мои товарищи и старшие начальники. А что, он натворил что-нибудь?

— Да нет, наверное. Я, впрочем, не в курсе, коллега просил узнать...

После взаимных пожеланий благ и успеха мы закончили разговор.

Я тут же решил позвонить другому Юрию — Макаревичу из контрразведки. И этот оказался на месте.

— Скажите, Юра, вы еще не узнали, кого это Петров убил вместо несуществующего Кервуда?

— Нет пока. Но мне кажется, это наш клиент, только поди узнай, какого черта ему в Чечне понадобилось?

— Я хотел бы понять еще и такую вещь: почему с ним работник внешней разведки разъезжал по горячим высокогорным точкам?

— Мы по своим каналам проверяем и это.

— Юра, хочу в порядке бреда подкинуть вам одну кличку или фамилию. Может, за вами такой числится.

— Давайте.

— Очень известная фамилия — Кук.

ТЕЧЕНИЕ ЖИЗНИ

1

Грязнов без особого труда нашел небольшой деревянный дом, спрятанный в глубине небольшого сада. В этом одноэтажном, но добротном строении проживал до тихой естественной кончины ветеран армии Дмитрий Скворцов.

В «гражданке» непрезентабельного вида и без документов проникая в чужое, хоть и пустующее, жилье, Слава чувствовал себя не очень комфортно. Но другого пути не было: санкцию на обыск по всей форме не дал бы, пожалуй, и Костя Меркулов, а так в самом крайнем случае можно будет сослаться на 168-ю статью Уголовно-процессуального кодекса, которая предусматривает возможность произвести обыск без санкции прокурора в случаях, не терпящих отлагательства. То, что необходимость срочного «шмона» в этом домишке имела место, придется доказывать Турецкому, поэтому он очень и очень просил Славу сработать тихо, чтоб не знал никто о поисках МУРа на территории, ему не подведомственной.

Слава не откровенно, украдкой осмотрелся. Провинциальная улочка была пуста и тиха. Слава отворил калитку и пошагал с хозяйским видом к невысокому, в три ступеньки, крыльцу. Дорожка вела вдоль сетчатого забора, отделявшего один участок от другого. Соседский дом тоже прятался в глубине двора. В том домике сидел на кухне, топил печку старичок. Огонь уже вошел в силу и не требовал постоянного хозяйского внимания, поэтому дедушка пил чай и посматривал в окошко. Вид открывался унылый, однообразный и скучный — кусок соседнего двора, поэтому любопытствующий повел взглядом не торопясь, с ленцой. Но оказалось, на этот раз есть что посмотреть: на крыльце дома, где когда-то жил сосед Дмитрий Петрович, топтался неизвестный не старый еще мужик — не то бродяга из еще не опустившихся, не то обедневший работяга. Старик-сосед гадал, что бы это могло понадобиться чужаку, а Грязнов в это время достал из кармана ключик, вставил в замок, отпер дверь и вошел внутрь.

Сосед хорошо знал покойного хозяина, шапочно был знаком с его сыном, наезжавшим сюда примерно раз в месяц. Тот, кто скрылся сейчас за обитой черным дерматином дверью, не был ни сыном Скворцова, ни тем более призраком самого хозяина. Может, вор? Если так, то он, нахал, не знает, что здесь под рукой телефон!..

Грязнов первым делом осмотрелся как следует. Наверное, он поступал так, как поступил бы опытный, грамотный вор. Прошелся по всему дому. Он невелик — три комнатки, кухня-столовая с прикрытым заслонкой зевом русской печи, кладовка, подпол. Кухня достаточно просторная, в ней лесенка, ведущая на чердак. Судя по всему, хозяин был человек предусмотрительный и осторожный. Слава, когда еще был во дворе, заметил, что наружный ход на чердак когда-то был — как у всех, а теперь забит. Теперь-то уж не залезет на чердак любитель белья и копченых колбас!

После того как осмотрелся и все расположение комнат и ходов запомнил, Грязнов вернулся в коридорчик и запер дверь на ключ изнутри, чтобы никто не помешал работать.

Дело предстояло долгое и не слишком веселое, особенно если учесть такое неудобство — неизвестно, что искать. Значит, почти полноценный обыск, только без понятых и без разрешения. Хорошо уже хотя бы то, что Турецкого мало интересуют деньги и ценности даже в сумасшедших количествах. Не то чтобы совсем не интересуют — количество и вид ценностей он хотел бы знать, если таковые найдутся. Александру подавай документы, пленки и прочую шпионскую муру. Что ж, в таком случае следует начать с той комнаты, которую можно назвать кабинетом, потому что в ней кроме телевизора, кресла и холодильника-бара есть письменный стол и книжные полки.

Однако слегка досадующий на Турецкого за такую миссию Слава Грязнов подошел сначала не к полкам — к бару-холодильнику. Отделанный под дерево, он был похож на стилизованный ширпотребовский сундучок. На руках Славы тонкие кожаные шоферские перчатки, которые так любят металлисты и рокеры, поэтому майор Грязнов открыл дверцу холодильника, с удовольствием узрел внутри упаковку баночного пива и несколько бутылок водки. Ее трогать не стал, а баночку пива вытащил из целлофанового плена.

Открыл, хлебнул и пробормотал:

— Вот черт! Стащил вроде как банку, а на душе приятно. Может, и у домушников так же хорошо на сердце после ихней работы. Что, конечно, подтверждает жизненный закон о том, что с кем поведешься, с тем... э-э, нет, от того и наберешься!

2

С пивом дело пошло веселее. Слава довольно быстро и методично вместе с тем исследовал содержимое всех шести ящиков письменного стола. Ничего интересного там не было — письма, старые счета и квитанции, выцветшая от времени рукопись, судя по содержанию — мемуары старого Скворцова.

Не дал последнего результата и поиск на книжных полках. Ни между книгами, ни в книгах, ни в корешках или обложках не было ни золота с бриллиантами, ни свернутых в трубочку долларов, ни записанных на полосках папиросной бумаги секретных сведений. Да и книги были всё те же военные мемуары, выпущенные в свет в те времена, когда считалось, что коренной перелом в Великой Отечественной войне произошел на Малой Земле и как раз в те минуты, когда ее посетил политрук Брежнев.

Возможно, Славе Грязнову пришлось бы перерыть весь дом, застрять в нем на сутки, если не внимательность и опыт — сын, как писал классик, ошибок трудных. Разочарованно отойдя от двух поставленных рядом старомодных книжных полок, Слава заглянул на верхние крышки полок — вдруг там листочек какой-нибудь завалялся? Листочка не оказалось, но... Но ровный слой пыли наверху одной из полок был в одном месте, у стены, слегка смазан. Как будто кто-то на секунду оперся основанием ладони о полированную поверхность древесно-стружечной плиты, ставшей деталью мебели.

Зачем человеку лезть на табуретку и потом опираться одной рукой о полку? Чтобы что сделать второй? Что-нибудь достать со стены? Посмотрим. Слава обшарил глазами стену над полкой со следом. Ничего, первозданная гладкость беленой стены. Нет следа ни от гвоздика, ни от шурупчика. Это к тому, что человек мог снять со стены портрет дорогого человека. Не хотел — следов соответствующих нет, да и не лучшее для портретов место — кусочек стены над книжной полкой. В таком случае напрашиваются два варианта — либо что-то достать из-за полки, либо, наоборот, спрятать.

Слава попробовал заглянуть в узкий зазор между полкой и стеной сбоку — ничего не увидел. Тогда присел, ухватился за ножки и, поднатужившись, отодвинул слегка от стены одну сторону тяжелой книжной полки. На задней ее стенке, представлявшей собой обычный лист трехслойной фанеры, был прилеплен четырьмя полосками скотча обернутый в целлофан плоский пакет.

— Надеюсь, это не свидетельство о браке! — сказал сам себе негромко Слава и оторвал пакет от фанеры.

Целлофан был хрустящий, прозрачный, под его слоем легко увидеть, что пакет представляет собой не что иное, как компьютерную дискету в бумажном конвертике.

— В ногу со временем! — одобрительно проворчал Грязнов, спрятал дискету в карман и собрался проститься с домом Скворцовых.

Пустую банку из-под пива надо отнести в помойное ведро, как должны поступать интеллигентные, культурные люди. Это по пути. Слава взял банку, смял в пальцах податливую тонкую жесть, вышел через кухню в коридорчик и остановился, ошеломленный, выглянув в небольшое оконце, сделанное у входной двери специально, чтобы видеть, кто пришел.

А пришел тот, кого не ждали. У калитки на улице стоял милицейский «УАЗ», а из него не спеша вылезали один за другим три крепкотелых сержанта из патрульно-постовой службы. Какого черта им надо? И тут Слава вспомнил то, на что не обратил особого внимания: когда на крыльце, выцарапывая из кармана плоский ключ, он мельком бросил взгляд на окна соседнего дома, вроде в одном из окон дрогнула тюлевая занавеска. Бдительный, холера! Что делать? Были бы с собой документы — вопросов нет. Или, скажем, был бы Слава Грязнов пустой, забрали бы, за полчаса личность установили, может, и рапорт вдогонку накатали, что шастают тут гордые муровцы, а в известность не ставят... Но сейчас у него под курткой небольшой хрупкий черный квадратик, содержащий энное количество байтов информации. А это значит, что все в конце концов может выясниться и отпустят его, даже журить не станут, но дискета тем временем может потеряться, исчезнуть, прийти в негодность. Да что угодно может произойти!

«Итак, Грязнов, ваши действия? — мысленно спросил себя Слава. — Сначала надо спрятать в другом хорошем месте дискету и попробовать смыться... А уж потом я вернусь в форме, оснащенный полномочиями и увешанный оружием, ох и буду строить этих охламонов!..»

Милиционеры двинулись по дорожке к дому. Сзади семенил старик. Ничего такой старикашка. И главное, бдительный! Вот только случай немножко не тот, чтоб эту бдительность поощрить!

Не отпирая дверей, Слава тихонько перешел из коридора на кухню, проверил лестницу, ведущую на чердак. Для пущей устойчивости она была приколочена к полу гвоздями и обрезками вагонки к стене. Возле печки стоял прислоненный к кладке средних размеров топорик, для того чтоб колоть лучину. С помощью этого топорика Слава без особого шума повытаскивал гвозди, выбросил их в печь и быстро полез наверх. Лючок на чердак был дощатый, покрашенный в один цвет с потолком и, главное, не запертый на замок. Грязнов откинул его, забрался на чердак и втащил за собой наверх лестницу.

Милиционеры тем временем уже подергивали дверь, убедились, что она заперта. Тогда один остался стучать в нее и периодически выкрикивать:

— Откройте! Милиция!..

Двое других стали обходить с двух сторон дом на тот случай, если полуденный тать пожелает в окно сигануть. Куда там сигать, если в окнах двойные рамы?! Милиционеры попались не совсем бестолковые. Сообразили, что раз в доме одна стена глухая, то личного состава вполне достаточно, чтобы двоим держать под контролем выходы, а двоим проникнуть внутрь.

Они разговаривали громко, наверное, чтоб не так было страшно, поэтому Слава мог слышать почти каждое слово.

Когда на стук и крики никто не ответил, милиционеры стали решать, стоит ли взламывать дверь, а вдруг там уже нет никого?

— Вы уверены, гражданин, что он внутри? — басом вопрошал старший наряда соседа.

— Да я его как вас видел! — возмущенным тенорком восклицал бдительный пенсионер. — Я не знаю, зачем он туда влез, там ничего ценного нет и не было. Жил себе скромно ветеран. Зато сын его знаете где служит? В военной разведке!

Милиционеры затоптались на крыльце менее решительно.

«Давай-давай, дед! — мысленно похвалил старика Грязнов. — Авось спугнешь!»

Увы, старик желал обратного.

— Ну хорошо, — сказал милиционер. — Мы сейчас сломаем замочек, но под вашу ответственность!

— А я никогда от нее и не бегал! — обиженно сказал старик.

«Та-ак, что же будем делать? — снова спросил себя Слава, когда понял, что перспектива тихо отсидеться не имеет шансов на осуществление. — Где-то надо спрятать дискету. Ненадолго, до вечера, ну пусть до ночи».

Он огляделся. Чердак был чистым. В одном углу хранилось несколько аккуратно связанных пачек старых журналов и книг. В какую-нибудь пачку? Почему бы и нет? Поймают с пустыми руками, просто подумают, что не успел ничего украсть.

Внизу сержанты ловко сломали замок и уже застучали сапогами в коридорчике, затем в кухне. Грязнов некоторое время наблюдал за ними сквозь щель в досках люка. Как он и предполагал, эти ребята пока еще крутых бандюг не брали: ни один не взглянул вверх на всякий случай: а вдруг ворюга на лампе висит и пистолет в руке держит? Нет, как шли, так и пошли, покрикивая:

— Кто здесь? Немедленно выходите!

Осторожно, стараясь, чтобы не скрипел под ногами пол, Слава перебрался к сложенной у ската крыши макулатуре, нашел стопку поновее и посуше, сунул дискету между страницами журнала так, чтобы со стороны ее не было видно. Теперь можно подумать и о себе. Прежний выход забит хозяином на совесть. Выбить можно, но слышно будет на весь микрорайон. С другой стороны, как водится, окно. Довольно большое. Пробираясь по самому краю чердачного пола, чтоб внизу, в комнатах, не услышали его шагов, Слава перебрался к самому окошку. Предусмотрительный хозяин компенсировал величину окна тем, что изнутри забрал его небольшой, но достаточно надежной решеточкой.

Слава осторожно выглянул в окошко и не поверил глазам: внизу никого не было. Он прикрыл глаза и мысленно представил себе расположение комнат. Точно! Здесь глухая стена, а в каком-то метре от нее забор, отделяющий домовладение Скворцова от соседа сзади. Что ж, была не была, решил Слава. Тем более что теперь можно и попасться.

Решетка была оправлена в раму из металлического уголка. Рама гвоздями крепилась к стене. И гвоздей-то всего четыре. Ну просто редкая удача! Слава взялся руками за верхнюю поперечину решетки, дернул что есть силы. Гвозди, вылезая из сухих досок, натужно скрипнули. Звук оказался неожиданно громким, и Слава на несколько секунд притаился, прислушиваясь к тому, что делается внизу. Там раздавался неразборчивый и возбужденный гомон, а также топот. Не иначе как на чердак хотят попасть, решил Слава и дернул еще раз, почувствовав, как рифленые прутья арматуры сдирают кожу с ладоней. Зато верхняя половина решетки уже болталась в воздухе Слава отогнул ее вниз. Нижние гвозди вытащить было легче. Теперь рама со стеклом. Ее высадить быстрее и проще, но это шум, лишний, опасный. К счастью, стекла к раме крепились только гвоздиками, без замазки. Однако с первым стеклышком пришлось повозиться, зато оставшиеся три он, просунув руку в образовавшееся отверстие, просто выталкивал внутрь.

Шум и топот переместился в сторону кухни. Значит, нашли-таки люк на чердак, теперь думают, как сюда запрыгнуть. Слава не ударом, но мощным толчком выломал раму из оконного отверстия с мягким треском и высунул в отверстие пока только голову. Внизу по-прежнему никого не было. Он посмотрел вперед, на соседнюю усадьбу. Там было тихо и пусто, занавески на окнах не шевелились. На работе, наверное, народ.

Под чердаком между фронтоном и стеной был сделан козырек. С него, как с трамплина, можно попробовать перепрыгнуть на соседний участок. Только бы не поскользнуться и не угодить каким-нибудь нежным местом прямо на забор. Заборчик, правда, хлипкий, но падать на него все равно не хочется.

Слава полез в проем, направив плечи по диагонали прямоугольника чердачного окна. Если плечи пролезут, вылезу весь, подумал он. С небольшим напряжением — на левом плече порвалась куртка — он все-таки вылез наполовину. А остальное было уже делом техники.

На козырьке было довольно скользко, поэтому Слава одной рукой держался за проем. Потом схватился за наличник кровли и, выбрав место между двух голых и мокрых кустов крыжовника на соседнем участке, сиганул туда ласточкой, сильно оттолкнувшись руками и ногами. Расчет был верный — он попал тютелька в тютельку, для страховки сделал кувырок через голову, встал и легкой рысью побежал вперед. И уже выбежал на параллельную той, с которой вошел, улицу, когда услышал крик милиционера, донесшийся сверху, с чердака:

— Через крышу ушел, гад!..

3

Грязнов вышел на улицу, быстрым шагом обогнал каких-то двух испуганно шарахнувшихся старушек, повернул в проулочек и уже не спеша, чутко прислушиваясь, через заборы и калитки стал прокрадываться обратно. Правда, он понимал прекрасно, что возвращаться за дискетой еще рано, и рассудил, что наиболее правильным решением будет такое — подождать подмоги от Турецкого где-нибудь поблизости от дома Скворцова. Вот только как ему дать знать о себе?

Теперь Грязнов подбирался к заветному дому справа, с той стороны, где этот двор соседствовал с двором бдительного старичка. И тут в Славиной голове появилась озорная идея: старичок-то как раз и поможет, вольно или невольно.

Спугнув чью-то дворняжку, которая еще только училась быть злой, Грязнов осторожно преодолел еще один забор и оказался в огороде бдительного старичка. Спрятавшись за железной бочкой, в которой летом хранилась вода для полива, он наблюдал за соседним двором.

Один из милиционеров, видно, пошел-таки по его следу. Оставшиеся что-то бурно обсуждали, опечатывая взломанную дверь. Бдительный сосед, пережив минуты сомнения в своей безупречной психической нормальности, чувствовал себя героем дня.

Минут через пятнадцать, когда Грязнов уже основательно продрог, вернулся ни с чем преследователь. Весело матерясь и громко рассуждая о том, что был в доме бомж или мелкий воришка, потому что в доме ничего вроде не пропало, да и нечего в нем брать, милиционеры сели в машину и укатили.

Старик, посмотрев им вслед, с чувством исполненного долга вернулся на свой двор и после недолгого раздумья направился к узкому и высокому, похожему на скворечник для страуса, строению.

Грязнов тем временем вышел из своего укрытия и спокойно направился к дому старика. Как он и предполагал, в пылу охоты на воришку дед собственный дом замкнуть не удосужился. Поэтому Слава аккуратно вытер ноги, снял и повесил в сенях замызганную куртку, вошел на кухню и с наслаждением уселся возле пышущей жаром печки, в которой прогоревшие дрова сверкали раскаленными рубиновыми россыпями углей.

Сморкаясь и бормоча что-то о вселенском падении нравов, в кухню вошел хозяин, повернулся было к рукомойнику сполоснуть руки, да так и замер, полуобернувшись, вытаращив на незваного гостя выцветшие, подслеповатые глаза.

— Дедусь, — ласково, чтоб, чего доброго, не умер со страху, сказал ему Слава. — Дедусь, чувствуй себя как дома, но не забывай, что у тебя гости.

Старик вспомнил, наверное, что был когда-то солдатом, повернулся к Грязнову спиной, вымыл руки и после этого спокойно и буднично спросил:

— Небось зарезать меня пришел?

— Это за что же?!

— Так я милицию на тебя навел.

— Так правильно сделал!

Старик посмотрел подозрительно:

— Чего ж тогда убежал?

— Позвонить надо срочно. Разрешишь?

— Звони.

Слава подошел к аппарату, стоящему на резной этажерке стиля пятидесятых годов, набрал номер.

— Милая дама! Соедините меня срочно с заместителем генерального прокурора Меркуловым! Кто? Скажите, Грязнов!

Слава повернулся, увидел, что старик открыл рот от удивления, подмигнул ему и весело закричал в трубку:

— Костя! Это я! Если можно, разыщи Турецкого, скажи, что я нашел кое-что, но меня чуть не замели местные ребята по наводке сознательных граждан!.. Так что хата опечатана, а я сижу у соседа, который меня заложил! Пусть приезжает сам или пришлет кого-нибудь уполномоченного, а то я второй раз от них не убегу! Все!..

Слава положил трубку и, довольный, повернулся лицом к хозяину.

— Так ты что, ихний, что ли? — спросил старик и дернул плечом в сторону соседнего дома, подразумевая милиционеров.

— Почти, — ответил Грязнов.

— С ума с вами сойдешь! — беззлобно проворчал старик.

— А может, по чайку вдарим, отец? — предложил Грязнов. — А то я продрог, пока тебя возле сортира выслеживал!..

4

Начальник Службы внешней разведки уже который день приходил на работу раньше других и первым делом вызывал к себе шифровальщика, хотя тот и без этого мог входить к хозяину в любое время и даже без стука.

Обычно у дверей в кабинет дежурный докладывал о

важнейших событиях, происшедших за минувшую ночь. Раньше все неприятные вести сообщал в основном он. Затем приносил в кабинет чай и газеты — и начинался обычный трудовой день, хотя, конечно, труд этот был довольно специфичен и очень далек от быстрой, огнестрельной романтики шпионских романов и фильмов. Кропотливое собирание информации, жесткие, но в большинстве случаев бескровные схватки агентов с контрразведчиками или, что тоже бывает, с откровенными, но почему-то очень бдительными идиотами.

И вот уже который месяц утро начальника службы начинается с черной папки шифровальщика. Там хранятся поступившие за несколько последних часов телеграммы. Те, что касаются политической ситуации в мире, просмотрены помощником, выделены желтым фломастером интересные и нужные места. Вторая половина сообщений идет с пометкой «только лично». В телеграммах, направленных лично начальнику СВР, не используются настоящие имена и подлинные названия, они заменены условными кодовыми наименованиями, числа, цифры специальным образом перепутаны, так что для человека неосведомленного, не имеющего отношения к разведке, текст будет выглядеть полнейшей бессмыслицей.

Раньше хозяин, слывший докой во всяческих шифрах, с удовольствием прочитывал в первую очередь оперативные телеграммы. Там в скупых строчках таилась та бесценная информация, которая сводила на нет усилия партнеров по шпионскому соревнованию, которое не знало ни правил, ни жалости, ни благородных чувств. Но заведенный сотни лет назад механизм в наступившее время еще некому было остановить. Другое дело, что Служба внешней разведки — не бывшее Первое Главное управление КГБ. Ни былой дисциплины, ни спецов. Как сказано у поэта: иных уж нет, а те далече.

Уже который месяц хозяин боялся приходить на работу, ему надоело получать в черной папке дурные вести. А чтобы не встречаться взглядом с подчиненными, которые, конечно, все провалы приписывают начальству, а все небогатые успехи — себе, он приходил на работу раньше всех. Черная полоса началась пожалуй, с гибели агента под условным именем Айвар.

Этот малахольный отработал за границей больше десяти лет, хорошо внедрился, прошел всевозможные проверки, стал не резидентом, а конфеткой. И вот год назад присылает истеричную телеграмму: дескать, вслед за провалом Советского Союза немедленно последует крах России, поэтому вся его работа не имеет смысла. Пусть бы он отправил такую телеграмму, напился, надебоширил... но с утра, похмелившись, снова взялся за руководство одной из лучших резидентур в Западной Европе! Нет, он, конечно, напился, но после этого прыгнул с автомобильной эстакады на рельсы. Нелепая смерть, писали газеты в том маленьком провинциальном городке, где проживал неподалеку от секретного научно-исследовательского центра агент Айвар. С этого политического самоубийства и пошло-поехало. Что ни месяц — провал, а то и два. Одно дело, если бы влетали в сети контрразведки неопытные, не успевшие внедриться как следует агенты — время такое, у всех на уме одна халява, ни учиться, ни работать толком никого не заставишь. Нет, с шумихой и газетными скандалами, а иногда, в особых случаях, и втихомолку, попадали за решетку и представали перед судом люди, которые, разыгрывая там из себя простоватых и добродушных обывателей пребывающего в благополучии мира, на родине были уже в подполковниках и полковниках.

Таких откровенных «залетов» за последние полтора года случилось уже десять. Ситуация из тревожной превращалась в критическую, даже в катастрофическую. И, прежде чем кто-нибудь поставит вопрос о его отставке, хозяин хотел посоветоваться с помощниками. Он сознавал, что это не что иное, как жест отчаяния и слабости. Ведь вполне возможно, что кто-то из помощников или замов метит на его место. Ради такой хорошей партии любой из них мог спокойно рискнуть парой-тройкой агентов, чтобы только скомпрометировать генерал-лейтенанта и занять его кресло. Все так, но и выхода другого у хозяина не было. А чтоб заставить их думать над спасением всего аппарата управления, вместе с начальником, надо представить дело так, будто со сменой основного руководителя не усидит в своем кресле ни один из них.

Сегодня, вопреки тоскливым ожиданиям, шифровальщик не принес дурных вестей, что хозяин счел хорошим предзнаменованием. Более того, помощник вошел после ухода шифровальщика с тугим свертком под мышкой, положил его на стол и сообщил вполголоса:

— Вам упаковочка от резидента...

В свое время такие в общем довольно скромные подношения часто практиковались среди резидентуры. Пусть маленькая и смешная, но взяточка, из-за нее шеф посмотрит благожелательнее, а то и не заметит чего-нибудь, чего не стоит замечать. Достаточно крупные чины были людьми, в общем, невыездными, разве что в составе официальной делегации, а с такой компанией особо по шопам не разгуляешься. Предыдущий хозяин службы «закосил» под чистюлю и подношений не брал. Поэтому нынешнему начальнику вдвойне приятно было получить посылочку из-за океана. Не подарок ведь дорог, а внимание.

Помощник не уходил, плавно, чтоб не обеспокоить, переминаясь с ноги на ногу у стола.

— Что-то еще? — подняв на него глаза, спросил шеф разведки.

— Да вот мелкая, не заслуживающая внимания неприятность...

— И все же что?

— Анонимка.

— На кого? На меня?

— Ну что вы?! На одного сотрудника информационно-аналитического отдела.

— Давайте, я посмотрю. И не забудьте собрать замов через полчаса.

Помощник наклонил голову в знак того, что распоряжение понял, и тихо вышел.

Анонимное послание помощник оставил на столе.

Шеф разведки взял простой белый конверт, на котором не было почтовых обозначений и марок. Обычный чистый конверт, применяемый в делопроизводстве. На нем при помощи пишущей машинки просто и конкретно указано, кому письмо адресовано: «Начальнику Службы внешней разведки РФ».

Он вскрыл конверт, вынул из него сложенный вчетверо белый лист бумаги. Текст, как и на конверте, напечатан на машинке. Хозяин на глаз сравнил буквы на конверте и листе. По всей видимости, машинка одна и та же.

Что ж, посмотрим, на кого клепает наш Павлик Морозов, подумал шеф. Он пришел в разведку на демократической, перестроечной волне, поэтому образ пионера-стукача в унисон со всеми считал порочным.

«Уважаемый Господин начальник СВР...»

Так начиналось письмо, и шеф поморщился. При всех политических веяниях во внешней разведке работники обращались друг к другу по старинке — «товарищ». К тому же и сам начальник употреблял именно это слово бо́льшую половину своей сознательной жизни. Оттого вольно или невольно шеф решил, что автор анонимки либо играет в современного, либо вкладывает в слово «господин» иронический смысл.

«...Вынужден обратиться напрямую к Вам, так как, отправленное по команде, это письмо вряд ли до вас дойдет, затеряется под любым благовидным предлогом.

Считаю своим долгом сообщить, что меня настораживает то, как относится к своим обязанностям и ценностным ориентациям российского разведчика работник информационно-аналитического отдела СВР Андриевский Юрий Владимирович.

В свое время мы учились с ним в одном отделении разведывательной школы № 101, жили в одном общежитии, бегали под «наружкой» по улицам, закладывали во дворах учебные тайники. В то время ни в теории, ни в практике усердием и большими способностями Юрий не отличался. Но имел и имеет приятную внешность, хорошо подвешенный язык, что делает его непревзойденным мастером налаживания личных контактов.

После окончания школы Андриевский некоторое время работал курьером в Англии под дипломатической крышей. Здесь тоже звезд с неба не хватал, а однажды даже был арестован полицией за дебош в баре. Но зато в Лондоне у него произошла встреча с Леокадией Пермитиной, дочерью Вашего заместителя Пермитина Э Г Вскоре молодые люди поженились. После этого ранее неторопливая карьера Юрия Андриевского делает крутой вираж. Как еловека глубокого аналитического ума его переводят в информаторы, и он по-прежнему продолжает ничего не делать. Достаточно вялое участие в подготовке договоров с разведками некоторых арабских стран и стран Азии вряд ли свидетельствует о том, что информационно-аналитический отдел приобрел ценного сотрудника.

К тому же на службе Андриевский бывает через день. Чем занимается в другое время — неизвестно. Вполне возможно, что подрабатывает в какой-нибудь фирме. Несколько раньше его видели в компании с валютной проституткой по кличке Мина. Прошу проверить, что я не свожу личные счеты и не хочу таким образом проложить себе дорогу к должности. Просто считаю, что в наше тяжелое время в разведке должны работать профессионалы и чистоплотные люди. Не требую немедленной кары. Можете устроить проверку, аттестацию — все, что будет способствовать раскрытию талантов и способностей Андриевского. Если таковые найдутся, я публично принесу Юрию Владимировичу извинения».

Никакой подписи под письмом не было.

5

Шеф Службы внешней разведки взглянул на часы — до сбора заместителей оставалось еще около пятнадцати минут. Можно успеть поговорить с Пермитиным. А Юрия, зятька, оставим на потом.

Селекторная связь быстро соединила его с искомым абонентом.

— Эдуард Геннадиевич, ты свободен?

— Относительно.

— Зайди ко мне ненадолго, есть деликатный вопрос.

— Слушаюсь! — по-военному ответил Пермитин.

Эдуард Пермитин, невысокий, желчный, носатый и невероятно амбициозный мужчина лет пятидесяти пяти вошел в кабинет начальника через минуту и доложил с порога:

· Прибыл по вашему распоряжению!

- Да ну тебя, Эдуард! — немного испуганно, но дружелюбно ответил начальник. — У нас не бурса, во-первых. Во-вторых, я не приказывал, а просил зайти, так что можешь не подчиниться и уйти.

— Я предполагал, что мы будем разговаривать о положении дел у нелегалов, а в этом вопросе, хочешь не хочешь, надо быть строгим.

— Об этом чуть позже. Сейчас вопрос личного плана, почти интимного.

Хозяин протянул Пермитину анонимное письмо.

— Вот почитай пока...

Пермитин взял бумагу и принялся читать. У него была снайперская дальнозоркость, поэтому лист он держал несколько на отлете, почти вытянув руку.

Поэтому же шеф мог исподтишка наблюдать за изменениями, которые, возможно, будут по мере чтения видны на худощавом, нервном лице заместителя. Хозяин не впервые сидел в руководящем кресле и знал известный со времен средневековой Англии постулат: королей убивают не враги, а придворные. Пермитин был одним из придворных, причем самый неуязвимый на тот случай, если Президенту или его советчикам вздумается менять команду капитанов на этом некогда престижном корабле. Теперь не то. Разведку, контрразведку, Министерство внутренних дел и прокуратуру политики используют в политических же целях. А так как слово «использовать» имеет и некий бордельный оттенок, то и отношение к силовым структурам не как к опоре державы, а как к дубинкам, которыми можно пользоваться в своих интересах по очереди или по принципу — кто первый схватил и держит.

Нынешний шеф был ставленником Президента, поэтому стремился поддерживать контакты с ним и его командой. Но беда в том, что Президент менял фигуры в команде с капризностью китайского мандарина. И если даже допустить, что все фигуранты нынешней политики, и опальные, и обласканные, являются честными патриотами России, то уже из-за одной разницы в позициях и подходах к реформам корабль державы будет раскачи ваться, пока не опрокинется.

Кризис года — Чечня. Разведка получала сообщения о том, что на Западе, конечно, озабочены положением дел, считают кризис внутренним делом России, но одновременно и немного довольны. Страна, как тот подслеповатый, измотанный, больной конь, снова съехала с борозды в чужие овсы.

Назревающая война сожрет уйму денег, и опять Москва пойдет с протянутой рукой, а Запад будет поджимать губы и говорить о том, что цели Москвы могут, конечно, вызывать понимание западных политических партнеров, но методы заставляют инвесторов быть осторожными. Шеф разведки был убежден, что при всех политических альянсах цель Запада остается неизменной: не дать России подняться экономически. Им по горло хватает изматывающего состязания со странами Юго-Восточной Азии, а если еще и дремлющего монстра выпустить на большой рынок?.. У них хорошая память, они помнят, несмотря на две кровопролитнейшие войны, как в начале века российские производители вышибали западных конкурентов со многих позиций. Повторения этого они не хотят и не допустят. В свое время Россия, возможно, уступала им в комфортности жизни, насыщенности товарами и услугами, но по части вооружений не уступала ни в чем, а по некоторым показателям и превосходила. Взять хотя бы такую мелочь, как разработки подводного огнестрельного оружия. Конечно, гонка вооружения — палка о двух концах. Постоянная угроза со стороны СССР научила западную экономику работать быстро и очень эффективно, там нельзя было заставлять граждан потуже затянуть пояса и жить всю жизнь в коммуналке и нельзя было также допустить нарушения паритета военных сил. Может, прав был Леонид Шебаршин, бывший начальник Первого Главного управления КГБ, когда писал, что цель разоружения — оставить русским оружие, пригодное только для гражданской войны?..

...По мере чтения анонимки лицо Пермитина не менялось, и, когда он положил письмо на стол, взгляд был по-прежнему спокоен и даже несколько ироничен.

Шеф молчал, поэтому Пермитин спросил:

— Мне надо принять какие-то меры по поводу этой бумажки?

— Я и не знал, что ты строишь семейную династию, — вместо ответа промолвил хозяин. — И на свадьбу меня не позвал...

— Вы тогда еще здесь не работали, — не очень любезно напомнил Пермитин. — Я вообще-то со службы никого, кроме пары личных друзей, не приглашал. А друзья мои еще при Бакатине в отставку ушли. Так что кто сколько выпил, что подарили молодым и что было на столах, вы можете узнать только от меня.

— Эдуард Геннадиевич, — мягко сказал шеф, — если вы не знаете, как я отношусь к анонимкам, то поясню: в отличие от гражданской конторы мы не будем эти бумажки рвать и выбрасывать, мы будем искать авторов и гнать их отсюда. Анонимщик — потенциальный предатель, вы согласны?

— Согласен.

— Однако какие-то моменты не мешало бы прояснить, как вы считаете?

— Хорошо. Задавайте вопросы. Однако я оставляю за собой право не отвечать на те, на какие не сочту нужным. Тем более что спрашивать особенно нечего.

— Почему?

— Потому что я свою дочь с ним не сводил, познакомились сами, сами решили пожениться. Все, что от меня требовалось по такому случаю, я сделал. Когда узнал, что Юрка наш, сразу сказал ему, что у меня в отделе он работать никогда не будет. Он и не настаивал. Путем полулегальных махинаций нам удалось удачно разменять квартиру, так что с первого дня молодые живут отдельно. Что там и как у них дела, может, наверное, рассказать жена. Она у них чаще бывает.

Хозяина не покидало ощущение, что Пермитин слегка над ним издевается. От этого чувства было досадно.

— Меня не интересуют интимные стороны жизни благоприобретенного члена вашей семьи. Но хотелось бы знать, прав ли аноним, когда утверждает, что Андриевский работал сначала у нелегалов на подхвате, а потом сделал совершенно неожиданный скачок к головастым?

— Я не могу вам ответить, потому что не знаю, но выяснить это очень просто: надо проследить по приказам о перемещениях и назначениях и потом спросить у обоих начальников отделов, чем они руководствовались, принимая согласованное решение.

«Хитер, сволочь! — думал, глядя на Пермитина, шеф. — Конечно, кто же сознается, что после тонких, но прозрачных намеков заместителя начальники отделов постараются, чтобы его туманные предположения были исполнены столь же четко, как исполняется приказ. И спроси у них сейчас шеф разведки прямо в лоб: советовал Пермитин зятя пристроить? — будут отнекиваться, как нашкодившие школьники. Вся беда России в том, что тут как на Сицилии, дружба да любовь сильнее закона. Так сколько там той Сицилии, а у нас вон какие просторы, и везде бардак!»

— А вот этот момент, об отношении к службе, как вы можете прокомментировать?

— А никак не надо комментировать! Надо проверить и, если сведения подтвердятся, наложить на Андриевского взыскание, а то и вон из ведомства по собственному желанию. Таких случаев сколько угодно. Вам, кстати, не мешало бы обо всем расспросить самого Андриевского. Вы знаете, что он обладает феноменальной памятью: до последней запятой дословно запоминает текст, просмотрев его один раз. То же самое и с разговором двух лиц, только на нем надо сосредоточиться. Однажды благодаря таким его свойствам мы разоблачили двойного агента. То есть он давно был у нас на подозрении, но осторожен был, как маньяк. Встречался со своим куратором с того берега в самых неожиданных местах, чтоб не успели «хвост» подцепить, поставить аппаратуру. В тот раз ехал в вагоне метро и разговаривал со связником. Юрка стоял рядом с видом зачуханного интеллигента и смотрел в газету, а сам слушал каждое слово. А потом мы того взяли и сказали, что знаем, кто его связник и о чем они говорили в таком-то месте в такой-то час. Он думал, что мы блефуем, в подземке практически невозможно записать разговор, находясь сбоку от того, кого пишешь. И тут приходит Юрий, садится напротив и начинает шпарить слово в слово весь разговор двойника со связником. У того, естественно, шары на лоб — извините, как вы узнали, кричит. Да чего там узнавать, связника, мол, твоего раскололи, он по нашему приказу и магнитофон с собой взял, когда к тебе пошел. Наш двойничок и спекся...

Шпионские байки, вяло и устало подумал начальник службы.

— Если откровенно, хотелось бы просто узнать предварительно, насколько хорошо этому писаке известен человек, о котором он пишет... — проворчал он.

— Знает достаточно хорошо. Вне всякого сомнения, служит рядом или служил совсем недавно, да и зацепка есть — учились в одной группе. И что самое печальное, наверняка близкий друг...

— Почему такое суждение?

— Про Мину Юрий не всякому скажет.

— Про какую мину? А-а, про даму! Значит, это правда?

— Это, пожалуй, единственный бесспорный факт во всем письме.

— Ну, знаете, Эдуард Геннадиевич! Он же на вашей дочери женат!..

— Я вам больше скажу — моя дочь с ней приятельницы.

— ?!..

— Это ведь в анонимке написано, что она проститутка. Возможно, она и занимается этим, но в очень приличных местах, потому что милицейскую шушеру не переваривает. А работает она в турагентстве, через нее моя дочка оформлялась на экскурсию в Англию, с ней поехали, и там Лека с Юрием познакомились.

— А почему кличка такая странная?

— Мина-то? Характер у нее взрывной, так дочь объясняла. Сидит себе мурлыкает, как кошечка, а чуть что не так — гром и молния!..

Оставшись один, хозяин долго и бездумно вертел в руках толстый овальный китайский карандаш. Его не покидало чувство, что заместитель Пермитин, не особенно таясь, презирает его за то, что он, новый шеф, плохой профессионал, за то, что в его лице старая шпионская крыса олицетворяет всех тех, кто превратил старый крепкий фрегат КГБ в два бессильных и слабоумных выкидыша. Нет, не хозяина вина в том, что разбежались профессионалы, ушли традиции и принципы. Он-то всерьез хочет сделать СВР такой же солидной и респектабельной конторой, как ЦРУ. Но кто-то или что-то все время мешает.

— Это провал, подумал Штирлиц, — неожиданно вслух промолвил шеф разведки сию нелепость и, опомнившись, яростно сплюнул в чистую пепельницу.

А. Б. ТУРЕЦКИЙ

1

Легкий черный квадрат дискеты торжественно спрятан мной в сейф. О ней запрещено говорить вслух и даже шептаться в моем кабинете.

Я уже достаточно поднаторел в компьютерной технике, чтобы знать: пока я не буду располагать ключом к открытию этого кладезя информации, который называется «имя файла», я не смогу узнать, что записано на дискете, вдруг анекдоты про Ельцина с Гайдаром!

Слава Грязнов немного обижен на меня за то, в чем нет моей вины: он не имеет возможности оценивать степень своего риска, хочется не просто догадываться, а быть уверенным в том, что работа была не напрасной. Но я и сам ни в чем не уверен.

Недавно вызвал на ковер Костя Меркулов.

— Слушай, — говорит, — хватит вам с Грязновым дурью маяться!

— О чем это вы, Константин Дмитриевич? — учтиво спрашиваю я.

— О том, что из-за ваших дел с ГРУ вы скоро свихнетесь и генеральный с удовольствием выпихнет меня в отставку за то, что я ваше медленное сумасшествие не разглядел вовремя.

— Хорошо, — говорю, — только вы сначала анамнез мне расскажите.

— Чего?

— Ход болезни, с чего начинается, краткий анализ анализов...

— Хватит валять дурака, парни! Я про микрофончики в ваших кабинетах говорю! Поиграли в то, что вы под колпаком, нервную систему закалили — хватит! Завтра же распоряжусь «жучки» снять и на экспертизу отправить!

— И ничего она не покажет. Микрофончики на одной фабрике для всех штампуют — и для МВД, и для ФСК, и для Васи Трехпалого из Люберец!

— Кто такой Вася?

— Да так, собирательный образ. Ты не торопись, пожалуйста, Костя. С нервами и с мозгами у нас все в порядке, матерьяльчики потихоньку собираются... Я вообще-то начинаю думать, что не военная разведка нам микрофоны насовала.

— А кто же?

— А если начальник следственного отдела Шелковников Николай Николаевич?

— Кто-о?

— Он, он, а что?

Меркулов воззрился на меня в немом изумлении, потом сказал:

— Он еще со мной спорит! Ярко выраженная мания преследования. Или величия?

— Это еще почему?

Меркулов не ответил, но я сам понял, от какого предположения он удержался: от того, что я на месте начальника отдела нравился бы ему больше, чем Шелковников, Меркулов хотел бы меня видеть на этом посту. Я объясняю Косте ход своих мыслей: мой непосредственный начальник очень хочет помочь чиновнику мэрии Селиверстову, который замазался в деле фирмы «Геронт-сервис», но я на откровенное пособничество его надеждам не пошел.

— Ему сейчас не тебя надо окружать, — снова возразил Меркулов. — Ты же дело уже в суд передал...

— Так дело было еще тогда, когда материалы у меня на столе лежали.

— Должны лежать не на столе, а в ящике стола или, еще лучше, в сейфе, если ты с ними непосредственно не работаешь, — нравоучительно сказал Костя.

— Среди нас бродят такие товарищи, которым замки и сейфы не помеха, — мрачно отметил я.

— Кстати, напомнил: я запрос посылал в отделы материально-технического снабжения разведки, контрразведки и МВД — получали ли они в составе спецсредств химикат для экстренного уничтожения документов. Мне сообщили, что у нас пока таких волшебных штук никто не получал, есть попроще, такие, что уничтожают документы вместе с портфелями. Но мне там выдали полезную информацию: сейчас ведь у нас все продается — от хрена тертого до одноразовых, растворимых трусов. Почему не быть магазину, где можно приобрести подслушивающее устройство или такой порошочек, или чем там обрабатывали тот портфель. Понимаешь? Если учесть еще и этот фактор да приплюсовать к нему персоны всех тех господ, которых ты посадил за свою не очень еще длинную жизнь, — представляешь, сколько потенциальных подозреваемых?! Так что давай лучше снимем микрофоны, поднимем небольшой шумок, вот друзья и поймут, что нечего к нам с «жучками» соваться!

— Ага! Кто с «жучком» к нам придет...

— ...тот с «жучком» и уйдет!

— В одном ты не прав, учитель и начальник, простой контингент в Генпрокуратуру лепить микрофон, рискуя каждую секунду, не пойдет. Им в падлу, как говорится, на крыльцо наше по своей воле ступить, не то что еще по комнатам шастать...

— Это когда-то было, Саша! Теперь нет ни честного воровского слова, ни правилки. Теперь кто съел, тот и прав. Хотя, наверное, ты прав в одном: уголовники чистой воды сюда не пойдут. Знаешь, почему я тороплю тебя с микрофонами и делом Кервуда?

— Ну?

— Я говорил уже — скоро армия влезет в чеченский конфликт. Это будет гражданская война, которая ударит и по простым людям, и по сложным, глубокомысленным политикам, и по армии. Министр обороны хвастается, что ему хватит двух часов, чтобы захватить Грозный

— А что, не захватит?

Не уверен. Он ведь не против чабанов собирается воевать, а против генерала-«афганца». Моя позиция однозначна: каким бы нехорошим ни был генерал Дудаев, надо хорошенько взвесить все, прежде чем открывать огонь, и постараться сделать так, чтоб и не понадобилось палить по населенным пунктам. Я знаю, что в армии многие офицеры против такой войны. Я понимаю, что Президент боится дурного примера — оторвется от матки Чечня, за ней последуют другие. Но очень уж неудобную страну выбрали, чтоб напугать субъектов федерации! Я собираюсь вступиться за тех, кто откажется воевать. А это значит, что меня скоренько попрут с кресла, начнутся рокировки, перестановки... Так что тебе лучше закрыть хвосты, чтобы проще получился полет, понял?

— Дело в том, Костя, что у меня сейчас только эта обстрелянная «вольво» и осталась, да еще убийство Мещеряковой. Я привязываю ее к делу Кервуда, хотя аргументировать это мне особенно нечем. Проще было бы по подследственности отдать ее в межмуниципальную прокуратуру, но кажется мне, что покончили с ней из-за Кервуда, этого неизвестного американца...

— Или из-за Андриевского, — добавил Меркулов.

— Ты думаешь?

— Почему нет? Как американцу, точно так же и работнику внешней разведки нечего делать в Чеченской республике. Это не зарубежье, даже близкое.

— Да, Костя, это правильно. Мне показалось, правда, что Андриевский довольно убедительно объяснил почему он увивается возле американца.

— Было бы забавно спросить его, знает ли он, что катался совсем не с конгрессменом, а неизвестно с кем. Но для этого хорошо бы иметь туза в рукаве — самим знать, кто прятался под скромной английской фамилией. И зачем?

2

Расследование в отличие от веселой работы американского шерифа в середине прошлого века в штате Техас — дело довольно унылое, изматывающее обилием кропотливой, нередко бесполезной работы. Чтобы работать следователем, хорошим следователем, кроме специальных знаний и природных данных нужно иметь ослиное упрямство и воловье терпение. Но иногда как вознаграждение за эти обременительные профессиональные качества судьба дарит внезапное озарение или счастливый случай.

Не успел я расположиться в модном, мягко проседающем под моим весом креслом в своем кабинете, как зазвонил телефон.

— Где ты ходишь?! — рявкнул в трубку Грязнов.

— Там, где и положено молодому карьеристу, — по начальству. А что?

— Пока ты там в чужих коврах валяешься, тебе в телефон «жука» еще не вставили?

— Нет.

— Ну тогда слушай и одновременно собирайся!

— Куда?

— Сначала слушай! Одевайся и моментально мчись в отделение милиции!

— И что я там увижу?

— Не что, а кого! Ты увидишь меня, моего хорошего знакомого майора Сергеева и прекрасную незнакомку!

Можно было человеку неосведомленному подумать, что меня зовут на тихую полулегальную пирушку с девочками. Но все, а тем более Слава, знают, что на пирушки с девочками я уже, как говорят в народе, не ходец. Да и сам он, несмотря на холостое семейное положение, не большой любитель девочек. К тому же, самое главное, голос у Славы не звучал так плотоядно, как звучит он в предвкушении хорошего застолья. В его голосе я уловил хорошо знакомый мне охотничий азарт, такой появляется у него, когда сыскарь Грязнов нападает наконец на след.

— Далековато, черт!.. — говорю я, рассчитывая, что он на колесах и сейчас пришлет за мной машину.

— Мотор возьми! Левака!.. Мы оплатим!

...Иногда я надеваю по требованию жены Ирины хорошее, почти модное пальто. Сегодня оно как раз было на мне. Может, поэтому, когда я встал на обочине в классической позе с вытянутой в сторону рукой, большой палец которой смотрел вверх, всего через десять минут возле меня остановились замызганные «Жигули». Воспользовавшись советом Славы, я не стал говорить водителю, что мне надо в отделении милиции — иначе так бы я его и видел. По распоряжению того же Славы, я сказал, что мне нужно к магазину «Маркиз».

— Садитесь, господин хороший! — кивнул мне хозяин грязной машины.

Хорошо хоть в салоне было чисто.

Водитель знал свое дело — через пятнадцать минут мы были у места.

С беспокойством поглядывая на скромное здание отделения милиции, которое располагалось через дорогу, как раз напротив сияющего огнями «Маркиза», водитель назвал мне сумму, от которой у меня зазвенело в ушах.

— Посигнальте два раза, — немножко нервно сказал я. — Товарищ, который меня вызвал, выйдет и расплатится.

Мужчина покосился на меня, но два раза нажал на клаксон.

Я, нетерпеливо барабаня пальцами по панели, смотрел на зеркальные витрины магазина, усыпляя таким образом подозрительность левака. Он, наверное, не догадывался, что я вижу в витрине, как в кривом, но отчетливом зеркале, входную дверь отделения.

Вот из дверей выскочил Слава, отсвечивая на фоне серых стен рыжей башкой, нашел взглядом «Жигули» и решительно направился в нашу сторону.

Водитель беспокойно вертелся, хотя его движения в значительной степени стесняло рулевое колесо.

— Ну, где ваш приятель?

В это мгновение к машине подошел Слава, нагнулся и решительно постучал в боковое стекло.

Я повернул влево очень скучное лицо и слегка оживился:

— О! Так вот же он!

Водитель опустил чуть стекло, и Грязнов тут же заорал:

— Сашка! Чего ты сидишь? Уснул, что ли?!

Я начал выбираться из машины, путаясь в полах пальто и начиная сердиться.

Водитель почуял неладное. Ускользающая прибыль и страх так активно боролись в нем, что все перипетии этой борьбы отчетливо читались на его большом и, в общем, добром лице.

— Мужики! — со средней между требованием и просьбой интонацией сказал он. — Кто платить будет?

Слава шлепнул к стеклу свое раскрытое удостоверение:

— Уголовный розыск! Благодарим вас, товарищ, за содействие! Обратитесь завтра — отблагодарим также и талоном на бензин.

Убедившись, что я окончательно выбрался из его машины, хозяин сплюнул, резко нажал на газ. До нас донеслось только приглушенное, но достаточно разборчивое сочетание:

— Менты поганые!..

Пока мы переходим неширокую улицу, я пытаюсь объяснить Славе, что он поступил нечестно с добропорядочным частником.

— Вот видишь, какой вывод сделал человек? А потом министр внутренних дел обижается, что народ не любит милицию, которая его бережет...

— Ерунда! Народ не любит тех вооруженных мордоворотов, которые от драки прячутся да пьяных шмонают. Потому что эти по натуре поганые крохоборы, а крохоборов никаких не любят, что в форме, что без формы. Только те, что в форме, хуже. Они погоны свои пятнают...

3

Мы вошли в отделение, прошли мимо дежурки на второй этаж, где располагались кабинеты коллег — работяг следственного отдела. Возле одной из обитых черным дерматином дверей Слава остановился, достал из кармана небольшую фотокарточку и протянул мне.

Это был снимок, который ребята из двенадцатого отдела нашли при обыске у массажиста Петрушина. Массажист утверждал, что на фотографии та самая Дина Венгерова, которая ехала в «вольво» рядом с Кервудом, и... больше мы о ней ничего не знали.

— Ну и зачем ты мне ее дал?

Слава вынул у меня из пальцев карточку:

— Дал и взял. Это моя бикса! А теперь войди в эту дверь, возьми со стола любую бумажку и возвращайся.

Я наконец возмутился.

— Что ты изгаляешься надо мной, Грязнов! — громким шепотом молвил я. — Перед тобой все-таки следователь при генеральном прокуроре, а не какой-нибудь там!..

— Какой прокурор, такой и следователь! — беззлобно пошутил Грязнов и подтолкнул меня ближе к двери.

Конечно, его извиняло только то, что Славка никогда не выкидывал своих шуточек зря и не вовремя. И уж если он сам оказался в отделении, да еще вытащил меня, значит...

Я вошел.

Типичный кабинет районных дознавателей. Три стола, шесть стульев, три сейфа, два шкафа и различный оставшийся до очередной генеральной уборки хлам. За одним из столов сидела девушка, одетая очень хорошо, даже роскошно, и писала что-то капиллярной ручкой. Казалось бы, ну девушка и девушка, в телевизоре под выходной и не такую можно увидеть. Но, взглянув на ее лицо, я понял, почему Славка был такой интригующий, аж почти до маразма. Девушка, занимающаяся интеллектуальным трудом за обшарпанным столом следователя, представляла собой оригинал той фотомодели, которую носил в нагрудном кармане майор Грязнов.

Когда я вошел, она подняла глаза, и, пораженный ее красотой, «важняк» Турецкий замедлил шаг. У нее, кажется, глаза изнутри светились, как это было с Орнеллой Мутти в фильме «Укрощение строптивого». Пришлось мысленно одернуть себя, произнести суховато:

— Здрасте.

— Добрый день, — промурлыкала она без всякой нежности к собеседнику, а все равно было приятно услышать такой мелодичный голос.

Просто зверский какой-то набор прелестей.

Я подошел к незанятому столу, порылся в чужих и неважных бумагах, отыскивая чистый листок, который можно без ущерба хозяевам вынести вон.

В это время в кабинет вошли Грязнов и незнакомый мне майор, наверное Сергеев, Славин товарищ. Майор спросил с улыбкой (как тут не улыбаться!):

— Написали?

— Почти.

— Сделайте перерывчик, гражданка Ткачева. Вот товарищи из МУРа и прокуратуры хотят с вами побеседовать..

Пока майор любезничал с девушкой, я одними губами спросил у Славы:

— Как ты ее нашел?

— Потом. — Слава этим небрежным словом задел за живое мое любопытство

Когда майор Сергеев ушел, Ткачева посмотрела на нас равнодушно-скучающим взглядом, улыбнулась дежурной улыбкой стюардессы. Ее можно понять. Такая женщина, как теперь говорят, не должна работать. Мы же, со своими изможденными харями, мятыми немодными костюмами и заработной платой, не интересовали эту даму. Но жизнь, наверное, заставила ее прийти сюда, и дама обставила это как величайшее снисхождение с ее стороны к нам, сирым и убогим ментам.

— Это вы из-за меня решили заняться такой мелочью? — кокетливо спросила она, обращаясь к Грязнову.

Наверное, он ей больше понравился из-за усов под артиста Проскурина.

Грязнов улыбнулся:

— Это тоже веская причина. Но шантаж с помощью компрометирующих фотографий — это вовсе не мелочь! У нас уже есть несколько подобных случаев. Возможно, действует один человек.

Ах вот оно что! Фотограф добрался и до Дины. Интересно!

— Давайте так, — начинал тем временем игру Слава. — Запишем сначала ваши данные, а потом вы все, что знаете, расскажете...

— О чем знаю? — резко спросила она.

— О том, как все происходило и кто, по вашему мнению, может вас шантажировать.

— А за что, надо говорить?

— Желательно. Зная, на чем он строит свою игру, мы быстрее можем установить человека, имеющего доступ к той информации, которую вы не желали бы обнародовать.

— Хорошо, давайте.

— Итак, ФИО?

— Ткачева, Дина Викторовна.

— Где родились и когда?

— Москва, шестьдесят девятый год...

Пока Слава записывал ее данные, я просто смотрел на Дину и думал не о том, какую роль она играла в деле с Кервудом и как в этой связи строить допрос. Нет, как человек веселый, но рефлексирующий, я думал, смогу ли я пойти наперекор закону, если она меня об этом попросит и пообещает что-то в награду... Правда, потом я взял себя в руки. Может быть, потому, что увидел, с каким трудом ей удается скрывать презрение к нам. Хотя уже то, что скрывает, говорит в ее пользу.

— Дина Викторовна, расскажите, в чем заключается сам предмет шантажа? Чем вам угрожает шантажист?

— Видите ли, уже скоро два года, как я работаю гидом-переводчиком в фирме «Вестинтур».

— Туристическая фирма? — уточнил Грязнов.

Она слегка удивленно взглянула на Славу:

— Естественно. Это же видно из названия!

— Ясно. Продолжайте, пожалуйста.

— Так вот. До того, после окончания института иностранных языков, мне пришлось помыкаться в поисках работы. Я, конечно, хотела найти что-нибудь получше, попрестижнее. Но хороших мест не было, предлагали все какую-то муру, да и то исключительно через постель. Вы понимаете?

Мы дружно кивнули.

Она презрительно скривилась, вспоминая, наверное, какие должности ей предлагали и с кем ради этого надо было переспать.

— Я тогда еще корчила из себя невинность — издержки родительского воспитания. Наши девчонки за годы учебы во всех отелях повалялись, а я берегла себя для... не знаю для кого. Можно было пойти и в школу. Только в хороших места напрочь забиты. А пойти в такую, где дебилы разговорного русского не могут осилить — значит, самой за два года забыть все, чему научилась. Родители мне помочь ничем не могли, они люди старой пролетарской закалки и считают, что красивая девушка будет красивой и в телогрейке, они понятия не имеют о сочетании формы и содержания. Когда я после учебы помыкалась с полгода и увидела, что мои тряпки по моде и престижу стали отставать от тела, тогда до меня дошло, что формула «тело — мужчина — деньги» не так и цинична, как мне казалось раньше...

Дина исподволь подводила нас к тому периоду своей жизни, когда ей пришлось подрабатывать проституцией, понял я. Нужно заметить, что делала она это неплохо, как исполнил бы это хороший адвокат.

— Во время учебы я активно занималась спортом — карате, ушу, вся восточная экзотика, а там массажу придается большое значение. Вот я и пришла в конце концов по объявлению к господину Петрушину. Он, как меня увидел, слюной истек. На радостях признался, что массаж — дело десятое. Он делал ставку на иностранцев, меня это устраивало. У Петрушина трудовой книжке придавали мало значения, личному делу тоже. Требовались только фотография и позывной.

— Извините, что такое «позывной»?

— Вы не представляете себе, сколько есть жен высокопоставленных чиновников, которым просто в кайф почувствовать себя немножко проституткой, вот они и приходят, придумывают себе фамилии, снимают квартиры и работают не столько из-за денег, сколько для услады натуры. Вот эта вымышленная фамилия и называется «позывной». Я, хоть и незамужняя и никому не обязанная, тоже решила так поступить, взяла себе выдуманную фамилию, Петрушин помог снять однокомнатную квартиру, обставиться...

— Он хорошо к вам относился?

— В общем, да. Выражаясь театральным языком, я у него примой была... Пока работала у него, естественно, все время искала настоящую работу. И вот подвернулась теперешняя, в турфирме. Петрушин не хотел меня отпускать, предлагал даже перейти в компаньонши, но препятствий не чинил, сделал мне в трудовой книжке запись какого-то института, где я будто бы работала референтом-переводчиком. В общем, расстались красиво... Он, наверное, хорошо теперь поднялся, умный мужик и не жлоб.

Слава поднял глаза от протокола:

— Замели его, милая, и теперь он показания дает.

— Серьезно?! — неподдельно удивилась Ткачева. — За что? За валюту?

— За организацию притона.

— О-о, у нас же за это не сажают.

— Вовремя вы, Дина Викторовна, уволились! Ладно, поехали дальше.

4

Ткачева некоторое время молча переваривала услышанное, потом осознала, как ей повезло, что она уже не массажистка, потом обеспокоилась, а не потащат ли ее, бывшую сотрудницу, в свидетели, и осторожно спросила:

— Скажите, а можно вас попросить об одной услуге?

— Попробуйте, — улыбнулся Слава.

Дина взглянула на меня, но Турецкий пока хранил суровое молчание угнетенного ростом преступности человека.

— Если там, у Петрушина, моя настоящая фамилия не всплывет, вы не расскажете про меня?

— Я думаю, там накопают и без вас, но окончательное мое решение будет зависеть от того, насколько вы будете откровенны.

— Так ведь я сама пришла!

— Ну мало ли о чем мы можем спросить.

— Хорошо.

Дина потянулась к пачке тонких и длинных дамских сигарет, лежащей на столе, взглядом испросила позволения закурить, Грязнов кивнул. Она закурила и продолжила рассказ:

— Некоторое время назад я получила по почте конверт с фотографиями и коротенькое письмо, отпечатанное на машинке. Мне предлагалось за пятьсот долларов выкупить негативы...

— На фотографиях были вы? — полуутвердительно спросил Слава.

— Да. С одним иностранцем.

— Снимки явно компрометирующего содержания? — спросил Слава, имея в виду эпизод интимной встречи.

— Д-да...

— И что вы сделали?

— Я... я порвала их.

— Не поинтересовались, куда надо было отдать деньги?

— Какой-то счет в каком-то банке...

— Не запомнили, не записали?

— Нет.

— Очень зря. Мы бы узнали, кто получает деньги с этого счета, и все, вопрос был бы решен.

— Да-а. Я как-то не подумала об этом.

— И что же вы предприняли дальше?

— Переехала на другую квартиру.

— А где вы жили раньше?

Дина назвала адрес. Это была квартира, в которой убили Мещерякову. Мы переглянулись со Славой. Его, как и меня, сбивало с толку то, как спокойно говорит Ткачева о таких деталях, о которых должна бы молчать.

— Дина Викторовна, это когда было? — спросил Слава.

— Месяца полтора назад. Может, два.

— Почему же вы тогда не обратились, по горячим следам?

— Я обращаюсь по горячим. Позавчера точно такие же фотографии, как мне домой, пришли на адрес фирмы и легли на стол исполнительному директору. Понимаете? Одно дело, когда он, вымогатель чертов, только ко мне вяжется, я могу плюнуть и забыть. Но тут солидная фирма, и я, в общем, на протяжении всего времени старалась соответствовать. И тут такое! Шеф сказал мне, что его не интересует мое прошлое, какое бы оно ни было, но хотел бы, чтоб таких пакетов ему больше не присылали. Вот поэтому я и пришла сегодня попросить, чтобы вы помогли найти шантажиста и обезвредить.

— А сколько он просил на этот раз!

— Нисколько. Это была месть за то, что я тогда не заплатила.

— В таком случае этот человек должен хорошо вас знать. Отслеживать ваши жизненные перемещения, согласны?

— Может быть, — пожала она плечами.

— Тогда хотелось бы знать всех ваших знакомых и желательно отметить тех, с кем у вас натянутые отношения, кто вам завидует, кто знает, чем вы занимались раньше.

— И вы у всех у них будете спрашивать?

— Мы будем проверять! Я уж не спрашиваю, есть ли среди ваших знакомых люди, умеющие фотографировать. О таких вы сами должны были сказать в первую очередь!

— У меня нет таких знакомых! — отрезала Ткачева.

— Возможно, были раньше, подумайте хорошенько. Если человек, фотографировавший вас, снимал и другую женщину, подавшую нам заявление, то это хороший специалист.

Дина немного подумала.

— Ну не знаю. В девятом классе один мальчишка наш увлекался этим делом, все меня фотографировал, даже целоваться лез... получил в ту же секунду!

— Вот его фамилия нам и нужна в первую очередь.

— Да ради Бога! Сергей Федулкин, плюгавенький был такой мальчишка. Где теперь, не знаю. После школы видела всего раза два...

Слава старательно записал все, в том числе и номер

школы, которую вместе с Диной имел честь заканчивать Серега Федулкин.

— Теперь, Дина Викторовна, чисто оперативный вопрос. Как я понял, вы не склонны показывать нам компрометирующие вас снимки.

— Нет, конечно!

— Это может затруднить поиск шантажиста, но ничего не поделаешь. В таком случае скажите хотя бы, в каком месте вы находились с вашим клиентом, когда вас сняли, в смысле сфотографировали?

— В той квартире, где я жила раньше.

— И сейчас она пустует?

— Нет, зачем? Я сдаю ее девушке, которая пошла работать к Петрушину после меня... Ах, да, — вспомнила она о том, что сказал ей Грязнов насчет Петрушина. — Бедная девка, где она теперь возьмет бабки, чтоб платить за квартиру!

«Что за черт! — подумал я. — Она что, ничего не знает!»

— Вас, наверное, не было в городе несколько дней? — спрашиваю я.

Ткачева поворачивается ко мне.

— Совершенно верно. Не только в городе — и в стране не было.

— Уезжали по работе?

— Да.

— Когда, можно узнать?

— Когда? Девятнадцатого ноября. А вернулась позавчера — и тут такой сюрпризик!

Так, все совпадает. Вечером восемнадцатого приехала в Кунцево на «вольво», а на следующий день — в командировку. Может, сама напросилась, пока страсти улягутся. Но о судьбе квартирантки, похоже, не знает. Однако здесь намечается интересная беседа.

— Дина Викторовна, — говорю ей мягко, потому что слова, которые произнесу, будут достаточно жесткими, — фотографом мы займемся обязательно, но сейчас вам надо задержаться еще на некоторое время и ответить на наши вопросы.

— На какие вопросы? — насторожилась Ткачева. — О чем?

— Ваша квартирантка Катерина Мещерякова была обнаружена мертвой в ванне...

Ткачева изменилась в лице, чуть слышно охнула.

— Экспертиза показала, что это не несчастный случай. Вы наниматель или собственник квартиры номер четырнадцать?

— Собственник, а что?

— Ваши вещи имеются в квартире?

— Только кое-что из мебели. Я же совсем недавно ее купила, квартиру... А зачем вы спрашиваете?

— В связи с происшествием квартира опечатана, поэтому, если вам необходимо что-то взять, надо обращаться в местное отделение милиции.

— Нет-нет, я подожду, пока можно будет продать ее. Я не собираюсь жить в квартире, где нашли труп.

— Вы ведь хорошо знали Мещерякову, да?

Она пожала плечами.

— Ну как хорошо? Я уходила из петрушинского «Эдельвейса», она пришла... так, легкое знакомство...

— И тем не менее в квартиру ее пустили?

— Так у меня там золота и ценностей нет. К тому же она у Петрушина всегда под присмотром была. Убийцу не нашли?

— Пока нет.

Мы со Славой в четыре глаза наблюдали за ней, пытаясь угадать тот момент, когда ее искренняя неосведомленность превратится в ходе наводящих вопросов в игру. У нее не очень выгодная позиция. Она не знает, что известно нам, она даже не догадывается, чего мы от нее в конечном счете хотим.

— Скажите... она долго пролежала... пока нашли?

— Недолго. Несколько часов.

— Послушайте, вы сказали, что «Эдельвейс» накрыли. Может, Катьку из-за этого... того? Подумали, что она настучала, а?

Слава покачал головой.

— Модель, конечно, красивая, но не то.

— Почему?

— Потому что хронология такова: сначала нашли Мещерякову, потом определили ее место работы, пришли на работу, а это оказался крутой бордель с элементами педофилии.

— А может, ревность? — не унималась Ткачева.

— Вы нам не помогайте, Дина Викторовна, версии искать, — сказал я ей, улыбаясь. — Все эти варианты мы уже перебрали. Остался один, который мы хотим вместе с вами проверить. Как нам известно, Мещерякова брала отгул на десять дней, причем это была не ее собственная прихоть, а ваше ходатайство. Так во всяком случае поведал нам господин Петрушин. И добавил, что вам, как товарищу проверенному, отказать он не смог. В те же самые дни, когда отгуливалась Мещерякова, не было в Москве и вас, Дина Викторовна. Вы были вместе?

— В каком смысле? — нахмурила свои чудные бровки Дина.

— Меня пока интересует не род ваших совместных занятий, а то, были вы в эти дни вместе или это совпадение.

Ткачева задумалась. Теперь ей очень хотелось знать, какими сведениями мы располагаем, кто мы такие вообще, а еще она очень хотела, отвечая на мой вопрос, угадать так, чтобы не было потом мучительно больно. Так как пауза затягивалась, Дина решила потянуть резину.

— Вы, значит, не мне помочь пришли, — медленно и печально протянула она. — Вы по своим шкурным делам решили меня потерзать. Может, Катьку хотите на меня повесить? Так нам с ней делить нечего было. А если кому кого и мочить, так это ей меня, а потом за небольшую взяточку и купчую на себя переписать. У нее же идефикс была — хату в Москве купить и самой на себя работать, без посредников!

— Не суетись под клиентом, милая! — довольно грубо оборвал ее Слава. — У тебя же, дурочка, алиби все шелками вышито, если подтвердится, что в день убийства тебя в Москве не было!

— А когда все случилось-то? — искренне и даже както жалобно спросила Дина.

— Когда ты была в командировке! — отрезал Слава.

И теперь я начал свою партию.

— Скажите, где вы были вечером восемнадцатого ноября?

Дина вдавила длинный окурок в пепельницу и спросила:

— Вы откуда, ребята? Из контрразведки?

— А что, похоже?

Она коротко улыбнулась:

— На ментов вы похожи, ребята!

— А мы и есть... только не менты. Я из МУРа, милая, а вон тот дядька — работник Прокуратуры России. Ему все равно, кого допрашивать — разведку, контрразведку или бывшую путану вроде тебя. Вчера перед ним полковник военной разведки объяснялся, сегодня тебе посчастливилось... Так что не ломайся. В нешуточное дело влипла!

— Ты что, уже забыла, что на волосок от смерти была? — заботливо спросил я.

Ткачева, ошарашенная нашим потоком слов, переводила взгляд с одного на другого, потом выдавила:

— Какая смерть? Что вы?

— Восемнадцатого ноября ты и твоя подруга ехали в компании с американцем и русским в автомобиле «вольво». На Минском шоссе двое неизвестных обстреляли вас из автомата. Американца ранили, а тебе повезло. Всем остальным тоже. После перестрелки наш парень высадил вас чуть не в чистом поле и уехал. Ну? Теперь можешь расслабиться и спокойно отвечать на вопросы. Или сама рассказывай, как тебе больше нравится. Если будешь упрямиться, передам в контрразведку. Там засветишься — никакие загрантуры тебе больше не светят, сама понимаешь!

— Зачем контрразведка? Не надо! — всполошилась Ткачева.

— Тогда рассказывай все нам. Мы шпионов не ловим...

— А при чем шпионы? — спросила она. — Вы что думаете...

— Во время допроса мы не размышляем, а собираем информацию. Размышлять после будем, каждый о своем.

Если вы убеждены, гражданка Ткачева, в том, что смерть Мещеряковой никак не зависит и никак не связана с путешествием в автомобиле «вольво», постарайтесь убедить и нас. Это все, что от вас требуется на сегодня.

Дина посмотрела на меня, кивнула.

— Хорошо. В сущности, я не храню ничьих секретов, как вы обо мне подумали. То, что я знаю, никому навредить не сможет, а вам, может, и поможет...

Я невольно улыбнулся:

— Кроме внешности в вас еще и политический дар дремлет?

Она восприняла мои слова как намек на примирение между свидетелем и следователем, улыбнулась в ответ:

— И не только политический. Мне бы родиться в прошлом веке в княжеской семье... Ладно. К телу, как говорил Вова Петрушин. С милым и умным дядей, который называл себя Джон, я познакомилась два года назад.

— Вы уже работали в «Эдельвейсе»?

— Я уже прошла собеседование с Петрушиным.

— Собеседование?

— Да, несколько малозначащих вопросов и медленное раздевание глазами.

— Понятно.

— С Джоном я встретилась совершенно случайно. К нему в метро на «Маяковской» какой-то хмырь пьяный прицепился, за нашего фирмача принял. Уцепился за рукав и чего-то долдонит про кровопийц, прям тебе девятьсот пятый год! А Джон, вместо того чтобы послать его, пусть даже на английском — по интонациям и экспрессии брань интернациональна, — вместо этого он уговаривает пьяницу, объясняет, что к реформам в России не имеет никакого отношения. Тут подошла я, руку тому пьяному слегка заломила, на ногу каблучком наступила и сказала, что, если он не хочет попробовать милицейской палки, пусть канает к жене и ей высказывает свои политические и экономические взгляды. Конечно, я объясняла это более простыми и доходчивыми словами. Он отвалил, Джон начал меня благодарить, предложил угостить коктейлем в приличном месте. С этого и началось. Обычно он бывал наездами, приезжал раз в три месяца недели на две и сразу же зафрахтовывал меня, он так говорил, у Петрушина. Понимаете, у нас были другие отношения, поэтому я не разрешала Вовчику брать с Джона деньги за меня, а Джону не позволяла платить. Я сказала Петрушину, что заплачу ему сама, если он так уж хочет. Но Петрушин великодушно отказался. Ему было лестно, что не какой-нибудь там дилер, а правительственный чиновник Соединенных Штатов знается с девушкой из его фирмы. Возможно, в своих сутенерских кругах он даже хвастался этим.

— Этот парень, значит, был такая важная птица? — с наигранной наивностью удивился Слава.

— Ну, во-первых, он не парень, ему лет сорок с лишним, но я вам скажу, тот еще мужик!

— Мы вам верим. Не знаете, с кем он встречался, когда приезжал?

— Не знаю точно, но пару раз, в том числе и в последний, с молодым человеком по имени Юрий.

— А фамилию не помните?

— Он нас не знакомил, а фамилию краем уха слышала — Андреевский, по-моему...

— Или Андриевский, — подсказал я.

— Да, похоже.

— Он не представлялся? А кто он по профессии, не знаете?

— Наверное, из Министерства иностранных дел, хотя точно не скажу. Ну а кто еще может сотрудничать с американским конгрессменом?

— Логично. Вы говорите, что раньше американец не посвящал вас в свои дела, вы были нужны ему только для свободного времяпровождения, так?

— Так.

— Для каких же целей он взял вас с собой в последний раз?

— Для тех же самых.

— И только?

— Не совсем. Кроме языков, английского с французским, я еще на компьютере могу работать.

— Мещерякова тоже могла?

— Нет, ее я взяла для отвода глаз.

— Не понял, простите.

— Джон не хотел, чтоб этот Юрий знал, что он по вечерам занимается не только любовью, но еще и записывает кое-что на дискету. Поэтому он сказал Юрию, что берет с собой в поездку по Кавказу девушку под видом секретаря и, если Юрий не прочь, Дина, я значит, подыщет и ему. Юрий согласился, вот я и пригласила Катьку. Мне это было удобно, она считала себя моим должником.

— За что же?

— Как — за что? Работенку ей подыскала денежную, хату сдала. Немало по нынешним временам!

— Согласен.

— Ну, в общем, двумя парами мы и ездили по этой Чечне. Днем они занимались делами, а мы с Катькой состояли при них секретутками. Та просто стояла себе, глазки абрекам строила. А мы с Джоном старались вовсю. Он для пользы своего дела прикидывался, что по-русски не понимает, а я переводила туда-сюда всю их болтологию.

— А с кем и о чем они разговаривали?

— С кем? По фамилиям не знаю, но какие-то начальники. Там же, если я правильно поняла, не то двоевластие, не то троевластие. Вот Джон их уговаривал не доводить дело до конфликта, сесть за стол переговоров... короче, как у нас в институте это называлось, — общественно-политическая лексика!

— Когда вы занимались с компьютером? Во время этих встреч?

— Ну что вы?! Юрий не должен был об этом знать. У Джона был портативный персональный компьютер, знаете, с какими западные журналисты на пресс-конференциях сидят, его в обычный кейс можно спрятать. И дисковода большого не надо, все встроено. А работала я урывками, по вечерам. Обычно там, куда приезжали, прием устраивали, Джон с Юрием накачивались, а я под каким-нибудь предлогом уходила в номер или в отведенную комнату и писала.

— Вы знаете английский. Что за тексты записывали?

— Не тексты — ряды цифр.

Мы со Славой снова переглянулись.

— Вам не приходило в голову, что американец не тот, за кого себя выдает?

— Приходило. Однажды после особо крупной вечеринки в Грозном он сказал, может в шутку, что сам не помнит своего настоящего имени.

— А вам он когда-нибудь говорил, зачем приехал туда? Я имею в виду подлинную цель.

— Нет. А зачем? Я не интересовалась. В том числе и поэтому он мне доверял. А по-вашему, я должна была бежать в контрразведку?

— По-нашему, если контрразведка так долго не могла понять, кто он на самом деле, то и ваша бдительность не помогла бы! Вы знаете, что он умер?

— Да.

— Откуда вы это знаете? Он умер ночью в больнице, а вы, если вам верить, наутро уже уезжали.

— Я обзванивала больницы всю ночь и нашла ту, которую надо...

— Вы жалеете, что он умер?

— Да...

— Прошу прощения, Дина Викторовна, возможно, некоторые вопросы покажутся вам некорректными...

— Ничего, — улыбнулась она одними губами. — Я понимаю, что у вас не праздное любопытство.

— Как вы думаете, нападение на машину восемнадцатого ноября было случайным, скажем с целью грабежа, или это следствие поездки вашего друга в Чеченскую республику?

— У меня нет стопроцентной уверенности, но это могла быть месть кавказцев.

— Вот как! Почему вы так думаете?

– Понимаете, какие-то вещи, какие-то встречи и разговоры мужчины вели без нас, без нашей, точнее, помощи. И последнюю тоже. Она проходила в каком-то доме, совсем не похожем на правительственное или партийное учреждение. Юра с Джоном нас оставили в машине, а сами ушли. Мы сидели долго, возле машины начали собираться небритые чеченские или какие-то там еще парни, некоторые вооруженные. Они смеялись, делали нам разные намеки, но из машины вытащить не пытались, вели себя дисциплинированно. Потом вдруг выскочили из дома Джон с Юрием, запрыгнули в машину — и по газам. Ехали на бешеной скорости километров десять, и Юра все оглядывался. Когда наконец убедился, что погони нет, говорит Джону: мол, дорогой френд, не расслабляйтесь, у них проклятье, что у нас военная присяга, мобилизует и ведет в бой. Я пыталась узнать у Джона, что случилось, но он отмалчивался. И вообще, они всю дорогу были на редкость молчаливы и неулыбчивы, догадывались, наверное...

— У вас не создалось впечатление, что Юрий наблюдает за вашим американским другом?

— Знаете, я пыталась понять, кто они по отношению друг к другу...

Она помедлила секунду.

Более нетерпеливый, чем я, Слава негрубо подстегнул:

— И что?

— И не могу сказать ничего определенного. То они вели себя как компаньоны, то как начальник и подчиненный, а бывало, как люди, которых заставили силой быть вместе.

— А вот это — как начальник и подчиненный, — кто кем командовал?

— А по-разному.

— Ладно. С этим более-менее разобрались. Как вы думаете, за что могли убить Мещерякову?

— Понятия не имею!

— Может, ревность?

— Вряд ли. Она провинциалка, молоденькая была, рассказала бы подружкам по ремеслу. Женишка отхватить хотела, это да, а на родине никакого Отелло не оставила, нет...

— А чеченцы могли?

— За что?

— Свидетель.

Ткачева подумала, согласилась:

— Могли.

— Значит, так, Дина Викторовна, побудьте наедине с

собой, подумайте, может, еще что-нибудь вспомните. И такая просьба: никому не говорите о своем новом месте жительства. Кстати, Мещерякова не знала, куда вы переехали?

— Нет, а что?

— Очень хорошо! Убийца или убийцы могли выпытать у нее ваш адрес...

— Боже!.. — простонала Ткачева, и, кажется, совсем без притворства.

— Особенно не пугайтесь, того, кто стрелял по машине, мы уже обезвредили. Гуляет пока второй, кавказец, но, по нашим данным, скрывается на родине. И все-таки чем черт не шутит!

Ткачева дала нам свой адрес, телефон, мы оставили ей свои координаты и дружно смотрели, как она, профессионально покачивая бедрами, выходит из казенного кабинета.

Потом, не сговариваясь, подошли к окну, которое выходило на улицу. Вот она вышла из парадного, прошла мимо группы враз умолкнувших милиционеров, села в маленький, аккуратный автомобиль «рено» и укатила...

— А! — ткнул я локтем в бок Славу. — Старый женоненавистник и тот забил копытом при виде этакой цыпочки!

— Побью и перестану, — мрачно молвил Грязнов и добавил: — Когда чертям чернейший нужен грех, они сперва нам шлют небесный образ!

— Ого! Муза посетила?

— Не сегодня и не меня. То Шекспир.

Я присвистнул:

— Это у тебя такая память?

— При чем тут память? Я теперь свободными вечерами водку пью и Шекспира читаю. Круто забирает!

— Класс! А я все больше про Чебурашку штудирую...

Слава улыбнулся:

— Тебе положено. — И, уже возвращаясь к будням, спросил: — Как думаешь, правды много наговорила?

— Если даже половину — и то хорошо. Слава, ты смекаешь, что интимный фотограф становится актуальной фигурой?

— Смекаю, — послушно кивнул Грязнов.

— А ты смекаешь, что если это комплексующий Федулкин, то найти его будет несложно?

— Ты куда клонишь? — улыбается в рыжеватые усы Слава.

— Туда клоню, откель мы, может, выйдем на финишную прямую. Жаль, что Дина не хочет показать фотографии, так мы быстрее бы убедились, что Скворцова и Дину снимала одна и та же рука. Но, судя по творческому поиску и сюжетам, это может быть один и тот же человек. Согласен?

— Не тяни! Это я без тебя допер!

— Подумай, как нам его тихо взять, не спугнуть. Нам одинаково важен и он сам, и то, что он нащелкал, понимаешь? Я связь хочу зацепить, почему он снимает акт у Дины и акт в другом конце города, у Ковалевской. Ему что, Венера сообщает, кто, когда, где и с кем? Систему можно проследить и по негативам, если художник затвора и объектива уйдет в несознанку

Итак, оценив показания Дины, мы сошлись на полуправде. Мы не знали, что правды была всего одна ниточка, до неузнаваемости оплетенная ложью...

ТЕЧЕНИЕ ЖИЗНИ

1

Вячеслав Грязнов уже знал, что Федулкин Сергей Иванович, шестьдесят девятого года рождения, москвич, проживает с родителями. Он профессиональный фотограф, но в силу некоторых особенностей характера дальше фотоателье системы бытового обслуживания населения не пошел, да и там работал сравнительно недолго Деньги были не ахти какие большие, а Сергей, компенсируя блеклую внешность, предпочитал одеваться по последней моде.

Слава позвонил его родителям и, представившись хорошим знакомым Сергея и потенциальным заказчиком, который давно не был в Москве, спросил, где можно найти Серегу. Отец, тяжело придыхая в трубку, поведал, что Сергей работает на договоре в модном магазине «Ле Монти».

Насколько знал Грязнов, в магазинах этой фирмы торговали одеждой. И трудно было понять, что там может делать фотограф.

Оказалось, Сергей снимал «Кодаком» счастливых обладателей дорогих обновок, и те на радостях покупали заодно и фотокарточки, где они уже красовались в новых шубах или пальто. К счастью, самого работника на месте не оказалось, только небольшое красочное объявление о предоставлении таких услуг торчало в витрине.

Неохотно сопровождаемый крепкими ребятами из охраны, Слава прошел в небольшой глухой чуланчик. Здесь Сережа Федулкин мог снять пальто, погреться перед работой, проделать какие-то небольшие наладочные работы. Здесь были только стол и пустая тумбочка. Зато на стене висел большой фотопортрет юной Дины Ткачевой.

Слава молча, но искренне посочувствовал Сергею, объяснил хмурым ребятам, что проверяются все фотографы, так как с одного склада похитили партию фотоаппаратов.

Итак, никаких зацепок, кроме портрета любимой девушки американца Джона. Слава решил пойти от начала. Он поехал в Кунцево, зашел во двор, где жила Валентина Ковалевская. Нервотрепка с умирающим Скворцовым и последующие допросы доконали швею, она перебралась временно на житье к брату. Славе, впрочем, она была не особенно нужна, он прекрасно помнил, куда выходят окна ее квартиры. Сопоставить, из каких окон напротив можно было при помощи длиннофокусного объектива снять не только что делают люди, но и какой марки сигареты лежат у них на ночном столике, — сравнить и узнать было минутным делом.

Слава позвонил в квартиру, которая имела номер двадцать три. Через некоторое время дверь отворилась без предварительных вопросов и поглядываний в глазок, последнее даже при желании было невозможно, так как глазка дверь не имела.

На пороге стоял небритый мужик в штанах трико с пузырями на коленях и замызганной майке.

— Что надо?

— Мне Сергея.

— Какого Сергея?

— Фотографа.

Хозяин молча посторонился, прошел в глубь узкой, как коридор купейного вагона, прихожей и ткнул пальцем в закрытую дверь комнаты.

— Если есть, то там.

— Спасибо, — сказал Слава, рискуя разозлить хозяина своей вызывающей в данном случае вежливостью.

2

Дверь в комнату была не заперта, но внутри никого не было. Только мебель — кровать, стол, стул да еще большое, в две трети стены, окно.

Слава подошел к нему, выглянул, отыскал взглядом дом, в котором жила Ковалевская, окна ее квартиры. Жаль, бинокль не захватил, но и так понятно, что снимок, который давала жена Скворцова, вполне можно было сделать отсюда. Грязнов быстро и тщательно осмотрел комнату, не нашел ничего, кроме маленького кусочка черной бумаги, из которой делают конверты для фотобумаги, а также заворачивают пленку.

Он вышел в кухню.

Хозяин сидел за грязным столом и классически похмелялся. Перед ним стояла трехлитровая банка, наполовину заполненная уже выдохшимся пивом. Рядом с банкой железная эмалированная кружка. Хозяин наполнял ее пивом, смачно, со стоном и придыханиями выпивал затем снова цепенел. И так в течение трех — пяти минут два раза.

Слава подсел к столу, стараясь не опираться и н облокачиваться на столешницу, представился:

— Слава.

— Коля, — ответил хозяин. — Пива хочешь?

— Спасибо, на работе не пью.

Коля удивленно обвел глазами кухню и спросил:

— Ты здесь работаешь?

Слава вздохнул:

— Ладно, Коля, где Серега?

— А там нет?

Коля мотнул головой в сторону пустой комнаты так старательно, что едва сохранил равновесие на скользком табурете.

Понимая, что с этим человеком сейчас надо разговаривать предельно просто, Слава сказал односложно:

— Нет.

— Ну, значит, нет...

— А когда будет?

— Не знаю...

— Он у тебя на квартире?

— Не...

— Чего пустил тогда?

— У него жена стерва, — заговорщическим шепотом просипел Коля. — Иногда домой не пускает. Тогда Серый тут ночует, у меня. Честный парень, за каждый ночлег пузырь катит. Уважаю!..

— Когда последний раз ночевал?

В затуманенном мозгу Николая появились некие смутные подозрения.

— А ты кто? — спросил он строго, но не очень уверенно.

— Конь в пальто!

Коля долго смотрел в наглые Славины глаза, и его здравый смысл победил.

— Недели три тому... или месяц...

Славе пришла в голову безобидная, в общем, идея. Безобидная потому что сюда Сергей Федулкин, скорее всего, больше не придет

— Вот что, Коля, если объявится, передай ему, что он, сука, дофотографировался. Хотел он или не хотел, но щелкнул моего человека, а мне это на фиг не надо! Если он мне негатив в зубах не принесет, я всю его оптику у него на башке разобью. Ясно?!

— Ясно, — тряхнул нечесаной головой Коля. — А от кого привет-то передать?

— Скажи: Боцман приходил!

А. Б. ТУРЕЦКИЙ

1

— ...Где они все были два-три года назад?!.. Возможно, Ельцин был прав, когда говорил, чтобы брали столько суверенитета, сколько смогут унести, да! Но сейчас эти слова звучат оторванным от жизни афоризмом!..

Костя Меркулов расхаживал по своему просторному кабинету, чего раньше за ним не замечалось, активно жестикулировал, что тоже не было ему свойственно, и самое необычное — ораторствовал. Правда, толпу митингующих составлял только я один.

— ...Конечно, с точки зрения грязной политики все это можно понять. Одни подкармливали Дудаева политической поддержкой, чтобы ослабить центр. Другие, в центре, давали нарыву дозреть, чтобы все субъекты федерации воочию, так сказать, убедились, что бывает, когда суверенитет не по плечу. Потом присосались всякие другие, побежали туда, как когда-то крепостные в Запорожскую Сечь! Если сейчас там начнется война, не знаю, когда им удастся ее расхлебать. Я всегда боялся, что этот пост не позволит мне увернуться от политики, и вот, наверное, времечко пришло. Нам отрекомендовано, какие обвинения предъявлять высшим офицерам, не желаю щим участвовать в усмирении чеченцев.

— Константин Дмитриевич, — сказал я необычайно учтиво, — возьмите отпуск, а?

— Не тот у меня теперь чин, чтобы в горячее время на даче сидеть. Не поймут. Даже тебя не отпустят!

— А чего ты такой взвинченный, Костя? Или ты у генерального с этими же тезисами выступал?

— Ты смеешься, — с укором начал говорить Меркулов.

— Не смеюсь.

— Может, ты и не хочешь смеяться, но ирония проскальзывает помимо твоей воли...

Он помолчал минуту, потом уже другим, глухим, усталым негромким голосом произнес:

— Дома у меня час назад скандалище был — стекла в рамах звенели!

— Леле наконец надоело смотреть на твой трудовой энтузиазм? — спросил я.

— Нет, жена ни при чем. Я разгон давал всем...

— Ты?! Костя, ты же не способен кричать на кого бы то ни было, даже на вышестоящее начальство!

— Научился, — грустно усмехнулся Меркулов. — И довольно быстро.

У меня, конечно, возникли вопросы по этому поводу, но я промолчал, знал, если Костя захочет, расскажет сам.

— Ты же знаешь, Саша, у Лидочки жених есть...

— Знать не знал, но догадывался, дочь у тебя красавица.

— Да ладно, женихи и не у красавиц бывают. В общем, есть у нее жених, лейтенант Валера, в Кантемировской служит.

— Солидно, — говорю.

— Отличник, — немножко гордясь, пояснил потенциальный тесть. — С красным дипломом училище окончил. И вот, понимаешь, засобирался в отпуск на зиму глядя. Я-то в их дела совсем не лезу — и не хочу, и времени нет. Сам себе думаю: зачем? К тому же за свой счет. Пошел он в отпуск, поехал будто бы к родителям... Сегодня прихожу на обед, обе мои девки зареванные, но молчат. Я вижу, тоже молчу, но потом не выдержал, спрашиваю дочь: забеременела? Та сквозь слезы смеется: если бы! Так в чем дело? Они мне: ты новости слушал? Я говорю: зачем? И так бессонница замучила. Они и рассказывают, что оппозиционные режиму Дудаева войска пытались взять Грозный и потерпели поражение. Я почувствовал что-то неладное, однако говорю: ну так что? Валера, ревут, там. И какого хрена ему там надо? Рассказали они мне. В начале ноября подвалил к нему и его товарищу, старшему лейтенанту, мужичок из Федеральной службы контрразведки и предложил контракт: они едут повоевать на стороне чеченской оппозиции и будут за это иметь по нескольку десятков миллионов рублей. У нас, ты же знаешь, тесновато, хотя жить можно. Но молодые хотят свое жилье заиметь. Нормальное, конечно, желание. Офицеру родина, мать ее, платит — с этого не разбогатеешь. Вот он и решил, Валерий наш, поехать, заработать хотя бы на первый взнос. Заработал!..

— И что? Никаких вестей?

— Откуда? Не знаем даже, жив или нет!

— Я думаю, все обойдется, Костя, — неумело пытаюсь я утешить друга.

— Хорошо бы, — кивает он. — Знаешь, Саша, ведь все это напоминает Афганистан. Точно так же оппозиция своими силами не может сделать ни хрена. Вот был период наших, скажем так, военных советников. Не помогло. Сейчас, посмотришь, войска введут И начнется. Никого и ничему история не учит! Смешно!..

— Ты о чем?

— Собирался принципиально не лезть в эту заварушку, а сейчас думаю, под каким предлогом в Чечню слетать!

— Танкиста хочешь найти?

— Да. И надрать ему уши!

Костя, опустив плечи, обошел стол и сел на свое рабочее место, кивнул мне, приглашая сесть тоже, и спросил:

— А у вас как дела?

Я коротко поведал ему о наших незавидных успехах, поплакался о невероятной сложности дела, надеясь таким образом отвлечь его от собственных гнетущих мыслей.

— Не так и плохо, Саша, — конечно же сказал мне Меркулов. — Не торопись только американца в ФСК отдавать!

— Я-то могу...

— Вот и хорошо.

— Мне бы дискету расколдовать, узнать, что в ней. Тогда, может, многое бы на места встало!

— Посмотри пока вот это

Меркулов достал из папки и подвинул ко мне два скрепленных листа бумаги.

— Это что?

— Суровые парни из Регионального управления по организованной преступности принесли генеральному, он, конечно, тут же под сукно положил, но копию я успел украсть. Документик взрывоопасный, поэтому, не обессудь, дам прочесть только здесь...

2

Это были материалы проверки, которую провели специалисты РУОП на предприятии с загадочным названием «Хантала ойл лимитед». Проверка проводилась негласно, что представляется вполне естественным. Будь по-другому, специалисты из Регионального управления не нашли бы ни одного уличающего фирму документа.

А фирма была на загляденье. Среди учредителей — член Совета безопасности при Президенте России Николай Королев, заместитель директора АО «Роснефтепродукт» Вениамин Копачев, управляющий банком «Нохчи-Чо» Руслан Аслангиреев и другие столь же солидные товарищи-господа. На протяжении последних двух лет фирма, имеющая лицензию на ввоз-вывоз всего, кроме неликвидных членов правительства, создала совершенно новый, не имеющий аналогов в мировой практике международных перевозок воздушный мост Москва — Хантала — Анкара и далее на Восток. Причем в Москве только подписывались бумаги. Самолеты загружались где-то между Москвой и чеченским аэродромом Хантала. В чеченском аэропорту никакого таможенного досмотра практически не проводилось.

Работники РУОП установили, что по этому никем не контролируемому воздушному пути вывозилась не только нефть, но и различные ювелирные, исторические и культурные ценности, как таковой аукционной стоимостью не обладающие, потому что никому, казалось бы, в голову не придет оценивать достояние нации с точки зрения купли-продажи. Для того чтобы фирма работала без помех со стороны правоохранительных органов, использовалась масштабная система подкупа и вербовки должностных лиц, занимающих руководящие должности в силовых министерствах. Как правило, эти люди (фамилии прилагаются, и какие фамилии!) оказывали фирме разовые услуги, которые и оплачивались разово из фонда социального развития и шли по статье «издержки производства». Имелись сведения, что в фирме на должности консультанта работает офицер разведки или контрразведки. Кроме того, известно, что руководители фирмы в Москве и Грозном имели встречи с гражданином США, называвшим себя Джоном Кервудом и представлявшимся работником госдепартамента Соединенных Штатов. В отчете РУОП говорилось, что им не удалось установить, тот ли Кервуд, за кого себя выдает.

Вскоре после негласной проверки РУОП фирму «Хантала ойл лимитед» начали проверять совместными усилиями налоговая инспекция и соответствующий аппарат РУОП. По итогам проверки на счета фирмы был наложен арест, но только на те, что имелись в Москве. А на них — едва ли наберется десяток миллионов рублей. Отмечено, что в процессе проверки работники фирмы часто выезжали в Чеченскую республику, где встречались с различными руководителями оппозиционно настроенных друг к другу сил. Есть основания предполагать, что бóльшая часть денежных средств фирмы хранится в банке одного из учредителей «Ханталы», Руслана Аслангиреева. Там же, по всей видимости, и ценности, которые не успели вывезти фирмачи. К сожалению, политическая обстановка в Чечне буквально за последние дни настолько обострилась, что нет никакой возможности выслать в Грозный оперативную группу для ареста счетов в «Нохчи-Чо»-банке и изъятия незаконно вывезенных ценностей.

Руководитель «Ханталы» в Москве Николай Королев не желает отвечать на вопросы работников РУОП, как член Госдумы, пользуется депутатской неприкосновенностью и всячески уклоняется от встречи с оперативными работниками РУОП.

Начальник Регионального управления ходатайствовал перед генеральным прокурором, чтобы с Королева сняли депутатский статус неприкосновенности хотя бы на период следствия, а дальше будет видно...

Наш генеральный выбрал старый, испытанный способ реагирования на горячий сигнал — положил документы под сукно, если фортуна отвернется от Королева, папку всегда можно успеть вынуть.

3

Я возвращаю отчет Косте. Костя старательно прячет бумаги в папку и в стол и красноречиво смотрит на меня: видал, мол, куда завела нас извилистая тропинка следствия. Я пытаюсь хорохориться:

— Давай санкцию — сам поеду допрошу!..

— Не спеши. Мне кажется, это стечение обстоятельств неспроста...

— Какое стечение?

— Арест счетов «Ханталы» и чеченская заварушка!

Я понял, что он имеет в виду, но, честно говоря, не поверил — уж очень циничной будет эта правда!

— Ты хочешь сказать, что фирмачи специально поторопили конфликт, чтобы и следов не нашли?

— Пока я это не утверждаю, но и не исключаю такого поворота. Конечно, смешно было бы утверждать, что «Хантала» все там раздула, весь сыр-бор устроила. Но воспользоваться ситуацией — это достаточно грамотное решение. Будь я бизнесменом гангстерского пошиба, так бы и сделал!

— Как думаешь, чего там было надо Кервуду, в этой фирме?

— Это меня как раз меньше всего удивляет. То, что конгрессмен шастает по Кавказу, в то время как президент США заявил, что чеченский вопрос — внутреннее дело России, — было бы странно. А сейчас все стало на места. Он, скорее всего, промышленный шпион или представитель какой-нибудь полукриминальной фирмы...

— А консультант, значит, Андриевский?

— Возможно. Тебе не кажется, что он слишком часто попадается нам на глаза? Это я в переносном смысле.

— Я понял. С ним стоит поговорить еще, правда?

— Делу не помешает, — согласился Костя. — Я, пожалуй, запросил бы на него характеристику, да боюсь, что, в силу родственной принадлежности, сначала предупредят Юру и его тестя, а потом пришлют мне небольшой суховатый очерк о герое невидимого фронта наших дней.

— Пойду позвоню, может, соблаговолит прийти.

— Давай. Только где беседовать будешь?

— У себя я «жучок» уже убрал, остался только у Славы.

— Внаглую убрал или хитрость придумал? — улыбнулся Меркулов.

— Хитрость: как бы нечаянно кислоту на стол пролил, вот мне мебелишку и заменили.

4

Юрий Владимирович Андриевский приехал ко мне через час после моего к нему звонка. Он был, как обычно, весьма элегантен и радушен и, казалось, готов сотрудничать даже с участковым ради достижения истины.

— Как дело продвигается, Александр Борисович?

— Какое дело? — рассеянно спросил я.

— Ну как же! Убийство этой девушки, Кати!

— А-а, простите, Юрий Владимирович, дел столько, что не знаешь, за какие хвататься!

— Да? Я думал, у вас нет такой текучки, самые важные дела...

— А думаете, их мало? Вот поэтому и дело Мещеряковой отдали по подследственности в городскую прокуратуру. Знаем, что был мужчина, хорошо ей знакомый, в милицейской форме, заметьте.

— Серьезно?

— Во всяком случае, свидетели, соседи по лестничной площадке показали, что заходил милиционер с портфелем типа «дипломат», а вот как выходил, никто почему-то не видел.

— Мафия какая-то! — воскликнул Андриевский.

— Да нет, это не мафия, — покачал я головой. — Чем больше мы изучаем это дело, тем больше убеждаемся, что Катерину Мещерякову убили не случайно. И возможно, секрет преступления кроется в вашем путешествии на Кавказ.

Андриевский смотрит на меня с легкой недоверчивой улыбкой. Он, возможно, сказал бы что-нибудь ироничное о моей подозрительности, но его заставляет промолчать моя должность.

Я пытаюсь понять, из каких соображений он не договаривает всей правды о поездке с Кервудом. Не потому ли, что имеет какое-то отношение к хитрой фирме «Хантала»?

— Юрий Владимирович, признайтесь: вы не все рассказали о своих странствиях по Чечне!

— Вам так показалось?

Ишь, как невозмутим!

— Сначала показалось, теперь я в этом убежден.

— Вы кого-то нашли, — заключил он.

— Нашли, — согласился я. — Но позвольте вам пока не говорить кого.

— Ради Бога! — великодушно отмахнулся Андриевский. — Мы ведь ездили не тайком, так что свидетелей и очевидцев наберется сколько угодно! Надеюсь, вы понимаете, Александр Борисович, что недомолвки — это не мой каприз, а, скажем так, производственная необходимость?

— Хорошо, если это единственная причина, — в тон ему говорю я. — Хотя мне не совсем понятно, зачем было делать тайной то, что девушки сопровождали вас не только от аэропорта до города.

— До недавнего времени все, что связано с Кервудом, было закрытой информацией...

— Почему?

— Потому что, как вы понимаете, это не мои личные секреты. Когда мы встречались с вами в первый раз, я сказал даже больше, чем был уполномочен...

— И однако, информации было очень немного!

— Нам она тоже не с неба падает.

Андриевский отделывался ничего не значащими фразами и банальными репликами. Либо он выигрывал время, только непонятно для чего, либо хотел заставить меня раскрыться, чтобы выведать, что мне известно. И, наверное, хотелось ему также знать источник полученной мной информации. Нет уж, дорогой, мысленно сказал я ему, придется тебе побыть в моей шкуре!

— Теперь, когда мы знаем, что Мещерякова ездила с вами в Чечню, версия, что ее убили как свидетеля, выходит на первое место. Не могли бы вы вспомнить, что случилось в Грозном такого, из-за чего понадобилось не только в Кервуда стрелять, но также убирать девчонку, которая вряд ли понимала, в какую историю влипла?

— Мне не нравится, как вы формулируете вопрос, Александр Борисович!

— Формулировки мне подсказывают обстоятельства дела.

— Если я вас правильно понял, вы не занимаетесь этим делом.

— Я не провожу непосредственных следственных мероприятий, но за ходом расследования слежу. И на определенном этапе, пожалуй, заберу это дело к себе. А как вы думали?.. И то, что я вас допрашиваю, означает, что я пока помогаю следователю городской прокуратуры. Я больше чем уверен, что до него ваше учреждение не опустилось бы, а мне вы хоть что-нибудь да расскажете, а?

— О чем же?

— О вашей поездке хотя бы.

— Я уже рассказывал, не помните?

— Помню. Но непонятно, из каких соображений вы скрывали, что девушки ездили вместе с вами.

— А вы не догадываетесь?

— Догадок может быть много, но правда одна, не так ли?

— Так ли, так ли! — с легкой досадой в голосе передразнил меня Андриевский. — Если хотите, скажу — они поехали с нами без разрешения на то как моего руководства, так и руководства Кервуда! Теперь вы понимаете? Мы еще не старые мужчины. Я скрыл это от своего начальства, почему надо было говорить об этом вам?

— Я не стал бы доносить вашему начальству о вашей шалости хотя бы потому, что мне бы не поверили.

— Кто знает? Возможно, у меня тоже есть в службе недоброжелатели...

— Только тайные.

— Почему? — он удивленно приподнял брови.

Артист!

— Потому что довольно рискованно для карьеры быть в открытой оппозиции у зятя заместителя начальника.

Ну вот, совсем другое дело! Куда подевались как приклеенные радушие, улыбчивость. Взгляд колючий, поблескивающий сталью, будто острия длинных кинжалов показались из глазниц.

— Мне кажется, вам я о своих родственных связях не докладывал!

— О них мне, как бы между прочим, доложил заместитель генерального прокурора. Просто для сведения.

— Если вы хотите сказать, что это дает мне возможность вести себя как в голову взбредет, то вы ошибаетесь. Скорее наоборот, я должен быть безупречен, особенно в таких деликатных делах. Ведь это не отец, а тесть.

Я поднял руки, будто сдаюсь.

— Ради Бога, Юрий Владимирович! Вы меня убедили в своей правоте, и не будем больше к этому возвращаться. Расскажите, что произошло в Чеченской республике. У вас возник конфликт? С кем? Из-за чего?

— С советником Дудаева, Михаилом Угадуевым.

— Вы, насколько я помню, прибыли туда под крышей МИДа?

— Да, как сопровождающее конгрессмена Америки официальное лицо. Но визит был неофициальным, я говорил. Я думаю, Кервуд был послан для того, чтобы прощупать почву в Чечне, насколько серьезен намечающийся конфликт, каковы перспективы его развития. Возможно, на основе его доклада кабинет президента Америки планировал выработать свое отношение...

— Я понял. Хотя визит проходил неофициально, отношение к вам было лояльным?

— В общем, да. К американцу, конечно, лучше относились, клепали на Россию от всей души. Ко мне присматривались, подозревали, может, что шпион...

Андриевский грустно усмехнулся

— Что же произошло между вами и Угадуевым?

— Не между мной — между Кервудом и Угадуевым, — счел нужным уточнить Андриевский. — То, что там происходит, производит удручающее впечатление даже на нас, закаленных отечественным бардаком. Ну и Кервуд там после своей демократии в ужас пришел — и давай заниматься тем, на что его никто не уполномочивал...

— То есть?

— Ну вроде того что он почувствовал себя миссионером, который несет мир туземцам. Начал уговаривать дудаевцев пойти на переговоры с Москвой, причем так активно, что чеченцы почти взбесились. А разругались с Угадуевым после того, как Кервуд ляпнул, что Дудаев не имеет права поднимать на щит исламский фактор, потому что в свое время бомбил афганские кишлаки. Угадуев тогда сказал, что американец в Чечне нежелательная персона и, если он не уберется в течение трех часов, безопасность не гарантируется. А боевики стоят и затворами клацают. Естественно, пришлось сваливать...

— Возможно, я ошибаюсь, но тогда зачем стрелять? Кервуд выполнил распоряжение этого... Угадуева. Или вы чего-то недоговариваете, Юрий Владимирович?

Андриевский досадливо крякнул:

— Опять вы за свое, Александр Борисович! Если бы я знал! Мы тоже занимаемся этим делом, немного с другой стороны правда. Возможно, Кервуд делал что-нибудь помимо своих прямых обязанностей. У меня ведь не было задачи выслеживать американца по полной программе. Возможно, о каких-то его контактах я не знаю...

— Наверняка не знаете! — усмехнулся я.

Он посмотрел на меня с плохо скрытой неприязнью.

Помимо своего желания я взглянул на него с тем же минимумом равнодушия. Мне надоели все эти лживые свидетели обоего пола. Они врут, иногда не задумываясь о том, правдоподобно ли звучит их ложь. Рано или поздно я все раскопаю, и тогда, возможно, кто-то из них из разряда свидетелей перейдет в незавидную категорию подозреваемых, а то и обвиняемых, чем черт не шутит!

— Если вы поделитесь со мной информацией, которой мы пока не располагаем, я буду признателен, — кисло улыбнувшись, сказал Андриевский.

Да, я верно предположил, что он изнывает от желания выведать, что удалось узнать сыскарям, работающим по делу Мещеряковой.

— По всей видимости, вы не знаете о существовании компании «Хантала ойл лимитед»?

Я стараюсь охватить облик Юрия Андриевского целиком, чтобы уловить какую-либо реакцию на свои слова. Ничего, кроме того, что до того сверливший меня взглядом собеседник вдруг отвел глаза. Либо он знает об этом веселом предприятии, либо стыдится того, что не знал.

— Н-нет, пожалуй, не припоминаю, — медленно, медленнее, чем обычно, сказал Андриевский. — Она имеет какое-то отношение...

— Имеет!

Я не стал ждать, пока он подберет подходящее, по его мнению, слово, обозначающее их деятельность в Чечне.

— Региональное управление по организованной преступности, оно занимается сейчас этой фирмой, установило, что Джон Кервуд посещал офисы этой компании в Москве и Грозном. Там или здесь он брал вас с собой на эти встречи?

После непродолжительной паузы — их стало что-то много сегодня — Андриевский сказал:

— В Грозном этого точно не было, а здесь вполне. Как я уже говорил, за Кервудом не было непрерывного наблюдения, он мог куда-то пойти и один.

Для вящей убедительности Андриевский пожал плечами.

— Вот видите, — говорю, — не только я у вас информацию выдаиваю, могу и поделиться!

— Н-да...

Больше ничего Андриевский не добавил к своему полувнятному мычанию. Что-то сковывало его, может быть, моя веселая агрессивность?

— Хотите еще, Юрий Владимирович, ангел мой?

Вот тут он уже не смог скрыть своих чувств — вздрогнул при слове «ангел»

— Ч-что это вы?..

— Что?

— Словечки какие-то!..

— А-а, это от полноты чувств!

Он недоверчиво хмыкнул.

— С чего вдруг?

— В кои-то веки я знаю больше вашего. Например, то, что нет в Соединенных Штатах такого чиновника в госдепартаменте, как Джон Кервуд. И не было никогда.

— Вы шутите?

— Нет.

— А кто же он? — спросил Андриевский и слегка покраснел от стыда.

— Это контрразведка выясняет.

Юрий Андриевский, поблекший и усталый, будто перенес на ногах перекрестный допрос, вздохнул, посмотрел на часы, сказал.

— Извините, Александр Борисович, больше не располагаю временем...

— Всего доброго, Юрий Владимирович, — безмятежно улыбнулся я. — Буду держать вас в курсе всех новостей.

— Спасибо, — без всякого энтузиазма промолвил Андриевский.

Когда он направился к двери, я не удержался и спросил, глядя в крепкую спину:

— Вы по-прежнему уверены, что не знали полковника Скворцова из Главного разведывательного управления?

Андриевский медленно обернулся, посмотрел на меня с откровенной угрозой и сказал сквозь далеко не ласковую улыбку:

— Не берите меня на понт, следователь! Ваши с нашими не играли в кошки-мышки. И не будут!

Ушел. Дверью не хлопал, но закрыл за собой без почтительности.

Я некоторое время сидел неподвижно и без мыслей. Отдыхал. Трудновато было мне строить беседу с Юрой Андриевским. Но, кажется, справился. Не те пошли, видно, ребята. Не хватило ему выдержки, чтобы оставить меня в дураках, подраскрылся парень.

А потом я сделал то, что давно пора было сделать: позвонил в уголовный розыск и попросил выделить пару специалистов наружного наблюдения для того, чтобы попасли несколько дней гида-переводчика фирмы «Вестинтур» Дину Ткачеву.

ТЕЧЕНИЕ ЖИЗНИ

1

Вячеслав Грязнов стоял посреди двора. Сюда выходили окна квартиры номер четырнадцать, в которой умерла Катерина Мещерякова. Вячеслав, как и в первый раз, у дома Ковалевской, прикинул на глазок, из каких окон дома напротив мог действовать своей аппаратурой Сергей Федулкин.

Поднимаясь по лестнице в квартиру, которая, по его предположению, могла быть логовом фотошантажиста, Слава уныло в унисон погоде размышлял о незавидной своей участи. Конечно, редко встречаются люди, у которых все хорошо, все получается. Обычно бывает так: в одном направлении жизни полный ажур, в другом — похуже. Такой расклад хорошо объяснять на женщинах: красивая, но дура, например... Но есть избранные, как майор Грязнов. У этих нигде толку нет, ни в личной жизни, ни на работе. Поэтому щенки, которые еще пи́сали себе на башмаки, когда Славка уже брал первых у́рок, раскатывают на «мерсах» в поисках кабака попрестижней, а Слава топает по заплеванной, загаженной лестнице, чтобы познакомиться с очередным подонком. Самая подлянка будет, лениво думал Слава, если дома никого не окажется!

Он позвонил в квартиру тридцать пять.

После третьей попытки за тонкой дверью послышались шаркающие шаги, затем раздался стандартный для таких случаев вопрос, прозвучавший отнюдь не традиционно:

— Кто вы и что вам угодно?

Слава прикинул, что называть истинную цель прихода будет неосторожно. Если Федулкин здесь, а майор заорет через дверь, что он майор, фотограф пусть не все, но самые опасные пленки засветить успеет и фотокарточки побросает в окно. Время еще непозднее, можно представиться кем угодно.

— Я к вам из собеса, — сказал он по-старому, как привычнее слышать и понимать старым людям. — Из соцобеспечения, насчет пенсий!

Женщина открыла дверь, и Слава слегка ошарашенно уставился на нее.

Дама несомненно являлась представительницей интеллигенции — в потемневшем и сморщенном старческом лице ее просматривался интеллект. Да и манера изъясняться о многом говорила. Но одета старуха была слишком живописно, даже видавший всякое майор угрозыска стоял потрясенный. На голове шапка-ушанка какого-то подросткового размера, под шапкой — платок. На плечах коричневая болоньевая куртка, из-под нее виднеется засаленный зеленый свитер. На искривленных и тонких старческих ногах валенки, линялые, обвислые спортивные штаны, под которыми тем не менее просматривались толстые, доходящие до колен панталоны.

Слава посмотрел на опущенные уши шапки и подумал: с ней не пошепчешься в прихожей, к тому же и глуховата, наверное.

Осторожно, но неумолимо отстранив хозяйку, Слава вошел в квартиру, деловито бурча себе под нос:

— Так-так, посмотрим. А здесь у нас что? Ага, ванная. А здесь? О, комнатка! Еще одна...

Старуха шаркала сзади, встревоженно вопрошая:

— Вы что-то говорили насчет пенсии, молодой человек! Так что вы шарите по квартире? Пройдемте в комнату, я покажу вам бумаги!..

Убедившись, что фотографа в квартире нет, Слава, резко остановившись, повернулся к старухе и спросил:

— Что ж ты, мамаша, у меня документов не спрашиваешь?

Хозяйка растерянно умолкла, пожевала губами, потом произнесла негромко:

— Чего уж теперь спрашивать, когда впустила.

— Вот это верно! — улыбнулся Слава. — Осознаете свою ошибку? Нельзя сейчас на слово людям верить, а вы меня так запросто впускаете!..

— А что мне тебя бояться? Нет у меня ничего, и прожила я слава Богу! Можешь ограбить, убить...

— Вот это вы напрасно. Мне фотографа надо было повидать...

— Ой ли! Зачем тогда про собес выдумывать? Спросили бы: Сережа дома?

«Значит, в точку! — обрадовался Слава. — Здесь его охотничье логово».

— Если я начну спрашивать, когда его нет, вы меня не впустите. Если он будет дома, то вряд ли захочет меня видеть.

— Почему же? Уж не хотите ли вы его обидеть?

— Хочу.

— Тогда немедленно уходите!

— Вам так нравится Серега Федулкин?

— Во всяком случае больше, чем вы! Не зря про вас сказано: рыжие — все бесстыжие.

— На моей работе стыдливость только мешает.

— Это и видно! Кто вы, бандит?

— Не бандит. Но если бы Сереге надо было выбирать между мной и бандитом, он бы выбрал бандита.

Старуха посмотрела на Славу с любопытством и прогудела, пытаясь быть томной:

— Вы меня заинтриговали, молодой человек!

Слава покосился на ее наряд и кивнул:

— Вы меня тоже.

2

Через несколько минут они сидели на кухне и дружески беседовали. Старуха назвалась Евгенией Германовной, педагогом на пенсии. Она слегка помешалась на литературе прошлого столетия и воображала себя временами выбившейся в люди Сонечкой Мармеладовой. Слава признался, что он из милиции, но сказал, что Федулкин нужен ему как свидетель, что отчасти и было правдой. Он решил, что будет ждать фотографа часов до восьми вечера, потом приедет кто-нибудь из молодежи, если до этого времени квартирант не объявится.

Евгения Германовна рассказала Грязнову, как вошел в ее одинокую старость молодой нервный фотохудожник. В отличие от Кунцева, где Федулкин жаловался алкашу, хозяину квартиры, на злую жену, здесь, в пыльной обители одинокой старухи, он плел про то, как тяжело усердному студенту учиться и жить в современном студенческом общежитии, превращенном в гигантский базар, кабак и публичный дом одновременно. Серега проникновенно твердил доверчивой бабке про то, как нравится ему тишина этого глухого двора и вид из окна.

— ...Он даже к экзаменам готовится у меня! — с гордостью сообщила Евгения Германовна. — Иногда даже печатает свои работы.

— Как печатает? — переспросил Слава, потому что решил, что речь идет о печатании фотографий, а никаких признаков фотолаборатории при беглом осмотре квартиры он не нашел.

— Как? — удивленно приподняла поредевшие брови старуха. — На машинке, естественно!

— У вас есть машинка?

— Да, «Ремингтон»! Мой папа когда-то начинал работать репортером в «Гудке»!

— А можно посмотреть?

Евгения Германовна посмотрела на Славу с презрительным сочувствием. В ее понимании человек, никогда не видевший пишущей машинки, являл собой нечто ископаемое.

— Ради Бога! Она в гостиной.

Грязнов вошел в сумрачную комнату с разностильной громоздкой и в то же время приземистой мебелью. На каком-то темно-рыжем комоде стояла высокая, но компактная пишущая машинка, накрытая цветной салфеткой.

— Евгения Германовна, можно у вас листок бумаги попросить?

Откинув салфетку, Слава потрогал холодные металлические клавиши.

Евгения Германовна пришаркала в свою так называемую гостиную, достала из какого-то ящичка тонкую ученическую тетрадь, подала Славе.

— Разве вы умеете печатать?

— Немного.

Грязнов заправил тетрадный листок в машинку и достаточно бойко отстучал небольшой текст:

«Проверка шрифта машинки «Ремингтон», принадлежащей гр. Майер Е. Г., на предмет идентификации с письмами, которые фотограф-шантажист присылал гр. Скворцовой и Ткачевой. Проверил майор Грязнов».

3

Звонок в дверь раздался в 19.45.

Евгения Германовна вопросительно взглянула на Славу.

Тот негромко приказал:

— Откройте. Скажите, что я ваш племянник, хорошо?

Старуха, довольная оттого, что на склоне дней ей выпало такое романтическое приключение, кивнула, встала и засеменила к входной двери.

— Как здоровье, Евгения Германовна? — с порога спросил Федулкин.

— Ах, какое там здоровье, Сереженька!..

Слава еще не видел Федулкина, но отметил, что голосок у того неказистый, не то чтобы писклявый или гугнявый, такой, будто у говорящего вынули позвоночник.

Затем он появился в дверном проеме, долговязый и нескладный молодой человек с маленькими глазками, длинным и узким, слегка искривленным носом. Кости черепа у него были маленькие, и оттого худощавое лицо напоминало крысиную мордочку. Единственное, чем мог гордиться Федулкин, были густые темно-каштановые волосы. Он и гордился ими, отрастив шевелюру до плеч.

— Знакомьтесь, — ворковала за узкой спиной Федулкина Евгения Германовна. — Это мой племянник Слава, а это мой постоялец Сережа.

Грязнов хмыкнул и с грубоватым радушием подвыпившего пролетария протянул руку:

— Привет, постоялец!

Федулкин улыбнулся, хотя в глазках мелькали желтоватые искорки настороженности, протянул свою ладонь.

Слава взял ее в свою красивую и крепкую руку, почувствовал на пальцах Федулкина холодную влагу и с трудом удержался от того, чтобы не сжать эту хлипкую кисть до суставного хруста.

— Садись, — пригласил он фотографа. — Винца церковного за знакомство тяпнем. Жаль, моя тетка водки, как черт ладана, боится! А то бы сейчас жахнули!..

— Нет-нет, спасибо! Я совсем не пью, — отнекивался Федулкин.

— Вот это зря! Водка от запора помогает!

Федулкин, не переставая слегка улыбаться, посмотрел на Славу подозрительно — не издевается ли, потом осторожно вызволил свои пальцы из Славиных и пошел к себе в комнату. По пути заботливо поинтересовался у хозяйки, не обременит ли он ее своим присутствием, тем более что в доме родственник. Но старуха успокоила квартиранта, сказала, что племянник спать будет у себя дома.

Слава отметил, что Федулкин не раздевался в прихожей на общей вешалке. Значит, осторожничает. Пришел с объемистой и, судя по изгибу тощей фигуры фотографа, увесистой сумкой.

Федулкин ушел к себе, старуха вернулась на кухню и, волнуясь, как школьница, спросила:

— Ну как я себя вела? Естественно?

— Выше всяких похвал, Евгения Германовна! Я сейчас к нему пойду, а вы, пожалуйста, не мешайте и не волнуйтесь, даже если услышите шум или что-то необычное. Идет?

— Ну конечно, Слава! Только я вас прошу — осторожнее с мебелью.

— Что вы! Я же не драться иду!

Сначала Слава направился к туалету, чтобы притупить бдительность Федулкина.

Но, громко протопав мимо двери в комнату, неслышно повернулся и вошел без стука.

Федулкин стоял у окна. На звук открываемой двери обернулся резко, испуганно.

Грязнов беглым взглядом засек расположение вещей: куртка и сумка — на кровати, поверх одеяла. Кровать ближе к двери, чем к окну. Славе до нее два шага, Федулкину — все пять. Не теряя напрасно времени, Слава шагнул два раза и уселся на кровати между курткой и сумкой.

Федулкин сделал неосознанное движение назад, к кровати, потом, когда понял, что опоздал, остановился среди комнаты и неприязненно спросил:

— Что это вы без стука входите?

— Да ну! — широко улыбнулся Слава. — Ты же не баба, чего тебе от меня прятаться? Ты на кого учишься, на фотографа?

Федулкин зябко повел плечами:

— С чего вы взяли?

— А вон у тебя на сумке написано «Кодак». Это же фотоаппараты?

— А может, я на журналиста учусь! — слегка заносчиво заявил Федулкин.

— Вот тогда тебе задание — раздраконь, к чертовой матери, этих... почему не топят в квартирах! Так тетка раньше срока копыта откинет... хотя у нее уже все сроки вышли, между нами говоря!

Федулкин промолчал, всем своим видом показывая, что незваный посетитель ему уже надоел.

А Слава решил, что в спектакле «Тетушка и племянник» необходимость отпала, можно начинать другой.

Небольшим усилием лицевых мышц он сбросил маску подвыпившего простачка и смотрел сейчас на Федулкина трезвым, колючим и наглым взглядом.

— Может, вы уже пойдете, Слава? Мне заниматься надо...

Грязнов обвел взглядом комнату, заметил пятна на обоях возле окна. Когда догадался об их происхождении, почувствовал по отношению к Федулкину брезгливую жалость. Нехорошо улыбаясь, спросил:

— Чем заниматься?

Тот уловил плохо скрытый скабрезный тон вопроса, вспыхнул, но сдержался или смелости не хватило дать отпор. Вздохнул, развел руками и сказал:

— Наверное, мне лучше уйти...

И шагнул к кровати.

— Стоять!

Короткий властный окрик вогнал Федулкина в столбняк.

— Я таки нашел тебя, фотограф, — тихо, с угрозой начал говорить Слава. — У тебя хороший аппарат, правда?

— Что вы хотите?

— Я хочу тебя здесь повесить и нащелкать на память фоток, пока ты будешь дергаться!

Федулкин глядел на грозного Славу неподвижным взглядом, а тело его начало медленно трястись.

— К-кто вы?

— Я Боцман. Слыхал?

Федулкин отрицательно покачал головой.

— Твое счастье, что раньше мне не попался! Я теперь не пытаю, душа устала...

— Что я вам сделал? — пролепетал Федулкин.

— На кого работаешь, сука?! — рявкнул Слава, правда уже без всякого вдохновения.

Такой откровенный страх, за которым конечно, последует признание во всех грехах ускорит дело И все-таки Славе было неприятно, будто он из вредности пугает до слез ребенка. Это неприятное чувство он все же преодолел, когда вспомнил, что из-за этого волосатика умер человек.

— Я ни на кого не работаю, чесслово!..

— Тогда на кой хрен ты заснял моего боевика Гогу с бабой?

— Когда?

— Ты мне эти еврейские штучки брось — вопросом на вопрос отвечать! Трахалки в «Эдельвейсе» снимал?

— Д-да...

— Зачем? Кто поручил?

— Никто... Я... я заработать хотел...

— На ком? На блядушках?

— Там были и другие... жены начальников, извращенки...

— Хотел их за фотки на бабки доить?

— Что?.. А-а, да...

Уже немного ласковее Слава спросил:

— Ну и че, надоил?

С надеждой глядя на Славину улыбку, Федулкин ответил:

— Нет еще, не успел.

— И не успеешь, если я пленку с Гогой не получу!

— Так зачем он мне?! — всплеснул руками раскрасневшийся от переживаний Сергей.

И если раньше, имея бледно-серый цвет лица, он был похож на крысу, то теперь — на розовую суетливую обезьяну.

Слава сказал:

— Готов, как пионер? Лады, имеешь шанс выжить. Только, пока я не получу, что мне надо, моя волына на пару с пером будут все время около твоего бока. Усек?

— Да, конечно.

— Тогда пошли, покажешь.

Федулкин робко подошел поближе к кровати.

— Не надо никуда ходить, все пленки здесь!

— Не финтишь?

— Что вы? Такой компромат всегда при себе держу. Дайте я покажу...

— Ручонки убрал! — рявкнул на него Слава. — Сам возьму, говори где!..

— Откройте сумку. Там, внутри, есть карман на «молнии». Нашли?

Слава разобрался бы и без советов Федулкина, но, войдя в роль, он послушно следовал указаниям фотографа и вытащил из кармана целлофановый мешочек по меньшей мере с десятком проявленных фотопленок. Там же находились три кассеты с непроявленными.

— Давайте я помогу искать, — снова сунулся со своими услугами Федулкин.

— Кыш! — добродушно прогнал его Слава. — Найдутся добрые люди, проверят. Все тут?

— Все.

— Короче, так, сынок, аппарат я тебе оставляю, работай. Пленки, когда проверю, занесу сюда. Хочешь, сам меня жди, нет — старухе передам.

На лице Федулкина отражались мучительные сомнения, которыми терзалась душа, но Серега боялся, и это решило все.

— Только, пожалуйста, не потеряйте,— попросил он. — Там есть и личные снимки, на память...

— Не бойся! Чужого дерьма не надо!

Слава спрятал кассеты и пленки в карман, посмотрел, встав с кровати, в окно. В доме напротив окна квартиры четырнадцать были темны.

Грязнов простился с хозяйкой и ушел. Ему надо было в Кисельный переулок, в лабораторию, затем — на Петровку Туда через некоторое время милиционеры привезут вконец ополоумевшего от неприятных сюрпризов Сергея Федулкина.

А. Б. ТУРЕЦКИЙ

1

Одна из стен моего кабинета украшена большой и подробной картой Союза Советских Социалистических Республик. Пора бы уже обзавестись более современной, но то ли я такой нерасторопный, то ли не нарисовали еще в достаточном количестве, поэтому я пялюсь на старую. Ею еще можно пользоваться в некоторых случаях, чтобы проследить извилистые линии железных дорог, например. Но в том месте, куда я смотрю, карта точно устарела — там некая территория называется Чечено-Ингушская АССР. Там уже нет автономной республики, там не поймешь что. И это «не поймешь что» яростно рвется из федерации на полную волю, как будто в последние три года кто-то пытался или хотя бы желал проверить, как идут дела в отдельно взятом субъекте федерации. И все это может кончиться тем, что в этом месте на карте мы начнем ставить зеленые и трехцветные флажки, отмечая линию фронта. От непреходящего идиотизма русской политической жизни хочется выть на кремлевские рубиновые звезды. К сожалению, легче от этого не станет, разве что приз за лучший вой получишь от какой-нибудь фирмы, не знающей, как покруче разрекламировать свой товар.

Резко звонит телефон. По звуку определяю, что это внешняя связь. На проводе Юрий Макаревич из контрразведки. То, что он по своей инициативе звонит мне, должно означать нечто чрезвычайное.

— Александр Борисович! Необходимо срочно встретиться!

— Что-то случилось?

— Есть новости!

— Приезжайте, — предлагаю я, хотя и догадываюсь, что он хочет на нейтральной территории.

— Надо бы на открытом воздухе, вы меня понимаете?

— Понимаю, но погода...

За окном сырой ветер гоняет туда-сюда неисчислимые стаи отяжелевших от влаги снежных хлопьев.

— В ресторан зайдем, кофе выпьем.

— Хорошо, — соглашаюсь я и, выслушав, где он будет меня ждать, иду за пальто.

2

Небольшое кафе, где мы с Макаревичем находим временный приют, не относится к числу процветающих и шикарных, но здесь тепло, пахнет горячим кофе, поэтому в сравнении с гнусностью, творящейся на улице, кафешка кажется даже уютной.

Не могу удержаться, особенно после рассказа Кости Меркулова о том, как контрразведчики завербовали его будущего зятя, и спрашиваю без ехидства, но и без сочувствия:

— Как ваши успехи на восточном фронте?

Погруженный в мысли о том, как половчее задать свои вопросы, Макаревич рассеянно спрашивает:

— Вы о чем?

— О Чечне, естественно.

— А-а, — с видимым облегчением произнес Юрий. — Я, к счастью, не имею к этому отношения. Я из отдела внешней контрразведки, а страна под названием Чечня относится пока к делам внутренним... Александр Борисович, скажите, пожалуйста, откуда вы взяли эту фамилию — Кук?

Помешивая ложечкой густой и на вид вполне приличный кофе в миниатюрной чашечке, я прикидываю, что потеряю, если поделюсь с ним информацией о Скворцове. Наверное, ничего. То, что покойный хотел спрятать от всех, Слава нашел. Остальное пусть делят между собой.

— Честно говоря, Юрий Николаевич, я не был уверен, что это фамилия. То могла быть и кличка и все что угодно. А вы говорите — фамилия?

— Да.

— Вы слышали что-нибудь о полковнике ГРУ Скворцове?

— Что-то... краем уха. Он умер, кажется?

— Да, от сердечного приступа. Прекрасная смерть для офицера разведки, да?..

После чего я устыдился своего неуместного ерничанья и рассказал Макаревичу о Скворцове все, что знал сам и чем поделился с Осинцевым. Все выложил, кроме дискеты из Одинцова.

— Спасибо за откровенность, Александр Борисович, — вполне искренне сказал Макаревич. — Конечно, тяжело будет разговаривать с ребятами из Главразведупра, но придется. Дело того стоит...

— Юрий Николаевич, себя я к людям не в меру любопытным не отношу, но все-таки интересно было бы узнать, на какое открытие вас натолкнуло словечко «кук»?

— Сказать вам это — значит дать повод лишний раз поиздеваться над контрразведкой! — невесело улыбнулся Макаревич.

— Я, собственно, не настаиваю, чтобы именно вы мне говорили, Юрий Николаевич, пошлем вам запрос по всей форме от генерального прокурора...

— Не стоит, я же не собираюсь таиться от вас. Дэвид Кук — суперагент Центрального разведывательного управления.

— Лихо! Тогда вам в разработку надо забирать все материалы по Скворцову. Если окажется, что они якшались на взаимном интересе, Главное разведывательное управление сильно потеряет лицо, как говорят китайцы.

— Да-а, они будут упираться изо всех сил! А главное — основных фигурантов ни о чем не спросишь!

— А что, аборигены не успели съесть Кука? Он уже в отпуске во Флориде?

Макаревич как-то странно усмехнулся:

— Хотите на него взглянуть?

— Отчего ж нет?

Он достал из кармана фотокарточку, протянул мне.

Улыбающийся мужчина в летнем светлом костюме и широкополой шляпе показался мне знаком. Присмотревшись, я понял, почему не сразу узнал его — этого человека я никогда не видел улыбающимся, не видел живым. Я его наблюдал в морге, где он значился под именем Джон Кервуд...

Вернувшись к себе, первым делом бросился к телефону и стал названивать обиженному мной Юрию Андриевскому, хотелось то ли удивить его, то ли обидеть еще больше. Нет, прежде всего интересно было услышать его реакцию на такую новость.

Мне повезло. На пятом гудке в трубке щелкнуло, и знакомый, приятный во всех отношениях голос ответил:

— Слушаю вас.

— Добрый день, Юрий Владимирович!

— А, это вы. — В голосе никакого проблеска радости, да уж ладно, лишь бы трубку не бросил.

— Нет ли у вас для меня новостей? — спрашиваю я.

— Наверное, нет... Вопрос конкретизируйте, пожалуйста.

— Да меня все этот фальшивый миролюбец интересует, Кервуд. Если не из-за него, то из-за вас нападение было...

— Вы так полагаете? По-вашему, девчонки туда только за одним делом ездили?!

— В том и беда, что ни одной не удалось допросить! А вы хоть знаете, кто прятался под фамилией Кервуд?

— Почему вас это интересует?

— Я полагал, что это заинтересует вас, Юрий Владимирович...

— Нет нужды дразнить мое любопытство Я знаю кем был на самом деле Кервуд.

— Почему же мне не сказали?

— В этом не было оперативной необходимости. И пока нет.

— Ничего, Юрий Владимирович, расслабьтесь, у вас я не буду выпытывать. Нашлись добрые люди, сказали. Они и к вам придут с вопросами, что это вы решали с господином Куком и каким боком пристегнут к вам полковник ГРУ Скворцов.

— Вы славно поработали, Турецкий! — рассмеялся Андриевский. — Но у вас может не хватить ни времени, ни сил претворить в жизнь свою версию.

— Какую версию?

— Вам с Меркуловвым никак неймется, так хочется навешать собак на все, что когда-то находилось под крышей КГБ!..

— Ну что вы, Юрий Владимирович! У вас определенно мания преследования! Мне только хочется понять, почему так получилось, что за ваши с Куком шалости пришлось расплачиваться вашей маленькой глупенькой партнерше.

— Вы о Мещеряковой?

— Конечно.

— Не думаю, что вам удастся пристегнуть ее к делу. Да и дела, в конце концов, никакого не будет. Хотите, дам совет, Александр Борисович?

— Как бывший честный пионер, от советов не отказываюсь, какими бы они ни были.

— Вы нравитесь мне, как нравятся все профессионалы. То, что сейчас происходит, непрофессионально, поэтому некрасиво и непредсказуемо. На вашем месте я взял бы отпуск и переждал очередную российскую перетряску где-нибудь вдали от шума городского...

— Спасибо. Можно вопрос?

— Только нейтральный.

— Что будете делать вы на вашем месте?

— Выполнять приказы своего руководства.

— Это Пермитина, что ли? — спросил я, намекая на родственные связи.

— Не только, – сухо ответил Андриевский и положил трубку

Не скажу, что остался доволен беседой. Хотя, откровенно признаться, понятия не имею, зачем позвонил. Может быть, надеялся, что выведу из равновесия этого детину с полным отсутствием нормальных человеческих эмоций. Где-то в чем-то он был замешан, но улик против него не было, а общение с американским шпионом разведчик всегда сможет объяснить красиво и правдоподобно, так что в конце концов окажется, что Кук — это Штирлиц сегодня.

У меня оставалась, пожалуй, единственная надежда — дискета из Одинцова. Возможно, там будет объяснение всему.

Скворцов, кто он? Запутавшийся, несчастный в семейной жизни офицер, попавший в умело расставленные сети? Или умный, реально мыслящий разведчик, нащупавший нити какого-нибудь глобального заговора и не успевший довести дело до конца? Что означает в его игре с кем-то слово «ангел»? Может, это не просто ангел, ведь его последняя запись имеет еще и букву «Ф». Ангел Ф? Что это может быть? Какие слова есть на букву «ф»?.. Говорят, ее очень не любил Пушкин, фиолетовую эту литеру. Фига? Нет, не настолько Скворцов был эксцентричен, чтобы уйти в мир иной с кукишем наперевес. Фонарь? Факт? Файл... Что такое файл? Файл, имя файла — ключевое слово, открывающее вход к записанной на дискете информации.

Поднимаю трубку внутреннего телефона, связывающего меня с Меркуловым.

— Что ты хотел? — спрашивает тот.

— Я вот что подумал, Костя, может, проверим как версию, тем более это не сложно...

— Не громозди обоснования! В чем дело?

— По Скворцову, — четко, по-военному докладываю я. — Надо проверить следующее: возможно, слово «ангел» — это имя файла на той самой дискете.

— Бери дискету, и пошли в компьютерный центр!

3

ПРОТОКОЛ ДОПРОСА
ПОДОЗРЕВАЕМОГО ФЕДУЛКИНА

гор. Москва *2 декабря 1994 года*

Старший оперуполномоченный уголовного розыска ГУВД г. Москвы майор милиции Грязнов В. Л. в помещении ГУВД допросил в качестве подозреваемого Федулкина Сергея Ивановича, 1969 г. рождения, русского, образование среднее, неженатого.

Мне разъяснено, что я подозреваюсь в вымогательстве крупных денежных сумм у Скворцова В. и Ткачевой Д. при помощи компрометирующих их фотоснимков.

Федулкин

Вопрос: Вам предъявляются фотографии, на которых изображены обнаженные мужчина и женщина во время интимной встречи. Поясните, вы изготовили эти снимки?

Ответ: Эти фотографии изготовлены мной. Снимки сделаны при помощи длиннофокусного объектива из окна квартиры номер тридцать пять в доме четыре корпус два.

Вопрос: В какой квартире находились снимаемые вами мужчина и женщина?

Ответ: Они находились в квартире номер четырнадцать в доме четыре корпус один.

Вопрос: Вы знаете этих людей?

Ответ: Женщину знаю хорошо. Это Дина Ткачева, с которой мы вместе учились в школе. Мужчину видел несколько раз, лично с ним не знаком. Знаю, что он американец, имя, по-моему, Джон.

Вопрос: Вы фотографировали вашу знакомую и американца в таких деликатных обстоятельствах, уже имея намерение потребовать за фотографии выкуп?

Ответ: Нет, такого намерения сразу не было. Дело в том, что Дина Ткачева нравится мне с девятого класса. Я не один раз пытался предложить ей дружбу и любовь, но она была слишком гордая и красивая, чтобы обращать на меня внимание. После окончания школы мы некоторое время не встречались. Она пробовала поступать в институт, я учился на фотографа... Да, еще в школе я много раз снимал ее, то есть фотографировал. Снимки дарил ей и себе оставлял негативы и фотографии тоже. Потом, значит, служил в армии, поездил и встретил Ткачеву случайно.

Вопрос: При каких обстоятельствах?

Ответ: Директор фирмы «Эдельвейс» Петрушин пригласил меня сфотографировать нескольких его девушек для хорошей цветной рекламы...

Вопрос: Вам часто приходилось выполнять такую работу?

Ответ: Нет, не очень. Честно говоря, девушки не очень хотели у меня сниматься, хотя моя специфика — художественное фото, а не плоскач в стиле «восемь на двенадцать». Но Петрушин человек, понимающий толк в красоте, поэтому он мне сделал заказ. Там я и увидел Дину. Конечно, очень был удивлен. В школе она была самая чистая, целомудренная... И вдруг в массажистках у самого солидного сутенера...

Вопрос: То есть вы сразу были уверены, что Ткачева занимается проституцией?

Ответ: Ну вы же лучше меня должны знать, что такое массажистка на заказ!

Вопрос: Почему?

Ответ: Да потому, что у вас все б... на учете!

Вопрос: Хорошо, вернемся к фирме «Эдельвейс»...

Ответ: Встретил я ее там и спрашиваю: Дина, что ты тут делаешь? Она мне в ответ: я-то понятно что, а тебя каким ветром занесло? В общем, сказал я ей, что, если бросит такое ремесло и придет,— приму и все забудем. Она мне в лицо рассмеялась и сказала: ко мне, мол, только после трех вокзалов. Знаете, пока я думал, что она у этого Петрушина как бы в рабстве, жалел ее, даже после таких обидных слов. А потом встретил, опять же случайно, на улице. Она в машине, в тачке верх откинут, и американец тот за рулем. Это меня уже задело. Позвонил Петрушину, выдумал какую-то причину, узнал ее адрес...

Сначала хотел только посмотреть, а потом будто черт за руку дернул — давай снимать...

Вопрос: И тогда пришла идея шантажировать?

Ответ: Нет, позже... Я не знаю, зачем начал это делать. Может, думал клин клином вышибить. И так на душе больно, а сделаю еще больнее — вдруг пройдет. Не прошло... Сначала я хотел его выследить, заловить на чем-нибудь и шантажом Дину отнять. Только не было за ним ничего такого противозаконного, хоть я все время рядом терся. Один раз услышал по телефону адрес, он куда-то в Кунцево собирался, американец этот...

Вопрос: По какому телефону?

Ответ: Он звонил кому-то и говорил, что надо подъехать. Я приехал раньше, высчитал, какая квартира его интересует, и сделал засаду. Но американец туда не пришел, а пришел какой-то офицер. Они выпили, потом началось... ну, что всегда бывает. Я хотел уйти, потом не удержался и начал фотографировать...

Вопрос: С целью шантажа?

Ответ: Нет... еще нет. Просто... как черт дернул. Я потом дежурил по очереди возле четырнадцатой квартиры и в Кунцеве, хотел заловить американца с другой девицей и дать потом Дине фотки, чтоб она знала цену своему дружку. Потом я понял, что все равно ничего не добьюсь. Один раз, когда в Кунцеве дежурил, увидел, как полковник баксы пересчитывает. Вот тогда и подумал, что на этом деле можно заработать.

Вопрос: Когда это было? Какого числа-месяца?

Ответ: Не очень давно. В начале ноября.

Вопрос: Сколько раз вы снимали в Кунцеве и в четырнадцатой квартире?

Ответ: В Кунцеве два раза, в четырнадцатой — три. И один раз на квартире, где девки из «Эдельвейса» работают. Я хотел там жен наших шишек поснимать. На них бы заработал! Теперь-то уж все, да?

Показания записаны с моих слов правильно и мною прочитаны.

Федулкин

Допросил майор *Грязнов*

Следователю
по особо важным делам
советнику юстиции
при Генеральном прокуроре России
А. Б. Турецкому

СПЕЦДОНЕСЕНИЕ

В связи с расследованием уголовного дела об убийстве гражданина США Кервуда и гражданки России Екатерины Мещеряковой по Вашему поручению мною старшим оперуполномоченным МУРа ГУВД Москвы, организовано наружное наблюдение за гражданкой Ткачевой Диной, гидом-переводчиком фирмы «Вестинтур».

Проведенными оперативными мероприятиями установлено:

В течение 1 и 2 декабря с. г. Ткачева находилась в основном дома. Первого числа с 10.00 до 11.30 была в офисе фирмы «Вестинтур». 2 декабря в 19.45 Ткачева вошла в зал ресторана «Рига» на Волгоградском проспекте, где подсела за столик к мужчине лет 35 — 37. Пили шампанское, ели мороженое, больше разговаривали, чем пили. О чем шел разговор, установить не представилось возможным: по техническим причинам не сработало подслушивающее устройство, но беседовали о чем-то важном и то ли спорили, то ли ссорились.

В 21.20 оба вышли из ресторана, сели в автомобиль «вольво», госномер М 1392 ОН, в котором мужчина отвез Ткачеву домой. Судя по принадлежности автомобиля и по профессиональному описанию мужчины, есть основания утверждать, что Ткачева встречалась с сотрудником СВР Ю. В. Андриевским.

3 декабря 1994 года

Ст. оперуполномоченный МУРа
майор милиции *В. Грязнов*

4

Мы втроем, Костя Меркулов, я и программист Виктор, закрылись в компьютерном центре в обеденный перерыв. Трудно предполагать, что в наше время найдется энтузиаст, желающий посвятить свободный час работе. И нас действительно так никто и не побеспокоил.

Виктор быстро определил, какой из компьютеров совместим с дискетой Скворцова, с пугающей меня небрежностью толкнул черный хрупкий прямоугольник в дисковод, поиграл клавишами, и на экране дисплея, на голубом фоне появились ряды белых, сложенных в слова латинских букв.

— Так какой файл вы предлагаете поискать? — повернулся он ко мне.

— Попробуйте «ангел».

— Есть такая буква, как сказал бы мой учитель Якубович! — через некоторое время воскликнул Виктор.

Потом на экране появился текст, и мы втроем не отрывались от него ни на секунду, пока он не кончился:

ПРОЕКТ «АНГЕЛЫ АДА»

Заказчики: Совет безопасности, Министерство обороны, Министерство внутренних дел.

Исполнитель: Главное разведывательное управление Генштаба МО РФ.

Поставленная задача: подготовка специального подразделения для ведения локальных боевых операций в относительно замкнутых пространствах: технических уровнях города, метрополитенах, дренажных системах, технической канализации, воздухозаборных потернах, силовых галереях. Кроме того, будут отрабатываться операции по захвату подземных штабов, пунктов управления, пусковых комплексов шахтного типа и других подобных объектов. Подразделение должно быть готово выполнить поставленную перед ними задачу в любом городе мира, где существуют подземные уровни. Таков первый этап работы.

Второй этап: выход подразделения на поверхность в непосредственной близости от объекта нападения или внутри него и выполнение задач по захвату документов, образцов техники и уничтожению живой силы. Возможна операция по освобождению или захвату конкретного физического лица и обеспечение его доставки в определенное место.

Поручить подготовку подразделения сотрудникам ГРУ полковнику Скворцову В. Д. и полковнику Осинцеву С. Б.

ДОКЛАДНАЯ ЗАПИСКА ПОЛКОВНИКА СКВОРЦОВА

После получения задания организован отбор личного состава в подразделение «Ангелы ада» (в дальнейшем — «АА»). Изучение и подбор кадров осуществлялся по послужным спискам, затем следовали испытания на различных тренажерах, медицинские комиссии, беседы с психологами. На первом этапе подготовки отобрано 220 (двести двадцать) человек. Они размещены в трех подземных сооружениях заглубленного типа. Связь с поверхностью через силовую и вентиляционную шахты, два эскалатора и два лифта.

Первый этап подготовки. Распорядок дня.

Утром анализ крови, прием лекарств, завтрак, теоретические занятия. Обед. После обеда и до ужина — практические занятия в подземелье и прилегающих к нему территориях. Во время этих занятий изучались виды и типы подземелий, тоннелей, дверей, схемы и чертежи, работа метрополитена, подрывное дело в подземных условиях, ловушки.

В специально оговоренных инструкторами местах курсанты поодиночке попадали в организованные экстремальные ситуации. За их реакцией и поведением незаметно наблюдали инструкторы. После завершения эксперимента испытуемые описывали свои ощущения психологам.

Ежедневно все отвечали на вопросы тестов, в конце каждой недели проходили медицинскую комиссию.

Первый этап подготовки завершен через три месяца. Из 220 человек осталось 51 (по 17 в каждом подземелье).

Все прошедшие первый этап курсанты владеют иностранными языками, холодным и стрелковым оружием, боевой армейской системой рукопашного боя (БАРС). Каждый может выполнять работу оружейника, сапера, механика, электрика, машиниста и пр. Подлинные имена и фамилии законспирированы так, что курсанты не знают, как зовут друг друга. Общаются друг с другом при помощи абсолютно нейтральных позывных, напоминающих клички.

Второй этап. Учебно-боевые спуски. Продолжительность — два месяца. Снаряжение и экипировка:

Костюм специальный резиновый армированный (КСРА).

Шлем кевларовый, вмонтированы — фонарь с батарейками, переговорное устройство, прибор ночного видения.

Транспортный жилет.

Ботинки армейские высокие.

Универсальный нож разведчика.

Стреляющий нож.

Нож боевого пловца.

Бесшумный пистолет в кобуре.

Гранаты — световые, шумовые, раздражающего действия, детонирующий шнур и взрыватели.

Десантный ранец, в котором уложены: взрывчатка, бикфордов шнур, аптечка, сухой паек, влагонепроницаемый фонарь.

Алюминиевый ранец с аппаратом автономного дыхания.

Тонкие перчатки из кевларовой нити...

Молодой и слишком интеллигентный для знакомства с такими рапортами программист Виктор воскликнул, ни к кому конкретно не обращаясь:

— А перчатки-то им зачем тонкие?! Чтоб отпечатки пальцев в канализационном тоннеле не оставлять?

Я, признаться, не знал, что ему ответить, но Костя Меркулов, похоже, человек всезнающий.

Он усмехнулся и сказал:

— Ценю ваш юмор, молодой человек, но вы не обратили внимания на один нюанс...

— Какой?

— Перчатки сделаны из кевлара.

Костя посчитал, что сказал все, что нужно, однако парень с этим не согласился:

— А что это за кевлар такой?

— Прочный материал. Кевларовую нить ножом не разрежешь.

Виктор понимающе кивнул, и мы все трое снова прильнули к экрану дисплея.

...Вооружение:

АСК-74У.

Пистолет-автомат «Кедр».

Тяжелый автомат «Вал»

а) с прибором для бесшумной стрельбы;

б) со снайперским прицелом.

Добавочно для всей группы выделялось:

Гидрокусачки, мини-лебедка...

— А чем гидрокусачки отличаются от обыкновенных? — снова полюбопытствовал Витя, уже конкретно глядя на Меркулова.

— Эта штучка за минуту перерезает металлический прут толщиной до шести сантиметров, — послушно ответствовал заместитель генпрокурора.

...Снаряженная и вооруженная группа уходила под землю на 72 часа. Через трое суток, выполнив задание, возвращалась в базовое подземелье. После чего у каждого брался анализ крови, проходила медкомиссия. Бойцы писали рапорты по итогам спуска, отдыхали и снова спу скались в тоннель, но уже по другому маршруту

Маршруты разработаны двух видов — простые и сложные. Простым считается такой, когда группа работает в одном-двух уровнях, в галереях, по которым можно продвигаться относительно нормально. На простом маршруте группа проходит в день семь — десять километров.

На сложном маршруте неоднократно приходится менять уровни, спускаться и подниматься по колодцам и шахтам, в отдельных местах практически ползком При ходится пересекать линию работающего метрополитена, совершать переходы по подвалам жилых домов. За день удается пройти не более пяти километров.

Работа на втором этапе шла в двух направлениях Первое: научиться ориентироваться в подземных лабиринтах. Второе: выполнить поставленные задачи На учебно-боевые спуски группы уходили без инструкторов. Их предупреждали, что нападения противника можно ожидать в любой момент. Условным противником могла быть подобная группа либо инструкторы.

Условно-боевые спуски проводились месяц. После этого группы получили новое задание. Им нужно было уйти под землю на тридцать дней. Создавая базы, группы отработали ряд операций: захват секретных объектов, борьба с диверсантами, совершение диверсий и т п. К вышеперечисленному снаряжению добавлялись приборы, позволяющие обезвредить или нейтрализовать лоры, позволяющие обезвредить или нейтрализовать ловушки. Наверху в течение всего времени испытаний дежурила специальная группа сопровождения и контроля, замаскированная под работников «Водоканала», «Мосгаза» и «Мосэнерго», с приданной соответствующим образом оформленной техникой. Связь с землей поддерживалась с определенных точек, возле канализационных колодцев или воздухозаборных шахт.

Итог второго этапа: все бойцы спецподразделения «АА» прошли всю программу подготовки и готовы для выполнения задач в подземных коммуникациях города.

Некоторые замечания.

Замечено, что под землей плохо работает радиосвязь. Пример: человек поворачивает в другой тоннель, углубляется на несколько метров, и его не слышно. Для поддержания связи приходилось расставлять людей особым образом, что замедляло и затрудняло выполнение поставленных задач.

Почти полугодовое пребывание личного состава под землей пагубно сказывается на состоянии бойцов. Отмечались головокружения, воспалялись глаза, не заживали ссадины и порезы. Сказывались на здоровье значительные физические нагрузки, питание преимущественно сухим пайком, употребление чрезмерно хлорированной воды. Имелись случаи слуховых галлюцинаций, беспричинного страха. Вывод: оптимальное время нахождения личного состава под землей определяется в полтора-два месяца.

После окончания испытаний все бойцы спецподразделения «АА» прошли обширное медицинское освидетельствование, подписали обязательство не разглашать полученных сведений и были подняты наверх для отдыха.

Руководитель центра
подготовки спецподразделения «АА»
полковник *Скворцов В.*

5

На экране дисплея светились белым по голубому три последних абзаца докладной записки.

Некоторое время мы молчали, переваривая прочитанное забитыми спецтерминологией мозгами.

— Что ты думаешь об этом, Саша? — спросил меня Меркулов.

Я пожал плечами.

— Не знаю, что и сказать. Если бы Скворцов был не разведчиком, а хотя бы замполитом, можно было бы предположить, что мы имеем дело с сюжетом будущего фантастического ужастика...

— Мне интересно, для кого он составлял эту записку или, возможно, снял копию, — рассуждал вслух Костя Меркулов. — Даже скорее всего это копия, и довольно небрежная, потому что даты не проставлены. Виктор, будьте добры, посмотрите, может, там есть еще что-нибудь.

Программист понажимал на клавиши. Текст докладной записки переместился вверх, а на его место перекочевал текст, набранный столбцом и озаглавленный просто и буднично, как и должна называться выкраденная военная тайна: «Список личного состава спецподразделения «АА». Дальше следовало: «Группа № 1»:

Морозов Евгений, позывной Слон;

Александров Сергей, позывной Монах;

Григорьев Михаил, позывной Рыжий...»

И так все полста с хвостиком.

После этого Виктор, не дожидаясь просьбы, сам погнал дискету дальше. Вслед за списком подземных «ангелов» появилось на экране сравнительно короткое сообщение:

«Согласно приказу начальника ГРУ за № 94/436 от 25.10.94 г. пятеро бойцов спецподразделения «АА» группы № 1 отбыли для выполнения особого задания в г. Грозный Чеченской республики. Спустя двадцать дней с момента отбытия группы в Грозный никто из них на связь с руководством не вышел, задание не выполнено. Позывной старшего группы — Белый».

Больше на дискете не было ничего.

— Ну что, Саша? — спросил Меркулов, просто потому что молчание наше затянулось.

— Надо передать все это добро в ГРУ, и пусть они там утираются!

— Выход самый простой...

— И самый лучший! Я уже устал разгребать эти шпионские кучи!

— Значит, ты забыл, что теперь твоя забота не только уголовники и подпольные миллионеры, — мягко напомнил мне Меркулов.

— Во-первых, миллионеры уже вышли из подполья. А во-вторых, пусть контрразведка сначала наловит мне этих шпионов полное Лефортово, потом я ими займусь!

Не желая продолжать спор при Викторе, Костя сказал ему:

— Распечатай, пожалуйста, все, что есть, про этих «ангелов» и дай распечатку мне, а дискету верни Александру Борисовичу, он будет у меня.

— Будет исполнено.

Мы пошли в Костин кабинет. Там он уселся в кресло, предложил сесть мне, виновато косясь на меня, закурил, потом произнес:

— Наверное, ты устал?

Я уставился на него:

— Что, произвожу впечатление?

— Да. А я хотел предложить тебе одну авантюру, которая тебе, а особенно мне, не по чину...

— Так ведь я не от авантюр устал, — начал осторожно я, пытаясь угадать, на что он хочет меня подбить.

Наверное, я догадался правильно, но не стал опережать наставника и друга.

— А от чего?

— От того, что третью неделю работа скучная, не моя, да вдобавок еще и безрезультатная...

— У одного американского писателя-детективщика герой, частный сыщик, говорит примерно следующее: чтобы раскрыть преступление, я бросаю в его отлаженный и продуманный механизм гайку, она попадает между шестерен — и весь механизм заклинивает...

— Кто будет гайкой? — почти с энтузиазмом спросил я.

— А вот давай прикинем. Мне кажется, что в последние дни многие на первый взгляд совершенно разные люди едут в одно и то же время в одно и то же место, которое нынче плохо подходит как для бизнеса, так и для отдыха.

— Ну и кто же это?

— Давай считать. Американский шпион Кук на пару с русским разведчиком Андриевским плюс две дамы. Полковник Скворцов. Член Совета безопасности Королев. Ну последний, положим, ездил по делам фирмы. А вот между шпионами братских стран и Скворцовым прослеживается определенная связь. Если вспомнить, что фамилию Кук мы первый раз прочитали в письме, адресованном Скворцову... не забыл, надеюсь?

— Нет, конечно.

— Напрашивается вывод: Кук с Андриевским ехали к Скворцову. Он готовился к встрече, поэтому отсылал любимую женщину к брату. Не спросить ли нам у Андриевского, что он может сказать по этому поводу, дать расшифровку факса прочитать...

— А если отпираться начнет? Он ушлый...

— Может быть, улики у нас и косвенные, но добротные. Скворцов готовился встречать гостей восемнадцатого. В этот же вечер «вольво» обстреляли, а двигалась она, это шведское чудо, в Кунцево. Если это случайное совпадение...

— Андриевский на том и будет стоять, Костя, на случайности.

— Значит, надо ехать в Грозный, там искать концы.

— Там найдешь!..

— Кстати, последние новости по фирме «Хантала» знаешь?

— Экономические преступления не моя специфика.

— Я тебе говорил, что счета арестованы? Так вот знаешь сколько на тех счетах? В общей сложности полтора миллиона родных деревянных рублей.

— Всего-то?

— Да. Остальное успели перекачать за границу и часть в Чечню, на счета «Нохчи-Чо»-банка.

— К Аслангирееву?

— Правильно. Покойный Буряк служил у Аслангиреева до последнего дня. Он скорее всего и послал мочилу в Москву, вдогонку за Куком. А может, за Андриевским? Юрий Владимирович явно что-то знает.

— Знать-то знает, а чем его прижать, чтоб, родимый, запел?

— Придумаем!

Сильно напрягаться не пришлось. Снова высшие силы или удачное стечение обстоятельств пришли нам на помощь.

Сначала в облике секретарши Меркулова Наташи.

— Константин Дмитриевич, у вас внутренняя связь не отвечает! — слегка капризно заявила она, наполовину войдя в дверной проем.

— Да, я знаю. А в чем дело?

— Там к вам ваш знакомый муровец ломится, ры-жий...

— Грязнов, что ли?

— Да, кажется.

— Тогда зови.

Слава вошел в кабинет, кивнул, здороваясь, поглядел на нас и спросил, явно припрятывая какие-то новости:

— О чем задумались, господа товарищи генерального прокурора?

— О том, что гусь свинье не товарищ! — проворчал я. — Знал бы, что ты на чердаке у Скворцова-старшего раскопаешь, никогда бы не послал!

Слава шутливо развел руками:

— Мы люди маленькие, наше дело найти, ваше разбираться!

Костя, задумчиво глядя на Грязнова, произнес фразу, неожиданную даже для меня:

— Вот что я думаю, Слава, надо тебя перебрасывать в аппарат министерства, а то что-то ты от нас на отшибе.

— Шутите небось? Так меня Савченко и выпустил из своих лап!

— А что нам Савченко? На днях я создам следственную бригаду, поедем с Сашей на Северный Кавказ. Если хочешь, поедешь и ты. Тогда мы тебя временно перебросим под эгиду Министерства внутренних дел на время выполнения особого задания. А там, может, и застрянешь. Ведь у нас нет ничего более постоянного, чем временные трудности. Устроит тебя такой вариант?

И Слава, и я, оба смотрим на Костю с недоверием.

Потом Грязнов начинает осторожно прощупывать почву:

— Вы меня знаете, ребята, с вами я хоть к чертям...

— Признаваться в любви не надо! Говори четко и ясно: поедешь с нами, если мою авантюру утвердят?

— Поеду!

— Вот и хорошо! Поедем, правда, не к чертям, а к «ангелам», но не могу сказать, что это намного безопаснее...

Слава смотрел на нас слегка обалдело, поэтому пришлось рассказать ему в очень сжатой форме о компании «Хантала ойл лимитед» и о спецподразделении «Ангелы ада».

— Ну ясно, опять влезли! — резюмировал услышанное Слава и добавил: — Я к вам тоже не с пустыми руками. Выщемил-таки у фотографа-любителя клубничку!

Мы ознакомились с показаниями Федулкина, затем Слава вручил мне донесение о наружном наблюдении за Ткачевой. Я прочел и подал Косте:

— Смотри! Опять Андриевский! Он явно примелькался!

Пока Меркулов читал о встрече Андриевского и Дины, я спросил у Славы:

— У Федулкина были какие-нибудь пленки, фотографии, кроме тех, что мы уже имели счастье видеть?

— Нашлось кое-что. В основном, конечно, непотребство, но несколько кадров интересных.

— А покажешь?

Из нагрудного кармана пальто Слава несколько театрально достал тонкую пачку фотокарточек и протянул мне.

Сначала я узнал только Мещерякову, потом понял, что комната показалась незнакомой, потому что вид сбоку сверху. Итак, Катерина сидела за столом, уставленным бутылками, и чокалась бокалом с молодым человеком, судя по форме — лейтенантом милиции. Когда я присмотрелся к нему повнимательней, заметил, что лицом этот симпатичный милиционерик как две капли воды похож на Юрия Андриевского. Вот так номер!

Лихорадочно перебирая фотографии, где девушка и милиционер то чокались, то пили, то целовались, я спросил:

— Когда это было?.. Э-э... когда снимал, спросил?

— Съемка производилась в первой половине того дня, когда мы обнаружили эту несчастную в ванне.

Я опустился на стул, передал снимки Косте и сказал:

— Красиво он нас обвел, ничего не скажешь, артист!

Меркулов посмотрел фотокарточки, заметил философски:

— Очень хорошо. Мы ведь могли до сих пор этого не знать. Значит, так, сегодня я пойду выцарапывать у нашего осторожного прокурора пачку санкций. Завтра с утра встречаемся здесь и начинаем работать.

6

Мы заходим со Славой на Петровку. Он хочет узнать, нет ли каких новостей от группы наружного наблюдения, приставленной к Дине Ткачевой.

Пока он ходит в недрах шестиэтажного здания ГУВД, я ошиваюсь в дежурной части. Грязнов оставил меня здесь, потому что отсюда мы отправимся, если повезет, машиной к старику Моисееву.

Я вспомнил, что кто-то из соседей упоминал о некоем милиционере с перевязанной щекой, который вошел в четырнадцатую квартиру к Мещеряковой. Это значит, умница Андриевский позаботился о том, чтоб никто даже случайно его не опознал. А с милой подружкой Катей можно не прятаться. Неужели это все-таки он?

Я вытащил из кармана фотокарточки. Ну конечно, ни шапки, ни повязки.

Дежурный, крепкотелый майор, высовывается из-за своего барьера, отгораживающего пульт связи от просторного холла:

— Что это у вас, товарищ следователь? Труп какой-нибудь?..

Любопытство, конечно, не совсем здоровое, но, занятый своими мыслями, я показываю ему снимки и рассеянно отвечаю:

— Нет, пока еще не труп...

Через некоторое время слышу радостный голос майора:

— О! Да это же тот самый летёха, что Грязнова искал!

— Когда искал? Зачем?

— Да вот когда это я дежурил... — майор полез пальцем в настенный календарь. — Утром девятнадцатого заступил, после того как шухер с американцем был на Минском шоссе. Грязнов отсыпался, а к нему с утречка лейтенант этот из МВД нагрянул... Я почему запомнил: после него Вячеслав бегал, спрашивал, кто к нему приходил, а на самом лица нет. Я тогда еще спросил, в чем, мол, дело, да Грязнов не сказал.

У меня аж ладони зачесались от такого неожиданного

открытия. Стараясь скрыть волнение почти равнодушно, я спросил:

— Вы уверены, что это тот самый милиционер?

— Да конечно! Тогда он в шапке был, не снимал, но ухмылочка эта очень запоминающаяся!

Появился Слава, не ожидая вопросов, коротко сказал:

— Ничего интересного. Дома сидит.

— Зато у нас с дежурным для тебя сюрприз! — говорю ему и добавляю: — Да и для меня, наверное...

Грязнов выслушивает дежурного, который заново рассказывает про обстоятельства встречи с переодетым в милиционера Андриевским, жмет майору руку, а мне говорит, когда мы выходим на улицу:

— Ты знаешь, Сашок, камень с души упал! Мать моя говорила такую пословицу: у вора один грех, а у обворованного — сто грехов. Потому что на кого только ни подумаешь, пока точно не узнаешь. А дурная мысль у православных тоже за грех канает. По этому поводу стоит напиться!

— Не сегодня.

— Ну, значит, немножко выпить, а?

— Немножко я не против.

7

Семен Семенович отворил дверь сразу, Слава еще руку не успел отнять от звонка.

— Заходите, заходите, ребята! Спасибо, что пришли!

— Семен Семенович, — говорю, вылезая из куртки в узкой прихожей. — Мы извиняемся сразу от порога, но у нас есть скромное желание — по сто семьдесят граммов на брата. Можно и по сто. Конечно, это наглость с нашей стороны, в который уже раз приходить без своей бутылки, но дело в том, что в киосках такую парашу продают, что лучше уж одеколон пить!

— Зачем эти извинения, Саша?! — воскликнул Моисеев. — Я так и не научился пить водку в одиночку, а привычку покупать искоренить не могу. Так что считайте мою хибару комнатой психологической разгрузки!..

— Или нагрузки, если переберем! — подхватил Слава.

Как Моисеев ни гнал нас в гостиную, мы расположились на кухне, выпили настоечки и поведали старому криминалисту, по какому поводу возлияние.

— Хотите посмотреть на эту молодую да раннюю харю? — спросил я, заканчивая рассказ о последних наших неудачах и успехах.

— Меня всегда интересовали одаренные люди, Саша, даже если они находятся, так сказать, по другую сторону баррикад.

Я достал фотокарточку, протянул Семену Семеновичу.

Тот по своей криминалистской привычке взял ее осторожно, кончиками пальцев, за уголки, положил перед собой на стол, взглянул через стекла очков, наклонился пониже, всмотрелся и сказал такое, чего мы не слышали от него никогда:

— Слава, если вас не затруднит, наплескайте мне полную стопку...

Завороженный, как зритель, попавший в лапы гипнотизера, Грязнов выполнил просьбу, затем налил и себе, старательно избегая моего строгого взгляда.

Моисеев проглотил содержимое рюмки одним глотком, понюхал кусочек хлеба и молвил:

— Ребята, вы не поверите, потому что так не бывает даже в индийском кино, только пусть я отравлюсь кислым фиксажем, если этот парень не мой постоянный клиент...

— Какой? Который доллары у вас проверяет?

— Он...

Я в изнеможении откидываюсь к стене:

— Ну слушайте, сегодня не день, а прямо бенефис Андриевского!

— Так выпьем же за то, чтоб у мальчика не случилось несчастного случая, холеры или СПИДа, чтоб он здоровеньким дожил до своего ареста! — провозгласил Слава.

— Подожди! — одернул я его и обратился к Моисееву: — Семен Семенович, долго он к вам ходил?

— Около года. В его приходах не было ни системы,

ничего такого, чтобы можно было заранее знать, когда явится.

Одно было постоянно — он всегда звонил перед приходом, причем между звонком и приходом проходило очень мало времени. Такое впечатление, что звонит из дома по соседству...

— У него в машине телефон, — пояснил Слава.

— Когда он к вам последний раз приходил? — спросил я.

— Да не очень давно. В двадцатых числах ноября. Саша, если вам нужно, я могу восстановить точно все даты его посещений, а также суммы денег, котрые он приносил на проверку.

— Зачем он у вас их проверял, Семен Семенович? — спросил Слава. — Если он получал их в банке, там же есть детекторы валют.

Моисеев разбирал свой архив эксперта и одновременно отвечал Грязнову:

— Честно сказать, я и сам интересовался у него. Знаете, что он сказал? Половина всей долларовой наличности, гуляющей по нашим просторам, это искусная подделка, которую может выявить только экспертная группа в Вашингтоне, возможно, в нашем Центробанке, ну и Семен Семенович...

— Вот как! — удивился я. — Вам бы эти сведения поставить в основу своей рекламной кампании, от клиентов отбоя бы не было!

— Несомненно, Саша, — кивнул Моисеев. — Но я, несмотря на пятый пункт, никудышный коммерсант. В чем и упрекали меня даже собственные дети.

Я позвонил Меркулову. Он был еще на работе.

— Костя, мне на завтра нужна санкция на задержание подозреваемого Андриевского!

— Уже? — слегка удивился он.

Я поведал ему о последних открытиях, сделанных с помощью фотокарточки, которую отпечатали в лаборатории с пленки Федулкина.

— Хорошо, — согласился Костя. — Дам вам санкцию, только применяйте с пользой для дела.

— А як же ж! — вырвалось у меня.

8

Следователь — это человек, устанавливающий виновность конкретного лица в совершении конкретного преступления. Работа подразумевает четкое следование логике доказательств и поиск истины в сочетании с бесстрастностью. Но следователь — это человек, поэтому кроме логики он обладает еще и чувствами. И хотя над моим отдельно взятым разумом эмоции практически никогда не брали верх, более или менее они могут влиять на мое отношение к человеку. Так, временами мне был симпатичен рецидивист Петров по кличке Буряк. Он был убийцей, не заслуживающим никакого снисхождения, но он не был тупым злобным существом или маньяком, а преступления, пока не ушел в профессиональные убийцы, совершал дерзкие и даже озорные, что мне и моим коллегам, уставшим от кровавой бытовухи, импонировало. Одно дело расследовать убийство топором на кухне, особенно когда убийца храпит на полу рядом с убитым, а над ними на столе недопитая бутылка водки. И совсем другое — дерзкое ограбление в условиях неожиданности, на что горазд был молодой Буряк. Да и к нам покойный бандит относился без ненависти, а Грязнова так даже уважал.

Мне нравится Юрий Андриевский. Даже сейчас, когда я почти уверен, что он преступник, и, возможно, государственный. Он молод, эрудирован, умен. Он умеет держаться и умеет подать себя — качества подзабытые за время социалистического единообразия. Хорошо дружить с таким человеком, но и сыграть с ним в игру «следователь — подозреваемый» тоже будет интересно.

Занятый этими мыслями, я незаметно подошел к своему дому по раскисшему от мокрого снега тротуару. Поздний час вкупе со слякотным ненастьем разогнал по квартирам даже хулиганствующих подростков.

Я привык к тому, что они сидят на площадке последнего этажа, пьют пиво, играют в карты или тискают девчонок. Из всех соседей по площадке я, пожалуй, единственный, кто приходит домой чаще всего после девяти вечера. Поэтому с ними у меня почти приятельские отношения, иногда, если не очень поздно, я останавливаюсь немного поболтать с ними, угоститься пивом. Это им очень нравится. А в обмен на то, что я не гоню их от своей входной двери и не вызываю втихаря милицейский патруль, они громко не матерятся, не оставляют после себя свалку отходов жизнедеятельности молодежной, пока еще законопослушной банды. Иногда я консультирую их по вопросам права, не забывая, конечно, воспитательный момент. Так, когда меня спросили, как можно «закосить» от службы в армии так, чтоб не посадили потом, я вполне правдиво ответил, что самый надежный в юридическом отношении способ — поступить в институт...

Правда, лифт ребята считали ничейным, и поэтому стены кабины, не спеша, со скрипом, поднимающей меня наверх, были усеяны пятнами копоти, рисунками и надписями, наглядно доказывающими, что юношеская гиперсексуальность — не вымысел досужих последователей доктора Фрейда.

Надписи — дело привычное и даже забавное местами, но на сей раз имелась деталь, превращающая поездку в тест на степень брезгливости. Через серый, заплеванный пол тянулась розовато-серая комковатая лужица рвоты. Едва не вляпался, когда входил в кабину на первом этаже, предупредил об этой опасности резкий запах.

Лифт остановился, створки дверей медленно поехали в стороны, открывая взору совершенно темную площадку. Странно, успел подумать я, вроде договаривался с пацанами, чтоб лампочек не били...

Слабое пятно света из кабины протянулось до противоположной, окрашенной в салатовый цвет стены, на которой темнел встроенный железный ящик с электросчетчиками. А рядом с ним человеческая фигура в камуфляже с маской на лице.

Не больше секунды смотрели мы друг на друга. И пока натруженная голова соображала, что за тип и чего ему здесь надо, тело по многодневной привычке стало совершать почти рефлекторные движения к выходу. Но вот эта лужа мерзопакостная! Ноги повернули корпус боком к выходу и немного ближе к боковой стене кабины, чтобы удобнее было переступать лужу. В это мгновение я подумал, что возможно и скорее всего этот наемник послан сюда по мою душу. В это же мгновение в руке у боевика что-то щелкнуло, и, просвистев мимо моего лица, в заднюю стену лифтовой кабины воткнулось зловеще поблескивающее лезвие.

Он сделал шаг... и тут же дверь лифта закрылась. Он достиг наружных дверей в два прыжка, но было поздно — лифт начал опускаться. Это у него получалось веселее, чем подъем. Сколько их и что делать? Вот два вопроса, от правильного ответа на которые зависит моя бренная жизнь.

Нам разрешено ношение оружия, но я не привык к нему, и вороненая смертоносная машинка так и валяется в сейфе. Сейчас она бы мне пригодилась... спасти, может, и не спасла, стрелок из меня неважный, но зато не чувствовал бы себя жертвенным бараном.

Скорее всего, убийца один. Было бы их больше, кто-нибудь из них для страховки обязательно подсел бы ко мне в лифт. Итак, едет ли он вторым лифтом или бежит по лестнице вприпрыжку, у меня есть пара минут форы. Как использовать их с максимальной пользой? Выскочить из подъезда и добежать до коммерческого магазина, где есть телефон? Надо будет преодолеть открытое пространство двора... Я представил себя петляющим рысью по скользкой грязи. Н-да, конечно, коли жить захочешь, побежишь, будь ты хоть самим генеральным прокурором!.. Мягкой болью укололо сердце воспоминание об Ирине с дочкой. Каково им будет узнать, что меня замочили в двух шагах от дома? Нет уж, бегать не стану, но и рубашку на груди рвать не буду: мол, стреляй, сволочь!

Лифт слегка дернулся, останавливаясь на первом этаже. С той стороны из-за дверей доносится громкий гомон. Люди, компания, и, может, навеселе. Хорошо это или плохо?

Дверь открывается — на меня смотрят пятеро парней из завсегдатаев лестничной площадки. Некоторое время мы молча смотрим друг на друга.

— Здрасте, Александр Борисыч, — нестройным хором здороваются они.

— Быстро посмотрели вокруг себя — нет мужика в камуфляже?

— Нет. А вы тоже его видели? Да? — загалдели парни, выглядящие жутковато-живописно в своей черной коже, цепях и прочих отличительных знаках племенного отличия городских аборигенов.

— Заходите сюда! Только осторожно — не наступите!

Чертыхаясь, парни попрыгали в кабину, продолжая возмущенно рассказывать:

— Серый с Антоном сидели на лестнице, что на чердак ведет, нас ждали. А этот приходит, говорит: кыш отсюда! Антон поспокойнее, вы же знаете, а Серый сразу ему в ответ: канай, мол, дядя! Он тогда подошел, как даст Сереге!..

— Куда едем?! — спросил я их.

— Как куда?! Мочить будем!..

— О! А что это?

Кто-то из них увидел торчащее из стены лезвие.

— Нож со стреляющими лезвиями, — сказал я. — Кто из вас живет в этом доме?

— Мы со Славкой.

— Значит, так, Славка, ты берешь мой портфель и идешь домой... Без разговоров! Телефон есть?

Он кивнул.

— Из дома звонишь моей жене и предупреждаешь от моего имени, чтоб из квартиры не высовывала носа и никому не открывала. Понял?

— Да.

— На каком этаже живешь?

— На четвертом.

— Вот туда для начала и поехали. Так что там с Серегой?

— Да положил он Серегу с первого удара, потом приказал Антону, чтоб убирался и Серегу утаскивал!

— И вы ему отплатить хотели?

— А как же?

— Дети! Глупые дети! Ему не надо вас даже кулаками бить, такими ножиками всех положит, хоть будьте вы все дети Брюса Ли. Так что ваше дело будет, если хотите мне помочь, отвлечь его внимание. Ясно?

— Да.

Лифт остановился на четвертом этаже.

Парень собрался идти с моим портфелем, и тут мне в голову пришла одна забавная идея.

— Нет, — сказал я, — иди налегке, портфель пригодится здесь. — Я дал ему свою визитную карточку с телефонами и добавил: — Скажешь жене, чтобы немедленно позвонила Грязнову. Запомнил?

— Да.

— Тогда вперед!

Парень ушел.

— Так, теперь вы слушаете и запоминаете. Выходим на восьмом этаже. Вы начинаете на площадке драку. Конечно, не всерьез, но так, чтоб со стороны это было незаметно. При этом разрешаю немножко матюкнуться и обязательно каким-то образом дать понять, что бьете вы меня. Ну можете крикнуть что-нибудь вроде: получай, прокурорская морда!

Ребята сдержанно хмыкнули.

Я тем временем снял куртку и яркий свитер.

— Вот это будет ваша добыча, парни. И портфель в придачу. Когда он заявится на шум, скажете, что какие-нибудь Слон и Берия погнали меня на крышу, потому что вы подозреваете, что еще не все деньги отдал...

Я просто вспомнил, что люк на крышу не закрыт на замок — замотан проволокой. Потому что осенью и зимой даже самые отчаянные головы нашего двора не рискуют вылезать на мокрую и скользкую крышу. А мне главное — вывести этого убийцу туда, где он даже случайно не наткнется на мирного обывателя, ничего не знающего ни о настоящих шпионах, ни о следователе Турецком.

На нашей крыше я был несколько раз. Ее не однажды уже латали и ремонтировали, потому что дом сдали досрочно. И ее плоская серо-черная поверхность напоминала пейзаж загубленной планеты.

Лифт остановился на восьмом. Я снял ботинки, повертел их в руках, но пожалел просто бросить, сунул в портфель.

Мы впятером тихо вышли из лифта на освещенную

площадку. Соседний лифт гудел, работал. Может быть, вез моего убийцу.

Напоследок сорвав с себя галстук и белую рубаху, шепнул парням:

— Все поняли?

Дружно кивают, а глазищи аж горят от азарта.

— Когда приедет милиция — прячьтесь по домам, может начаться стрельба.

На мне только майка, я в одних носках, но холода не чувствую. Хотел бы я посмотреть на человека, который мерз бы в такой ситуации.

9

Лестничные площадки в нашем доме вытянутые в длину. Лестница, по которой, конечно, почти не ходят, на отшибе, но я все равно иду очень осторожно, крадучись.

Убийца, сам того не желая, помог мне: он погасил освещение не только у меня на двенадцатом этаже, но также на одиннадцатом и десятом. Надежда моя на то, что наемник поверил, что напугал меня, тогда ему не придет в голову мысль, будто я могу сам добровольно пойти ему навстречу.

Сейчас, пробираясь наверх в темноте, я видел, что она отнюдь не кромешная, как мне показалось, когда открылись двери лифта, да в любом более-менее крупном городе не бывает ночью полной темноты. Я понял, что нужно быть осторожнее: он ведь тоже так видит, если, конечно, ждет меня наверху, если не купился на маленькую мою хитрость.

Снизу, с площадки восьмого этажа, доносился шум разыгрываемой пацанами драки. Может, надо было повыше этажом их высадить?

Мизерные порции света от окон соседних домов и удаленных на длину двора фонарей попадали на неосвещенные лестничные площадки через лоджии-сушилки, расположенные между этажами. Когда на лоджиях висело белье, свет проникал с улицы еще хуже. На лестничном пролете между одиннадцатым и двенадцатым этажами я остановился и замер, прислушиваясь. Если это профессионал, а я, пожалуй, достаточно зловредная фигура, чтобы не поскупиться на специалиста, если человек подготовленный, он может затаиться так, что я его не почую. Тем более что как темнота, так и тишина были в многоэтажном доме понятиями относительными. Гудел мотор лифта. Из-за дверей квартир доносились приглушенные голоса законопослушных граждан. Да еще мои помощники на восьмом бушевали на славу.

Лифт гудит. Кого везет, может, его. Останавливается, не доезжая до самого верха, и шум на восьмом, резко затихнув, начинается вновь, но уже по-другому. Может, это он. Раздумывать и гадать некогда. В три прыжка я преодолеваю лестничный пролет. Глаза мои уже привыкли к темноте, мне достаточно чахлого света сигнальной лампочки в кнопке вызова лифта, чтобы увидеть, что на площадке никого, кроме меня, нет. Мелькнула мысль — заскочить в свою квартиру, и вся проблема, но тут же ее отогнал: такой экипированный без большого труда взломает мою небронированную дверь и вырежет всех...

Взлетаю на железную лестницу, нащупываю ушки для замка в люке и мысленно, но очень горячо благодарю того управдома, который завязал лаз обычным мягким экранированным двужильным проводом.

Еще минута, и я на крыше. Удивительно, но страха, кажется, не испытываю. А слегка колотит — так это от возбуждения, адреналин в крови играет. Опускаю на место тяжелую прямоугольную крышку люка. Быстро осматриваюсь — спрятаться и отсидеться до прибытия помощи особенно негде. Зато среди строительного мусора в двух шагах от люка нашелся короткий, как монтировка, немного погнутый, но увесистый ломик.

Теперь я начинаю думать, что лучшая защита — это нападение. С ломиком в руке становлюсь так, чтобы оказаться за открытой крышкой лаза, когда он полезет наверх. Он, конечно, может и не поверить представителям молодого поколения, но, как человек дотошный и исполнительный, должен проверить все возможные варианты моего бегства. К тому же деньги за меня ему обещаны, наверное, немалые. Что ж, милости прошу!

И он пришел!

Крышка люка приподнялась и повисела некоторое время в неустойчивом положении. Убийца прислушивался.

Я легонько бросил в сторону камешек. Он упал в лужу с легким всплеском...

Крышка опустилась, потом резко, рывком откинулась вверх, едва не ударив меня по колену. Я стоял пригнувшись за крышкой и видел, как торчит над уровнем крыши из лаза темноволосая голова. Потом рука в тонкой перчатке вынырнула из темного отверстия и положила на мокрый неровный гудрон кровли продолговатый предмет, скорее всего фонарик.

Затем полез он, помогая себе одной рукой. Во второй, наверное, пистолет. Вот теперь надо было выбрать самый подходящий момент. Перекладины в железной лестнице располагались широко, поэтому даже тренированный человек не мог бы выскочить из люка, как ниндзя на пружинах. Вот и мой убийца, держа пистолет на изготовку прямо перед собой, оперся левой ладонью о край прямоугольной дыры и начал выносить вверх левую ногу... В этот момент наибольшей его неустойчивости я шагнул влево от крышки люка, сюда ему трудно будет стрелять — мешают свои же рука да нога. Он реагирует на мое появление, но запоздало. Удар ломиком приходится как раз по лбу. С рычанием, в котором боль и ярость, убийца хватается левой рукой за голову, откидывается на крышку люка и начинает проваливаться вниз. Темная от крови ладонь инстинктивно хватается за ненадежную опору, за крышку. Крышка падает с глухим стуком прямо на кисти убийцы... и я слышу, как его тело шмякается на цементный пол лестничной площадки.

Тут же, не давая ему времени опомниться, я рву на себя крышку люка и пусть не так молниеносно, как убийца, но очень, на мой взгляд, быстро спускаюсь вниз.

Воин неизвестно чьей армии без сознания, из здоровенной ссадины на лбу струится по лицу черная в темноте кровь. Левая ладонь тоже в крови, рука неестественно вывернута. Быстро забираю из правой кисти пистолет, затем стягиваю куртку на локти, чтобы движения рук были скованы, расстегиваю штаны и вытаскиваю из карманов ножи, кастет, газовый баллончик да шнурок-удавку. Этим шнурком и связываю ему руки.

Теперь несколько глубоких вдохов-выдохов, чтобы нормализовать дыхание, и можно как ни в чем не бывало лезть в замочную скважину своей двери своим ключом.

Дверь распахивается моментально. Я невольно прищуриваюсь на яркий свет в прихожей, сквозь почти сомкнутые веки смотрю на Ирину, бледную, как полотно, выставившую перед собой газовый пистолет, и шутливо поднимаю руки:

— Ничего себе встретили с работы!

— Почему ты не спрятался здесь, когда он погнался за тобой вниз?

Я согнал с лица действительно неуместную улыбку и сказал:

— Милая, даже глупая утка уводит ястреба дальше от гнезда, а ты хотела, чтобы я за тебя прятался!

Она хотела что-то ответить, но тут на площадке стало совсем светло от десятка мощных фонарей, с лестницы и из обеих лифтовых кабин набежали милиционеры из подразделения быстрого реагирования. Но впереди, конечно, мчался Слава Грязнов. Он быстро ощупал меня, сказал полувопросительно:

— Цел? — потом поздоровался. — Привет, Ира!

— Ага! Добрый вечерок! — съязвила она, что свидетельствовало о том, что жена моя начинает успокаиваться.

— Так он тебя только подраздеть хотел? — спросил меня Слава.

— И подразуть!

— Чем это ты его? — уважительно спросил Слава, глядя на убийцу и склонившегося над ним врача.

— Железный ломик и немного здорового страха за свою жизнь.

Слава кивнул, потом спросил у врача:

— Скажите, док, пациент жить будет?

— Пока не знаю! — буркнул тот. — Впечатление такое, будто он под электричку попал.

Тем временем отремонтировали поврежденную убийцей электропроводку и зажгли свет.

Теперь, когда я увидел, что я сделал с этим человеком и какая мускулистая машина была послана меня убить, ко мне пришел настоящий страх.

Сквозь плотную толпу милиционеров кто-то настойчиво пробивался.

— Мы к Александру Борисычу!.. У нас его вещи!..

Это пришли мои помощники. Робко поглядывая на заляпанного собственной кровью культуриста, голова которого была уже замотана в тюрбан из бинта, пареньки почтительно подали мне портфель, одежду и ботинки.

— Знакомьтесь, ребята, это мой друг, сыщик Слава. А это мои соседи. С ними мы и положили этого бугая!

Слава вполне серьезно пожал им всем руки, приговаривая:

— Спасибо! Спасибо, мужики!..

Затем мальчишек оттерли оперативники, и началась рутинная работа. Я послушно ответил на вопросы руководителя оперативной группы, правда, вопрос, кто мог желать моей смерти, меня позабавил: таких достаточно много. Впрочем, скоро круг подозреваемых сузился до минимума.

— Товарищ Турецкий, подойдите, пожалуйста, сюда, — позвал меня врач.

Когда я подошел, он повернул руку убийцы так, что была видна внутренняя сторона тяжелого от мышечной массы плеча.

— Посмотрите, может, это натолкнет вас на какие-нибудь догадки.

Я наклонился, потом присел, чтобы рассмотреть получше небольшую свежую татуировку, сделанную черной тушью с добавлением туши красной: ровный черный круг, а в его границах красные буковки «АА». «Ангелы ада».

— Спасибо, доктор, теперь все ясно.

Меня била нервная дрожь. Усилием воли, напряжением мышц я пытался остановить ее. И казалось временами, что мне это удается. Но потом она снова возвращалась откуда-то изнутри.

— Слава, — сказал я, когда спецназовца из ГРУ увезли в больницу и все разошлись, — Слава, а не выпить ли нам водки?

— Надо бы, — согласился он, потом строго добавил, подначивая: — Только немного, завтра напряженный день!

Ирина уже успела всплакнуть тайком, накрыть на стол и встретить нас с улыбкой. Она и выпила с нами, после чего полушутя заметила:

— Не повезло нашей дочери с родителями: мать — истеричная музыкантша, отец — угрюмый юрист, не знающий ни дня, ни ночи, ни выходных...

10

Костя Меркулов — нет, что это я! — Константин Дмитриевич Меркулов нечасто пользовался служебно-персональной, закрепленной за ним автомашиной — черной «Волгой». И хотя у нас нынче поветрие на крутые западные автомобили, Костя выпросил себе надежную и проверенную, пусть немножко и примитивную старушку производства Горьковского автозавода.

Говорят, к хорошему привыкаешь быстро. Может, это и правда, но в таком случае Костя — урод в семье руководящих работников. На машине он ездит только в рабочее время и по делам службы. Даже я иногда пытаюсь уговорить его хоть разок воспользоваться служебной машиной в личных целях, чтоб потом было что внукам рассказывать. Костя был непреклонен, как расписанный Бонч-Бруевичем в сусальных тонах первый большевик.

А сегодня он сам распорядился, чтоб машина была готова с утра и до бесконечности находилась в его распоряжении. О том, какие приключения я пережил поздно вечером, он узнал сразу же по горячим следам.

— Знаешь, Саша, никогда не был циником, но то, что сейчас скажу, есть цинизм чистой воды: нам с тобой на руку тот факт, что посланный к тебе убийца имеет отношение к спецподразделению! Теперь-то им придется развязать язычки или повыгоняю в отставку, к чертовой матери!

Непривычно и интересно было наблюдать за сердитым Костей. Обычно он убийц и тех «раскалыв ал» мягко, не повышая голоса и не сверкая очами. А тут такая экспрессия! И ведь ехали мы не куда-нибудь — к начальнику Главного разведывательного управления Генштаба, к человеку, благословившему создание «Ангелов ада».

— Но ты молодец, Саня! Ты выбрал для борьбы с ним звериную тактику — и не проиграл!

Воспоминания о вчерашних кульбитах не вызывали во мне положительных эмоций, но Костя говорил искренне, поэтому разговор я поддержал:

– Да уж, шахматные комбинации мне вряд ли помогли бы! Только знаешь, как-то неприятно сейчас, а может, и жалко. Представляешь, как я его шандарахнул железякой по лбу!..

— Ерунда! Интеллигентская рефлексия! Давай еще поди вылижи ему его гнойные язвы!..

— Какие еще язвы? — переполошился я.

— Спокойно! Цитата из Писания! Нет у него никаких язв, закрытая черепно-мозговая и сильное сотрясение мозга. Ну и с рукой что-то. Уже в себя пришел, крепколобый, ни в чем не признается, одно твердит, что с тобой посчитается. Понял?

Я невольно поежился, вспомнив, как обдало щеку прохладным ветерком пролетевшее возле лица острое утяжеленное лезвие...

Солидное воинское учреждение отличается от нашей почти гражданской конторы тем, что здесь у командиров не секретарши, а строгие, чуть надменные секретари в отутюженной форме с погонами на плечах не ниже майорских.

Вот такой долговязый красавчик, чей-то сын или внук, тормознул нас в приемной и пошел доложить начальнику о том, что незваные гости прибыли.

Через несколько минут, к немому и почтительному удивлению сидящих в приемной с портфелями на коленях полковников-особистов, секретарь пригласил нас к начальнику.

Руководитель военной разведки встал из-за стола, чтобы поприветствовать нас. Он был не в генеральском мундире, в обычном, хотя и дорогом, костюме.

— Здравствуйте, Константин Дмитриевич, — поприветствовал он Меркулова.

Костя представил меня:

— Следователь Турецкий, Александр Борисович.

Старый вояка, или, возможно, точнее будет сказать, старый шпион, не стал лицемерить, выдавливая из себя дежурное «очень приятно», молча пожал руку, жестом предложил садиться и спросил:

— Чем обязан?

— История давняя и запутанная, и, пока она нашего ведомства вплотную не касалась, мы в вашу кухню не лезли. Вы, конечно, знали полковника Скворцова?

— Почему «конечно»? Просто знал. Нелепая смерть! И пожалуй, это мне давно надо было высказать вам свои претензии! Нашли тело, установили личность, отправили в морг и сообщили родственникам и по службе, а дальше уже не ваша забота! Так нет! Какие-то расследования, слежки, к вдове пытались прорваться!..

— Это самодеятельность молодого сотрудника. Ему указано на его ошибку. Однако именно он обнаружил в кармане покойного полковника зашифрованный факс. Мы его расшифровали, заметьте, не привлекая к этому делу посторонних. А сам текст послания передали вашему офицеру по фамилии Осинцев, если не ошибаюсь...

— Ну хорошо, дальше что?

— Если вы читали, помните, что там речь идет о некой встрече, на которую придет и некий Кук. Как нам удалось выяснить при помощи Федеральной службы контрразведки, Кук был агентом ЦРУ, действовал в России под видом конгрессмена Кервуда, убийство которого Александр Борисович расследует с самого начала. Пусть потихоньку, со скрипом, но мы установили, кто обстрелял машину, в которой ехал Кук, более-менее докопались до причин, а равно и до того, что какая-то связь между Куком и Скворцовым была. Что за этим грядет? А грядет покушение на следователя Турецкого, имевшее место вчера вечером в подъезде его собственного дома.

Начальник ГРУ смотрел на нас поочередно умными глазками человека, предпочитающего игру интеллектов и характеров почтению к общечеловеческим ценностям.

— Очень занятно! — сказал он и поощрительно кивнул.

На меня, правда, посмотрел с интересом, и я понял, чем вызван этот интерес: на меня покушались, а я имел наглость остаться в живых. Впрочем, возможно, я преувеличивал.

— Как вы догадываетесь, — продолжал рассказывать Костя, — покушение не удалось, наемный убийца задержан...

— Могу вас только поздравить!

— Спасибо, — кивнул Костя и протянул начальнику фотографию. — Взгляните, пожалуйста, может, вы его знаете?

Начальник инстинктивно протянул руку и взял было снимок, но тут же бросил его на стол.

— Что-о?! — грозно протянул он. — Вы на что намекаете? Не зарывайтесь, Константин Дмитриевич! Вы полагаете, кому-то из нас перешел дорогу ваш следователь?!

— Ну что вы?! Отнюдь не хочу сказать, что вы или кто-то из вашего ведомства санкционировал этот акт террора! Но ведь каждому в душу не заглянешь. Посмотрите, пожалуйста, я прошу вас без подвоха.

— Ну хорошо.

Он посмотрел на фотографию человека с забинтованной головой, пожал плечами:

— Нет, не знаю...

— А если добавить вот это?

Костя положил рядом с первым второй снимок, на котором объектив крупно взял откинутую в сторону руку наемного убийцы и татуировку.

Начальник ГРУ рассматривал второй снимок долго. По всей видимости, он думал, как поступить: признать очевидный факт или продолжать примитивную игру в несознанку.

— Вы предполагаете, что это наш человек? — спросил

он, выбрав наконец наиболее обтекаемую для данного случая форму уклончивого ответа.

— Да.

— Что ж, такое возможно, но, скорее всего, этот человек нарушил присягу и действует по заказу кого-то, не имеющего отношения к военной разведке. Сейчас я не готов сказать точно, наш это работник или нет, но мы запросим отдел, ведающий кадрами, и вы получите ответ незамедлительно. Хотя мне казалось, что, если наш специалист берется за дело, он доводит его до конца. У вас хорошая охрана, следователь!

— У меня нет охраны, — спокойно говорю ему.

— Вот как! Вы справились в одиночку?

— Пришлось.

— Тогда это точно не наш человек. Согласитесь, Александр Борисович, вы — не супермен.

Согласно киваю.

— И справились? Тогда это не спецназовец!

— Тут вы правы, — вступил в разговор Костя. — Он не из спецназа. Он из подразделения «Ангелы ада». Поэтому мы и пришли к вам за объяснениями: по какой причине этот «ангел» пришел убивать следователя прокуратуры? Вы прекрасно знаете, чем занимается Турецкий и по каким вопросам его интересы сталкиваются с вашими. Заставить следователя не действовать можно было только на оси Скворцов — спецподразделение — Дэвид Кук. Скворцов мертв, и умер он гораздо раньше того дня, когда мы узнали о том, кто такой Кук и кто такие «ангелы». Значит, Скворцов выпадает. Остается звено «Ангелы ада» — Дэвид Кук. Но оно тоже неполное: Кук убит автоматной очередью за несколько часов до смерти Скворцова. В итоге — одни «ангелы». Хотелось бы знать, где мы перешли им дорогу и, вообще, кому они служат на самом деле?

— Что вы знаете о спецподразделении еще? — спросил начальник ровным голосом.

Но подушечки пальцев беззвучно барабанили по матово поблескивающей, неполированной столешнице, выдавая волнение.

— Практически все, кроме одного: какие задачи выполняет оно сегодня.

— Предлагаю обмен: я отвечаю на все ваши вопросы, вы называете источник информации об «Ангелах ада».

Я предполагал, что Костя сейчас возмутится, скажет что-нибудь насчет неуместности торга, но ошибся. Он спросил совершенно серьезно:

— Вы даете слово офицера, что наш обмен будет честным и равноценным?

Генерал скупо усмехнулся. Он, видимо, и в штатском пиджаке не забывал о своем высоком звании.

— Даю вам слово, даю!

Меркулов открыл свой портфель на двух застежках, достал компьютерную дискету в белом конверте из тонкого картона, ту самую, которую отыскал Слава Грязнов.

— Здесь записана вся информация о создании спецподразделения и дан список личного состава. Дискета принадлежала полковнику Скворцову, обнаружена оперативником в доме отца полковника Скворцова. Знает ли о содержащейся на дискете информации кто-то еще, кроме нас, определенно сказать не могу. Во всяком случае, после того как мы ее нашли, никто, кроме меня, доступа к материалам не имел.

Начальник ГРУ бережно принял из рук Меркулова дискету.

— Хорошо, предположим, это так. Но кто-то вам сказал, какое слово является ключевым для того, чтобы извлечь информацию на дисплей?

Костя посмотрел на меня и попросил:

— Объясни.

— Дежуривший в ту ночь следователь московской прокуратуры Величко при наружном осмотре тела полковника Скворцова обнаружил клочок конверта, на котором было написано слово «ангел». Затем мне довелось увидеть, как отреагировал один ваш сотрудник, когда я просто так, ни к селу ни к городу, ляпнул это же милое словечко. Потом, когда нашли дискету, решили опять же просто так попробовать поискать это слово среди файлов. Вот, собственно, и все...

— Фамилия этого сотрудника?

Голос генерала прозвучал резко, начальник военной разведки давал понять, что без этого дальнейшего разговора не будет.

— Я предполагаю, вы ее знаете... — осторожно начал я.

Почему-то мне хотелось, чтоб фамилию назвал он, а мне тогда останется только молча кивнуть. При всем при этом никакой симпатии к Осинцеву я не испытывал.

— С моими людьми вы могли общаться только с моего ведома, — сказал генерал. — Таким образом, вы остерегаетесь назвать Осинцева, так, Турецкий?

— Да.

— Что ж, это только укрепляет меня в мысли, что при том бардаке, который творится сейчас, мельчают даже полковники, не говоря уж о сопливых боевиках! Собственно говоря, Меркулов, от вас я не стал бы скрывать ничего, даже если бы вы ни слова мне не сказали. Я знаю ваши настроения, да вы их особо и не скрываете. Рано или поздно мы окажемся с вами в одном лагере. Или вы будете утверждать, что вам очень здорово работается при новом генеральном прокуроре? Он же придворный! За лакейское усердие и получил пост. Доброго барина Президента легко понять, зная историю родного Отечества. Раньше за преданность именьицем награждали или титулом, сегодня — должностью. Причем царь-батюшка вполне искренне может сказать: служи, Прошка, но если не справишься — не обессудь. Правда, до этого чаще всего не доходит, до того, чтоб спросить: как, мол, должность исполняешь? В цене только личная преданность. Разве не так?

— Так, — согласился Меркулов.

— Извините меня за такое вступление, теперь можно переходить к делу. Когда в девяносто третьем году сторонники Президента разогнали Верховный Совет и после победы начали менять программы, в том числе — финансирование обороны, социальные программы для военнослужащих, естественно, появились недовольные у нас не только среди лейтенантов, но и в высшем командовании. Ну и все эти новые генералы из тех, которые метко стреляли по «Белому дому», давай думать, как им прекратить такое вопиющее безобразие, как оппозиция в войсках... Меркулов, я говорю это тебе для того, чтобы потом, когда ты будешь меня допрашивать, разговор был более предметным. Так вот, демократия без ума, дисциплины и законности — это беспредел. Особенно в наших условиях. Когда на Западе решили, что нас уже можно не бояться, ЦРУ стало больше времени уделять террористам, мафии и экономической разведке. Наши из бывшего ПГУ тоже давай учиться капитализму настоящим образом, да только опять же не то все получается. Чистой разведкой занимаемся нынче только мы. Может, потому и узнали раньше других, что́ в Генштабе придумали по поручению политиков, чтобы военную оппозицию одним махом!.. Нужна была маленькая некрасивая война, в которой замараются все, а полетят с должностей только неугодные. Тут как раз и подвернулся Королев... Знаете небось? Ваши же раскрутили его маленькое хобби — «Хантала ойл»! Мы просчитали развитие ситуации еще в октябре, тогда же был разработан план операции. Мы прекрасно понимали — если до начала всей чеченской шумихи удастся нейтрализовать генерала Дудаева, серьезного сопротивления не будет. Предполагалось взять его тихо, с деньгами желательно, и спрятать на время, чтобы даже ближайшие соратники решили, что он, как Наполеон, бросил армию и скрылся за границей. В начале ноября группа под командованием полковника Скворцова выехала в Грозный. Однако прошел почти месяц — оттуда никаких сообщений, а Скворцов вдруг оказывается в Москве, в чужом дворе, умерший от сердечного приступа. Заняться масштабным расследованием всех обстоятельств мешает то, что я не могу полностью доверять в своей службе многим, а если окажется, что группа, отправленная в Чечню, провалена, значит, я не могу доверять никому...

— А для чего вам понадобилось спецподразделение «Ангелы ада»?

— Понадобилось не мне. Это детище всех трех силовых министерств. А идея появилась после расстрела «Белого дома». Тогда многим его защитникам удалось уйти через подземные ходы. Теперь бы не удалось...

Меркулов прокашлялся и сказал:

— У нас нет необходимости предавать огласке то, что вы рассказали...

Генерал коротко рассмеялся и перебил:

— Я вам признателен, конечно, но в этом нет нужды. Если вы не знаете, скажу: Президент уже предъявил чеченскому лидеру ультиматум. Это означает, на мой взгляд, только то, что маленькой некрасивой и, возможно, долгой войны не остановить. Поэтому, независимо от ваших намерений, через некоторое время в наших компьютерах и архивах не будет никакой информации об «Ангелах ада». Отдавать такую дубину в лапы теперешним фельдфебелям не намерен!

— Разрешите праздный вопрос? — поинтересовался я.

— Да?

— Почему их так назвали?

— Это предложил один из инструкторов, у которого сын увлекается нынешней идиотской музыкой. Точно не скажу, группа так называется или песня... В общем, подумали и решили, что такое словосочетание, во-первых, достаточно непонятно для людей со спрямленными мозгами, во-вторых, достаточно подробно раскрывает суть их работы.

Генерал встал из-за стола, давая понять, что аудиенция закончена.

Мы тоже поднялись, и я успел еще спросить:

— А вы не боитесь, что информация о существовании такого подразделения все равно где-нибудь просочится?

— Нет, — скупо усмехнулся он. — Даже если вы сняли копию с дискеты, без нашего официального подтверждения это не документ.

— А если проболтаются сами бойцы?

— Исключено! Для них существует только три авторитета во всем мире. Точнее, теперь уже два. Я вам не завидую, господа!

— Почему?

— Я сделал свой выбор и потому готов к любому исходу событий, а вам еще предстоит пережить терзания выбора между служебным долгом и совестью!..

11

Отправляясь к начальнику военной разведки, Славе Грязнову мы вручили ордер на задержание Юрия Андриевского в качестве подозреваемого в убийстве гражданки Мещеряковой и, вернувшись из резиденции оппозиционного генерала, надеялись, что обаятельный хитрец из Службы внешней разведки уже парится у меня в приемной в ожидании допроса.

Приемная была пуста.

Костя сказал, что приготовит кофе и будет меня ждать у себя, а я решил позвонить Грязнову в МУР.

Набирая номер его служебного телефона, я не был стопроцентно уверен, что Слава окажется на месте. Тем не менее именно он поднял трубку и спросил с веселой злостью:

— Кто, едрена мать?!..

— Это не едрена мать, а следователь Турецкий.

— А-а, мастер задавать задачки! Жди, наш замнач по АХЧ пришлет вам счет за бензин, который я спалил без толку!

— Зачем же ты его палил? — добродушно спросил я, зная, что Славина злость — притворная.

— В Ясенево ездил, хотел твоего друга Андриевского привезти!..

— Не привез?

Кроме Славиного дыхания я слышал какие-то посторонние шумы и стуки.

— Конечно, не привез! — рявкнул Грязнов.

— Почему?

— Потому что в отличие от нас с тобой этот молодец делом занят! Меня, Грязнова, дальше предбанника не пустили, будто я посыльный! Вышел какой-то в пиджаке и заявил, что Андриевский в командировке!

У меня упало сердце — неужто упустили!

— За рубежом?!

— Почти, на Северном Кавказе.

— Чуть до полусмерти не напугал, черт! Кавказ — это же совсем другое дело!

— Не скажи! Я с бóльшим бы удовольствием арестовал твоего друга где-нибудь в Брюсселе!

— Что там у тебя за шум? Ремонт начал?

Слава засмеялся.

— Да нет, я «жучок» убрал за ненадобностью. А потом подумал — может, кто-то еще слушает, на всякий случай стучу по полу ногой. Так что дальше будем делать?

— У меня есть подозрение, что Костя устроит нам нечаянную радость.

— Это ты о чем?

— Давно на водах отдыхал?

— На каких?

— Кавказских. Минеральных.

— Догадываюсь...

— Вот и хорошо. Так что готовь походный стаканчик...

— Боюсь, что больше пригодится походный пистолетик.

Я сообщил Косте, что Андриевского нет в Москве, и, пока пил кофе, он дозвонился начальнику Службы внешней разведки и потребовал встречи. Тот, однако, отвертелся, перепоручил нежеланного гостя своему заместителю Пермитину, который как раз по служебным делам находился на Лубянке, так что не надо будет далеко ехать. Костя сухо поблагодарил начальника за заботу. До назначенной встречи было достаточно времени, и мы занялись текущими делами.

Вспомнив, чем в настоящую минуту развлекается Грязнов, я взял одну из фотографий Юрия Андриевского и пошел к секретарше. Та, правда, не помогла мне ничем. Тогда я предположил, что наш неуловимый фигурант мог похозяйничать у меня в кабинете ночью, тогда об этом мог знать дежурный милиционер. Но тот, который сегодня сидел на первом этаже и скучал, сказал мне, что в его дежурство ни во время рабочего дня, ни после такой мужчина не приходил. И вообще никто не приходил, потому что к нам по доброй воле и средь бела дня мало кто торопиться станет.

Затем позвонил Осинцев. Он был взбешен и, не здороваясь, начал орать в трубку:

— Ты поступил как подлец, Турецкий!..

— Когда это мы с вами побратались, милый друг? — удивляясь нежданной грубости, спросил я.

— Да будь у меня в руках не трубка, а твоя глотка, я бы!..

— Остынь, — посоветовал я ему и положил трубку.

Через минуту телефон снова затрезвонил. Сначала я не хотел к нему притрагиваться, но подумал, что, может, звонит Костя, или Грязнов, или Шелковников. С острым чувством, что делаю опрометчивый поступок, снял трубку и, еще не поднеся маленький, но выносливый динамик к уху, уже понял, что предчувствия не обманули — в верхнем кругляше телефонной трубки бился, как в пластмассовой клетке, голос Осинцева:

— На хрена вы сказали шефу про ангелов?!.. Он уничтожает проект, а я угробил на него год жизни!

— Если бы ты не строил из себя Джеймса Бонда и Штирлица одновременно, а поделился бы с нами не такой уж и секретной информацией, ничего бы не было, — сказал я ему.

— Он смешивал меня с дерьмом полтора часа, потом назвал идиотом и выгнал!..

— Значит, ценит,— утешал я его.— Не ценил бы, молча подписал бы приказ об увольнении, и все.

— А-а, пошел ты!..

— Ну хорошо, я признаю, что виноват, подставил тебя, у меня выхода другого не было.

— «Не было»! — передразнил меня Осинцев, что, наверное, свидетельствовало о постепенном, но неуклонном остывании его гнева.

Так и оказалось.

— Послушай, Турецкий, я ведь хотел тебя не только облаять, но и поздравить...

— С чем это?

— С тем, что ты сделал почти невозможное: завалил Крота!

— Кого?

— Крот, боец спецподразделения «Ангелы ада», первого отделения. Фамилия Каратаев, имя— Дмитрий.

Был послан со Скворцовым в Грозный. Это он караулил тебя вчера...

Не договорив, Осинцев резко бросил трубку. Наверное, кто-то вошел к нему в кабинет. А может, кто-либо уже сидел на его телефоне, прослушивал, и теперь боевые товарищи выкручивают полковнику руки, называя отщепенцем и предателем. Жалко, если так!

Ко мне в кабинет заглядывает Меркулов и кивает: мол, на выход, пора ехать.

Езды немного, но по дороге я пересказываю Косте только что состоявшийся разговор с полковником Осинцевым и вслух начинаю рассуждать:

— Почему он хотел меня убить? Может, они думают, что я как-то причастен к безвременной кончине их командира? Так нет же, если логически подумать...

— Кто тебе сказал, что спецназовец должен логически думать? — спросил Костя. — Он должен четко и грамотно, используя полученные навыки и запас практических знаний, выполнить поставленную задачу!

— Ты считаешь, что эмоциям здесь не место?

— Да. Если бы они любили своего командира, полковника Скворцова, они бы сначала во что бы то ни стало выполнили задание, на которое он их повел, а потом бы уже сводили счеты с кем угодно.

— А они не выполнили задание?

Костя покачал головой.

12

Давно я не был в этом огромном, помпезном здании. И многое изменилось здесь с тех пор, когда сняли с постамента Феликса Дзержинского в длинной, как ряса, зеленоватой от времени бронзовой шинели.

Конечно, имели место и бюро пропусков, и бдительные глаза охраны, пытавшейся углядеть у нас под одеждой взрывное устройство. И в то же время в самом воздухе мрачных коридоров чувствовался слегка анархический воздух с площади.

Заместитель начальника Службы внешней разведки

Евгений Пермитин принял нас в безликой большой комнате со скромной дешевой мебелью. Наверное, прежде в таких комнатках контрразведчики и борцы с идеологической заразой встречались со своими агентами. А скорей всего здесь вежливо выпроваживали родственников тех, кто уже находился в подвалах Лубянки.

Пермитин, очень морщинистый лицом, сухощавый и подвижный телом, чем-то похожий на нефтяного магната из американского штата Техас, проявил минимум гостеприимства, предложил сесть и спросил, плохо скрывая раздражение:

— Вообще-то с этого надо было начинать, господин Меркулов! С вашего визита. А то прислали какого-то пьяницу с ордером!.. Так какие у вас претензии к Андриевскому?

— Майор Грязнов не пьяница! — возразил я, потому что Костя на секунду замешкался с ответом. — Как оперативный работник он, скорее всего, и вашим специалистам не уступит!..

— У нас разная специфика, молодой человек! К тому же я жду ответа не от вас, а от Меркулова.

— Майору Грязнову дал санкцию я, — сказал Костя. — Хотя это не входит в мои прямые обязанности...

— Я знаю, — перебил нетерпеливо Пермитин. — Есть начальник отдела Шелковников.

— Да, — кивнул Костя. — Но вашего ведомства он по коммунистической привычке боится больше, чем генерального прокурора!..

Тень улыбки скользнула по тонким и, казалось, пересохшим губам Пермитина. Однако Меркулов не дал ему как следует насладиться сим маленьким триумфом.

— Но я, как вы знаете, не испытываю комплексов. И если следователь приносит мне достаточно веские основания для задержания подозреваемого, я, как заместитель прокурора России, отвечающий за следственную власть, дам санкцию. И виза Шелковникова в этих случаях не нужна.

— Значит, вы санкционировали арест Андриевского?

— Да.

— И что же ему инкриминируется?

— Убийство девушки, труженицы массажного кабинета.

Тут наконец презрительная надменность Пермитина сменилась живым чувством — не страхом, не гневом, а безмерным удивлением.

— Да не может этого быть?! Зачем она ему? Она же нормальная современная поблядушка, ничего, кроме мелких подарков, от него не требовала!

Теперь пришел черед удивляться Косте:

— Так вы в курсе его увлечений?

— Почему нет? Он же мне зять все-таки, знаете ведь?

— Да, но это же как-то...

Пермитин усмехнулся:

— Что тут такого? Через Мину он, кстати, и с дочкой моей познакомился.

— Через кого?

— Ну вот! Притворяетесь, что ли? У нее кличка рабочая — Мина, потому что без оболочки формы как у секс-бомбы, а в одежде размеры почти подростковые, вот и прозвали Мина. Так что не мог он ее убить, да и вообще Юрка чистюля. Я хотел его в оперативный отдел забрать — работа интересная и звания быстрей идут, но характер не тот.

Мы с Костей были слегка шокированы.

— Вы хотите сказать, что Андриевский давно знаком с Мещеряковой? — осторожно спросил Меркулов.

— С кем?

— С убитой. С Катериной Мещеряковой.

Теперь был озадачен Пермитин.

— Какая Катерина? Мину Диной зовут... Может, вы, ребята, не по адресу шьете?

Костя достал фотографию, на которой были запечатлены Мещерякова с Андриевским.

— Вы эту девушку называете Миной?

Несколько мгновений Пермитин всматривается, потом качает головой:

— Нет, эту не знаю... Случаем не монтаж?

— Возьмите себе, проверьте. Фотография сделана в день убийства, за несколько часов до смерти девушки.

— Вы что, поставили парня под наружку? — обиделся Пермитин.

— Да нет, это не мы. Мы даже не подозревали его, пока случайно снимки не попали к нам. А снимал один фотограф-шантажист.

— Дурак! — смачно сказал Пермитин.

— Кто? — поинтересовался я.

— Юрка дурак! — зло посмотрел на меня начальник отдела нелегалов. — Сколько раз учил растяпу: будь ты хоть на последнем этаже небоскреба, а шторы на всякий случай задерни!

— Непослушный зять, — вздохнул Меркулов.

— Это, положим, не ваше дело! — отрезал Пермитин.

— Вне всякого сомнения, — согласился Меркулов. — Но зато наше дело допросить вашего зятя, с тем чтобы он мог доказать свою невиновность.

Пермитин саркастически улыбнулся:

— Не думаю, что ваши намерения так святы. Вас, пожалуй, больше устроит, если он не сможет оправдаться! Я, конечно, вас понимаю, вы на работе, вы не виноваты в том, что на фотографии Андриевский хоть и в презираемой им милицейской форме... Но вам придется подождать, господа следователи, пока Юрий вернется из командировки.

— И куда же он направился, если не секрет?

— В город Грозный.

— Что ж, если гора не идет к Магомету... — произнес Меркулов.

— Не советую, — быстро отрезал Пермитин.

— Что так?

— Вы же сами прекрасно знаете.

— Знаю. И не понимаю, что там может делать работник информационно-аналитического отдела нашей славной разведки.

— Так у нас же не архив, анализировать иногда приходится и по горячим следам.

— А кто там уже наследил?

— Со временем узнаете!

— Кое-что мы уже знаем! — заявился, может, более заносчиво, чем хотел.

— Например?

— Всего несколько недель прошло, как по тем же суровым краям Андриевский странствовал в компании с американским разведчиком и двумя девушками. Вы можете сказать, что имел место обмен опытом представителей двух дружественных разведок. Но вы не скажете так, потому что обмен этот закончился в Москве автоматными очередями, и вы об этом знаете. Затем умирает одна из девушек, которые сопровождали шпионов в их «веселом» путешествии. Согласитесь, тут много вопросов.

— Для вас — может быть, но не для меня!

— Тогда развейте мои сомнения.

— Могу сказать только одно — мы знали, кто скрывается под фамилией Кервуд, и контакты Андриевского с ним были частью проекта перевербовки американца. Нападение в Кунцеве на их машину — случайность, непредвиденное стечение обстоятельств. Больше мне нечего вам сказать.

— Хорошо,— сказал Костя.— Спасибо и на этом. Только какие бы важные задания ни выполнял на благо родины Юрий Владимирович, если виновен, он предстанет перед судом по обвинению в уголовном преступлении!

Пермитин снова усмехнулся. Он часто улыбался, но, глядя на растянутые в веселую гримасу тонкие губы главного шпиона страны, улыбаться в ответ не хотелось.

— Меркулов, я много слышал о вас. Много хорошего. Как вы умудряетесь работать сейчас, в этой обстановке? Вы же не можете не нарушать закон, даже невольно!

— Могу. Хотя с каждым днем это получается все труднее.

— Скажите, вы серьезно грозите судом или так, блефуете?

— Серьезно.

— Не обольщайтесь, Меркулов, не будет никакого процесса, ни закрытого, ни открытого. Андриевский может быть виноват только перед Службой внешней разведки и только перед ней, в случае чего, будет отвечать!

13

Мы вернулись в прокуратуру, разбрелись по кабинетам. Через несколько минут Костя позвонил мне по внутреннему телефону и коротко приказал:

— Зайди.

Когда я появился в его кабинете, Костя сказал:

— Был у генерального. У него... скажем, спина в мыле, не до мелких уголовно-шпионских дел, все полномочия по ведению дела Кервуда-Кука отдал мне. Планирую по-быстрому сделать вылазку в Чечню, пока там не началась заварушка. Ты поедешь?

— Зачем спрашиваешь?

— Потому что может случиться всякое в тех краях. Президент предложил Дудаеву ультиматум, срок его истекает через несколько дней, туда стягиваются войска. Так что для людей семейных эта поездка — дело добровольное.

— Я поеду.

— Тогда посмотри документ.

Он протянул мне машинописный лист.

ПОСТАНОВЛЕНИЕ

(о соединении уголовных дел)

Следователь по особо важным делам при Генеральном прокуроре России Турецкий А. Б., рассмотрев материалы уголовных дел, возбужденных по факту убийства гражданина США Кука и гражданки РФ Мещеряковой, руководствуясь ст. 26 УПК РФ,

постановил:

1. Принимая во внимание указание Генерального прокурора России, поручившего лично мне расследование данных убийств, — принять оба дела к своему производству, засекретить их, присвоив гриф «сов. секретно», и вести следствие по спецправилам ведения расследования секретных дел.

2. Ввиду того что оба преступления связаны между собой, соединить их в одном производстве.

3. Поскольку расследование вышеуказанных преступлений представляет значительную сложность, создать следственную бригаду в составе: Турецкий А. Б. — бригадир, Грязнов В. С. (сотрудник МУРа) и Величко О. А. (следователь Мосгорпрокуратуры).

Следователь по особо важным делам
при Генеральном прокуроре РФ
советник юстиции
А. Турецкий

— По тексту есть вопросы? — спросил Костя, когда я возвращал ему листок.

— Самая малость — члены бригады поставлены в известность?

— А как же! С каждым все заранее оговорено.

— Ясно. А с их начальством согласовано?

— Молодец! — восхитился Меркулов. — Бюрократом растешь! В лучшем смысле этого слова! Прокурору Москвы и начальнику МУРа отправлены необходимые письма за подписями соответственно генпрокурора и замминистра внутренних дел.

— Да, — признал я, — хорошая работа.

— А ты думал! Мне одному там будет скучно!

— Так ты тоже едешь?

— Еду. Лиде обещал...

Я поднял глаза к потолку, намекая на руководство:

— Отпустят?

— Ввиду важности дела, которое тебе поручено, я выезжаю на место, чтобы обеспечить контакт следственной бригады со смежниками из контрразведки и федеральных войск.

— Лучше бы, конечно, обойтись без контактов, — заметил я сварливо.

— Я тоже не горю желанием, но это уж как получится.

Зазвонил городской телефон.

Костя поднял трубку:

— Меркулов. Привет, Слава! Да у меня. Согласен.

И передал трубку мне.

— Ну что, мистер Турецкий! На усмирение поедем?

— Что-то, мистер Грязнов, я твоего оптимизма не разделяю! Тут похлеще нас с тобой мистер поехал и то головы не сносил. Так что лучше настраиваться на тяжелую работу.

— Я и рад бы, Сашка, да тут такое дело...

— Влюбился, что ли?

— Да нет, но пофлиртовать шанс имею! К тому же я не эгоист и приглашаю тебя к себе. Тут и Олег Величко по кабинету гарцует, ждет...

— Что вы там устраиваете?

— Одна дама придет...

— Одна? А не многовато нас будет?

— Для такой дамы не бывает много! Короче, если есть время, приезжай — ко мне идет Дина Ткачева.

— Зачем? — глуповато спросил я.

— Каяться в неполной своей искренности. Опять же должок за ней, ведь фотошантажиста мы нашли.

— Насчет «каяться» ты серьезно?

— Абсолютно! Сама позвонила. Да и наружка сообщает, что она, как камикадзе, начиненный динамитом, прет прямо на Петровку!

— Еду!

Олег Величко был потрясен красотой Дины Ткачевой — это мы со Славой заметили сразу. И хотя Дина, хитроумная лисонька, оделась со скромностью, соответствующей глубине ее покаяния, но и в простом наряде сумела выгодно оттенить свои великолепные формы.

Наш молодой и перспективный следователь также имел весьма привлекательную внешность, да и в одежде старался по мере возможности не отставать от моды. Поэтому, несмотря на печаль, застывшую на точеном и высокомерном личике, посмотрела Дина на Олега заинтересованно. Затем, спохватившись, обратила внимание и на нас:

— Ой, здравствуйте!

— Здравствуй, милая! — сурово, в усы, проворчал Слава.

А я, демонстрируя легкое недовольство, только молча кивнул.

— Ну присаживайся пока, Дина, сейчас потолкуем...

Слава сказал это, потом взглянул на Олега, застывшего с открытым ртом, и коротко бросил ему:

— Товарищ Величко! Будь добр, принеси машинку от соседей.

Олег встрепенулся, прогоняя оторопь, и вышел.

— А какая еще машинка? Зачем? — полюбопытствовала Дина.

— Да вот пострижем вас, гражданка Ткачева, покороче. А то посидите у нас, еще паразиты заведутся...

— Ой, вы шутите!

— Конечно, шучу! Пока...

Олег втащил в Славин кабинет пишущую машинку, водрузил на стол.

— Садись, Олег, возле нее, — сказал я. — Будешь протокол писать. Только не отвлекайся!

— Какой протокол? Я же сама пришла! — встревожилась Дина.

— В прошлый раз ты тоже сама пришла, но это не помешало тебе наврать.

— Я не врала!

— Вот как!

— Да! Я недоговаривала.

— Видишь, какая ты нехорошая! — упрекнул ее Слава. — Я тут с ног сбился, шантажиста твоего искал. И нашел! А ты, вместо того чтобы помочь, вредишь!

— Вы должны меня понять!

— Интересно!

— Да! Я не хотела Юрку подставлять...

Быстро и слегка нервно Олег начал стучать по клавишам машинки, записывая нашу беседу.

— Вы имеете в виду Юрия Андриевского? — уточняя, спросил я.

— Да.

— Не думаю, что вы навредите ему больше, чем это сделал он сам.

— Я знаю.

— Почему вы пришли, Ткачева? В тяжкие приступы

стыда я не очень верю. К тому же вам совершенно незачем косить под дуру, я помню, какой вы были в первую нашу встречу. Для экономии времени я предложу вам пару вариантов ответа на мой вопрос. Как говорится, ненужное зачеркнуть. Итак, вы пришли, чтобы своими якобы чистосердечными показаниями увести нас в сторону от истины. Это раз. Второй вариант: вы чем-то снова напуганы и хотите найти у нас защиту. Попробуйте предложить мне свой вариант, если он у вас есть.

Дина некоторое время молча изучала столешницу, затем подняла голову, с изящной небрежностью откинув назад прядь волос, упавшую на лицо, и сказала:

— Я боюсь...

— Кого? Чего? — как зануда учитель, спросил я.

— Андриевского.

— Почему вы его боитесь?

— Он убийца.

Мы со Славой переглянулись, потом я осторожненько так спросил:

— С чего вы взяли?

— Он сам мне рассказал, что накачал Катьку водкой и утопил в ванне. И мне грозил, что так легко не умру, если проболтаюсь...

— О чем?

— О том, чем он с Куком занимался в Грозном.

— Как он вас нашел?

— Не знаю. Вдруг ни с того ни с сего звонит по телефону и приказывает, чтоб была в восемь часов в ресторане «Рига».

Совпадает с донесением службы наружного наблюдения. Может, и в самом деле запугал девицу и отправился по своим делам.

— И о чем вы не должны говорить?

— Все скажу, когда его арестуете.

— А раньше никак?

— Нет! — отрезала Ткачева. — Тогда он меня точно в цемент зальет, как обещал!

— А про убийство он разрешил говорить?

— Нет, — несколько растерялась Дина. — Но я думала, вы пошлете людей, они его арестуют.

— Мы бы с удовольствием,— сказал Грязнов.— Только он в командировке...

— Где?! — дернулась к нему Ткачева.

Однако, реакция!

— Там, где и был с вами, — в Чечне.

Дина шумно и облегченно выдохнула:

— Так оттуда его просто достать!

— Вы думаете?

— Конечно!

— А телевизор вы смотрите, когда новости показывают?

— Это вы про ультиматум, да? Ерунда все это! Так и кончится, попугают друг друга, потом помирятся. А Юрка зря туда поехал. Там на него точат большие кинжалы!

— Кто?

— Аслангиреев хотя бы!

— Вы знаете Аслангиреева? — удивился я.

— Я обоих знаю — Руслана и Гену. Еще по Москве. Хорошие ребята, широкие натуры, не то что Юрка-крохобор. А знаете что! Если вы собираетесь его арестовывать, я могу помочь.

— Чем?

— Я знаю, куда он поехал и зачем!

— Куда — это мы и без вас знаем.

— Я могу показать, куда конкретно отправился Юрка. Там его и можно взять. Вы были когда-нибудь в Грозном?

Мы втроем переглянулись и отрицательно покачали головами.

— Тогда сложнее.— Дина досадливо щелкнула языком.— Есть там одно укромное местечко, куда он стремится...

— Зачем?

— За деньгами.

— Деньги чьи?

— Аслангиреевых.

— Он их украл?

— Да. Из-за этого и американца убили, хотели Юрку.

— На плане города сможете показать то место? — спросил я.

— Если есть план, на котором каждый дом указан.

— Такой мы вряд ли найдем.

— Показывать тот дворик приблизительно — то же самое, что вообще его не показывать.

— Скажите, почему вы пришли? — спросил я неожиданно для нее. — Чем он вам грозил?

— Я пришла, потому что думала, что Юрий здесь, в Москве. Он хотел, чтобы я поехала в Грозный и привезла ему деньги.

— Вы?!

— Да.

— Но почему вы?

— Потому что в краже непосредственно не участвовала, потому что Гена Аслангиреев хорошо ко мне относится... да и просто потому, что послать некого, а самому страшно.

— Однако же поехал?

— Так ведь я сначала отказалась, а когда он сказал, что убьет, и ушел — тогда испугалась. А он, наверное, решил, что чеченцев я боюсь больше, чем его, и решил сам рискнуть...

— А зачем ему был нужен на такой операции Дэвид Кук?

— Давайте лучше я расскажу все, что знаю, а вы потом спрашивайте.

— Хорошо.

Дина рассказывала, машинка под пальцами Олега стучала негромко и чуть сбивчиво.

Дина Ткачева и Леокадия Пермитина дружили со студенческих лет, и потом, когда Лека пристроилась на легкую, хорошо оплачиваемую работу, а Дина еще только начала осваивать первую древнейшую профессию, девушки встречались и проводили вместе время довольно часто. Дина, по мнению Леокадии, была бедна и беспородна, зато красива, смела и раскованна. А вот Пермитину мучили комплексы в связи с рыхловатой фигурой и некоторыми недомоганиями. Свои первые сто долларов Дина заработала, когда заключила с подружкой пари, что ее, Леокадию, поимеет самый симпатичный мужчина на вечеринке. Тем самым Лека не только утрет нос присутствующим дамам, но и расстанется наконец с невинностью.

Дина знала, что делает. Накануне она познакомилась и провела несколько интимных минут с молодым человеком, заканчивающим одно секретное учебное заведение и подумывающим о том, как бы после окончания своих таинственных университетов остаться работать в Москве с перспективой регулярных выездов в иные страны. Юра готов был пойти на большие жертвы, чтобы только осуществить свой план. И вот Дина, которая к тому времени уже прекрасно знала, кем служит Лекин папа, буквально втолкнула Юру в объятия Леки.

Прошло два года семейной жизни четы Андриевских, и оба супруга считали Дину Ткачеву по кличке Мина автором их безоблачного союза. Юрий часто не прочь был выразить свою признательность, приглашая Дину на роскошную дачу тестя с последующим интимным ночлегом на двоих. Но однажды он поступил как сутенер — уговорил Дину оказать внимание одному своему американскому приятелю. Так Ткачева, еще работая в массажном кабинете Петрушина «Эдельвейс», познакомилась с Кервудом-Куком. Сначала она думала, что американец и Андриевский партнеры по бизнесу. Потом оказалось, что бизнесом увлекается только Юрий, а Кук лишь консультирует его, причем временами она замечала, что Юрий очень раздосадован осведомленностью американца в побочных делах работника информационно-аналитической службы СВР.

Как того и желал Андриевский, Дина тесно сошлась с Дэвидом. Американец, как истинный джентльмен, нашел способ отблагодарить помощницу. Он не откупился тряпками, а устроил Дину в фирму «Вестинтур» и оплачивал фирме ее услуги, когда в них нуждался, по обычному тарифу гида-переводчика.

Дина сначала догадывалась, что Дэвид шпион, потом догадка переросла в уверенность. Но она долго не могла понять, какую роль исполняет Юрий Андриевский — занят он открытой слежкой или навязчивым прощупыванием американца или просто прислуживает за гонорар. Во всяком случае, она не раз видела, как Дэвид передавал

Андриевскому пачки долларов. Впрочем, Дэвид не был жадным, у него было много денег, и он не скупился.

Отношения между Куком и Андриевским всегда были ровные, дружелюбные. Лишь один раз, во время поездки в Грозный, между ними состоялся крупный разговор, почти ссора. Кук пытался отговорить Андриевского от какой-то операции, а тот, в свою очередь, убеждал американца, что риск минимален. После этого кончившегося ничем спора Дэвид пожаловался Дине: «Ваша пропаганда много говорит об алчности американцев, но такой неразборчивости в средствах на пути к обогащению, какую демонстрирует наш друг Юра, моя страна знавала только во времена золотой лихорадки!»

Накануне поспешного, почти панического бегства всей компании из Грозного Андриевский встречался с человеком, похожим выправкой и манерой поведения на офицера. С ним были пять молодых крепких мужчин в камуфляжной форме.

Перед отъездом Юрий отсутствовал всю ночь. Тогда Дэвид и открыл Дине, что Андриевский решил с помощью каких-то спецназовцев ограбить одно из денежных хранилищ Руслана Аслангиреева. Но не для того, чтобы делец не смог финансировать сопротивление мятежного генерала Дудаева, а исключительно для личного обогащения.

Но когда утром поехали за деньгами, что-то не сложилось у Юрия или кто-то помешал, но удирать пришлось спешно и к тому же под автоматным огнем. Когда удрали, думали, все — спаслись, радовались. Тогда Катерина, которая умела и любила подслушивать, сказала Андриевскому: «А нам можно рассчитывать на долю вашей добычи, Юрий Владимирович?» Он как бы в шутку ответил: «Неужели ты не поняла, Катюша, что лучше быть живой и здоровой проституткой, чем безвременно умершей богатой женщиной?»

Потом последовали: роковая встреча на Минском шоссе, закончившаяся смертью американца, смерть Катерины Мещеряковой и вот теперь угрозы в адрес Дины Ткачевой...

— Почему вы не пришли сразу после того, как Андриевский вам угрожал? — спросил я.

— Сразу я боялась. Он насчет вас особо предупредил...

— Насчет нас персонально?

— Нет, что вы! Я не сказала о том, что уже разговаривала с вами! Если бы ляпнула, уже...

Содрогнувшись, Ткачева не договорила, но я понял, что она имеет в виду, и согласно кивнул:

— Вполне.

— Я не могла сидеть и ждать, как кролик...

— В прошлый раз вы говорили, что делали какие-то работы на компьютере. Это вы не придумали, было?

— Да.

— Не упоминал ли кто-нибудь из них — Кук или Андриевский — «Ангелов ада», просто «ангелов»?

Дина приподняла тонкие изогнутые брови, затем нахмурилась. Она припоминала. И вспомнила:

— Был разговор, когда Дэвид отговаривал Юрку связываться с деньгами...

— Если можно, поподробнее.

— Кук говорил ему: неужели вам все мало? Вы ведь даже по нашим меркам уже богач. Давайте сделаем то, за что я вам плачу, а потом можете играть в свои игры. А Юрка его успокаивал: да с нашими «ангелами» это плевое дело! Вот, наверное, и все...

— Ну что ж, Дина, в таком случае тебе остается только ждать, когда он вернется, а там начнутся следственные мероприятия, показания, очные ставки... Если, конечно, Андриевский вернется...

— Он может и не вернуться. Зачем? Часть денег он уже перевел на Запад. Доберет те, что у Руслана украл. А паспортов и виз у него на все случаи жизни...

— Вы полагаете?

— Он своих планов не скрывал. В разведке он карьеры не сделает, сам говорил, что способности не того направления, деньжат таким вот образом заработал для того, чтоб стартовать на новом месте. И Леокадию он с собой не возьмет, даже когда там уже будет, не пригласит к себе...

— А вас пригласит? — спросил Олег.

Она улыбнулась, давая понять, что вопрос ее не обидел:

— Разве что в гости, да и то вряд ли. Я вызову у него не самые приятные воспоминания.

— Никуда он не денется! — заявил Слава. — Он нацепит браслеты, прилетит сюда и будет терпеливо ждать суда!..

— Если вы ему поможете...

Слава взглянул на Ткачеву грозно:

— И поможем!

— А я вам могу помочь.

— Это из каких же соображений? — насторожился я.

— Для личной безопасности. Мне будет спокойнее, если Юра сядет в камеру.

— Ну и как вы предполагаете помочь?

— Покажу дом, в подвале которого Андриевский должен был забрать деньги.

— Сумма хоть большая?

— Триста тысяч долларов.

— Ого! Как же он мог вам доверить привезти столько и не бояться, что вас ограбят, что вы заберете себе, да и просто не дотащите мешок?!

— Какой мешок?! Коробочка, как для видеокассеты, и в ней крупные купюры и чековая книжка британского банка.

— Но вы же хрупкая женщина. И красивая! Это не комплимент, это дополнительный фактор риска в условиях Чечни. И он вас одну хотел послать! Не понимаю!

— Все очень просто, — терпеливо объяснила Дина, заглядывая мне в глаза. — Пока в Чечне командует Дудаев, а в Грозном живет Руслан Аслангиреев, меня никто пальцем не тронет. У меня есть перстень с монограммой, который мне вручил Руслан, когда еще в Москве был. У него таких перстней одной штамповки штук двадцать, он их самым проверенным корешам дает. Хотите спросить, за что мне дал? Нет, не за постель. Он же мусульманин Однажды он послушал моего совета и наварил с одной сделки двадцать штук баксов. Вот после того и дал. Юрка знал про этот перстень, просил продать ему за хорошие деньги. Потом понял, что не продам, отстал.

Стоило как следует подумать над тем, что рассказала Ткачева. Если Андриевский получал деньги от Кука, а в этом я почти не сомневаюсь, ему самое время смываться. Он не дурак, понимает, что мы на хвосте и рано или поздно будем знать все, особенно если как следует подключатся контрразведка и военная разведка. Наверное, Ткачева на этот раз не врет. Если и привирает, то лишь выгораживая себя. Хотя, с другой стороны, если бы ей было что скрывать о том периоде, когда она познакомилась с Андриевским, она не была бы заинтересована в задержании шпиона-аналитика. Позор будет Пермитину, если зять окажется перевертышем, завербованным ЦРУ!

Стоит ли отвергать помощь бывшей массажистки?

Я подмигнул Славе и сказал вслух:

— Ваше предложение интересное, Дина, но надо согласовать его с начальством. Вы не побудете пару минут в обществе товарища Величко?

— С удовольствием! — улыбнулась Ткачева.

Мы со Славой вышли в коридор, закурили и стали совещаться.

— Что думаешь? — спросил я.

— Ей смысла врать нет, Саня. Одно только может быть: ей надо срочно обтяпать там какие-то свои делишки под нашим прикрытием. Если мы взамен получим Юру, стоит сыграть.

— Мне тоже кажется, что риск оправдается...

— Да какой риск, Саша?! Если она Сусанин, то куда ей нас вести? К дудаевцам? Так те только помогут Юрия искать. Правда, если найдут раньше, то отдадут частями!..

— Шуточки у тебя!

— Это не у меня, у него шуточки. С огнем играет!

— Как нам ее пристегнуть к следственной бригаде?

— Как добровольного помощника, — предложил Слава.

— Боюсь, не пройдет. Не тот случай. Ладно, пока отпустим ее, а сами посоветуемся с Костей.

Меркулов выслушал меня молча, оглядел всех нас — меня, Славу, Олега, спросил, улыбнувшись:

— Следователь Величко, конечно, за то, чтобы воспользоваться услугами этой дамы?

Олег слегка покраснел, он и так робел, находясь в кабинете такого важного начальника:

— Мне кажется, она не помешает. Девушка знает, где наверняка можно будет найти Андриевского...

— Слава, ты тоже не против?

— У нее индульгенция от Руслана, который два года назад половину наших банкиров на уши поставил. Такую девку впереди себя гнать по этой стране джигитов — большое дело.

— Ну что ж, холостяки дружно «за». И только женатый Александр Борисович Турецкий помалкивает.

— Он уже человек номенклатурный, — с мрачной серьезностью начал объяснять Слава. — Чтобы начальство заметило и оценило, он должен угадывать мнение руководства. А откуда он знает, что решит зампрокурора, если зам сам еще не знает? Вот и сидит, выжидает...

— Субординацию нарушаешь! — ворчу Грязнову.

— Ладно, оперативно-следственная бригада, сосредоточьтесь! Мы тут посовещались с бригадиром, и я решил вынести на ваше рассмотрение такой план операции...

ТЕЧЕНИЕ ЖИЗНИ

1

Начальник Службы внешней разведки ждал своего заместителя Пермитина, человека, которому он не верил и которого боялся. Он знал, донесли, что Пермитин презирает нового начальника разведки, считает непрофессионалом и вообще недалеким человеком.

Что ж, возможно, в тонкостях шпионского ремесла он не совсем еще разобрался, но шпионажем занимаются люди, а с людьми начальник работал всю жизнь. Когда пришла анонимка на сотрудника информационно-аналитического отдела Юрия Андриевского, начальник не отказал себе в удовольствии показать ее Пермитину, чтобы посмотреть на реакцию зама — все-таки про зятя пишут. Евгений Пермитин, благо что шпион старой закалки, держался хорошо, предложил собрать характеристики и отзывы о работе Андриевского.

Начальник прекрасно понимал, что, пойди он таким путем, получит кучу бумаг, из которых будет следовать, что Юрий Андриевский — восходящая звезда российской разведки, ум, честь и совесть отечественного шпионажа. Возможно, появись такая необходимость в самом начале работы нового начальника на новом поприще, так бы и получилось. Тогда, в начале, большинство старых работников думали так же, как Пермитин, — прислали какого-то номенклатурщика, который и азбуки Морзе не знает, этот наруководит!

Однако время прошло, народ поуспокоился, не все ли равно, из чьих рук звания и премии получать! К тому же теперешнее руководство страны не в пример прежнему особого усердия в добыче разведданных не требует... Со временем появились подхалимы и стукачи — все как везде.

Через них и начал проводить начальник свое негласное изучение деятельности Андриевского. Чем дальше изучал, тем больше убеждался, что в анонимном письме очень много правды, если не все. Речистый и обаятельный бездельник, пользующийся покровительством тестя. Кабы только это — невелика беда! Сколько таких приблатненных шебуршатся во всех конторах, которые попрестижней? Сам начальник в свое время вынужден был прибегнуть к такой испытанной форме строительства карьеры, как брак по расчету. Зато потом он честно пахал, чтоб никому и в голову не пришло хоть раз напомнить о том, каким путем проник человек в высшие сферы. А этот хлюст ни на что не обращает внимания!

И вот одна за другой две неприятности. Сначала письмо из контрразведки, в котором запрос: по чьему заданию и с какой целью вступал в контакт с высокопоставленным работником ЦРУ специалист информационно-аналитического отдела СВР Андриевский Ю. В.? Контрразведка торопит с ответом, потому что агент ЦРУ Дэвид Кук находился в стране нелегально под именем конгрессмена Кервуда и был убит при нападении уголовных преступников на автомобиль «вольво», принадлежащий Андриевскому Ю. В.

А дальше еще хлеще: заявился майор из МУРа и тычет ордер на арест Андриевского по подозрению в совершении убийства проститутки.

Шеф разведки испытывал двоякое чувство: с одной стороны, он был доволен, что теперь уж поставит на место спесивого Пермитина, а лучше всего — отправит в отставку; с другой стороны, если Андриевский окажется шпионом или уголовником, его, начальника, тоже не похвалят...

Но перспектива поквитаться с заместителем была ближе возможных будущих неприятностей, поэтому шеф ждал Пермитина с нетерпением.

2

— Разрешите? — Пермитин сегодня был еще более похож на мумию, чем обычно.

Вишь, гордец, по имени-отчеству не хочет называть!

— Входите, Эдуард Геннадиевич! — несмотря на мелькнувшую было обиду, радушно пригласил шеф.

Пермитин вошел, сел на стул, где обычно сидят подчиненные, которых вызвали посовещаться, а не давать разгон.

«Вот тут ты, Абель хренов, ошибся!» — подумал шеф и, озабоченно нахмурившись, произнес:

— Знаете ли, я встревожен тем, что происходит вокруг Андриевского. Вы — нет?

— Я озабочен возней, направленной на то, чтобы выбить из обоймы его, а, следовательно, за ним и меня.

— Кому это нужно? — пожал плечами шеф.

— Тому, кто хочет на мое место.

— Вы знаете фамилию?

— Фамилий может быть целый список.

— У вас такая завидная работа?

— Завидное звание. Впрочем, в сочувствии я не нуждаюсь. Судьба с завистниками сталкивает не впервой. Я справлюсь сам.

— Вы знаете о письме из контрразведки насчет вашего зятя?

— Нет. О чем письмо?

— О том, что он несколько раз встречался с агентом ЦРУ Куком! Начальник информационно-аналитического отдела ничего об этом не знает, он не знает даже, чем конкретно на своем рабочем месте занимается его сотрудник Андриевский. Вы понимаете, что, если мы не дадим удовлетворительного ответа, они начнут свое расследование?

Пермитин презрительно усмехнулся:

— Костоломы из ФСК? Да они узнали, что Кервуд — это Кук, только после того, как его уже застрелили!

— А вы, значит, узнали раньше?

— Мы знали с самого начала. И с самого начала вели игру.

— Какую игру?

— По некоторым данным, Кук разочаровался в своей работе на ЦРУ, и мы подумали с Юрием, а почему бы его не попытаться перевербовать.

— А что, ваш зять специалист по этому делу? По некоторым моим данным, ни в школе, ни на работе в резидентуре он отнюдь не блистал.

Пермитин посмотрел на шефа снисходительно.

«За дурака держит!» — раздраженно подумал шеф.

Заместитель тем временем начал отвечать на вопрос:

— Сейчас, когда из-за случайности все кончилось, так и не начавшись, мне трудно сказать однозначно, был бы какой-то результат или нет. Разведка — не математика, все не просчитаешь заранее...

— А убийство женщины?

— Ну это полная ерунда!

— Знаете, Эдуард Геннадиевич, вы по поводу Андриевского выступаете у меня уже второй раз, и вашу точку зрения я изучил досконально. Пора послушать самого Юрия... Владимировича, кажется?

Пермитин хотел что-то сказать, но шеф, приподняв ладонь, остановил его и нажал одну из кнопок селекторной связи.

— Николай Алексеевич?

Потом взглянул на заместителя хитро и нажал еще одну кнопку, так что голос собеседника стал слышен громко и отчетливо.

— Николай Алексеевич?

— Да.

— Добрый день!

— Здравствуйте.

— Пришлите ко мне, пожалуйста, Андриевского.

— Не имею возможности, товарищ генерал-лейтенант.

— Почему?

— Так нет Андриевского.

— Где он?

— В отъезде.

— По служебной надобности?

— Я никуда не посылал! — немного испуганно и торопливо сказал начальник отдела.

— Кто послал?

— Не могу знать. Пермитин сказал, что он в курсе, что все в порядке.

— Разве Пермитин курирует ваш отдел?

— Нет, но...

— Андриевский у вас отпрашивался, писал какой-то рапорт?

— Никак нет. Вы же знаете!..

— Ничего не хочу знать! Ставьте Андриевскому прогулы, и впредь чтобы такого не было, иначе накажу вас. Понятно?

— Так точно! — выдохнул тот.

— Тогда всего доброго!

Шеф разведки выключил селектор и взглянул на своего строптивого заместителя.

Пермитин был удивлен и очень встревожен. Впервые в его присутствии начальник показал зубки, причем показал достаточно квалифицированно.

— Эдуард Геннадиевич, на этом наш сегодняшний разговор заканчивается. Надеюсь, вы все поняли? Если ваш зять завтра не прибудет ко мне для беседы, последуют оргвыводы в отношении обоих. Вы поняли?

Пермитин с трудом сглотнул вдруг вставший в горле комок и произнес:

— Да... но он не успеет.

— Вот уж не поверю! Перспективный сотрудник, взявшийся перевербовать суперагента ЦРУ, должен успеть к назначенному сроку. Понимаете? Иначе его вышибут со службы с такой сопроводиловкой, что бедняга не устроится дворником даже в посольство республики Зимбабве! У меня все!

Та же мумия, только согнувшаяся и, казалось, еще более усохшая, молча поднялась, вышла и тихонько прикрыла за собой двери.

Начальник внешней разведки, донельзя довольный своей победой, с энтузиазмом придвинул к себе папку с последними сводками. Он не знал, что через минуту радость сменится злобой и отчаянием, потому что заботливой рукой помощника на самый верх будет положена самая важная на сегодняшний день информация о провале в Канаде крупного российского резидента, внедренного в эту страну еще в тысяча девятьсот пятьдесят шестом году...

А. Б. ТУРЕЦКИЙ

1

Самолетом до Минеральных Вод мы летели все вместе, но по документам представляли две совершенно разные группы людей. Константин Дмитриевич Меркулов и я со своим коллегой из военной прокуратуры Георгием Ефремовым — мы трое представляли самих себя, хотя задачи были немножко разные. Костя летел, чтобы проверить общее состояние дел с законностью во взрывоопасном регионе, заодно поискать своего потенциального зятя Валерия и конечно же проследить, чтобы никто не чинил препятствий в работе следственной бригады. Я приперся на воды в разгар мертвого сезона известно по какой причине, а Ефремов должен был мне помогать и заодно узнать о судьбе посланных в Грозный со Скворцовым пятерых «ангелов ада». Вернее, уже четырех. Дмитрий Каратаев, позывной Крот, залечивает в больнице сотрясение мозга. Сам виноват: учили воевать под землей, так какого черта на крышу полез!

Слава Грязнов, Олег Величко и Дина Ткачева приехали нелегалами. По документам они — сотрудники неких различных газет и журналов, посланные освещать очередной кризис на просторах СНГ. Выглядели они весьма колоритно и старательно входили в роли. Слава — этакий газетный волк, увешанный фотоаппаратами, частично изъятыми, кстати, у Федулкина. Очень кстати подошло длинное кожаное пальто. Мэтр, повидавший мир, любящий рюмочку, снисходительный к газетным щенкам, у которых есть наглость и хватка, но нет опыта. А молодежь ведет себя соответственно: хлещет пиво, целуется... Я не старый ханжа, но поцелуи у них, кажется мне, совсем не наигранные. Против любви как таковой ничего не имею, но опыт свидетельствует — влюбленные беспечны. Впрочем, может, я ошибаюсь...

Мы долго думали с Костей о том, стоит ли включать в состав группы Дину Ткачеву. В конце концов решили вопрос положительно: какие бы мысли ни вертелись в ее голове, девушка будет под присмотром двух достаточно опытных людей. На это мы рассчитывали, подготавливая на Дину документы. На это нам остается надеяться.

Согласно разработанному плану, мы выполняем задачу двумя командами. Костя, я и Ефремов ведем поиск Андриевского открыто, с привлечением сил федеральных войск и частей МВД, если понадобится. С точки зрения охотников, наше дело — загонять зверя. Работа шумная и безопасная. У наших журналистов функции иные — Дина приводит их к дому, где Андриевский будет искать деньги. Там, в укромном месте, они ждут красавчика. В непосредственной близости от них переодетые под местных жителей жесткие парни из группы захвата. Связь через радиотелефон.

Я хотел идти с ними, со Славой и Олегом. Но Костя меня не пустил.

— Тебя не поймут, — сказал он мне. — «Важняк» при генпрокуроре не должен бегать за бандитами в компании с оперативниками! Твое дело расколоть подозреваемого и превратить его в обвиняемого, если, конечно, уверен, что перед тобой жулик. Неужели ты сомневаешься в том, что я сделаю ребятам мощнейшее прикрытие?

Нет, я не сомневался, но хотелось избавиться от душевного дискомфорта, а средство для этого было только одно — пойти со Славой и Олегом в мятежную столицу. Я молил Бога, чтоб Андриевский попался нам здесь. Но если учесть, что у Юрия Владимировича было несколько дней форы, шансов на такое везение было мало.

В самолете, что спецрейсом перебросил нас из Москвы на Северный Кавказ, мы были одной компанией, обсудили все, что считали нужным, поговорили о ходе предстоящей операции, выпили по рюмочке за успех нашего дела. А выходили из самолета уже как посторонние, даже чурающиеся друг друга люди. Нас с Костей встречали чины из МВД, Славину группу не встречал никто, только белая «Лада» с синей надписью на боку «Пресса» ждала их, припаркованная возле аэровокзала.

И вот мы разъехались, не попрощавшись хотя бы взглядами.

В машине Костя расспрашивал встретивших нас офицеров о ситуации в республике. Те, деликатно покашливая, матерились и в один голос говорили, что скорее всего будет бой за Грозный, а станет ли он последним в этой войне? Вряд ли...

Потом, как бы спохватившись, Костя представил меня и спросил про Андриевского. Мне объяснили, что по официальным каналам, то есть в официальную командировку, никакой Андриевский не приезжал и в штабах не отмечался. Это означает, что если он здесь, то приехал и действует как частное лицо, а посему при обнаружении должен быть выдворен с территории, где со дня на день ждут начала активных боевых действий.

— Дело за малым, — вздохнул Костя, выслушав все доклады. — Обнаружить нашего дорогого Юрия Владимировича.

Я показал фотографию Андриевского. Никто такого господина не видел.

— Понимаете, Александр Борисович, — объяснял мне

высокий крупный полковник, — если бы пришел к нам этот ваш клиент, мы бы его запомнили. Но если он сам по себе, то наших штабов будет избегать — зачем лишний раз нарываться. Был бы он из контрразведки или из ГРУ, другое дело. Этих здесь хватает...

В этом мы вскоре убедились с Костей сами.

2

Временный военный городок с темно-зелеными полусферами жилых модулей, силуэты гор, размытые сырым холодным туманом слякотной южной зимы, — все это напомнило на какое-то мгновение Афганистан, где пришлось побывать девять с лишним лет назад. И в то же время здесь все было по-другому. Может быть, потому, что не было ощущения чужбины, страны, где для тебя враг — сама земля.

На первый взгляд деловитая, но не меньше чем наполовину, бестолковая суета свежерасквартированного воинского подразделения немного раздражала таких сугубо гражданских людей, как мы с Костей. А сопровождавшие нас командиры, наоборот, чувствовали себя в атмосфере беготни и отрывистых команд весьма комфортно.

Нас проводили к двум модулям, стоящим несколько на отшибе. Здесь размещались контрразведчики, серьезные люди, принявшие нас любезно, но несколько настороженно. Это можно было объяснить только тем шухером, который начался в наших секретных службах после того, как мы вытащили на свет три ключевых личности — Скворцова, Кука и Андриевского.

Затем появился Юрий Макаревич, поздоровался за руку со мной и учтиво с Меркуловым.

— Юрий Николаевич, у меня есть к вам частный вопрос, — сказал Костя.

— Слушаю вас.

— Меня просили узнать о судьбе одного офицера, участвовавшего в операции двадцать шестого ноября. Я знаю, что он влился в силы оппозиции по вербовке контрразведки, — добавил Костя, чтобы избавить Макаревича от необходимости лгать и прикидываться ничего не знающим.

Макаревич оглянулся — не подслушивает ли кто, потом наклонился ближе к Меркулову и спросил в свою очередь:

— Дело, как вы понимаете, секретное, Константин Дмитриевич. Списки закрытые. Но вам я узнаю... через полчаса. Кого искать?

— Лейтенант Чекалин Валерий.

— Хорошо, — кивнул Юрий и повернулся ко мне: — А вы кого ищете, Александр Борисович?

— Вашего тезку — Андриевского.

— О-о! Его многие ищут с обеих сторон!

— Серьезно?

— Куда уж! Мы ищем, вы — тоже. Сегодня же прилетел какой-то средний чин из Службы внешней разведки, чтобы отловить и отправить Юрия Владимировича к любимому тестю.

— Вот как?!

— Это еще не все. Из президентского дворца в Грозном поступил приказ: десять тысяч долларов тому, кто доставит Андриевского живого или мертвого.

— Наш пострел везде поспел, — бормочу я и опускаю глаза, чтобы скрыть смятение.

Если на моего подопечного в самом Грозном открыта такая охота, то что смогут сделать наши парни?

Я взглянул на Костю:

— Что же делать? В город нам не попасть впереди войск. А следом за ними — уже бесполезно.

— Есть один путь, тот, каким предпочитают пользоваться «ангелы ада».

— По подземным коммуникациям?

Костя кивнул, потом спросил у кого-то из офицеров:

— Отсюда можно связаться с Москвой?

— Да, товарищ прокурор, пойдемте, я вас провожу.

Пока не было Меркулова, я вспомнил Славу, Олега, да и Дину. Как они там? То, что мы узнали о ситуации на месте из неофициальных, так сказать, источников, не прибавило оптимизма. И меня не покидало ощущение, что мы послали ребят на очень опасное дело.

Этим я поделился с Костей, как только он вернулся от связистов. Меркулов усмехнулся и сказал мне:

— Потерпи полдня, поизучай обстановку, разыщи своего друга Осинцева...

— Он здесь?

— Где же ему еще быть в судьбоносный для Отечества час? — не без сарказма ответил Костя.

— А на кой он мне?

— Это ты зря...

Костя поведал мне, что звонил он начальнику Главного разведывательного управления, просил его дать «ангелов» для проведения операции по захвату Андриевского и Хожаева, если, конечно, второго удастся обнаружить. Начальник сначала заартачился, но потом пообещал выслать оставшийся десяток бойцов из того отделения, в котором Скворцов набирал команду для проведения операции в Грозном в ноябре. Он же сообщил, что полковник Осинцев с двумя «ангелами» находится здесь, пытается связаться с бойцами Скворцова, которые, возможно, продолжают шляться в подземельях чеченской столицы.

— ...Правда, этот юморист из Генштаба добавил, что опальный полковник нас не жалует. Я, говорит, могу ему приказать и прикажу оказывать вам содействие, но ничего не смогу поделать, если распоряжение мое он будет исполнять без души...

— Какая там у них душа? Не мешал бы, и слава Богу!

Вернулся и Макаревич.

— Единственное, что можно было узнать, Константин Дмитриевич, его нет среди установленных убитых, — скороговоркой, озираясь по сторонам, доложил контрразведчик. — По нашим данным, есть несколько десятков пленных и человек тридцать без вести пропавших. Искать надо там. И будем искать. Но придется подождать. Срок ультиматума Москвы еще не истек, поэтому у нас такая война, полухолодная, знаете...

Мне показалось, что Макаревич чувствует себя неловко. Заметил, что и Костя поглядывает на контрразведчика. Знать бы, отчего у него совесть не на месте? Оттого, что ничем не помог заместителю генерального прокурора, или потому, что впервые врет такому важному лицу?

Как бы там ни было, Костя вежливо поблагодарил служащего ФСК за помощь.

— Ну что вы, какая помощь! Я возьму на заметку фамилию, Чекалин, да? Будем искать, даже если вы уже уедете. Не иголка в стоге сена, найдем! — бодро закончил он.

Только ни Костя, ни я ему не поверили.

3

Время тянулось невыносимо медленно. В ожидании обещанных начальником ГРУ бойцов спецподразделения «Ангелы ада» я бродил по военному городку, надеясь разыскать где-нибудь полковника Осинцева.

Стояли в ряд массивные танки с влажной от тумана, холодной броней и зачехленными пушечными стволами. Возле боевых машин копошились под присмотром сержантов и старослужащих солдаты-первогодки.

— Салажат зачем сюда пригнали? — спросил у какого-то вспотевшего от трудов и забот капитана.

— А что? Дедов одних? Да они пропьют и продадут все добро вместе с нами! А так они молодняк пасут, мы их — вот и получается, все при деле. Все надеются, что до войны не дойдет, покуражатся да в последний день на переговоры явятся. Куда им против такой махины?!..

Хорошо бы, подумал я, только, зная наших политиков, которые врут, как дети, не думая о последствиях, поверить в благополучный исход противостояния очень трудно.

Полковника Осинцева я нашел возле машины связи. Он вылезал из запачканного грязью «уазика» в сопровождении двух своих питомцев. С некоторым удивлением я отметил про себя, что бойцы спецподразделения — люди невысокие, не поражающие статью и шириной мускулистых плеч. Они были скорее худощавы и низкорослы, хотя и в хорошо подогнанном камуфляже. Однако, несмотря на то что выглядели они скромно даже в сравнении с традиционно невысокими танкистами, парни, скрывая лица под масками, вели себя достаточно спокойно и уверенно.

— Здравствуйте, Сергей Борисович! — радостно окликнул его я.

Он обернулся, напряженный и озадаченный, каковым был постоянно в последнее время. Впрочем, что злословить? Я, пожалуй, выгляжу не лучше.

— А-а, здравствуйте, неугомонный следователь! Все хотите своего шпиона поймать?

— С вашей помощью непременно поймаем!

— Ну уж нет! Зарекся я с вами в контакт вступать на всю оставшуюся жизнь!..

Из большого, ощетинившегося антеннами автофургона высунулся дежурный телефонист и заорал, перекрывая ровный шум:

— Полковник Осинцев есть?!

— Есть! Есть! — откликнулся тот. — Кто спрашивает? Из дома?

— Начальство-о!

— Только его и не хватало! — буркнул Осинцев.

Но как человек военный, приученный подчиняться, быстро пошагал в аппаратную, которая размещалась в будке-фургоне мощного «Урала».

Я решил подождать. Вполне возможно, разговор у него будет о помощи нам с Меркуловым.

Минут через пять Осинцев возник в дверном проеме, легко спрыгнул с верхней ступеньки подножки на землю и подошел ко мне, как ни странно, улыбаясь.

— Курите?

— Иногда, — ответил я осторожно, потому что не знал, какой там состоялся разговор.

Если начальник снова накричал на полковника, ничто не помешает Осинцеву тут же на мне отыграться.

— Тогда давайте закурим, — предложил он. — И вы расскажете мне, как объяснить сию чудесную метаморфозу!

— Какую? — вежливо спросил я, хотя догадывался, о чем идет речь.

— Наш шеф еще два дня назад слышать не мог вашу фамилию, без того чтобы с ним не началась истерика. А сейчас он мне говорит, что выслал группу «ангелов» вам в помощь, да еще и меня просил оказывать содействие. Никогда раньше наш старик так быстро мнение о людях не менял!

— Честно говоря, не знаю, что вам ответить. Переговоры с вашим генералом вел наш Меркулов. Если хотите, пойдемте у него спросим!

— Он здесь? — удивился полковник. — Зачем?

— Помогать мне. И еще у него личное дело есть...

Я вкратце рассказал Осинцеву о законтраченном контрразведкой молодом лейтенанте, о том, как мало помог нам контрразведчик Макаревич.

— Врет он! — заключил Осинцев. — Эти ребята знают гораздо больше, чем говорят, они-то здесь давно уже лазят. А офицериков они, конечно, круто подставили. Мне люди рассказывали, свои, которым доверяю. На второй день после той идиотской атаки, двадцать шестого ноября, когда оппозиционеры на Грозный пошли. Их там всех покрошили со знанием дела. И двадцать восьмого числа ночью в моздокский морг начали стучаться чеченцы. Ну там сторож какой-то есть, вышел он к ним. Чеченцы три трупа с машины сбросили и уехали. В морге посмотрели — славяне в военно-полевой форме. По идее их как будто не должно было быть. Это ведь все-таки дело чеченской оппозиции с Дудаевым воевать. Провалялись эти тела в морге несколько дней, ну а куда их девать — бесхозные. А потом про них контрразведчики пронюхали, приехали и вроде узнали, что это те, кто по их контракту Грозный штурмовали. И знаете, что они сделали? Захоронили там же неподалеку от морга втихаря и даже не оставили опознавательных знаков.

Я подавленно молчал. Гнусная правда еще толком не начавшейся войны налипала на меня, как чужая кровь.

— Сергей Борисович, — наконец смог выдавить из себя, — только вы, пожалуйста, об этом пока не говорите Косте... Константину Дмитриевичу Меркулову, я имею в виду...

— Не скажу, конечно! К тому же это ведь только трое. Всех контрактников было гораздо больше. Так что надежда еще есть!

— Это уж как всегда, — согласился я, затем спросил из вежливости: — А у вас как дела?

— Хреново пока! За вычетом Крота и Скворцова здесь еще четверо где-то обретаются. Если, конечно, не убиты...

— Я думаю, их не просто убить, — предположил я, желая доставить полковнику удовольствие.

Это у меня получилось.

— Еще бы! Вы не смотрите, что они на вид щупленькие такие! Убьет голыми руками, причем по желанию клиента — может быстро убить, может — медленно. Но этот предмет у них не профилирующий, — спохватился вдруг Осинцев, и я понял почему, когда он закончил: — Вот почему вам удалось тогда с Кротом справиться. Для них главное — пробраться в нужное место, утащить, украсть, взорвать, перестрелять и — как сквозь землю провалиться!..

Двое бойцов шли неотступно за нами на расстоянии двух шагов. Им нетрудно было услышать последние слова полковника, тем более что говорил он достаточно громко и импульсивно.

— Командир, — глуховато сказал один из них из-под маски, — значит, этот мужик Крота свалил?

Я почувствовал, как вдоль моей спины пробежал холодок.

Осинцев остановился.

— Да. Что ты предлагаешь?

Они подошли ближе, и теперь я был окружен с трех сторон, что при столкновении с такими специалистами было равносильно тройному кольцу нападающих.

— В чем бы там ни было дело, но здесь вы можете сказать правду. Он действительно хотел вас убить?

— Думаю, да. В лучшем случае серьезно покалечить.

— Как вы думаете — за что?

— Если отбросить тот вариант, что его мог кто-то послать?

— Да.

— Личным врагом моим он не был. У меня никогда не было подследственного или потерпевшего с такой фамилией. Разве что он не хотел, чтобы кто-то кроме посвященных знал об «Ангелах ада».

— В таком случае кроме вас надо убирать еще кучу народа! — возразил Осинцев. — Этот вариант не подходит.

— Других у меня нет...

4

В восемь часов вечера, когда прибыли в подразделение десять «ангелов», посланных начальником ГРУ, мы стали собираться в путешествие под землю.

Полковник Осинцев, как, впрочем, и я, возражал, и очень настойчиво, против того, чтобы с нами шел Меркулов. Но тот был непреклонен, несмотря на все наши разумные доводы.

— Я пойду просто потому, что никто из вас не имеет полномочий меня остановить! — заявил Костя, пожалуй впервые используя свое служебное положение.

— Даже если бы у нас был не боевой выход, а увеселительная туристическая прогулка, все равно вам это не по силам! — горячился Осинцев.

— Откуда вам знать, Сергей Борисович? — смеялся Костя.

— Вы ведете себя как ребенок! Знаете, Скворцов был поздоровее вас, а посадил сердце на этой работе — и вот результат.

— Я оставлю расписку, что пошел на свой страх и риск, идет?

Осинцев в величайшей досаде махнул рукой:

— Делайте что хотите!

Потом приказал старшему группы «ангелов»:

— Проследи, чтоб экипировались как надо!

— Сделаем, — степенно согласился тот.

Начались сборы.

Мы с Костей приехали как пижоны, поэтому первым делом заместитель командира части по тылу принес нам по комплекту шерстяного белья.

Я с сомнением посмотрел на жухлый, полурастаявший снег.

— А не запотеем?

— Делайте, что говорят! — почти приказал мне Осинцев.

Он тоже готовился к переодеванию, стоял рядом, между мной и Костей, чтобы заодно понаблюдать, правильно ли мы будем надевать все эти хитрые штучки, составляющие боевой наряд «ангела». Желая смягчить строгие слова, сказанные только что, полковник добавил:

— Белье не только для тепла, чем труднее добраться до голого тела, тем больше шансов вернуться назад в целости и сохранности!

— Я понял, извините, — смиренно соглашаюсь.

Осинцев смеется:

— Ничего! У всех парней не старше семидесяти пяти эти штучки и примочки вызывают щенячий восторг!

Мне думалось совершенно о другом, честно говоря. О том, например, что первобытная тяга к насилию сохранилась, несмотря на тысячелетия цивилизации. Каменный топор для своего времени был прогрессивным нововведением — отпала необходимость рвать врага или соперника руками и зубами... Но каким красивым, изящным, удобным и практичным стало оружие теперь по сравнению с каменным топором!.. Я не стал спорить с полковником военной разведки, его мне не пе убедить.

— Так, товарищи прокуроры, — обратился к нам Осинцев, — специальные костюмы вам ни к чему, тем более что лишних у нас нет. Наденете камуфляж, бронежилеты и шлемы. Пойдете в середине колонны. Ясно?

Как солдаты-первогодки, отвечаем нестройным хором:

— Ясно...

— Да! И «макаки» не забудьте!

— Что, простите? — продемонстрировал презираемую в войсках интеллигентность Костя Меркулов.

— Респиратор у нас так называется, — добродушно пояснил Осинцев.

Затем последовал легкий, необременяющий ужин.

Перед тем как отправляться на дело, бойцы спецподразделения во главе с Осинцевым изучали план города.

Мы благоразумно сидели в сторонке и помалкивали, хотя меня так и подмывало попросить воинов, чтоб они завернули по возможности на улицу Революционную, где должны поджидать Андриевского мои ребята.

Все-таки это были специалисты своего дела. Имея на руках схему городских улиц и зная, где расположены коммунальные сооружения, они набросали примерную схему подземных коммуникаций.

— Наша задача — выйти к центру с двух разных сторон, значит, идем двумя группами. Пассажиры идут со мной. Место встречи через сутки вот здесь, — Осинцев показал карандашом точку на схеме. — Отправляемся в двадцать два ноль-ноль. Таким образом, встречаемся в это же время через двадцать четыре часа. При экстренном изменении ситуации один человек выходит на поверхность и добирается как можно быстрей до любого воинского подразделения федеральных войск и выходит на связь с центром.

— Разрешите узнать допустимую степень насилия. Может, машина понадобится или что-то еще, — поинтересовался один боец.

Я уже узнал его. Это был старший группы с позывным Рыжий. Он и в самом деле имел рыжую шевелюру, яркую, как когда-то была у Славы Грязнова.

Осинцев бросил на нас короткий взгляд и ответил:

— Не при прокуратуре будь сказано, степень максимальная! Только враг или сумасшедший станет оказывать тебе сопротивление в такой ситуации!

— Понял, — кивнул Рыжий.

— Еще один момент! — повысил голос, привлекая общее внимание, Осинцев. — По просьбе наших гостей параллельно с поиском наших парней будем искать вот этого дядю... — С этими словами полковник положил на стол большую фотографию Юрия Андриевского.

Все посмотрели, «срисовали», как выражается обычная моя клиентура, то есть запомнили. Кто-то поинтересовался:

— А он что тут забыл?

— Он скрывается от следствия, — пояснил я. — А в

районе Революционной улицы, в подвале, спрятаны деньги, которые он и приехал забрать.

— Можете точнее указать где?

Я показал на схеме.

— Ну что ж, тогда час-полтора интенсивного отдыха — и выходим, — подвел итог инструктажа Осинцев.

Мы улеглись на жестких походных кроватях.

Бойцы сразу уснули, они знали, что перед выходом на дело надо урывать любую свободную минуту для сна — под землей подремать не удастся. Умом я понимал, что мне нужно сделать то же самое, хотя бы для того, чтобы не быть потом обузой для остальных. Но возбуждение мое было слишком велико. Я посмотрел украдкой на Осинцева. Тот курил, глядя в колышущуюся под ветром брезентовую крышу модуля.

— Скажите, Сергей Борисович, что это у вас за степень насилия?

Он покосился на меня, хмыкнул:

— Это у вас обывательский интерес или профессиональный?

— Обывательский, скажем...

— Тогда отвечу так: помеха на пути «ангела» устраняется им без раздумий о том, окажется воздействие смертельным или нет. Бойцы готовились для выполнения стратегических задач, а в таких случаях счет не идет на отдельную личность. Поэтому, если при ловле этого вашего супершпиона пострадает кто-то посторонний, его страдания и смерть лягут на вашу совесть, Александр Борисович! Удовлетворены ответом?

— Вполне, — буркнул я.

Нашел, гад, куда ударить побольнее. Но он прав, у меня нет основания для претензий и нет права на обиды: у полковника хватило неприятностей из-за меня. К тому же надо быть более покладистым. Спустившись с ним в подземелье, я окажусь в его власти и во власти его бойцов. Кто знает, как они относятся к тому, что я сделал с их боевым товарищем. Справедливость — такая скользкая категория, что ее каждый примеряет на себя, причем вполне аргументированно.

5

В назначенный час мы выехали армейским «уазиком» в пригороды Грозного. Вел машину боец спецподразделения. Кроме него в автомобиле разместились Осинцев, трое «ангелов» и мы с Меркуловым. Перед тем как трогаться, командир всех «ангелов» еще раз предложил Меркулову остаться: мол, не по возрасту ему такие операции. Но Костя настоял-таки на своем. Поэтому при последнем инструктаже, насколько я понял, Осинцев основную задачу по разысканию пропавших бойцов группы Скворцова возложил на Рыжего и его подчиненных. А себя с жертвенностью стремящегося к святости человека решил посвятить нашим прихотям.

Через пост военнослужащих МВД мы въехали в город. Отдав документы, старший лейтенант предупредил:

— Постарайтесь вернуться пораньше. Поговаривают, что со дня на день по выезду из города будут ограничения.

Едем дальше.

Городские улицы практически не освещены, за окнами автомобиля мелькают черные громады домов, редко в каких окнах светятся огни. Это понятно: я успел заметить, что из Грозного уезжают все, кто может. Для кого-то, впрочем, война — благоприятное время для заработков. Особенным спросом пользуются владельцы транспортных средств. Но это днем, когда светло. Сейчас же легальная жизнь в городе замерла. Только боевики мятежного генерала, воры с мародерами да мы шастаем по притихшим улицам...

Останавливаемся. Зачем?

Водитель тормозит, тут же гасит фары. Двое «ангелов» неслышно, как тени, покидают машину и тают в темноте.

— Куда они? — спрашиваю шепотом.

— Проверять колодец.

Через несколько минут один из «ангелов» вернулся, негромко доложил:

— Годится.

— Все выходим! — распорядился Осинцев.

Он был одет и экипирован так же, как его бойцы даже черная маска на лице, поэтому узнать его можно было только по голосу. И сейчас совсем не походил полковник на того осторожного педанта служаку, которого я пытался «расколоть» в своем кабинете. Форма ли преобразила его, или он всегда оставался спортивно подготовленным человеком, но движениями, сноровкой Сергей Борисович вполне соответствовал теперешнему своему наряду Скупые, экономные движения, подогнанность снаряжения. Меня, например, беспокоила кислородная маска в чехольчике. Видно, не совсем правильно я ее прицепил, а спросить, как это делается, второй раз постеснялся. Вернее, дурацкая гордость не позволила. Из машины он выскользнул легко и неслышно, как змея, а следователь Турецкий выкарабкивался как из сетей, к вящей своей досаде, чувствуя затылком нетерпеливое дыхание бойца. Если так пойдет и дальше и если мы все отсюда вернемся, полковник Осинцев будет иметь некоторое удовлетворение после всех неприятностей, что я ему доставил, вспоминая о моих подземных кульбитах. Такие мысли, конечно, совершенно лишние перед спуском, я это понимал.

Костя Меркулов, несмотря на то что старше меня, к тому же инфарктник, выбрался из «уазика» вполне благополучно, что только прибавило мне досады.

Но Осинцев не дал разгореться как следует моему чувству самоуничижения.

— Быстро вперед! — скомандовал он. — Пассажиров в середину!

И мы легкой рысью побежали туда, где слабым желтым глазком мигал сигнальный фонарик.

Черной круглой дырой в преисподнюю показался мне уже открытый «ангелами» люк. Сначала в него проворно спустился один боец, имеющий позывной Рембо. За то время, пока мы ехали к месту назначения, я запомнил позывные (мне проще говорить «клички») всех четверых. Следом за Рембо спустился Лихой.

Мы ждали минут пять, потом в наушниках переговорных устройств, встроенных в шлемы, прозвучал тихий, но, мне показалось, зловещий голос Рембо:

— Все чисто, можно заходить.

Пошел Осинцев. После него мы с Костей.

Те, кто уже был внизу, помогали нам побыстрее сориентироваться в подземелье. Один светил фонарем в землю под крутой ржавой лесенкой, по которой мы спускались, Осинцев направил луч своего фонаря на боковую стену, чтобы не ослепить нас и хотя бы слегка осветить участок тоннеля, с которого начнется наше путешествие. Рембо высматривал возможную опасность в том проеме, куда нам скорее всего предстоит отправиться.

Вслед за нами спустились Босс и Брюс, поставили на место крышку люка, и я начал немного понимать людей, страдающих клаустрофобией, то есть боязнью замкнутого пространства. Впечатление было такое, будто меня замуровали рядом с очистными сооружениями. Где-то приглушенно разбивались о влажный и грязный пол подвала падающие сверху капли воды, пахло теплыми помоями и гнилью.

— Пошли, — сказал Осинцев.

Выстроившись гуськом в той же последовательности, как залезали в тоннель, мы двинулись вперед. Вскоре из глубин городского подземелья в лицо ударил затхлый, но прохладный сквозняк. Однако дорогу нам преградила дверь-решетка, сваренная из прутьев арматуры сечением не толще сантиметра.

Осинцев приказал отступить на почтительное расстояние, дал знак Рембо. Тот нашарил под ногами нечто продолговатое — длинный болт, кусок дерева или кость — и бросил в дверь. Железо отреагировало на удар глухим звяканьем. А я запоздало догадался, что Рембо проверял, не поставлена ли дверь на сигнализацию. Затем он потрогал ржавые прутья лезвиями странных, судя по всему мощных, кусачек. Нет, дверь не под напряжением. После этого Рембо проворно, всего за несколько секунд, перекусил своим необычным инструментом дужку висячего замка, запиравшего дверь, и мы, чавкая армейскими ботинками по скользкой грязи, вошли в длинный тоннель, такой длинный, что луч фонаря на шлеме Рембо нащупывал в десятке метров впереди себя не стену или очередную дверь, а вязкую и пугающую тьму...

ТЕЧЕНИЕ ЖИЗНИ

1

Слава Грязнов, Олег Величко и Дина Ткачева довольно благополучно добрались до Грозного, хмуро притаившегося в ожидании войны.

При въезде в город подобрали попутчика, средних лет мужчину по имени Хамид. Он уже вывез семью к родственникам в село, забрал и все наиболее ценное. А теперь, пока еще действует ультиматум, решил подскочить домой, в городскую квартиру, проверить, не забыл ли что-нибудь стоящее второпях, да рассовать кое-какие вещи по соседям. Есть у него хорошие соседи, русские старики, одинокие, ехать некуда, собираются пересидеть бои в подвале, говорят, им не привыкать. Узнав, что подвозят его журналисты, Хамид ругал всех — Дудаева и Ельцина, оппозицию и Хасбулатова, резонно утверждая, что виноваты все власть имущие, раз простому человеку из-за их политики приходится бросать все нажитое и бежать куда глаза глядят.

Попутчик попался слишком словоохотливый, но Слава и компания в конце концов возблагодарили судьбу за то, что послала им этого человека.

Их машину остановили боевики. Придирчиво посмотрели документы, поцокали языками, разглядывая Дину, перекинулись несколькими фразами на своем языке с Хамидом и все-таки пропустили.

Они подвезли Хамида почти к дому, он настойчиво предлагал труженикам пера зайти к нему на минутку, попробовать домашнего вина, «если, конэчно, какой-то шайтан не выпил уже все, к чертовой матэри!». Заманить их на застолье не удалось, тогда Хамид очень подробно объяснил, как проехать на Революционную.

Дина довольно быстро отыскала нужный дом. Скромный трехэтажный особнячок, скорее всего довоенной еще постройки, стоял посреди двора в окружении выросших значительно позже пятиэтажек.

— Там большие, глубокие подвалы, — сказала Ткачева, указывая на особняк. — Хозяева, наверное, вино хранили. Туда и лазал Андриевский в тот день...

— А Кук?

— Он — нет.

— Понятно, — кивнул Слава. — Ну и где же мы свои усталые кости бросим?

Олег Величко обошел со всех сторон особняк, вернулся к центральному входу, где стояли Грязнов и Дина.

— Там все досками забито, — сказал он и дернул за ручку дверь парадного входа.

Тяжело, с натужным скрипом она подалась.

— Что ж, хорошее место для хранения денег, — заметил он.

— Для кратковременного хранения, — уточнил Слава. — А то вместе со стенами истлеют. Так, говоришь, с той стороны в домишко ни войти, ни выйти?

— Да. Или топором придется поработать.

— Тогда задача упрощается — надо следить только за входом с этой стороны. К тому же всякий уважающий себя миллионер... там есть миллион, Дина?

— Российскими?

— Ну да.

— Там значительно больше, Вячеслав Иванович!

— Тем более! Такой человек должен не пешком ходить, а ездить на чем-нибудь солидном, на бэтээре хотя бы!

— Нет уж, лучше не надо! — не согласился Олег. — Как мы его тогда оттуда выцарапаем?

— Насчет бронетранспортера — перебор, — кивнул Слава и повторил вопрос: — Так к кому на постой пойдем?

— Надо посмотреть, может, пустующие квартиры есть? — предложила Дина.

— А если они все опечатаны и закрыты? Нехорошо закон нарушать!

— Мы в ноябре были, еще только когда начиналась вся заварушка, и то никакого порядка в городе не было. А сейчас и подавно.

— Ладно, пошли посмотрим, — кивнул Слава. — Только надо такую найти, чтоб все окна во двор выходили на этот палаццо.

Пустующую квартиру нашли в соседней пятиэтажке на четвертом этаже. Таких, откуда жильцы уехали, было, наверное, больше, но они были либо закрыты на ключ, либо вовсе забиты досками. Пока оставался шанс найти более или менее приемлемый вариант, взламывать не стали. Квартира оказалась не только пустая, но даже незапертая. Они вошли, включили свет. Похоже, уехали отсюда недавно. В квартире было две комнаты, и все три ее окна смотрели как раз во двор.

В комнатах почти ничего, только старый диван, подростковая расшатанная кровать в спальне и неказистый стол с табуретками на кухне.

— Ну вы пока располагайтесь, — сказал Слава спутникам. — А я пойду у соседей поспрашиваю, может, живет кто...

Соседи на площадке, если и были, на звонки не отзывались. Только в квартире напротив откликнулась старуха:

— Чего надо? Нет у меня ничего! Ни денег, ни водки!

— Мне только спросить, бабушка!

— Спросить? Так спрашивай!

Слава оглянулся.

— Скажите, в пятнадцатой квартире живет кто-нибудь?

— Зачем тебе?

— Поселиться хотим на пару дней.

— А чего вас сюда черт принес?

— По работе. Для газеты статьи писать.

У старухи любопытство пересилило страх, она открыла дверь, осмотрела Славу с пристрастием, осмотром осталась довольна:

— А в гостиницу чего не пойдете, коль для газеты? Таких пускают.

— Оттуда нас служба безопасности может турнуть. Наша газета Дудаеву не очень нравится.

— А там никто не живет. Съехали месяца два тому, собрались и съехали. Мне разрешили забрать что осталось. Так там и нет ничего. Вот табуреточки я ихние взяла бы печку топить...

— А батареи холодные разве?

— А то... Хорошо — знакомый «буржуечку» за литр водки поставил...

— Завтра мы вам табуретки занесем.

— Да ладно уж, можете ко мне на постой заходить!

— Спасибо, мамаша, у вас небось одна комната?

— Ну.

— А у нас аппаратуры много. События будем снимать...

— Какие там события! Начнут молотить друг друга, как осатаневши, а потом слез не хватит всех оплакивать...

2

Слава вернулся в квартиру и по резким движениям, с которыми отскочили друг от друга Олег и Дина, понял, что они в лучшем случае обнимались, в худшем — целовались в засос, когда уши глохнут, сердце замирает, вот и бери его, глухаря, тепленьким, вякнуть не успеет.

— Значит, так, голуби мои, — сурово сказал он им. — Жилплощадь на указанный период наша, но спать здесь во всех смыслах слова нежелательно. На дворе уже стемнело. Пойду посмотрю поближе тот теремок. На это мне понадобится с полчаса. Вот это время вы имеете для лирических этюдов. Но не теряйте нюха!

— Вы не волнуйтесь, Вячеслав Иванович! — слегка покраснев, заверил Олег. — Все будет как надо!

— Хочется верить, — сказал Слава и тихо, осторожно вышел из квартиры.

Когда майор ушел, Олег взглянул на Дину без прежнего напряжения. В присутствии муровца он стеснялся показывать свое восхищение, может быть, порочной нравственно, но безупречной внешне девушкой.

Та в свою очередь заметила перемену настроения, происшедшую с молодым следователем.

— Молодой человек, не стесняйтесь! — улыбнулась она.

— Я не стесняюсь, о чем вы?! — слегка растерялся Олег.

— Что-что, а это я сразу вижу! Тем более что вы мне

тоже нравитесь. Так какая разница, что подумает о вас этот бирюк из МУРа? Я ведь не преступница. Я ведь вам помогаю! Он что, не сказал вам?!

Говоря это, Дина подходила все ближе к Олегу и сейчас почти упиралась в его диафрагму спрятанными под свитером тугими бугорками аппетитной груди.

Следователь Величко пребывал в растерянности, не знал, что делать. Отступить под этим мягким и в то же время неумолимым напором значит продемонстрировать наиболее постыдную из слабостей: страх перед женщиной. Не отступить — очень возможно, что Дина спровоцирует на такое, чего Турецкий, если узнает, не простит.

Пока он раздумывал, девушка сделала еще полшага слегка коснулась его, словно запятнала при игре в салочки, и, резко отстранившись, попросила:

— Проводите меня, пожалуйста, в ванную!

У Олега должна была отвиснуть челюсть от такой просьбы, но усилием воли он удержал ее на месте, спросил только:

— З-зачем?

— Какой вы, однако! Город на военном положении, вдруг туда кто-нибудь залез!

— Что вы! Только проверили!..

— Значит, не хотите?! — с угрозой спросила она.

— Нет, но если это так необходимо...

— Оставайтесь! Я не имею права подвергать опасности жизнь оперативного работника!..

Олег шагнул в сторону ванной комнаты, сохраняя на лице выражение угрюмости и озадаченности.

— Стойте! Я не имею права!.. — затараторила она.

— Не переживайте, я не оперативный работник! — проворчал Олег.

Сильно подозревая, что ведет себя как идиот, Величко подошел к двери, щелкнул выключателем, заглянул в нешировое помещение, в котором стены были выложены бирюзового цвета плиткой, а ванна покрыта салатовой эмалью. Комнатка конечно же совершенно пуста и заброшенна, даже кафель кое-где отвалился.

Олег повернулся и от неожиданности слегка вздрогнул: Дина стояла в дверях, озорно улыбаясь.

— Ну... вот... никого.

Она, не ответив, шагнула в ванную, не спуская глаз с Олега, ощупью закрыла дверь на задвижку и резко, словно швырнула сама себя, упала ему на грудь, сладострастно и с подвывом заговорила:

— Стой! Я мужика сто лет не пробовала!..

Олег снова не знал, что делать. То ли оторвать ее от себя, то ли впиться губами в вену на беззащитно подставленной шее. А она тем временем уже расстегнула ему штаны и хозяйничала т а м, лишая Олега последней воли к сопротивлению.

— Постой... а свет?..

— Нормально! — прерывисто дыша, негромко выкрикивала Дина. — Должен... видеть... кого... трахаешь!..

Олег лихорадочно пытался определить, как лучше разместиться. Но девушка все уже решила, сбросив джинсы-бананы и трусики, она уселась на край раковины, над которой хозяева некогда совершали утренние умывания, закинула стройные ножки на плечи следователя Величко. И тому ничего не оставалось, кроме как сдаться и доказывать, что он мужчина, самым древним, но неустаревающим способом.

...Работать пришлось дольше, чем обычно. Возможно, потому, что Олег нет-нет да прислушивался, не идет ли майор Грязнов. Дина, как показалось ему, испытывала неподдельное удовольствие, а может быть, просто действовала профессионально. Во всяком случае, стонала она натурально, а уж царапалась совсем по-настоящему!

Правда, когда все кончилось, Дина быстро оделась, пока Олег отдувался и приходил в себя.

— Ну ладно, отдыхай, малыш! — сказала она ему, отодвигая задвижку.

— Ты куда это?

— Пойду гляну, как там ветеран ментовский. Может, замерз!..

Вот нимфоманка! — устало подумал Олег.

Мягко ступая, Грязнов спустился по ступенькам, так что не разбежались даже притаившиеся под лестницей кот с кошкой, только настороженно проводили его гла зами.

Во дворе было промозгло и сыро. Над городом стояла глухая тишина, только изредка взлаивали или завывали собаки да иногда ухал отдаленный взрыв или строчил автомат, а то и пулемет. Славе не довелось участвовать в боевых действиях, такое благополучное время выпало на его юность, но подумал, что именно так и должно быть в прифронтовом городе.

Мирный, гражданский Грозный жил надеждой на то, что войны не будет, что у противоборствующих сторон хватит ума не доводить дело до еще одного, более страшного штурма.

Слава подошел к особняку, прислушался, внутри как будто пусто и тихо. Его беспокоила дверь. Начни сейчас ее открывать, скрип несмазанных, ржавых петель в ночной тиши будет подобен грому. И все же надо войти.

Грязнов никогда не брал с собой фонарик. Это заблуждение, что он помогает в темноте. Плетясь за тускло-желтым световым пятном на земле, ты не видишь ничего по сторонам и сзади — там, где нет светового пятна. На улице, тем более городской, темнота не бывает кромешной, надо только дать глазам к ней привыкнуть, а ноги научить ступать легко и осторожно, чтоб не споткнуться или не провалиться в какую-нибудь яму.

Грязнов взялся за ручку двери, потянул ее на себя. Раздался скрип, показавшийся в тишине скрежетом. Слава вернул дверь назад, но не до конца, затем снова потянул, уже дальше на себя. Монотонность и постоянство скрежета должны были ввести в заблуждение чуткое ухо — будто ветер играет дверью.

На третий раз Слава нырнул в образовавшийся проем и на некоторое время замер у двери, прислушиваясь и ожидая, пока глаза привыкнут к темноте.

В здании не было слышно никаких звуков, только ветер теребил полуоторванный лист жести, прибитый когда-то на одно из окон.

Слава понемногу, делая небольшие аккуратные шажки, двинулся вперед. От центрального входа на первом этаже в обе стороны вели высокие массивные двери. Они были заперты, а для страховки забиты гвоздями. Это Слава определил, пробежав пальцами по запыленной крашеной панели дверей. Посередине, между двумя изолированными половинами здания, — широкая лестница. Грязнов решил подняться по ней, проверить второй и третий этажи, а потом — подвал. Наверху повторилась та же история — большинство дверей оказались заперты. А там, где не позаботились о запорах, и смотреть было не на что — кучи мусора и витающие над ними запахи свидетельствовали о том, что в теплое время года здесь гужевалось всяческое отребье, в наше время именуемое бомжами.

Глаза настолько привыкли к мраку, что Слава различал даже ступеньки широкой парадной лестницы. Вход в подвал, очевидно, располагался неподалеку от черного хода. Поэтому, спустившись на первый этаж, Слава направился туда, где, по его предположению, должен был находиться черный ход.

Там он и оказался — небольшая обшарпанная дверь. Незапертая, к тому же болтающаяся на одной петле. Так, за ней должны быть ступени вниз. Есть.

Грязнов начал осторожно спускаться по шершавым ступеням и вдруг остановился. От приземистых и широких подвальных дверей, которые уже были различимы на темно-сером фоне некрашеных, оштукатуренных стен, а точнее, из-под них тянуло дымком. Не горьким и вонючим тяжелым дымом, который поднимается над сгоревшими, заброшенными домами, а тонкий смолистый, дразнящий нос дымок, какой исходит от костерка. Причем запах свежий.

Слава подумал еще: не слишком ли беспечно он шляется по этому загадочному домику. И вдруг — никакого шороха, никакого движения за спиной, только тихий, но неумолимый голос:

— Стоять.

Слава начал было медленно поворачиваться. Он надеялся, что подловивший его неизвестный торчит в дверном проеме, представляя собой достаточно удобную мишень.

— Не поворачиваться! — упредил его желание неизвестный.

Правда, Слава успел бросить взгляд через плечо и заметил, что никто не отсвечивает в серо-фиолетовом прямоугольнике открытых дверей.

Говорит вроде без акцента, подумал Грязнов, хотя в подобной ситуации это обстоятельство не могло служить большим утешением.

— Оружие бросай в дверь!

— Нет у меня оружия, — соврал Слава.

— Не надо ля-ля! Без оружия здесь только сумасшедшие и собаки!

— Ты тут живешь? — спросил Слава.

Минутная растерянность, потом агрессивно:

— Твое дело — медленно доставать свою пушечку и кидать сюда! Пока этого не сделаешь, шаг вперед или назад расценивается как побег!

Молодой, русский, определил Слава, да еще и начитанный! Такому сдаваться не в пример приятнее, чем какому-нибудь босяку. При всем при том интеллектуал может оказаться большей сволочью.

Грязнов достал из потайного кармана свой ПМ и бросил назад, очень сильно желая, чтоб поймавший его парень потянулся за ним — вот тогда по хребту и получит!

Этот нахал не давал возможности Славе проявить его бойцовские качества.

— Теперь выходи. Только задом наперед! Знакомиться будем!

Еще и шутник!

Придерживаясь ладонью за шершавую стену, пятясь, Слава начал подниматься, спросил:

— Ты здесь не Юру Андриевского поджидаешь?

— Кого?

— Не Юру, — констатировал Слава.

Ага, вот он стоит, к стеночке жмется, какую-то бандуру в руках держит, на автомат похожую. Вот это хорошо — длинноствольное оружие легче из рук вырывать, если умеючи, конечно.

Парень лет двадцати пяти, в оборванной военно-полевой форме. Явно не боевик Дудаева. Ну, значит, можно и помягче. Слава встал на один уровень с парнем. Тот стоял в трех шагах, настороженно пялился и поводил стволом автомата, но какого-то странного.

— Что это у тебя за базука? — спросил Слава добродушно, примериваясь, как и когда лучше достать этого вояку.

Парень явно из военных, к оружию неравнодушный, потому ответил не без хвастовства:

— Итальянский карабин. Девять миллиметров калибр! Пробивает стену и не жужжит!..

Слава сделал вид, что споткнулся.

Парень нервно вздернул ствол карабина.

А Грязнов в то же мгновение резко опустился вниз, опираясь на ладони и ногу в присяде, второй, выпрямленной и напряженной, ногой прочертил над полом полуокружность, скосив сей импровизированной косой парня вместе с карабином, как березку. Китайцы называют этот прием «золотая подсечка». И у Грязнова она оказалась именно такой. Парень упал как подкошенный, не выпустив, однако, карабин, который загремел на бетонном полу.

Слава тут же бросился вперед, вырвал из пальцев парня, едва не сломав их, оружие, перекатился, подхватил с пола пистолет...

Пока парень, чертыхаясь, поднимался с пола, Слава уже стоял на ногах.

— Ну вот и познакомились! — сказал он, переведя дыхание после стремительной схватки.

— Кто вы? — угрюмо спросил парень.

— У кого оружие, тот первый и спрашивает!

Парень пожал плечами и замолчал.

— Ты случаем Грозный в ноябре не штурмовал? — спросил Слава, начиная догадываться, откуда взялся здесь этот воин.

— А что?

— Меня между других дел интересует также один тип, который двадцать шестого ноября тут из себя штурмовика корчил.

— Что вы об этом знаете?! — воскликнул парень. — Они же воевать не умеют!

— Значит, я угадал.

— И что дальше?

— Хотелось бы фамилию узнать.

Слава думал: сейчас спрошу про того, которого ищет Константин Дмитриевич, и будем мириться.

— Чекалин фамилия. Это вам о чем-нибудь говорит?

— Представь себе — да! У тебя есть невеста?

— Какое ваше дело?

— Отвечай быстро! Это в твоих же интересах!

— Есть.

— Как зовут?

— Лида. А что?

— Как твоего будущего тестя зовут?

— Константин... Константин Дмитриевич.

Это невероятно, подумал Слава, но факт налицо. Валерий Чекалин нашелся.

— Ну вот что, дорогой друг, — сказал Слава. — Бери свою базуку, и пошли.

Чекалин проворно схватил оружие, но ствол поднимать не стал, держал его направленным в пол.

— Куда пошли? Кто вы?

— Я — Грязнов. Слыхал?

— Кажется, слыхал... Вы из уголовного розыска?

— Угадал.

Парень сбросил напряжение, улыбнулся, так что в густом сумраке сверкнули белые зубы.

— Вы здесь какими судьбами?

— Андриевского ищу, есть такой перспективный офицер.

Чекалин, помедлив, сказал:

— У нас такого не было.

— Это естественно. Скажи лучше, ты в этом доме давно отсиживаешься?

— Нет. Третий день. Все время пытаюсь вырваться из города, но не получается...

Слава рассказал ему о последних событиях, об ультиматуме, о деньгах Андриевского, наконец. Предложил уже совсем дружески:

— Давай-ка, Валер, глянем в подвале быстренько и назад, в дом пойдем, а то я и так им много времени дал!..

— Кому?

— Да есть там у меня два ассистента, устроили из серьезной командировки медовый месяц!..

Подвал был пустой и чистый, как приготовленный к ритуалу склеп. И все же одну интересную деталь Слава нашел. Квадратный старинной работы люк, имеющий ручки для подъема, до времени покоящиеся в специально прорезанных на поверхности люка пазах. Валерий подсвечивал фонариком, а Слава как следует его осмотрел и пришел к выводу, что люк поднимали с места уже после того, как заколотили двери и окна в доме. По всей видимости, во второй раз Ткачева не врала, этим лазом вполне мог пользоваться Андриевский.

— Поднимем, посмотрим? — спросил Слава.

— Если надо, — согласился Валерий.

— Не столько надо, сколько интересно.

Слава потрогал холодное железо люка, щелкнул легонько по крышке, послушал звук.

— А если заминирован? — спросил он, не обращаясь конкретно к Валерию.

— Ну и не трогайте тогда, — хмуро посоветовал Валерий.

— Не буду, — согласился Грязнов.

Они вышли во двор, вдохнули свежего, припахивающего едким дымом воздуха.

— Ну пойдем, — пригласил Слава Чекалина. — Пойдем, видишь, вон там, на четвертом, свет горит...

Прошли через двор к подъезду. Все было тихо, лишь раз Слава приостановился: показалось, что от дома на улицу кто-то пробежал, но легко, неслышно. Возможно, они кого-то спугнули, особенно грозен был Чекалин в военном бушлате и с толстоствольным карабином наперевес.

Грязнов толкнул дверь квартиры, пропустил вперед Валерия, вошел сам. Двери в комнаты были распахнуты, в одном проеме виднелся край топчана, а на нем ноги Олега в белых адидасовских носках.

— Это ты, Дина? — разморенным голосом спросил он.

— Ага! — рявкнул Грязнов. — Я! И уже с сыночком!

Ноги исчезли, зато в дверях появился Олег собственной персоной, взлохмаченный, сощурившийся, как кот, который только что поживился сметаной.

— А где Дина? — спросил он.

— Дина — мина! — вспомнил Слава, как называл ее Турецкий. — Сорвалась куда-то. Не переживай. Если понравилось — еще придет!

Олег неуверенно улыбнулся:

— Сказала, что понравилось...

— Смотри сдуру не влюбись! — посоветовал Грязнов.

— Почему — сдуру? — слегка обиделся Величко.

— Потому что орбиты у вас разные: она с группой богатых туристов на Багамах, а ты с оперативно-розыскной группой в каком-нибудь болоте возле лежалого трупа крутишься!

Олег промолчал, возможно в глубине души соглашаясь со старшим товарищем. Дискуссию о деликатном предмете прекратил Чекалин. Щурясь от яркого света не прикрытой абажуром лампочки, он спросил:

— Извините, конечно, у вас продовольственных припасов нет?

— Есть, конечно!

Сообразив нехитрый ужин, они уселись на кухне.

— А где же наша краля? — спросил Слава.

— Сам беспокоюсь! — сказал Олег. — Она сказала, что пойдет вас позовет.

— Да? — засомневался Слава. — Что-то не припомню. Вот ангелы небесные, те звали, когда Валерка у меня пистолетик отнял... Хотя, может, она возню нашу услышала да испугалась?.. Непонятно. А что непонятно, то мне не нравится!

Наскоро поужинали, после чего Грязнов, как старший, распределил график бдительного коротания ночи. С полуночи до двух и с четырех до рассвета он вызвался дежурить сам. До полуночи нес вахту Чекалин. А с двух до четырех — время Олега.

— И смотри! Если явится, гони от себя, пока я тебя не сменю! — предупредил Слава посмеивающегося Олега.

Предупреждение оказалось напрасным: Дина Ткачева так и не появилась до рассвета.

А. Б. ТУРЕЦКИЙ

1

На Андриевского мы нарвались совершенно случайно, с моей легкой руки, если можно так выразиться.

Полночи мы проблуждали по тоннелям и прочим подземным коммуникациям. Из-за нас, неподготовленного и слабосильного балласта, «ангелы» передвигались медленнее обычного. Однако, по их словам, грозненские тоннели просто игрушка по сравнению с московскими, так что они почти не устали. А нам с Костей было нелегко.

Костюм у меня был не резиновый, как у бойцов, и я чувствовал, что белье на мне промокло насквозь.

Осинцев был с нами снисходителен, но не насмешлив, и я был ему за это благодарен. В конце концов он снизошел даже до комплимента:

— Не думал, что вы дотопаете до центра и не запросите привала!

Плечи сами собой расправились. Ишь ты, смешно! Годы приближаются к сорока, а такая ни к чему не обязывающая похвала приятна, как мальчишке.

Недалеко от центра города по радиосвязи наткнулись на вторую половину нашей группы. Те двигались более интенсивно и успели промерить шнурованными ботинками не только заданное магистральное направление с востока на запад, но и северо-восточный сектор чеченской столицы. Никаких признаков присутствия бойцов, приехавших в Грозный в ноябре, они не обнаружили. Нашли в одном месте, под канализационным люком, гору трупов, некоторые в военной форме, но «ангелов» среди них не было.

Я скорее догадался, чем почувствовал, как напрягся Костя Меркулов, услышав о страшной находке. Тогда я спросил:

— Але! Это чеченцы?

— Неизвестно, — сквозь треск помех ответил Рыжий. — Давно лежат, на глаз уже ничего не определишь...

Косте я ничего не сказал, да и не было необходимости, как оказалось. Он слышал весь разговор и, когда я пристроился рядом, благодарно пожал мне руку.

— Мои ребята справляются хорошо, — сказал Осинцев. — Пойдем пройдемся по вашим адресам, Константин Дмитриевич.

Сверились со схемой — и вперед.

Я шагал, где мне и положено, — между Осинцевым и Меркуловым. Предрассветный час под землей не ощущался совершенно. Единственным стойким признаком того, что практически всю ночь я провел на ногах, была усталость. В этом огромном подземелье, где только крысы беззвучно шарахались из-под ног, дремота наваливалась на веки свинцовой тяжестью, и не было вокруг ничего такого, что могло бы взбодрить глазные нервы. Оставалось напрягать мозг, чтобы не заснуть. Но чем его напрячь? И я стал прислушиваться к приглушенному разговору топающих в арьергарде Босса и Брюса. Один другому рассказывал случай из времен учебных выходов в московские подземелья.

— ...Однажды немного заблудились и выломились в какой-то тоннель, громадный и освещенный, как метро. Сначала так и подумали, что подземка, нет, видим, рельсов нету. Слышим, мотор рокочет где-то. Мы в боковой галерее спрятались, наблюдаем. А мимо проезжает бронемашина, я таких еще не видел — широкая, невысокая, ну как летающая тарелочка на гусеницах, гусеницы не лязгают, как у танков, мягко передвигаются, потому что резиновые. Мы потом Скворцову рассказали, а он посмеялся. Говорит, это машина для экстренной эвакуации членов правительства...

— Бронированный членовоз, — хмыкнул собеседник.

— Ну да! Так ты знаешь какая штука? Два двигателя, плавающая броня, скорость — 140 километров, крупнокалиберный пулемет, радиостанция, шлюзовые двери, вентиляция, биотуалет...

Биотуалет... — эхом отзывается в моей голове, и, прежде чем я встряхиваюсь от навалившейся дремы, оставленные без контроля головы ноги заносят бренное тело не в то ответвление тоннеля, в которое повернули все.

Наша группа замечает мою пропажу на пару секунд раньше, чем спохватываюсь я.

— Турецкий! — раздается в переговорном устройстве моего шлема рев Осинцева.

— Я здесь! — кричу в ответ. — За стеной!

— Поворачивайте назад и осторожно выходите на развилку. Босс вас там ждет!

У меня приступ эйфории от того, что не пропал бесследно. Дождется Босс и даст дружеского, но крепкого пенделя шлангу Турецкому!..

Я торопливо шагаю назад, и моя неуклюже подвешенная кислородная маска — «макака» натыкается на что-то мягкое и теплое. Прежде чем я успеваю осознать, что это мягкое и теплое вполне может оказаться затаившимся человеком или, на худой конец, чудищем-мутантом, страшный удар обрушивается сзади на мою крепкую кевларовую шапку. Лечу кубарем, и совершенно подсознательно срабатывает рефлекс самбиста — делаю кувырок через голову, чем и смягчаю максимально свое падение...

2

Осинцев в своих наушниках услышал исходящие от меня непонятные звуки. Один Бог знает, что он думал обо мне в этот момент, но голос его прозвучал достаточно встревоженно:

— Что там у вас, Турецкий?!

Я уже встал на ноги, фонарь на моем шлеме разбит, и это спасает мне жизнь, потому что тот неизвестный друг, что огрел меня по голове, хотел бы выстрелить чуть ниже бело-желтого глазка моего фонарика. Но за неимением ориентира выпускает очередь из автомата наугад.

Я прижимаюсь к сырой шершавой стене и слышу, как он тяжело убегает в глубь тоннеля.

Из-за поворота мелькает желтый луч. Кто-то бежит мне на выручку.

Кричу:

— Осторожно! У него оружие!..

В нашем маленьком войске перегруппировка. Вперед устремляются все четверо бойцов-«ангелов». За ними мы с Меркуловым. С тыла нас прикрывает Сергей Осинцев.

— Какой он из себя хоть, успели рассмотреть? — спрашивает командир.

Немного смущенно объясняю:

— Пока не ударил, не замечал его, а потом фонарь разбился...

— У вас в боковом правом кармане дорожного жилета должен быть ручной фонарик...

Проверяю — точно. Достаю, включаю — горит.

— Спасибо, — говорю.

— Не за что. На инструктаже плохо слушали, я говорил, где что искать.

Затем он знаком дает нам понять, что разговоры нужно прекратить. Мы в хвосте преследования, поэтому Осинцеву необходима постоянная связь.

Сквозь потрескивание и шум помех до моих ушей из наушников долетают сообщения, адресованные полковнику:

— Командир, их двое... Уходят в сторону Революционной... Один отстреливается...

Еще несколько минут бега по причудливо поворачивающемуся тоннелю, и очередной рапорт:

— Командир! Это наши!..

— Что?

— Это «ангелы», бля буду!..

— Спокойно, Рембо! Сосредоточься. Переключись на частоту три-одиннадцать, это частота группы Скворцова. Назови им свой позывной и спроси их позывные. Предупреди, что, если не отзовутся, будем стрелять!

И снова бег по скользкой, мерзко чавкающей грязи...

— Командир! Внимание! Частота сработала. Одного позывной Монах. Второй не отзывается... Сами себя загнали в тупик, прячутся за выступы, грозят открыть огонь...

Мы осторожно вдоль стен пробираемся поближе к тому месту, где стоят друг против друга «ангелы».

Вот уже и Осинцев переключился на частоту Скворцова. Мне, конечно, не слышно, о чем идет разговор, зато, когда голос Лихого рявкает в ухо: «Ложись!..» — я прекрасно понимаю его и выполняю команду.

К тому же звучит такой убедительный довод, как автоматные очереди.

Наши парни положили в центре тоннеля зажженные фонарики, которые хоть и скудно, но освещают расширяющийся перед тупиком тоннель. Поэтому те, другие, что не признавали «ангелов» Осинцева за братьев по оружию, вынуждены были стрелять вслепую.

Строчил, однако, один автомат. Второго не было ни слышно, ни видно. Я предположил, что второй под прикрытием первого уходит. Конечно, не я один был такой умный. Осинцев приказал своим: стреляйте, не давайте ему поднять головы. Он сам, а также Лихой, Босс и Брюс застрочили из автоматов, не прицельно правда, но так, чтобы заставить противника вжаться в грязный пол и не поднимать лица.

Вдогонку за скрывшимся где-то наверху еще одним беглецом отправился Рембо. Не успел он добежать до расширения тоннеля, как сверху упала граната, лопнула ярким дымным, едко пахнущим взрывом. Все, кто смотрел туда, на некоторое время ослепли. Когда проморгались, увидели, что и Рембо, и тот боец, что стрелял в нас, лежат неподвижно.

Вперед побежали Лихой и Босс. Осмотрелись.

— Командир! Рембо ранен, а тот готов!

Подбежали остальные.

Лихой достал из кармана нечто вроде футляра для зубной щетки, отвинтил колпачок, под которым оказалась здоровенная игла, и всадил эту иглу прямо через одежду в бедро Рембо. Антишок, догадался я.

Я услышал, как в отчаянии воскликнул Осинцев:

— Да что же они тут, с ума посходили?!..

— Смотрите! — показал рукой вверх Босс.

Мы послушно задрали головы: над нами в низком — протяни руку, и достанешь — потолке зияло квадратное отверстие второпях не закрытого люка. Второй, очевидно, ушел через него...

ТЕЧЕНИЕ ЖИЗНИ

1

Чуть рассвело, Грязнов расставил свой малочисленный отряд по местам наблюдения. Делал он это без энтузиазма и вдохновения, для очистки совести. После того как Ткачева не вернулась в штаб-квартиру, Слава стал сомневаться, что из старого подвала вылезет вообще кто-нибудь кроме крыс и помойных котов. Одна только мысль, что проститутка оставила его в дураках, приводила Грязнова в бешенство.

Валерий Чекалин со своим грозным трофейным карабином сидел на втором этаже особняка, над парадным входом. Грязнов сидел тоже на втором, но ближе к торцу, чтобы контролировать здание со стороны черного хода.

Олег Величко, несколько опечаленный внезапным и загадочным исчезновением Дины, сидел возле окна квартиры на первом этаже, в непосредственной близости от выезда из двора на улицу.

Жиденький, серенький рассвет занимался над городом, когда Слава и Валерий услышали над зданием, в котором сидели, глухой взрыв.

Вскоре из дома выскочил воин в шлеме, камуфляже, красиво экипированный для войны. Он быстро огляделся и бросился в глубь двора, к маленькой, сделанной из кирпича беседке. Сначала Слава думал, что он там прячется, во всяком случае, боец не стоял в полный рост, но, присев, не выжидал противника, а нервно копошился, суча руками, как будто что-то искал.

Но тут шум и хлопанье дверей отвлекли его внимание от первого вышедшего из дома спецназовца. Вслед за ним во двор, настороженно озираясь и поводя из стороны в сторону стволами автоматов, вышли шестеро, двоих, раненых или убитых, вынесли на руках. Грязнов дал знак Олегу, чтобы следил за тем, который прячется в беседке, а сам стал наблюдать за вновь прибывшими. Черт их разберет, кто такие, все в масках. Но на дудаевцев не похожи...

И тут один из них, сутулый и обмякший, совсем не спецназовец по выправке, стягивает с лица черную маску — и Слава отказывается верить своим глазам: в лихой форме не кто иной, как Константин Дмитриевич Меркулов.

Но, прежде чем Грязнов успевает решить, что предпринять, со второго этажа спрыгивает прямо под ноги спецназовцам Валерка Чекалин и орет в щенячьем восторге:

— Константин Дмитрич!..

Насторожившиеся было бойцы опускают автоматы.

Меркулов, растерянно и радостно улыбаясь, протягивает к парню руки. Валерка бежит навстречу, всего каких-то пять шагов... Чей-то встревоженный возглас... Валерий оглядывается, изо всех сил выпрыгнув вперед, обхватывает за плечи Меркулова и вместе с ним падает на жухлую траву двора. Но, прежде чем его тонкое стройное тело коснулось земли, несколько свинцовых ос впились ему в спину, выдрав белые клочки ваты из армейского бушлата...

Стрелял тот, из беседки.

Пока бойцы колготились возле упавших, убийца выскочил из беседки и, петляя, побежал к дому. Расчет его был прост: в дом, а там по квартирам — и на улицу. Но ему нужно было пробегать мимо гостеприимно открытого окна, за которым прятался Величко. Беглец оглянулся, забросил в открытое окно автомат, зацепившись руками за подоконник, попробовал вскочить в комнату, но в этот момент Олег ударил его ногой по закрывающему лицо плексигласовому щитку. Беглец упал, но проворно поднялся, чтобы попасть в крепкие захваты бойцов спецподразделения, подоспевших вовремя.

Подбежал Грязнов, деловито и беспощадно, цепляя за волосы и уши, стянул с обмякшего убийцы шлем и маску, открыв сырому, пронизывающему ветру очень бледное лицо Юрия Андриевского.

— Так это все-таки ты, сука!..

Константин Дмитриевич Меркулов стоял на коленях, придерживая голову распростертого перед ним Валерки Чекалина, и глухо приговаривал:

— Что ж ты прыгал, дурачок?.. Я же в бронежилете...

2

ИЗ МАГНИТОФОННОЙ ЗАПИСИ ДОПРОСА ПОДОЗРЕВАЕМОГО АНДРИЕВСКОГО ЮРИЯ

...Начальник русского отдела ЦРУ Дэвид Кук, выступающий под именем работника госдепартамента Джона Кервуда, завербовал меня, когда раздобыл неопровержимые доказательства моей работы в фирме «Хантала ойл лимитед». Я вынужден был пойти на сотрудничество с американской разведкой, потому что работа в этой фирме, как, собственно, ее существование, уже являлось государственным преступлением. То, что фирма торгует нефтью, было только официальным прикрытием. На самом деле «Хантала» занималась поставками крупных партий вооружений для любых юридических и физических лиц в странах СНГ и за рубежом.

За время работы на Кука, примерно полтора года, я передал ему несколько раз закрытую информацию из отдела «С», которым руководит мой тесть Пермитин Эдуард Геннадиевич. Кроме того, я выдал Куку крупного резидента русской разведки в Канаде.

Наезд Регионального управления по организованной преступности на московское отделение фирмы «Хантала» по времени совпал с просьбой Кука продать ему структуру, состав и принципы подготовки бойцов спецподразделения ГРУ и МВД под названием «Ангелы ада». Когда работники РУОП выяснили, что все важнейшие документы фирмы и финансы переправлены в Грозный, где находится филиал «Ханталы», я решил поехать и на всякий случай удалить из всех документов свою фамилию. Просто на всякий случай. По счастливой случайности я узнал, что одним из руководителей проекта «Ангелы ада» является мой приятель из ГРУ полковник Скворцов. У него были нелады в семье и другие неприятности, на чем можно было сыграть. Так он мне сдал ту группу, которую готовили для устранения Дудаева. Я знал, что его удаление и затухание противоборства Москвы и Грозного очень многим невыгодно. Особенно это не устраивало новых военных, часть членов правительства и, главное, Николая Королева, шефа «Ханталы». Я взял от них крупные кредиты под это дело, не буду же я тратить свои деньги...

Вопрос: Которые вам платил Кук?

Ответ: Да. И не только... В общем, за эти деньги я перекупил всех бойцов Скворцова. В Грозный мы поехали одновременно, и пока Скворцов, сидя в пригороде, ждал своих соколов с победой, они выполняли мою задачу: уничтожили архив «Ханталы», а заодно убрали моих коллег по фирме братьев Аслангиреевых. Они да еще Королев знали о моей роли в «Хантале», о моей ключевой роли...

Когда мы приканчивали Аслангиреевых, нас чуть не переловили боевики. Под прикрытием «ангелов» удалось уйти, правда, двоих потеряли.

Кто-то опознал меня тогда, скорее всего, Исмат Хожаев. Его вместе с Буряком послали на перехват. И они нас почти перехватили. С этого все и пошло наперекосяк. Ошибка моя состояла в том, что я заметался и наследил. После того как завез Кука в больницу, примчался к Скворцову, там никого нет, пошел на шумок, вышел на место, так сказать, происшествия. Я тоже подумал, что в портфеле Скворцова могут быть документы, приготовленные для меня. Кук обеспечил меня всеми новейшими шпионскими штучками. К оперуполномоченному МУРа Грязнову просто было проникнуть, в прокуратуру к Турецкому сложнее — надо было усыплять охранника. Расчет на то, что он проснется, проверит замки и не сознается, оправдал себя. У обоих я, кроме того что искал портфель и химикатами уничтожил его содержимое, еще поставил «жучки» для подслушивания.

Мещерякову убил я, она могла сказать, что я ездил с ними и Куком в Грозный в одно время со Скворцовым. Я не знал тогда, что их видел свидетель на Минском. Петрова-Буряка убил Крот по моему приказу. Ему же я поручил убрать следователя Турецкого...

1

Мы долго не могли «расколоть» Андриевского. Он не признавался ни в чем, пока я не разозлился и не решил его достать, просто так, чтоб сделать себе приятное.

— Юрий Владимирович, я ведь знаю, почему вы упираетесь. О деньгах думаете, которые вас ждут в некоторых не наших банках. Думаете, перетерплю, вырвусь отсюда, а там!..

Я начал перечислять ему суммы и время, в которое он приносил деньги Моисееву. Я видел, как меняется его лицо.

— Видите, все ваши финансовые операции нам известны.

— Ну и что?

— Семен Семенович Моисеев — наш сотрудник. Путем сложной оперативной игры мы вывели вас на него, — вдохновенно блефовал я. — А он аккуратно менял ваши денежки на меченые, которые затем изымались из ваших любимых банков в доход того государства, интересы которого вы были призваны защищать по долгу службы. Мы можем устроить вам очную ставку, и вы во всем убедитесь лично...

Он поверил. Два дня была истерика, а потом он начал рассказывать все с таким захлебом, словно прошлое держало его за горло.

Пермитин в конце концов оказался прав в своем утверждении, что суд над Андриевским будет вершить только служба. Нашли Юрия Владимировича повешенным в камере Лефортовской тюрьмы. Финита...

А боец Дмитрий Каратаев, позывной Крот, умер в больнице от внезапного обострения. Тот, кто помог ему отправиться в мир иной, наверное, предполагает, что я, как человек до идиотизма совестливый, буду терзаться оттого, что убил человека. Он ошибается.

Сегодня, впервые после похорон Валерки Чекалина, пришел на работу Костя Меркулов. Через пару дней Новый год. В Костином доме не будет весело, но мы с Ириной обязательно заглянем к ним...

Кто-то постучал в дверь.

— Войдите.

— Можно, Александр Борисыч?

— Можно, Олег.

Посерьезневший Олег Величко подходит к столу.

— Вот взгляните.

Яркий конверт. Адрес и адресат — Олег Величко — написаны по-русски. А вот обратный на немецком. Из города Франкфурта-на-Майне письмо.

2

«Привет, Олежек!

Я никогда не забуду те полчаса в темном, холодном городе Грозном. Там, наверное, уже вовсю идет война. Извинись за меня перед своими начальниками, которые кололи меня, бедную экс-проститутку, как березовую чурку. Самого главного я им не сказала. Я приехала в Грозный за дискетой, которую мы спрятали вместе с Дэвидом в фундаменте пятиэтажки, где у нас с тобой все происходило. На дискете — список всей бывшей советской резидентуры в Северной Америке. Дэвид сказал мне, что это дубликат, так как Юра очень азартный человек, с ним легко попасть в беду. Поэтому в случае чего я могу взять дискету из тайника и переправить на Запад. Там мне за это заплатят очень кругленькую сумму. Как в воду глядел старик. И самого убили, и дискету, которая с ним была, пулей пробило и кровь залила. Поэтому, когда Юра меня разыскал, очень круто наехал: мол, давай дубликат. Ну я, как будто с испугу, ляпнула, что спрятали в беседке... Представляю, как он там рылся!

Я целую тебя, Олежка! Если сможешь, приезжай в гости, отдохнешь от ублюдков, с которыми сталкивает обрыдлая совковая жизнь. Пока».

Я спрятал листок в конверт, протянул Олегу.

— Ты хочешь, чтобы я послал тебя за ней вдогонку, а там ты убережешь ее от предательства?

— Нет, вы не сможете. Пошлют других, которые не будут уговаривать...

Я кивнул, хотел что-то добавить, но не успел, зазвонил внутренний телефон.

— Слушаю, Турецкий.

Слышу глуховатый голос Меркулова:

— Привет, Саша.

- Здравствуй, Костя.

— Есть грязная работа. Хочешь не хочешь, ею надо заниматься...

— Что случилось?

— В подъезде своего дома час назад двумя выстрелами в голову убит депутат Государственной Думы Николай Королев.

— Это за ним дух Андриевского пришел! — вырвалось у меня.

— Может, и так, но это нужно установить и доказать аргументированно.

— Вас понял, — говорю я, кладу трубку и смотрю на застывшего у стола Олега.

Он откашливается и негромко спрашивает:

— Поехали?

— Поехали!..

Литературно-художественное издание

Незнанский Фридрих Евсеевич

ДЕВОЧКА ДЛЯ ШПИОНА

Роман

Редактор *Т. Д. Дажина*
Художественный редактор *О. Н. Адаскина*
Технический редактор *Г. В. Климушкина*
Корректор *О. В. Борисова*

Подписано в печать с готовых диапозитивов 12.12.95. Формат 84×108 1/32. Бумага типографская. Гарнитура Таймс. Печать высокая с ФПФ. Усл. печ. л. 22,68. Доп. тираж 10 000 экз. Заказ 2624.

Издательство ТКО «АСТ». Лицензия ЛР № 060519. 143900, Московская обл., г. Балашиха, ул. Фадеева, 8.

Издательский дом «Дрофа». Лицензия ЛР № 061622. 105318, Москва, ул. Щербаковская, д. 3.

Агентство «Лирус». Лицензия ЛР № 062954. 127540, Москва, ул. Дубнинская, 10-5-38.

При участии ТОО «Харвест». Лицензия ЛВ № 729. 220034, Минск, ул. В. Хоружей, 21-102.

Минский ордена Трудового Красного Знамени полиграфкомбинат МППО им. Я. Коласа. 220005, Минск, ул. Красная, 23.

Незнанский Ф. Е.

Н44 Девочка для шпиона: Роман/Худож. М. Закиров.— М.: АСТ; Изд. дом «Дрофа»; Агентство «Лирус»,1995.— 432 с.— (Марш Турецкого).

ISBN 5-88196-422-5.

При въезде в Москву неизвестные расстреливают иномарку, и один из пассажиров, смертельно раненный, умирает. В ходе дознания выясняется, что убитый — служащий американского госдепартамента. Поэтому дело поручается следователю по особо важным делам российской прокуратуры А. В. Турецкому, известному читателям по другим произведениям Фридриха Незнанского.

Н 8820000000 ББК 84(2Рос-Рус)6

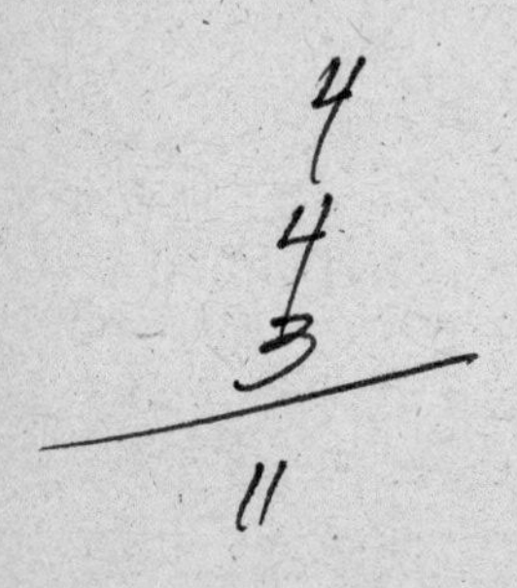